NE FERME
PAS LES YEUX

DU MÊME AUTEUR

À La Table Ronde

Noir comme le souvenir, 1991.
Présumée coupable, 1993.
Tu es si jolie ce soir, 1999.
Papa est mort, tourterelle, 2000.
Six de cœur, 2001.

CARLENE THOMPSON

NE FERME PAS LES YEUX

Roman

Traduit de l'américain par
Frédérique Corn

LE GRAND LIVRE DU MOIS

Titre original :
Don't Close Yours Eyes.
St. Martin's Press, New York, 2000.

1

SAMEDI SOIR

Tamara essuya le dernier verre à vin de cristal et le souleva dans la douce lumière du soir d'été qui traversait la fenêtre de la cuisine. Elle hocha la tête. Impeccables. Elle détestait les traces sur les verres, surtout les verres en cristal. Demain soir, quand Warren rentrerait de sa conférence de Cleveland, ils partageraient une bouteille de château-latour blanc pour le sixième anniversaire de leur rencontre. Tamara n'était pas une grande connaisseuse, mais il lui avait assuré que le latour blanc était un vin cher qui devait être apprécié en conséquence. Quand elle lui reprocha de dépenser tant d'argent pour une bouteille, il lui dit que c'était le cadeau d'un patient. Elle se garda bien de lui demander lequel. Warren était psychanalyste et ne parlait jamais de ses malades.

Tamara fit le tour de son impeccable cuisine. Toute la maison était impeccable. Sans enfant, ni travail, elle avait plus que le temps nécessaire pour tenir sa maison parfaitement propre.

Ce soir, toutefois, elle n'avait plus rien à nettoyer. Elle avait même réorganisé les meubles de cuisine et changé le papier des étagères. Elle pourrait travailler à son dernier ouvrage, le splendide couvre-lit au motif de colibri qu'elle avait elle-même créé, mais elle n'était pas d'humeur. Elle pourrait faire un saut au quartier général de la ligne d'urgence SOS Suicide que Warren l'avait obligée à mettre en place, mais ce soir, elle n'avait envie d'entendre aucune histoire triste. Elle n'appréciait pas les programmes télé des samedis soir et se sentait trop énervée pour lire. Habituellement, elle serait sortie faire sa promenade du soir, mais un orage s'annonçait.

Tamara regarda par la fenêtre et soupira. Grâce au changement d'heure, il faisait jour jusqu'à 21 heures. Jusque-là, c'était une belle soirée, un peu plus nuageuse que d'habitude, mais pourtant agréable. L'orage ne frapperait sans doute pas avant plus d'une heure, ce qui lui laissait suffisamment de temps pour sortir un peu.

Elle saisit une vieille veste blanche du portemanteau qui se trouvait près de la porte de derrière. On était mi-juin, mais Port Ariel en Ohio est situé sur les bords du lac Érié dont les eaux répandent leur brise fraîche toute l'année. C'était cette température agréable qui attirait tant de touristes sur les plages, chaque été. Warren détestait les touristes, mais Tamara qui passait la plupart de son temps chez elle n'était que très rarement en contact avec eux. En outre, ils étaient bénéfiques au commerce local et donc à sa sœur jumelle Lily, qui possédait une boutique d'antiquités florissante en centre ville. C'est pour la boutique de Lily que Tamara réalisait le couvre-lit au colibri.

« Les gens aiment les vieux meubles mais pas les vieilles literies. Seulement celles qui ont l'air vieilles », disait sans cesse Lily.

« Je pourrais vendre trois fois plus de ces splendides couvre-lits que tu confectionnes ! »

Tamara était ravie de leur succès, mais n'avait jamais augmenté sa cadence. À s'affairer dans la hâte, on réalise toujours du mauvais travail.

Alors qu'elle verrouillait machinalement la porte de derrière et qu'elle descendait les marches du porche, elle jeta un œil à sa montre. 20 h 30. Warren appelait toujours, très exactement, à 22 heures quand il était en déplacement. Son visage s'assombrit. Elle ne devait pas manquer cet appel. Les choses battaient de l'aile entre eux. Warren était irascible, silencieux et lointain depuis plusieurs mois. Tamara sentait bien qu'il était déçu qu'elle n'ait pu lui donner d'enfant, bien qu'il n'en ait jamais parlé. Lily soutenait que Warren ne *voulait* pas d'enfant — et Tamara pensait que sa sœur était ridicule.

Pour des jumelles, elles étaient si différentes, qu'on aurait même eu du mal à croire qu'elles étaient sœurs, s'il n'y avait leur ressemblance et leur amour réciproque. Lily n'était pas très pratiquante en dépit de leur éducation catholique stricte. Faisant fi du scepticisme bon enfant de Lily, Tamara était allée à la messe tous les jours, priant pour avoir l'enfant qui lui ramènerait Warren. Elle savait maintenant que ses prières avaient été exaucées. Ses cycles étaient toujours irréguliers mais, cette fois, elle avait plus d'un mois de retard. Elle avait fait un test de grossesse ce matin et avait une merveilleuse nouvelle à annoncer à Warren. Nouvelle qu'elle garderait pour elle jusqu'à son retour, demain soir.

Tamara traversa la pelouse en fredonnant et descendit Hyacinth Lane, un large chemin de terre menant au nord à travers une zone boisée. Elle adorait les immenses chênes, les caroubiers et les cornouillers diffus ainsi que les pommiers sauvages. Quand ils étaient en fleur, cet endroit ressemblait à un monde enchanté.

Elle sortit un élastique de la poche de sa veste et attacha en queue de cheval ses longs cheveux blonds. Ses fines boucles d'oreille en argent filigrané serties d'améthystes se balançaient dans le vent, chatouillant son cou. Elle renversa sa tête en arrière, ferma les yeux et respira profondément L'air sain et frais chargé du parfum de la pluie approchante et de l'eau du lac Érié remplissait ses narines délicates. Quand elle était petite, elle passait, avec Lily, des heures entières sur le lac, à bord du yacht de leurs parents et dans la cale de leur longue vedette de six mètres. Les filles étaient de très bonnes skieuses nautiques. Warren était parfois sorti en yacht avec la famille, mais il restait toujours à bord. Il n'avait même jamais pêché.

Quelque chose venait de bouger dans les broussailles. De nature timide, Tamara resta immobile, son regard fixant le bas-côté du chemin. Elle savait que le bruit provenait sûrement d'un petit animal. Ils étaient pratiquement tous parfaitement inoffensifs, sauf les serpents venimeux, quoiqu'ils fussent plutôt rares dans la région. En outre, un serpent n'aurait pas fait tant de bruit et n'attaquerait pas sans avoir été menacé.

Son esprit savait tout cela mais son corps l'ignorait. Elle se glaça, imaginant une tête lisse s'élevant des buissons pour enfoncer ses crocs remplis de venin dans sa cheville. Le bruit s'intensifia. Tamara se raidit. Elle était prête à faire demi-tour pour se précipiter chez elle, quand un gros chien surgit des buissons, sur sa gauche. Il sauta vers elle, haletant. « Eh ! Bonjour toi ! » s'exclama Tamara, riant de soulagement. C'était le quatrième soir de suite qu'elle voyait ce chien pendant sa promenade. Son poil était noir et fauve et il semblait toujours sourire. Elle l'appelait Joyeux. Ne montrant aucune crainte de l'homme, le chien s'approcha. Il avait de fines pattes fauves et blanches et il remuait sa queue frisée. Tamara se pencha pour le caresser. Elle n'avait aucune idée de sa race mais pensait qu'il serait magnifique une fois baigné.

Pour le moment, au contraire, ses poils étaient emmêlés et plutôt gras. Il ne portait pas de collier et il avait une égratignure récente qui courait le long de sa gueule fauve.

Pauvre bête, pensa Tamara. Elle aurait adoré avoir ce chien, mais Warren avait clairement énoncé qu'ils ne pouvaient pas le prendre. Il n'aimait pas les animaux. Ce chien était très attachant, mais il maigrissait. Elle décida qu'elle lui achèterait de la nourriture le lendemain. À défaut de lui procurer un toit, elle pouvait au moins nourrir ce chien comme il le fallait.

Joyeux marcha à ses côtés pendant un long moment, levant son regard vers elle comme pour lui en demander la permission. Les violettes sauvages poussaient le long de Hyacinth Lane. Tamara s'arrêta pour en cueillir quelques-unes pendant que le chien l'attendait patiemment. Un oiseau gris ardoise poussa son cri solitaire dans le soir. Quelques lucioles zélées étaient déjà en besogne, clignotant grossièrement à l'encontre du ciel qui commençait à s'obscurcir.

Tamara regarda à nouveau sa montre. 20 h 45. Elle pouvait rentrer chez elle. Elle pourrait prendre son bain et être prête au moment où Warren appellerait. Elle sourit. Quand elle serait sur le point d'aller au lit, Lily serait, elle, prête pour une nuit au fameux « Panache ». Leur vieille amie, Natalie St. John, était de retour en ville et Lily voulait lui faire passer un bon moment. Elle avait invité Tamara à se joindre à elles, mais celle-ci avait décliné l'invitation, prétextant qu'elle attendrait l'appel de Warren. « Tu es désespérante », s'était moquée Lily. « Je me marierai sûrement un jour, mais je ne serai jamais aussi rangée que tu l'es. Se languir près d'un téléphone à 22 heures pour un mari ? » Apparemment, Lily pensait que se languir n'était valable que dans le cas de beaux et imprévisibles petits amis.

Le chien la regarda attentif. Elle avait oublié leur jeu. « OK, Joyeux. » Tamara se pencha et ramassa un bâton. Le chien commençait déjà à sauter d'une patte sur l'autre. Tamara lança le bâton loin dans les arbres. Le chien partit comme une flèche à sa poursuite. D'habitude, il était de retour moins d'une minute après, avec le bâton qu'il lâchait à ses pieds. Cette fois, Tamara l'entendit aboyer. Ses aboiements devinrent de plus en plus faibles. Il avait certainement repéré un lapin et s'était mis à sa poursuite. Elle espérait que ce soit un lapin. Elle ne voulait pas qu'un chien sentant le sconse lui fasse la fête.

Elle resta quelques minutes sur le chemin. Tout droit, se dressaient les ruines de la maison des Saunders, bâtie au début du XIXe siècle alors que Port Ariel s'appelait encore Winthrop. Quand les parents Saunders moururent, leur très belle fille Ariel devint la maîtresse du capitaine Zebediah Winthrop, dont le père avait fondé la ville. Ariel fut surnommée la « femme écarlate » après qu'elle eut donné naissance au fils de Zebediah, Thaddeus, en dehors du mariage. Plus jeune, Zebediah s'était vu forcé d'épouser une femme laide et irascible, injustement prénommée Clémence. Pendant que Zebediah parcourait le lac Érié à la voile, Clémence et ses hypocrites amies adoraient exercer leurs basses vengeances sur Ariel et le bébé, terrorisant ainsi la jeune mère. Puis, alors que Thaddeus avait presque un an, le navire du capitaine Winthrop, le *Clémence*, prit feu et échoua sur la rive, près de la maison d'Ariel. Ariel, qui avait vu la scène, s'était précipitée à leur secours, sauvant de la noyade, et de ses propres mains, deux marins blessés ainsi que son amant Zeb.

Clémence mourut peu après cet événement. On prétendait que c'était son aigreur, sa jalousie et sa mesquinerie qui l'avaient emportée. Elle était à peine enterrée que Zeb épousa Ariel. La plupart des gens lui avaient pardonné ses fautes au nom de sa bravoure et personne ne s'opposa à Zeb quand il décida de changer le nom de la ville en son honneur.

Ensemble, ils eurent deux autres enfants. Zeb mourut bien avant Ariel. Elle fit ériger, à sa mémoire, un immense monument dans le parc de la ville. Bien qu'elle vécût jusqu'à quatre-vingts ans, jamais elle ne se remaria.

Enfants, Tamara et Lily étaient fascinées par l'histoire d'Ariel qui avait vécu seule, sur les berges éventées du lac Érié, tourmentée et amoureuse. Elles la trouvaient belle, merveilleuse, courageuse et elles pensaient qu'elle représentait tout ce qu'une femme devait être. À l'insu de leurs parents, elles se déguisaient et jouaient des heures durant dans la maison des Saunders, prétendant chacune leur tour être Ariel. Parfois, il arrivait que Natalie St. John joue avec elles. Tamara avait vu des photos d'Ariel et pensait, qu'avec ses longs cheveux bruns et ses yeux noirs, Natalie était celle qui ressemblait le plus à Ariel. Elle n'en dit jamais rien à Lily. Natalie était la seule de leurs amies avec laquelle elles partageaient le secret de ce jeu. On pouvait toujours faire confiance à Natalie qui ne trahissait jamais un secret.

Pendant une seconde, Tamara voulut courir vers la maison en ruine pour y jeter un œil.

Puis elle leva les yeux. Des nuages noirs emplissaient le ciel. L'orage d'été arrivait plus vite qu'elle ne l'aurait pensé. Il n'était plus temps d'explorer. Elle avait laissé plusieurs de ses fenêtres ouvertes et sa voiture neuve dans l'allée, sous un arbre, plutôt qu'au garage.

Tamara fit demi-tour et descendit Hyacinth Lane rapidement. Les branches des arbres oscillaient et craquaient. Un rayon de lumière argent déchira le ciel gris. La queue de cheval de Tamara s'envolait et une poussière atterrit dans son œil droit. Elle s'arrêta net, frottant son œil doucement. Zut, la poussière s'était coincée sous son verre de contact.

Une larme coula le long de sa joue. Mon Dieu que c'est douloureux ! Elle ferma l'œil et courut encore quelques pas. Un bruit sourd l'arrêta. Elle tourna la tête à droite. Qu'est-ce que cela pouvait bien être ? Il semblait que cela se précipitait vers elle.

« Joyeux ? » appela-t-elle. « Joyeux, c'est toi ? » Le bruit s'arrêta. Il ne restait que le silence, mais ce silence était menaçant. Quelque chose la regardait. Elle pouvait sentir le regard balayant son corps de haut en bas. Ses mains se glacèrent. Elle respira profondément. Ne sois pas stupide Tamara, se dit-elle sévèrement. Qu'est-ce qui pourrait t'épier ? Un écureuil ? Une autre vague de frayeur la parcourut. « Joyeux ? » appela-t-elle encore, attentive et incertaine.

Mais il ne s'agissait pas du chien. Tout à coup, de lourds pas frappèrent le sol à travers les broussailles, écrasant la vigne puis martelant la terre. Tamara tournoyait aveugle, ne sachant pas dans quelle direction courir. Cela n'avait aucune importance. En un éclair, un bras surgit d'une masse sombre. Une sorte de manteau en plastique. Tamara gémit de peur quand le bras entoura son cou et la tira en arrière. Elle lâcha les violettes qu'elle avait cueillies un peu plus tôt. Ses talons traînaient sur le sol. Elle griffa en vain le bras musclé rivé juste sous son menton. Il lui semblait que son cou allait rompre. Ses yeux étaient exorbités d'effroi et de stupéfaction alors qu'elle tentait de respirer. « Qu'est-ce q… »

Un long rasoir d'acier, au manche en os, s'ouvrit d'un tour de main. Tamara vit, en cet instant glacial, la lame luire en un éclair avant que celle-ci ne tranche vicieusement sa gorge et le tour de son cou, sectionnant les cordes vocales et la carotide. Le sang gicla aussitôt, coulant en cascade le long de la manche de sa veste.

« Leur gorge est un tombeau ouvert. » Une voix caressante murmura ces mots à l'oreille de Tamara alors que son corps frêle se convulsait, en proie à l'agonie.

Le bras lâcha Tamara. Elle s'écroula, toujours tremblante, les yeux hagards, son sang se répandant sur la terre. La silhouette s'agenouilla à ses côtés et glissa un mot dans un pli de sa veste. Puis elle se releva, s'inclina en une grotesque révérence et disparut silencieusement dans la forêt sombre et agitée.

La pluie avait commencé à tomber quand le chien revint cinq minutes plus tard. Il sautillait vers Tamara, quand il s'arrêta brusquement, lâchant son bâton. Il se mit à geindre tristement. Il finit par approcher lentement du corps de la jeune femme qui l'avait si gaiement caressé un peu plus tôt. Quand il sentit l'odeur du sang, les poils de son dos se dressèrent et il se tapit, rampant jusqu'à Tamara. Ses chaleureux yeux ambre la regardaient. Son sourire semblait avoir disparu. Doucement, presque révérencieusement, il se coucha et étendit son cou de part et d'autre de la blessure béante, comme pour la protéger d'autres dangers. Alors que la pluie tombait à verse, le chien hurla à la mort dans la nuit.

2

I

DIMANCHE MATIN

Natalie ouvrit lentement les yeux. Le soleil matinal traversait à peine les fins rideaux bleu de Chine. Une magnifique couverture verte couvrait son corps endormi. Elle respira profondément et nonchalamment puis se redressa dans le lit, cherchant frénétiquement une pendule de son regard noir. 9 heures. Elle était attendue chez Anicare une heure plus tôt. Elle figurait sur le planning du dimanche matin. Qu'était-il arrivé au réveil ?

La mémoire lui revint. Elle ferma les yeux de soulagement et se rallongea sur ses oreillers. Elle n'était pas chez Anicare parce qu'elle était officiellement en congés — en congé vis-à-vis de son travail et en congé vis-à-vis de Kenny Devis. Elle était de retour à Port Ariel, dans son ancienne chambre et, à moins que son nez ne la trahisse, elle sentait l'odeur du bacon et des œufs frits.

Natalie s'étira, bâilla, songeant à se rendormir quelques minutes, puis pensa au petit déjeuner qui avait été préparé pour elle. D'habitude, ses petits déjeuners se résumaient en une brioche ou un muffin avalé sur la route.

Elle balançait ses jambes hors du lit quand son père cria : « Natalie. Le petit déjeuner est prêt ! Dépêche-toi avant que je mange tout ! »

Elle sourit ironiquement. Il disait la même chose tous les matins depuis que sa mère était partie vingt-trois ans plus tôt, alors que Natalie n'avait que six ans. C'était comme si le fait de lui préparer son petit déjeuner pouvait compenser tout traumatisme émotionnel — mère absente, amant infidèle.

« J'arrive dans une minute, Papa », dit-elle en cherchant son peignoir du regard. Il était posé sur un siège blanc. C'était un magnifique peignoir en soie moucheté vert et rose pâle. Elle aurait voulu amener un autre peignoir. Elle avait pris celui-ci parce qu'il entrait dans la valise, mais le simple fait de le regarder la faisait souffrir. Elle avait été tellement émue de découvrir, en ouvrant le paquet au matin de Noël dernier, ce peignoir style kimono qu'elle avait admiré dans la boutique un mois auparavant. Elle ne pensait pas que Kenny l'avait remarqué.

Les larmes lui montaient aux yeux. « Arrête ! » se dit-elle énergiquement. « Tu ne vas tout de même pas rester assise à pleurnicher et te lamenter toute la journée. »

Elle enfila hâtivement le peignoir et attacha ses longs cheveux noirs en une queue de cheval qui pendait presque jusqu'à sa taille. Une inspection minutieuse dans le miroir révélait qu'il y avait dans ses grands yeux marron foncé — ses yeux en forme d'amandes hérités de sa mère eurasienne — de minuscules lignes rouges Elle attrapa son collyre. Seulement quatre Margaritas, hier au Panache avec Lily Peyton et elle avait maintenant les yeux injectés de sang. Quatre, c'était trop. Après la deuxième, cependant, elle était si heureuse de revoir son amie Lily, qu'elle ne voulait pas que la soirée s'arrête là. Après la troisième, elle avait atteint le stade du vin triste et commença à raconter, en détails pénibles, la fin de sa relation avec Kenny Davis et pourquoi elle était revenue à Port Ariel — pour deux semaines seulement — afin de retrouver ses repères. Natalie secoua la tête. Quelle soirée affreuse pour Lily, mais elle comprendrait.

« Tout sera complètement froid si tu n'arrives pas tout de suite », menaçait le père de Natalie.

« Je viens ! » Natalie sortit de sa chambre en vitesse et pénétra dans la spacieuse cuisine campagnarde tout ensoleillée. Les rayons de soleil se reflétaient sur le cuivre des ustensiles de cuisine suspendus au-dessus du fourneau et des plantes tombaient en cascade des pots situés autour des nombreuses fenêtres. C'est en exerçant ses dons d'architecte amateur que Andrew St. John avait conçu cette maison pour sa femme Kira et qu'il l'avait fait construire sur un magnifique terrain plongeant sur le lac Érié. Natalie l'avait toujours aimée. Elle pensait qu'elle reflétait bien la personnalité de son père — grand, fort, ouvert. L'endroit était construit de pierres massives afin de résister aux vents violents du nord et les baies vitrées offraient une vue spectaculaire sur le lac. Lorsqu'elle avait quitté la maison pour vivre en appartement, elle s'était sentie étouffer.

« Désolée, Papa », dit-elle en s'asseyant tout en prenant un verre de jus d'orange fraîchement pressé. « Je n'ai pas l'habitude qu'on me serve mon petit déjeuner. »

« Et ton petit ami, il ne te prépare pas de petits plats de temps à autre ? » demanda Andrew en mélangeant les œufs brouillés.

Natalie posa son verre en soupirant silencieusement. Son père n'avait jamais aimé Kenny Davis, avec ses cheveux blonds, ses traits de star de cinéma et son charme facile. « Il est trop parfait », avait déclaré Andrew après une brève rencontre. « Il ne m'inspire pas confiance. » Elle avait repoussé les conseils de son père. Sur quoi les fondait-il ? s'était-elle alors demandé. Sur rien d'autre que le fait que Kenny était beau garçon. Il s'avérait maintenant qu'Andrew avait raison — Kenny n'était pas digne de confiance. Elle n'était cependant pas prête à capituler devant le jugement de son père. Aussi fâchée qu'elle puisse être envers Kenny, Natalie se sentait toujours obligée de le défendre. « Kenny est quelqu'un de très occupé, Papa. C'est un vétérinaire très brillant », dit-elle, alors qu'Andrew posait une assiette bien garnie devant elle.

« Oui, un véto. Pas un médecin. »

« Mais Papa, moi aussi je suis véto. »

« Un véto qui aurait dû être médecin. »

Natalie soupira. Encore cette vieille dispute. Vieille et impossible à gagner pour elle. Il y a des années, Andrew avait décidé que sa fille serait chirurgien, comme lui. Elle avait refusé. Elle voulait être vétérinaire depuis l'âge de douze ans et elle fit exactement comme elle l'avait décidé. Andrew n'était pas content du choix de sa carrière. Il n'avait d'ailleurs jamais été content, non plus, de la plupart de ses engagements amoureux.

« Papa, j'adore les animaux et j'adore être vétérinaire », dit-elle patiemment. « Et en ce qui concerne Kenny, il ne préparait pas plus mon petit déjeuner que je ne préparais le sien. Anicare est la plus grosse clinique vétérinaire de Columbus. Nous étions tous deux très occupés. » Elle n'avait pas l'intention de rabaisser Kenny devant son père, même s'il était la raison de sa peine et de son retour à Port Ariel.

Son esprit remonta trois jours en arrière quand elle était rentrée plus tôt à la maison. Leur relation, déjà chancelante, s'était effondrée quand elle avait surpris Kenny faire passionnément l'amour dans leur propre lit. Elle soupçonnait son infidélité. Mais entre soupçonner et voir, il y a une différence. Elle ne s'était jamais sentie aussi bouleversée que par cette vision de Kenny pris en flagrant délit. Elle était restée de glace, sur le pas de la porte, jusqu'à ce que le couple en sueur la remarque enfin.

« Natalie ! » s'écria-t-il, ses yeux bleus écarquillés sous sa chevelure ébouriffée. « Ce n'est pas... »

« Ce que je crois ? » demanda-t-elle, étonnée du ton calme de sa voix alors que tout son corps semblait frémir. « Alors qu'est-ce que c'est ? »

« Natalie, ferme la porte. Descends et... »

« Laisse-nous continuer ? » Elle fusilla du regard la jeune femme écarlate qui ne portait rien d'autre que des boucles d'oreilles en diamant. « Je vous ai vue à la clinique. Vous êtes la propriétaire de ce caniche blanc, Snickers. Quel nom ridicule ! Il a un caractère horrible. »

Natalie ne pouvait pas s'empêcher de parler alors que la réalité de la situation gagnait son esprit. « Pas étonnant qu'il soit toujours énervé. Vous nous l'apportiez sans arrêt alors que tout allait bien pour lui. Je comprends mieux vos fréquentes visites maintenant. »

« Natalie, s'il te plaît. Ne tourne pas cela en une farce ridicule », dit Kenny d'une voix assurée alors que la femme cherchait nerveusement le drap de la main pour pouvoir se couvrir. « Nous parlerons de tout cela plus tard. »

« Je ne pense pas », rétorqua froidement Natalie. « Je ne pense pas que nous reparlions jamais de quoi que ce soit. »

Après cela, elle avait descendu les marches de l'appartement, traversé le petit hall d'entrée puis était sortie. Aussitôt après avoir fermé la porte derrière elle, elle se souvint de son sac à main. Son sac à main, sur la table d'entrée, avec son portefeuille et ses clés. Les clés de l'appartement de Kenny ainsi que ses clés de voiture. En plus d'être coincée sans argent et sans véhicule, elle ne pouvait plus entrer dans ce lieu qui était devenu son « chez elle » au cours des huit derniers mois.

Oh, mon Dieu, pensa-t-elle, désespérée. Cela peut-il être pire ? Humiliée, elle sonna à la porte sans interruption jusqu'à ce que Kenny, les yeux furibonds, lui ouvre. Il ne portait qu'un vieux jean. « Pourquoi fais-tu cela ? » lui demanda-t-il.

« Mon sac. » Natalie voulait hurler. Sa gorge était nouée et les mots grinçaient. Elle clignait des paupières nerveusement. « Donne-moi juste mon sac et mes clés que je puisse partir. Je reviendrai ce soir pour emballer mes affaires. »

« Nat… »

« Mon sac ! »

Il se retourna et des larmes coulaient des yeux de Natalie. Il trouva son sac, le lui tendit et la suivit du regard jusqu'à sa voiture.

Elle était allée dans un bon restaurant, qui n'était pas plein étant donnée l'heure. Elle avait pleuré vingt bonnes minutes dans les toilettes. Après quoi, elle avait copieusement repoudré son nez rouge et ses yeux boursouflés et s'était assise dans la pénombre, au bar, pendant les trois heures qui suivirent. Elle eut envie de se soûler, mais son côté raisonnable savait que l'oubli n'était pas la solution. Alors, elle avala lentement deux petits verres de chablis et souhaita avoir une amie à qui parler. Pour la première fois, elle réalisait qu'elle n'avait pas de véritable amie à Columbus. Kenny avait monopolisé tout son temps. Non, elle avait laissé Kenny monopoliser tout son temps. Ses amis étaient tous retournés à Port Ariel. Sa meilleure amie d'enfance, Lily Peyton, était là-bas. Soudain, cet endroit qu'elle retrouvait à contrecœur deux fois par an était l'endroit où elle aurait voulu être le plus au monde.

Quand elle était rentrée ce soir-là, Kenny avait l'air misérable.

« Tu peux m'expliquer maintenant », dit-elle.

« Je ne peux pas. Je veux dire, je n'ai pas d'explication valable. Je suppose que j'ai dû paniquer. Nous étions dans cet état de semi-mariage depuis des mois et j'ai pris peur. Engagement. La vieille phobie. »

« T'as entendu ça dans une émission de radio ? » demanda-t-elle méprisante.

« Non. C'est la vérité, Nat. »

« Combien de fois, Kenny ? Combien de fois au cours des huit derniers mois as-tu eu peur et fait ça ? »

« Jamais. »

Il mentait. Elle le fixa quelques instants et monta les escaliers. Il la suivait, la regardant avec désarroi sortir ses vêtements de l'armoire.

« Reste avec moi, mon amour », dit-il gentiment. « On s'aime. On se mariera. »

Elle le fusilla du regard.

« Tu viens de m'annoncer que tu avais peur de t'engager, tu as passé l'après-midi au lit avec une autre femme et tu me demandes de t'épouser ? »

« Oui, je suis sérieux. »

« Je n'ai pas envie d'entendre ça », se fâcha-t-elle en jetant un autre chemisier dans la valise déjà trop pleine. « Mon père avait raison à ton sujet. J'aurais dû l'écouter. »

« Tu l'as fait », finit par répondre Kenny furieusement. « Toute ta vie est un défi contre ton père. J'ai toujours pensé que ton attirance pour moi était pour moitié due au fait qu'il ne pouvait pas me sentir. »

Et maintenant, assise à la table du petit déjeuner de son père, Natalie se demandait si Kenny avait raison. Elle regarda Andrew, sa puissante carrure, sa chevelure blanche épaisse et ses yeux noirs pénétrants. Il a vécu à Port Ariel toute sa vie et a passé trente ans de son existence en tant que chirurgien ici. Le respect et la sympathie de ses concitoyens n'ont cessé d'augmenter après que sa femme frivole, Kira, fut partie rejoindre une communauté en Californie à la fin des années soixante-dix, le laissant seul avec une petite fille à élever. Il s'est dévoué à Natalie. Elle l'aimait. Il l'aimait et s'y accrochait désespérément de peur de la perdre comme il avait perdu Kira. Il était sévère, inflexible et étouffant. Il voulait qu'elle soit parfaite et docile. Natalie était tout sauf docile et ses intentions de la transformer en une gentille petite fille adorable ne firent qu'empirer les choses. Ils se disputaient constamment depuis qu'elle avait six ans. Elle n'avait jamais pu le satisfaire. Elle n'avait pourtant jamais cessé d'essayer.

« Es-tu en train de penser à Kenny ? » demanda Andrew brusquement.

« Non », répondit Natalie sincèrement.

« Tu ne me diras pas quelle est la vraie raison de ta venue, mais je vous soupçonne de vous être sacrément disputés. »

Non, elle ne lui avait pas dit la vérité sur sa venue. C'était trop humiliant. De plus, elle n'était pas sûre de ne pas pouvoir pardonner à Kenny et de retourner auprès de lui. Elle ne voulait pas donner à Andrew d'autres munitions contre lui, si tel fut le cas. Enfin elle ne pensait pas pouvoir discuter d'une chose aussi intime que l'infidélité de Kenny avec son père.

« Papa, je voulais juste passer quelque temps à la maison. »

« Alors, pourquoi Kenny n'a-t-il pas appelé ? »

« Il l'a fait. Hier, quand tu étais sorti », dit-elle sans juger utile d'ajouter qu'elle lui avait raccroché au nez. Ce n'était pas ses affaires et elle le lui fit comprendre par son regard.

Il lâcha prise. « Ça va, les œufs ? »

« Super », sauf que je n'en veux pas, pensa Natalie. J'aurais préféré une brioche. Je ne suis pas habituée à toute cette nourriture trop riche le matin.

Andrew n'avait aucun problème de ce côté. Il mangeait comme un bûcheron sans jamais prendre un kilo. Sans doute grâce à tous les travaux extérieurs qu'il faisait, pensa Natalie. Il avait toujours des projets en cours. Si ce n'était pas l'amélioration de sa propriété, il allait aider les autres.

« Goûte-moi ce bacon. Des tranches épaisses. Il est vraiment bon », dit-il.

« Je ne mange pas de viande. »

« Ce n'est pas un petit peu de viande qui va te tuer. »

« Je ne veux pas manger de viande, alors laisse-moi tranquille. Après tout, tu ne bois pas, toi. »

« L'alcool n'est pas bon pour toi. La viande, si. » Il leva le regard vers elle. « Tu parles d'alcool avec tes yeux rougis. Tu as passé une bonne soirée avec Lily Peyton, hier ? »

C'est reparti, pensa Natalie. Encore et toujours le père juge châtiant l'enfant. « On s'est bien amusé, rien de dément. On est allé au Panache. J'ai bu et j'ai survécu. »

« Hum ! » Le fameux Hum de désapprobation. « Comment va Lily ? » demanda Andrew. « Elle a toujours cette boutique en centre ville ? »

« Ça s'appelle Aux curiosités et ça marche très bien. De même que Lily. »

« Une délurée. Son père la laissait tout faire et sa mère était trop faible pour s'y opposer. J'aurais préféré que tu sois plus proche de Tamara. »

Natalie posa sa fourchette. « Lily n'est et n'a jamais été une délurée. Elle aime juste s'amuser. Tamara est plus réservée. »

« Tu veux dire ennuyante. »

« Je veux dire réservée. » Son père ne la regardait pas. Il se contentait de lancer ses verdicts comme des divinations, n'éprouvant jamais le besoin de justifier ses remarques. Natalie sentait son dos se raidir d'une façon familière, puis se força à se calmer. Je ne me laisserai pas entraîner dans une dispute qui m'exaspère bien plus que lui, se promit-elle en silence. En respirant à fond, elle dit : « Lily et moi déjeunons ensemble ce midi. Tu veux venir avec nous ? »

Andrew la regarda, les yeux écarquillés comme si elle venait de l'inviter à une soirée pyjama. « Déjeuner ! Mais de quoi pourrais-je bien m'entretenir avec vous deux ? »

« Oh ! je ne sais pas », dit Natalie d'un ton léger. « Des garçons, de maquillage, de couvre-feu, de notre piètre argent de poche. Toutes ces choses dont discutent les femmes actives de vingt-neuf ans. »

Son père la fixa un moment avant qu'un large sourire ne brise le roc de son visage. « D'accord. J'oublie tout le temps que tu n'as plus treize ans. »

« J'ai remarqué. Et, Dieu soit loué, je n'ai plus treize ans. Mon adolescence a été misérable. »

Andrew se resservit des œufs. « Ne sois pas stupide. Tu étais la jeune fille la plus intelligente de ta classe, la plus populaire et la plus jolie. »

Natalie éclata de rire, renversant presque son verre de jus d'orange. « Papa, être la plus intelligente des filles de ta classe n'est pas un plus quand tu es ado. » Elle essuya sa bouche avec sa serviette. « J'étais appréciée des filles mais pas des garçons et pour ce qui est d'être jolie, j'étais maigre et je portais un appareil dentaire. Tu ne voulais pas que je porte des lentilles et tu m'obligeais à porter ces lunettes à monture bleue horribles. J'avais l'air débile. »

Andrew secoua la tête. « Je n'ai jamais cru aux lentilles. Et tu as tout exagéré. Tu étais ravissante. Tu ressemblais à ta mère quand elle avait ton âge. »

Sa mère. Celle qui n'avait jamais autorisé sa fille à l'appeler « Maman ». C'était Kira. Et elle les avait laissés tous les deux. Ils n'avaient pas eu de nouvelles pendant plus de six mois après son départ. « Ne me compare jamais à cette femme », siffla doucement Natalie.

Les sourcils blancs d'Andrew se froncèrent. « Cette femme est ta mère », dit-il furieusement.

« Être mère signifie bien plus que de donner la vie, alors ne me parle pas du respect que je porte à Kira St. John, peu importe où elle soit et avec qui elle… »

« Tais-toi ! » éclata son père. Il prit deux longues respirations et regarda par la grande fenêtre de la cuisine, vers le magnifique lac Érié. L'orage de la nuit d'hier avait laissé un tas de feuilles et de brindilles à la surface du lac, mais l'eau plane reflétait le soleil et les gros nuages. Harvey Coombs, le voisin, était déjà assis dans son canot, pêchant assidûment, un vieux chapeau souillé enfoncé sur sa tête chauve. Autrefois, c'était un brillant professeur de chimie, avant que l'alcool ne prenne le contrôle de sa vie.

« Kira a toujours été un point sensible entre nous », dit finalement Andrew.

« Ce qui la ravirait, parce qu'elle serait le centre d'intérêt. Mais, Papa, je n'ai vraiment pas envie de parler de Kira. Je veux que tu comprennes pour Lily. Personne d'autre n'avait de mère qui s'était enfuie pour rejoindre une communauté en Californie. Les autres enfants se moquaient sans cesse de ma mère folle. Lily m'a toujours défendue comme un pitbull. Elle a toujours été mon amie et le restera toujours. »

« Elle t'encourageait à sauter de la fenêtre de ta chambre, la nuit, pour traîner avec elle. »

« Nous ne faisions qu'aller au Blue Lady pour jouer de la musique. »

« L'hôtel Blue Lady ! » Andrew semblait ému. « Je n'avais aucune idée que vous étiez là-bas. L'hôtel a pris feu ! »

« Pas le pavillon de danse. Nous le trouvions très romantique et l'acoustique était géniale. »

« Acoustique ? Qui se préoccupe d'acoustique ? Le feu a tout ravagé. Ce n'est pas un endroit sûr. Il aurait dû être fermé il y a des années. »

« C'est toujours romantique. »

« Il y a longtemps, c'était romantique. L'hôtel était prodigieux. Le pavillon était magnifique, construit au-dessus de l'eau. Les plus grands groupes du pays y ont joué. Exactement ce qu'attendaient les touristes. Puis il y a eu cette horrible affaire en 1970. »

« Dans l'hôtel, pas le pavillon. Seul l'hôtel a disparu. »

« Ça m'est égal. Le pavillon est une épave. Un danger. Il devrait être détruit. »

« Il devrait être restauré. Tu es doué avec un marteau et des clous. Peut-être devrais-tu essayer. Cela te donnerait de quoi remplir ta vie si vide. »

Andrew se buta. « Ma vie n'est pas vide. »

« Je sais que tu as ton activité médicale et ton jardinage et ta pêche et tous ces clubs auxquels tu appartiens, mais je parle de la vraie vie. »

« Définis-moi la vraie vie. »

« Camaraderie. »

« Je vois Harvey Coombs à côté, régulièrement. »

« Une superbe compagnie. Quand il est soûl, il croit que vous étiez tous les deux membres de la CIA. »

« Et qu'on a accompli de dangereuses missions, si tu lui laissais la chance de te les raconter. »

« Harvey aurait dû écrire des romans au lieu d'enseigner la chimie. Je suis sérieuse, Papa. Tu devrais rencontrer quelqu'un sur le plan sentimental. »

« Je l'ai déjà fait. Viveca Cosgrove. »

Natalie roula les yeux. « Il y a trois ans et pas longtemps, heureusement. Oh, je sais qu'elle est belle, mais elle est tellement snob et semble ne pas pouvoir rester bien longtemps avec le même homme. Elle décommandait vos rendez-vous pour pouvoir retrouver Eugène Farley qui était trop jeune pour elle. »

« Moi qui pensais être le seul à critiquer », dit Andrew sèchement.

Natalie l'ignora. « Il avait complètement perdu les pédales avec une femme comme Viveca et regarde ce qu'elle a fait de lui. »

« Tu ne connaissais même pas Eugène Farley », dit Andrew calmement. « Et Viveca n'a rien à voir avec sa mort. »

« Pas directement. Mais elle était la source du problème. Dieu merci, c'est de l'histoire ancienne », dit Natalie rapidement. « Ce qui me tourmente, c'est que tu n'es jamais sorti avec personne d'autre, depuis elle. »

« Qu'est-ce que tu en sais ? »

« Allez, Papa. »

Il vida sa tasse de café et remit sa chaise en place. « Je vois quelqu'un en ce moment. »

Les yeux de Natalie s'agrandirent. « Quoi ? Qui ? »

« Je ne te le dirai pas. Tu irais jusqu'à chez elle, posant à tes amis toutes sortes de questions à son sujet. Peut-être même te pointerais-tu devant elle en lui proposant tes services vétérinaires pour son chat, juste pour atteindre la porte d'entrée. »

« Je n'aimerais pas plus fouiller dans ta vie que tu n'aimes fouiller dans la mienne », dit Natalie sournoisement.

Andrew se leva, ramassa ses couverts et les posa dans l'évier. « Tu es pleine de qualités, Natalie, mais la subtilité n'en fait pas partie. Tu découvriras qui elle est quand je l'aurai décidé. Si tu restes assez longtemps, bien sûr. »

« Oh Papa, c'est pas juste ! » s'exclama Natalie. « Tu brandis une épouse pour me faire rester ? »

« Je vois plutôt cela comme un stimulant. »

« Tu te crois futé, hein ? » demanda Natalie. « Ne sois pas trop fier de toi. Tu m'as déjà donné un indice à son sujet. »

« Et lequel, monsieur l'inspecteur ? »

« Elle a un chat. »

Andrew sourit. « Bonne chance pour la retrouver dans une ville de vingt mille habitants avec cette information capitale. » Il ouvrit le robinet, plongea ses couverts dans l'eau et leva les yeux vers elle. « J'ai du travail. Amuse-toi bien aujourd'hui. Et, s'il te plaît, Natalie, essaie de rester en dehors des ennuis. »

II

Lily venait la chercher à midi et demi pour déjeuner. Dîner et club la veille, déjeuner aujourd'hui. Je me transforme en parfaite bonne vivante, pensa Natalie. Et alors, existe-t-il quelque chose de mieux pour venir à bout d'un cœur brisé ? À part le fait que ce rythme de sociabilité ne pouvait pas durer toute la vie. Elle devait prendre une décision concernant Kenny.

Natalie secoua la tête. Elle s'était promis une semaine de détente entre vieux amis. Elle réfléchirait au restant de sa vie la semaine prochaine. Tout ce qui devait la préoccuper pour le moment était de savoir si sa chaîne devait être en argent ou en or pour aller avec son chemisier bleu. Argent. Elle balaya ses longs cheveux sur le côté et attacha la chaîne. Première décision grave de la journée. « Natalie, tu fais des progrès fantastiques », dit-elle au miroir en mettant son rouge à lèvres terre de Sienne.

La sonnette retentit. Son père lui avait dit qu'il avait des courses à faire avant ses visites à l'hôpital et avait quitté la maison deux heures plus tôt. Natalie supposait qu'il avait pris la fuite pensant que Lily et elle l'auraient poussé à venir déjeuner avec elles. Peu importe. Elle préférait avoir Lily pour elle toute seule. Peut-être découvrirait-elle quelque chose à propos de la nouvelle et mystérieuse amie d'Andrew.

En ouvrant la porte, Natalie s'émerveilla comme toujours devant l'apparence juvénile de Lily. Ses longs cheveux blonds pendaient épais et droits jusqu'à ses épaules et elle avait une frange sur le front. Elle portait un pantalon en lin avec une veste coordonnée sur un haut de soie verte. Elle avait remonté ses lunettes de soleil de marque sur sa tête et affichait un large sourire espiègle. « Dans combien de mauvais coups t'es-tu encore fourrée pour ne pas être rentrée avant 1 heure du matin ? Ivre ! »

« Mon père a prétendu qu'il dormait, mais je sais que c'est faux. Malgré tout, il ne s'est pas levé pour me faire la morale. Il ne veut pas avoir à me reconduire dans trois jours, alors il y va mollo. »

« Cela ne durera pas longtemps. Ton père est un homme bien, Natalie, mais il ne t'a jamais laissé tellement de lest. Eh, tu as faim ? »

« Non », dit Natalie alors qu'elle sortait sur le porche et fermait la porte derrière elle. « Mon père m'a préparé un petit déjeuner colossal. »

« Il travaille dur pour te garder ici. Moi, je vis seule, alors je me suis contentée d'un beignet rassis et d'une tasse de café tiède. Je pourrais avaler un des menus hamburgers géants de chez The Hearth avec une grosse part de tarte au fromage blanc et coulis de framboise. »

« Je ne comprendrai jamais comment Tamara et toi pouvez autant manger en restant si minces. Vous pesez combien ? cinquante-cinq kilos toutes mouillées ? » demanda Natalie en montant dans la Corvette rouge de Lily. Depuis l'âge de douze ans, Lily avait toujours rêvé d'avoir une Corvette rouge.

« Cinquante-sept kilos et demi », dit Lily. « Bien que ma sœur ait dû perdre au moins trois kilos, si ce n'est plus. »

Natalie dit d'une voix sérieuse : « Tu t'inquiètes à son sujet ? »

« Un peu. Elle est obsédée par l'envie de plaire à Warren et pense qu'il est malheureux parce qu'elle n'est pas encore tombée enceinte. »

« Il veut vraiment un enfant ? »

Lily haussa les épaules. « Je ne sais pas. Je ne l'ai jamais vu montrer aucune attirance pour les enfants, mais il y a quelque chose qui cloche chez lui. Il est irascible et nerveux en ce moment. » Elles quittèrent l'allée en trombe et s'éloignèrent de la maison. Lily conduisait comme un véritable coureur automobile. « Je ne voulais pas de Warren Hunt pour ma sœur. Il est trop autoritaire. »

« Oui, mais Tamara n'est pas aussi indépendante que toi. Je crois qu'elle doit aimer cette domination. »

« Peut-être. Mais moi, il ne me convient pas. »

« Ce qui tombe très bien puisqu'il est le mari de ta sœur. »

Lily lança sa tête en arrière et se mit à rire. Son rire puissant et chaleureux avait toujours fait sourire Natalie. Lily mit un CD dans le lecteur. Dans une seconde, la rapide voiture serait emplie de la musique des Nine Inch Nails.

« Ah ! Tu aimes toujours les classiques », dit Natalie. « Ce matin j'ai fait l'erreur de parler à Papa de nos répétitions nocturnes au Blue Lady. »

« Qu'est-ce qu'on s'amusait ! On voulait appeler notre groupe Fetish », gloussa Lily. « On pensait que ce nom était si provocateur ! Pauvre Tam. Elle s'était angoissée des jours à cause de cela. Elle croyait que Maman allait faire une attaque. Comme si on avait eu une chance de réussir dans le monde du rock. Tu étais la seule à avoir un réel talent. T'as pensé à prendre tes guitares en quittant l'appartement de Kenny en trombe ? »

« Une. La trimbaler partout où je vais est une seconde nature chez moi. »

« Je suis heureuse que tu n'aies jamais arrêté la musique comme Tam et moi l'avons fait. Warren est à une espèce de conférence à Cleveland. Il ne rentrera pas avant ce soir. Pourquoi n'irions-nous pas prendre Tam pour le déjeuner ? Elle adorerait te voir, et toi, tu ne vas pas mourir de faim avant qu'on ne soit au restaurant. Je sais qu'elle s'ennuie. »

« J'adorerais déjeuner avec elle. Ce serait comme au bon vieux temps. »

« Je vais l'appeler. Elle a horreur des surprises. Tu sais combien comme sa vie est organisée. »

Lily coupa la musique et appela de son portable. Elle attendit quelques minutes puis dit en fronçant les sourcils : « Pas de réponse. »

« Pas de chance pour le déjeuner. Je la verrai à un autre moment. Je ne pars pas avant une semaine. »

Lily reposa lentement le téléphone. « On devrait quand même passer chez elle. »

« Mais tu viens de dire qu'elle détestait les surprises. »

« C'est vrai, mais il y a quelque chose qui ne va pas. Même si elle avait repoussé l'invitation d'hier soir au Panache, je l'ai appelée juste avant qu'on y aille. Je pensais que je pouvais encore la convaincre. Pas de réponse. »

« Elle était peut-être allée au cinéma. »

Lily secoua la tête. « Quand le brillant Dr Warren est en déplacement, il appelle toujours à 22 heures. J'ai appelé vers 10 heures un quart du Panache. Toujours pas de réponse. Je sais que j'ai l'air d'une mère poule, mais je dois la voir. »

« Tu as un de tes mauvais pressentiments, n'est-ce pas ? » demanda Natalie. « Un de tes pressentiments de jumelle ? »

Lily avait l'air un peu embarrassée. « D'accord, je suis inquiète à cause de tous ces appels sans réponse, et oui, j'ai un de mes pressentiments. Tu dois sans doute penser que je suis folle, mais... »

« Je ne pense absolument pas que tu es folle », dit Natalie à Lily alors que celle-ci tournait à droite, s'éloignant du quartier commercial vers le lac. « Même si je n'avais pas lu tous ces articles sur cette étrange communication possible entre jumeaux, je l'ai souvent expérimentée personnellement avec toi et Tamara. »

« Nous ne sommes pas si phénoménales que ces gens que tu as pu voir à la télévision, mais il nous est arrivé certains trucs étranges. »

« Comme quand vous aviez douze ans et que personne ne savait où tu étais. Tamara ne cessait pas de répéter que tu étais dans la maison des Saunders. Et tu y étais, avec une jambe cassée ! Tout le monde a pensé que Tamara avait deviné où tu étais parce que nous allions jouer là-bas quelques fois. Mais elle m'a raconté qu'en fait elle avait eu une vision. Elle t'avait vue au bas de la cage d'escalier avec ta jambe retournée sous toi. Elle m'avait fait promettre de n'en parler à personne. »

« Elle se sentait différente à cause de cela. Elle avait peur que les gens la prennent pour une folle. J'ai déjà eu quelques visions à son sujet, moi aussi. » Natalie s'aperçut qu'elles roulaient plus vite — bien trop vite pour ce genre de routes, mais elle ne demanda pas à Lily de ralentir. Elle était visiblement très inquiète au sujet de sa sœur. « Je n'ai pas de vision pour le moment, du moins aucune de Tamara. Mais la nuit dernière je n'ai pas cessé de rêver d'un chien qui hurlait à la mort, sous la pluie. Cela n'a sans doute rien à voir avec Tam, mais chaque fois que je me réveillais, je me rendormais et refaisais le même rêve. Quoi qu'il en soit, j'ai un mauvais pressentiment. Fondé sans doute uniquement sur le fait que je ne puisse pas la joindre au téléphone. » Elle sourit timidement à Natalie. « Merci de ton indulgence. »

« Pas de problème. Si elle est à la maison, on a plus de chance de pouvoir l'emmener avec nous que par un simple appel téléphonique, n'est-ce pas ? »

« Exact », acquiesça Lili d'un sourire plus large.

Natalie regarda par la fenêtre de la voiture. L'orage semblait avoir nettoyé l'atmosphère. Le ciel était bleu azur empreint de quelques nuages suspendus qui ressemblaient à des barbes à papa. Une brise légère tourmentait les feuilles toujours colorées de ce vert printanier. Les températures fraîches autour du lac retardaient la floraison contrairement aux régions du centre de l'Ohio où vivait Natalie. Bien qu'on soit en juin, quelques forsythias résistants arboraient encore leurs fleurs jaunes au soleil. Par une si belle journée, elle aurait presque pu oublier sa peine pour Kenny Davis. Presque.

« Voici la nouvelle maison de Tam et Warren », dit Lily en montrant du doigt une immense demeure jaune pâle aux volets bleu ardoise.

« Je n'avais pas réalisé qu'elle était si éloignée du centre. Elle est si proche de la maison des Saunders. »

« Cet endroit tombe en ruine. C'est dommage. »

« Pourquoi l'Association des Monuments historiques du comté n'a-t-elle rien fait ? »

« As-tu oublié que cette Viveca Cosgrove est la seule descendante vivante d'Ariel et Zebediah ? La maison lui appartient. Elle devrait en faire don à l'Association mais elle préfère la leur vendre à un prix exorbitant. »

« Ça lui ressemble bien. »

« Tout à fait. Elle a aussi toujours mainmise sur cette propriété sur laquelle se trouve le Blue Lady. Quoique Papa m'ait dit qu'elle pensait la vendre à quelqu'un qui voudrait bien reconstruire l'hôtel. »

« J'adorerais revoir cet hôtel en état », l'interrompit Natalie. « Alors, elle est toujours avec ton père ? »

« Viveca a encore frappé. Je suis heureuse que mon père ne soit pas tombé amoureux. Du moins, je ne pense pas qu'il l'ait été. Et sa fille, Alison, comment elle est ? »

« Folle à lier, mais je ne devrais pas le dire. » Lily grimaça. « Elle est l'une des patientes de Warren. Elle voyait un psy de Toledo mais pour je ne sais quelles raisons, elle en a changé, bien que Warren soit psychanalyste et ne puisse pas prescrire de médicaments, ce dont, je pense, elle aurait besoin. » Lily ralentit et s'engagea dans l'allée de la maison. Devant elles se trouvait une nouvelle Ford Contour. « C'est la voiture de Tamara. Regarde, elle est couverte de feuilles et de brindilles. Cela doit venir de l'orage d'hier. Tam n'aurait pas laissé sa voiture, surtout neuve, sous un arbre pendant un orage. Elle l'aurait mise au garage. »

« Peut-être que la porte du garage est cassée », suggéra Natalie. « C'est arrivé à l'appartement de Kenny une fois. Un câble avait lâché et il ne pouvait plus ouvrir la porte. »

« Je ne sais pas », dit Lily sceptique. « Si c'était le cas, elle l'aurait au moins retirée de sous l'arbre pour qu'elle ne reçoive pas de branches. » Elle sortit de la Corvette et se dirigea vers la porte d'entrée. « C'est le journal du matin. Tam lit toujours le journal en buvant son café du matin. »

Natalie suivit Lily sur la pelouse. Bien que le soleil brillât et que la température dût atteindre les 25 °C, le sol était encore humide. La pluie était tombée des heures durant la nuit dernière.

« Eh ! regarde la fenêtre du salon ! » dit Lily d'une voix anxieuse aiguë. « Elle est ouverte d'au moins vingt centimètres. Les rideaux sont trempés. Tam ne laisserait jamais une fenêtre ouverte pendant l'orage. »

« C’est juste une fenêtre », dit calmement Natalie, bien qu’elle commençât, elle aussi, à se sentir nerveuse. « Cela peut arriver d’oublier une fenêtre. »

Lily avait quitté le porche et se tenait debout sur la pelouse regardant vers les étages.

« Il y a une autre fenêtre ouverte en haut. C’est la fenêtre de la chambre. Ne me dis pas qu’elle aurait aussi oublié celle-ci ! »

Il n’y avait rien de réconfortant que Natalie puisse dire. Visiblement quelque chose ne tournait pas rond. « OK. Qu’est-ce qu’on fait ? On appelle d’abord la police ? »

« La police ? » Lily secoua la tête. « Non, le shérif Purdue m’aurait écoutée, mais on en a un nouveau maintenant. Un type de New York. »

« De New York ? Ici ? »

« Ouais. Il s’appelle Meredith et a quitté New York à cause d’une tragédie arrivée à sa femme. Peu importe, de toute façon il suit la procédure. Il dirait que Tam n’est pas absente depuis suffisamment longtemps pour pouvoir la déclarer disparue ou il trouverait d’autres excuses pour ne rien entreprendre. » Elle passa la main dans ses cheveux. « Tam a l’habitude de faire une balade après dîner. Peut-être est-elle tombée ? »

Natalie jeta un œil aux nouvelles maisons construites des deux côtés de la rue. « Dans quelle direction est-elle allée ? »

« Pas dans la rue ! Tam est allée dans Hyacinth Lane qui mène à la maison des Saunders. » Elle quitta la pelouse et montra la direction du doigt. « Peut-être Tam a-t-elle marché jusqu’à la maison. Peut-être est-elle gisante, blessée dans cette maison et je ne l’ai pas ressenti parce que je suis trop préoccupée par moi-même et… »

« Lily ! » cria Natalie, se hâtant de la rattraper. « Restons calmes jusqu’à ce que nous ayons atteint le chemin et la maison. »

« Et si elle n’y est pas ? »

« Nous appellerons Warren. »

« Je ne sais même pas dans quel hôtel il est descendu. »

« Il ne doit pas y avoir beaucoup de conventions de psychanalystes à Cleveland en ce moment. On le trouvera. »

« Et s'il n'a pas parlé à Tamara hier soir ? »

« Alors, on appellera ton stupide shérif. Mais ne nous affolons pas. Cela ne nous aidera pas à retrouver Tamara. »

Lily respira profondément. « Tu as raison. Tu as toujours été la voix de la raison. C'est juste que Tamara avait l'air si malheureuse ces derniers temps, si vulnérable. Si seulement je lui avais porté plus d'attention. » Elle s'arrêta net. « C'est quoi, ce bruit ? »

Natalie avait vaguement remarqué ce bruit depuis un moment. Il s'agissait sans doute du bruissement de feuilles ou de branches qui craquaient. Elles restèrent silencieuses. Tout devint calme. Même les oiseaux ne chantaient plus. Le vers d'un poème de Keats traversa l'esprit de Natalie : « Et les oiseaux ne chantaient plus. »

« Il y a quelque chose dans les fourrés », murmura Lily.

« Je sais. » Natalie s'agenouilla. « Viens, viens me voir. Tout va bien. »

« Mais qu'est-ce que tu fais ? »

« Lily, tais-toi une minute. » Natalie scrutait les buissons. « Viens. » Elle tendit la main, la paume vers le bas. « Je ne te ferai aucun mal », dit-elle d'une voix douce. Les mots n'avaient pas d'importance. Seul le ton comptait. « C'est bien… »

Elle continua à murmurer. Puis elle vit la tête. Un long museau, plutôt fauve. De petites oreilles marron. Un corps noir. « Viens. » Le chien s'approcha de Natalie en rampant, comme s'il s'attendait à être battu. Quand il atteignit enfin sa main, il la renifla deux fois et se mit à geindre.

« Le chien de mon rêve », murmura Lily.

« Je pensais que tu avais juste entendu hurler à la mort dans ton rêve. »

« Je le pensais aussi, jusqu'à ce que je voie ce chien. » Lily parlait plus fort. « Nat, c'est ce chien qui hurlait à la mort sous la pluie. De quelle race est-il ? »

« C'est un bâtard. » Natalie caressa sa tête et frotta ses oreilles. Le chien se redressa un peu comme s'il avait moins peur. « Je dirais qu'il a du Airedale. » Elle pencha la tête. « C'est une femelle qui n'a jamais eu de petits. » Le chien était à présent entièrement redressé. « Pas de collier. Une longue cicatrice sur la gueule, probablement due à une branche d'arbre. »

« Il doit s'être égaré », dit Lily.

Natalie massait le cou du chien. Elle remarqua que ses poils déjà emmêlés étaient encore plus durs à cet endroit. Oh, j'espère qu'il ne s'est pas roulé dans des déchets, pria Natalie. Elle retira ses mains. Les poils étaient rougeâtres. Elle les renifla puis regarda le chien. Il gémissait. Alors que son cœur se mettait à battre plus vite, elle posa gentiment ses mains de part et d'autre de la tête du chien pour la faire pivoter. Elle n'était pas surprise de sa découverte.

« Qu'est-ce qui se passe ? » demanda Lily. « Tu es toute pâle. »

Natalie déglutit. « Lily, le cou de ce chien est couvert de sang séché, mais il n'y a aucune trace de blessure. »

« Ce qui veut dire ? »

Natalie n'avait pas envie d'expliquer comment un chien ou un loup essayait de protéger le cou d'un autre. Elle se redressa. « Lily, le chien sait peut-être où se trouve Tamara. Peut-être l'a-t-il vue. »

« Et comment le savoir ? »

« On ne peut pas, mais remettons-nous en route et voyons ce qui se passe. » Natalie se tourna vers le chien. « Viens. » Elle tapa sur sa cuisse. « Viens ! »

Le chien hésita un moment, puis approcha. Il comprenait les ordres simples. Natalie remarqua ses côtes saillantes, ses griffes cassées et quelques écorchures. Il n'avait pas eu la vie facile ces derniers temps.

« Lily, continue à marcher et garde une voix calme. Le chien a peur. »

« Le chien a peur », laissa échapper Lily.

« Lily », dit Natalie sévèrement. « Je pense que Tamara est blessée et que ce chien était avec elle. Alors, veux-tu qu'il s'enfuie effrayé ou veux-tu qu'il nous conduise jusqu'à Tamara ? »

Lily acquiesça. « D'accord. Je suis désolée. Je suis tellement nerveuse. »

« Je sais. Continuons. » Elles commencèrent à descendre le chemin sinueux. Le chien s'attardait derrière elles. Natalie se retourna et sourit. « Viens », l'encouragea-t-elle.

Le chien rejoignit Natalie qui lui caressa la tête. Rassuré, il sauta en avant. En dépit de sa faible condition physique, il était puissant et gracieux.

« Je ne vois aucune trace de Tam », lança Lily.

« Le chemin est si sinueux et les buissons sont hauts. Cela ne ressemblait pas à ça quand nous venions faire du vélo ici. »

« Je déteste te faire du mal », dit Lily, « mais je te rappelle que nous n'avons pas fait de vélo ici depuis plus de treize ans ! »

« C'est dur de croire que c'est si vieux. » Le chien se mit à courir. Il s'arrêta au bout de trente mètres devant une branche de chêne brisée par la foudre, couchée en travers du chemin. La branche était couverte de chèvrefeuille. Les minuscules fleurs blanches et jaunes dégageaient un puissant parfum délicat. Des centaines d'abeilles, attirées par cette odeur, bourdonnaient, menaçantes.

D'un coup, le chien se mit à aboyer d'un ton aigu alarmant. Il allait et venait en courant de façon agitée.

Lily et Natalie s'arrêtèrent alors que les feuilles du chêne et celles du chèvrefeuille bruissaient. Les larges ailes noires d'un rapace se dressant lentement au bout de la branche apparurent. Il les regardait de ses yeux perçants et hagards cerclés de rouge. Un autre suivit. Le chien dirigea son regard vers les deux affreux charognards en aboyant méchamment. Ses poils étaient dressés sur son épine dorsale. La même sensation parcourut Natalie.

« Qu'est-ce qui se passe ? » demanda Lily d'une voix légère, peu naturelle.

« Je n'en sais encore rien », dit Natalie. « Reste ici. Je vais voir. »

Lily agrippa le bras de Natalie. « Nat, je me sens mal. » Elle était devenue blanche comme un linge. « Je… Je crois que je sais ce qui se passe. »

Natalie dégagea les doigts de Lily. « Reste là. »

Si seulement Natalie pouvait se sentir aussi forte qu'elle semblait paraître. Même si la journée était ensoleillée, cet endroit était sombre et froid. Ce n'était pas normal. Natalie avait parcouru Hyacinth Lane des centaines de fois mais elle n'avait jamais ressenti cela. Il lui semblait qu'elle se trouvait en un endroit complètement inconnu et hostile. Un endroit malfaisant.

Elle croisa les bras sur sa poitrine comme pour se défendre. Tout à coup, elle se souvint du chien. Il était venu la rejoindre. Son poil était toujours dressé et il gémissait plaintivement. Oh, mon Dieu, non. Plus ils approchaient du chèvrefeuille et plus le bourdonnement des abeilles s'intensifiait. Un autre rapace, horriblement large, surgit et les survola d'une façon digne d'un film d'épouvante.

Natalie ralentit et s'arrêta presque. Le chien se tapit, gémissant. « Natalie ? » appela Lily faiblement. Natalie ne lui répondit pas. Parcourue de frissons, elle se força à avancer vers le tas de feuilles de chêne et le chèvrefeuille. Se rapprochant le plus qu'elle put, elle se pencha en avant, chassant les abeilles et la nuée de mouches noires pour pouvoir regarder à l'intérieur des buissons. Alors, au milieu des feuilles vertes luisantes et des pétales de fleurs minuscules, elle vit le profil de Tamara. Du moins en partie. Les rapaces avaient eu raison du reste.

3

I

« Natalie, est-ce que c'est Tam ? »

La salive emplissait la bouche de Natalie. En tant que vétérinaire, elle avait déjà eu quelques visions d'horreur, et le fait qu'il s'agissait d'animaux plutôt que d'humains n'avait fait aucune différence à ses yeux. Jusqu'à aujourd'hui. Devant elle gisait le cadavre d'une magnifique jeune femme. Pas n'importe quelle jeune femme — une qu'elle connaissait depuis plus de vingt ans.

« Natalie », répéta Lily en s'approchant.

Natalie lui fit signe de s'éloigner. « Reste en arrière ! »

Le chien se tapit et Lily frissonna. « C'est Tam », dit Lily d'une voix monocorde. « Elle est morte. »

Natalie ferma les yeux. « Oui, Lily. Elle est morte. »

Le chien gémit comme par compassion. Natalie rouvrit les yeux et regarda Lily. Lily et Tamara. Deux visages miroirs. À présent l'un restait beau alors que l'autre avait été rendu grotesque.

« Es-tu sûre qu'elle est... ? » demanda Lily sans conviction. « Peut-être est-elle seulement inconsciente, ou je ne sais pas, moi. »

Elle n'avait plus d'yeux et le reste de la chair de son visage était trop pâle pour un être vivant. « Lily, Tamara est morte. »

Lily se rapprocha et Natalie entoura son corps raidi de ses bras. « Je suis tellement désolée », dit-elle doucement.

« Tout est si étrange », marmonna Lily. « Mon rêve. Le chien. J'ai vu ce chien dans mon rêve. Il hurlait à la mort. » Elle prit une longue respiration. « C'est le sang de Tam sur son cou. »

« Sans doute. »

« Elle est restée là, toute la nuit sous la pluie. Moi, je m'amusais au Panache, puis je suis rentrée et j'ai dormi comme une souche dans mon beau petit lit sec pendant que ma sœur gisait là avec ce seul chien pour aide. »

« Ce n'est pas de ta faute. Tu ne pouvais pas savoir. »

La voix de Lily s'éleva. « Si les rôles avaient été inversés, Tam aurait su. »

« Peut-être ou peut-être pas. » Natalie éloigna Lily d'elle afin d'observer son regard noisette qui ne semblait plus très présent. Elle commençait à parler de retourner à la voiture pour appeler la police. Puis l'image des vautours à tête rouge envahit son esprit. Elle ne pouvait pas laisser Tamara subir un nouvel assaut, mais elle ne pouvait pas non plus demander à Lily de veiller sur le corps mutilé de sa sœur. Elle ne voulait pas que Lily voie Tamara. « Appelle la police de ton téléphone de voiture », ordonna-t-elle.

Lily écarquilla les yeux. « Tu veux que je retourne seule à la voiture ? »

« Oui. Il faut que je reste avec Tamara. S'il te plaît, Lily. »

Lily fit demi-tour et s'éloigna sur la route. Natalie la regardait en espérant qu'elle n'allait pas s'évanouir. Ses jambes avançaient décidées et rapides. La réalité de la mort de Tamara ne lui était sans doute pas encore apparue.

Natalie baissa le regard vers le chien. « Tu as vu ce qui s'est passé ? Est-ce l'arbre en tombant qui a tué Tamara ? » Le chien tourna la tête, écoutant avec attention. Natalie se ressaisit et retourna auprès de Tamara. On ne pouvait voir que son visage. L'arbre, les feuilles et les chèvrefeuilles couvraient le reste du son corps.

Elle se retourna vers le chien, pensive. Il avait le sang de Tamara sur le cou, mais on ne voyait que son visage. Il n'y avait aucune trace pouvant déterminer qu'il avait piétiné les chèvrefeuilles pour atteindre Tamara. Le chien devait être près du corps — du corps sanguinolent — avant que l'arbre ne tombe.

Tamara était déjà morte. Peut-être avait-elle été touchée par la foudre.

Le chien s'approcha d'elle comme s'il voulait parler. Natalie s'agenouilla et prit sa gueule entre ses mains. « Tu as essayé de l'aider, n'est-ce pas ? Tu as essayé d'aider la jolie jeune femme… »

Natalie s'interrompit. Tamara n'était plus une jolie jeune femme à présent. Pauvre Tam, elle si gentille et délicate, qui s'était toujours acharnée à contenter tout le monde. Et voilà comment elle finit. C'était plus qu'injuste. Natalie avait envie de hurler sa rage, sa tristesse, sa révolte. Mais il fallait qu'elle garde son sang-froid pour Lily. Elle ne pouvait plus rien faire pour Tamara, mais elle pouvait aider Lily à surmonter cette horreur.

Natalie faisait les cent pas. Des ombres descendaient vers elle. Elle leva le regard. Les vautours tournoyaient au-dessus de sa tête, attendant qu'elle abandonne leur festin. Elle eut envie de vomir. Elle ne pouvait plus regarder Tamara et se sentait minuscule et inutile. Elle aurait voulu que son père soit là. C'était un roc. Elle n'y avait d'ailleurs jamais pensé avant. Elle s'était contentée de penser que son aplomb pouvait parfois être très agaçant sans imaginer comme il pouvait être rassurant dans certaines circonstances, et elle en avait besoin, maintenant.

L'absence de Lily semblait durer des heures, mais quand Natalie l'aperçut sur Hyacinth Lane, elle jeta un œil à sa montre et vit qu'il ne s'était écoulé que quelques minutes. L'allure de Lily n'était plus si rapide et assurée qu'à l'aller. Sa démarche était hésitante. S'il vous plaît, qu'elle tienne le coup encore un peu, le temps qu'on puisse évacuer Tamara, pensa Natalie.

« As-tu eu la police ? » demanda-t-elle avant qu'elle ne l'ait rejointe.

« J'ai d'abord eu un suppléant. Il pensait que je plaisantais. Une blague », dit Lily, brutalement. « Puis le shérif Meredith a pris l'appel. Il n'a pas posé des tonnes de questions stupides. Il a dit qu'il venait immédiatement. » Elle s'arrêta devant Natalie, les lèvres si blanches qu'on aurait pensé que tout son sang avait quitté son visage d'habitude si expressif. « Et j'ai appelé Papa. »

Oliver Peyton était un des descendants de la royauté de Port Ariel. Il en avait hérité de l'argent, mais cela ne l'avait pas empêché de continuer à pratiquer le droit. Il avait la réputation d'être un adversaire terriblement intelligent et redoutable dans une salle d'audience. Natalie s'en souvenait comme d'un homme fin, soigné et hautain.

« Est-ce que ton père est en route ? » demanda Natalie.

« Il était sorti. La gouvernante, Mme Ebert, s'est effondrée, mais je lui ai demandé de se reprendre et de chercher Papa et Warren. Elle pense qu'elle sait où se trouve Warren à Cleveland. » Elle leva les bras, impuissante. « J'ai l'impression de devoir faire plus pour Tam. »

« Il n'y a rien d'autre à faire. Tu as appelé les bonnes personnes et tu es à ses côtés. »

« Je ne l'ai même pas regardée. »

« Tu n'as pas besoin de le faire. »

« Est-ce si horrible que cela ? » Leurs yeux se croisèrent et Natalie acquiesça à contrecœur. « Les vautours ? »

« Oui. Mais elle était déjà morte à leur arrivée. Elle n'a rien senti. »

« On ne peut pas en être sûres. On ne peut être sûres de rien. » Le regard de Lily parcourut l'arbre qui couvrait sa sœur. « Tam détestait les orages. Pourquoi serait-elle restée jusqu'à ce que la foudre brise cet arbre ? »

Natalie ne voulait pas aborder la théorie selon laquelle ce ne serait pas l'arbre qui aurait tué Tamara et soulever ainsi des questions auxquelles elle ne pouvait pas répondre. « Tu sais bien que les orages s'amplifient rapidement ici. »

« Pas si vite que Tam n'ait pu rejoindre sa maison. On la voit presque d'ici. »

« Je n'en sais rien, Lily. Peut-être est-elle allée à la maison des Saunders. Elle y est restée trop longtemps et a été surprise au pire moment de l'orage. »

« Le pire moment de l'orage n'a pas frappé avant 10 heures. Elle aurait été à la maison à attendre l'appel de Warren. »

« On était au Panache. On ne sait pas exactement quand l'orage était à son apogée ici. »

« Mais… » Lily se tut et son visage se raidit. Elle fut prise d'un long sanglot bouleversant. Natalie se précipita vers elle, la saisissant avant qu'elle ne s'écroule et l'assit doucement au sol. Un autre sanglot déchira la gorge de Lily. « Oh, Nat, je ne peux pas le croire. Ma petite sœur. Elle était plus jeune que moi de trois minutes, tu sais. Trois minutes… »

« Je me souviens », dit Natalie gentiment, en berçant le corps tremblant de Lily.

« On était plus que des sœurs. Nous savions ce que l'autre pensait, ressentait. Nous savions quand l'autre avait des ennuis. Du moins Tam savait-elle quand moi j'avais des ennuis. »

« Tu le savais pour elle aussi. Tu savais que quelque chose n'allait pas hier soir. C'est ce qui t'a fait rêver de ce chien. »

« Mais Tam n'était pas dans mon rêve ! »

« Tu ne peux pas t'affliger de n'être pas voyante. Et Tamara est sans doute morte sur le coup. Tu n'aurais pas pu la sauver. »

Natalie se sentit soulagée en entendant les sirènes. Dieu merci, de l'aide arrivait parce qu'elle ne savait pas combien de temps elle serait parvenue à contenir l'hystérie de Lily. C'est une voiture de police qui arriva la première. Lily avait dû bien les renseigner car ils prenaient Hyacinth Lane et non l'allée de la maison de Tamara. Une ambulance suivait de près.

« Je ne pense pas que je pourrai parler à qui que ce soit », dit Lily en tremblant.

« Je m'en occupe. » Natalie regardait un grand homme mince aux cheveux bruns sortir de la voiture de police. Elle se leva à son approche.

« Mademoiselle Peyton ? » demanda-t-il d'une voix profonde.

« Non. Natalie St. John. Voici Lily Peyton. » Elle alla jusqu'à Lily qui était assise dans l'herbe. « Elle ne se sent pas bien. J'ai découvert Tamara. »

Ses grands yeux bleus regardèrent Lily puis Natalie. « Il y a combien de temps que vous avez découvert Mme Hunt ? »

« Environ vingt minutes. »

« Avez-vous touché quoi que ce soit ? »

« Non. » Elle se retourna et regarda l'arbre. Le chien était assis à côté comme pour monter la garde. « Elle est en partie en dessous, là. »

« Est-ce votre chien ? »

« Non. C'est un chien errant. Je pense qu'il a trouvé Tamara la nuit dernière… » Elle s'interrompit. Elle ne voulait pas parler du sang sur le cou du chien. « Nous cherchons à localiser le mari de Mme Hunt. »

« Bien. » Il regarda Lily et dit d'une voix chaleureuse : « J'aurais à vous poser quelques questions plus tard, mademoiselle Peyton. » Lily acquiesça de la tête. Il se retourna vers Natalie : « Vous pensez que le chien peut mordre ? »

« Je ne pense pas, mais je vais l'appeler. » Elle siffla. Le chien répondit hésitant alors que le shérif, un adjoint et les secours s'approchaient du corps. Natalie s'écroula sur l'herbe à côté de Lily. Une autre voiture de police arrivait avec plusieurs agents à son bord. Elle caressa la tête du chien en observant les équipes de police fouiller les feuilles et les chèvrefeuilles. Quelqu'un se mit à prendre des photos sous tous les angles. Natalie s'imaginait parfaitement ce qu'ils voyaient. Dieu merci, Lily ne le pouvait pas.

« Je voudrais que Papa soit là », dit Lily bêtement. « Il sait toujours quoi faire. Je ne suis d'aucune utilité. »

« Même ton père ne pourrait pas aider, Lily. Tout est du ressort de la police maintenant. »

« Mais cela ne concerne pas vraiment la police. C'était un accident. Je ne comprends pas pourquoi ils prennent toutes ces photos. »

Parce qu'ils ne sont pas sûrs non plus de ce qui est arrivé, pensa Natalie avec inquiétude. « La police se déplace même en cas d'accident. De plus, ils doivent enlever le corps de Tamara. »

« Qu'est-ce qui s'passe ? »

Un très beau garçon d'environ douze ans se tenait devant elles, balançant son vélo à ses côtés. Natalie n'avait pas remarqué son arrivée.

« Il y a eu un accident », dit-elle. « Tu ne devrais vraiment pas rester ici. »

« Est-ce que quelqu'un est mort ? » demanda le garçon les yeux vifs d'excitation.

« Oui. Maintenant, s'il te plaît. »

« Jimmy ! » Une femme descendait l'allée. Elle portait un jean et une longue chemise de toile qui couvrait ses larges cuisses. « Je t'ai demandé de te tenir loin d'ici. »

« M'man. Quelqu'un est mort ! » lança le garçon.

« Mort ! Oh mon Dieu ! » Elle s'arrêta. Elle avait un charme désuet et les mêmes yeux foncés que le garçon, les siens étaient cernés de légers signes de fatigue. Elle regarda Lily. « Tam... non, Lily ? »

« Oui, Beth. » Lily se retourna vers Natalie. « Voici Beth Jenkins, une voisine de Tam. »

« Qu'est-ce qui ne va pas ? » demanda Beth en s'approchant. « Jimmy a dit que quelqu'un était mort. »

« C'est Tam », dit Lily d'une voix tremblante. « Elle est sous cet arbre. »

« Mme Hunt ? » Le visage du garçon pâlit, l'excitation disparaissant de son regard. « Tamara ? »

« Je crains que oui », dit Lily.

Beth mit sa main devant sa bouche. Elle regarda, horrifiée, la police en train de fouiller. « Que s'est-il passé ? »

Avant que quelqu'un ait pu répondre, on appela. « Les Hunt ont-ils une tronçonneuse dans leur garage ? »

Lily haussa les épaules. « Je ne sais pas. »

« On en a une », dit Jimmy Jenkins. « Je sais exactement où elle est. »

Le shérif Meredith apparut. « Bonjour, Jimmy, tu es sûr que ton père a une tronçonneuse ? »

« Bien sûr que j'suis sûr. Vous êtes sûr que c'est Tamara ? J'veux dire, elle est trop jeune pour mourir. Et trop gentille.

Peut-être que c'est quelqu'un d'autre qu'on ne connaît pas », conclut-il avec espoir.

« Jimmy, on s'occupera de l'identification plus tard », dit le shérif avec compassion. « Allons chercher la tronçonneuse maintenant. »

Il s'adressa à deux agents, qui suivirent immédiatement Jimmy. « Suivez-moi », dit Jimmy inutilement et il démarra sur son vélo.

Beth se tordait les mains. « Qu'est-ce que je peux faire, Lily ? Tu veux du thé ou de la limonade ? Il commence à faire chaud et tu as l'air d'une morte. Oh ! » La tristesse traversa son visage. « Ce n'est pas ce que je voulais dire. Tu es ravissante. Tamara et toi êtes de si jolies filles. Elle est venue hier et elle était rayonnante. Oh ! Je ne peux rien dire de correct ! » Une larme coulait le long de la joue droite de Beth. « Je suis désolée. Je ne peux pas croire à cela. Elle était si gentille. Je suis toujours trop occupée avec les autres enfants. Jimmy allait sans cesse chez elle. Elle lui donnait de la limonade et des gâteaux et lui faisait la conversation sans jamais se plaindre de son attitude. Je pense qu'il avait le béguin pour elle. Oh, c'est horrible ! »

Lily dit gentiment : « Pourquoi n'iriez-vous pas à la maison, aider Jimmy à trouver cette tronçonneuse, Beth ? Natalie est avec moi et Papa sera bientôt là. »

Natalie vit l'émotion traverser le regard de la femme. Elle voulait se rendre utile, mais elle souhaitait aussi échapper à cette terrible scène. C'est cela qui l'emporta. « Eh bien, si vous croyez. »

« Oui. Merci, Beth. »

La femme se retourna et courut presque sur le chemin. Lily secoua la tête. « Tam aimait beaucoup Beth. Et elle pensait que Beth avait beaucoup de chance — elle a quatre enfants. Jimmy est le plus vieux. Tam voulait tant avoir des enfants. » Soudain elle soupira et se prit la tête entre les mains. « J'étais anéantie quand Maman est morte. Aujourd'hui, je suis heureuse qu'elle ne soit plus là. Cela l'aurait tellement bouleversée qu'elle n'aurait jamais pu s'en remettre. Papa est plus fort. »

Des hommes revenaient avec la tronçonneuse. Jimmy les suivait mais ils le stoppèrent avant qu'il ait atteint l'endroit où se trouvait le corps de Tamara. Il resta debout, balançant son vélo à ses côtés à observer. On avait démarré la tronçonneuse.

Lily ferma les yeux. « C'est déjà assez horrible qu'elle soit morte, mais emprisonnée comme cela… » Un frisson la parcourut. « Ma sœur n'était pas supposée mourir de la sorte. »

Le bruit de la tronçonneuse déchira ce bel après-midi. « Attention ! » cria un homme. « Ne va pas lui couper les jambes ! » Lily pencha vers l'avant comme si elle allait s'évanouir. « S'il te plaît, dis-moi que c'est un cauchemar et que je vais me réveiller. »

« J'aimerais pouvoir. »

« Je ne vais pas pouvoir faire face maintenant. » Lily se releva et commença à tourner en rond. « Non, je ne vais pas pouvoir faire face maintenant. Je ne peux pas. »

« Lily, assieds-toi s'il te plaît. Tu es si blanche. »

« Je ne peux pas. » Elle s'entoura de ses bras en piétinant l'herbe du bas-côté de la route de façon insensée. « Je ne comprends pas. Tout cela n'a aucun sens. Tam ne serait jamais restée dehors sous l'orage… » Elle fronça les sourcils et se pencha pour ramasser un morceau de papier.

« Qu'est-ce que c'est ? » demanda Natalie.

Lily regarda la chose deux secondes et dit bouleversée : « Je n'y crois pas ! »

Natalie la rejoignit, tendant la main. Lily lui donna un morceau de papier blanc détrempé par la pluie. Dessus était écrit en lettres dactylographiées délavées « LEUR GORGE EST UN TOMBEAU OUVERT ».

Il y avait des taches de sang sur le bord droit du papier.

« C'était sous ces feuilles. D'où penses-tu que cela provienne ? »

Natalie regarda la tache de sang, puis l'endroit où se trouvait le corps de Tam. Dix à quinze mètres entre les deux. Elle savait. « Ce n'est sans doute rien du tout », dit-elle doucement à une Lily déjà affolée en mettant la note dans sa poche.

« Pourquoi fais-tu cela ? » demanda Lily. « Il est mouillé et sale. Tu penses que ça a un rapport avec Tam, non ? »

« Sans doute aucun. » Natalie leva les yeux. « Dieu merci voilà ton père. »

Au bas de la route, Oliver Peyton descendait d'une Lexus noire. Ses cheveux argent brillaient au soleil, parfaits comme toujours, mais quand il approcha, Natalie remarqua que son visage était au moins aussi gris que son costume très élégant. Son regard était vague et ses yeux écarquillés comme s'il venait de voir quelque chose d'effrayant. Natalie avait toujours pensé de lui qu'il était la personne la plus froide qu'elle avait jamais rencontrée, sauf lorsqu'il était question des filles. Il avait été un père aimant et indulgent, et Natalie avait souvent envié les jumelles d'avoir de si faciles relations avec leur père. Elles n'étaient pas si épineuses que celles qu'elle entretenait avec Andrew. « Lily », dit Oliver, sa voix habituellement si nette était nasillarde et incertaine.

« Papa, je suis si contente que tu sois là. »

Oliver s'arrêta devant elle et la prit fermement par les épaules. « Lily, Mme Ebert m'a dit que tu avais appelé. Elle a dit que Tamara était morte. Elle doit se tromper. Maintenant je veux que tu me racontes calmement et clairement ce qui se passe. »

Lily le fixa du regard. « Papa, c'est vrai. Tam est morte. »

« Non, non, ça ne peut pas être vrai », insista Oliver. « Alors maintenant, pense à ce que tu dis. »

« Elle est morte ! » lâcha Lily, les larmes roulant sur ses joues pâles. « Tam est morte. »

Le shérif Meredith apparut. Oliver Peyton ne faisait que un mètre soixante environ et Meredith semblait le surplomber. « Monsieur Peyton, votre fille est morte », dit-il calmement. « Je suis vraiment désolé. »

« Je veux la voir. »

« Non, je ne crois pas. »

« Pourquoi ? » demanda Oliver. « Vous ne savez même pas s'il s'agit bien de ma fille. »

« C'est elle, monsieur Peyton », dit Natalie. « Je l'ai vue. »

Oliver la regarda indigné. « Et vous êtes ? »

« Oh, Papa, c'est Natalie St. John. » Lily semblait au bout du rouleau. « Elle dit que c'est Tam et son corps n'est plus en très bon état. Tu vois, il y avait ces vautours… »

Elle s'interrompit. La bouche d'Oliver pâlit. Le regard de Meredith dégageait de la compassion mais ses manières restaient professionnelles alors que, plus loin, la tronçonneuse continuait son implacable besogne. « Monsieur Peyton, nous ne connaissons pas les circonstances exactes de la mort de votre fille. Il semblerait que la foudre ait brisé un arbre qui se serait abattu sur elle. » Natalie le regarda rapidement. Il fit une pause de deux secondes puis reprit : « Pourquoi ne reconduisez-vous pas votre fille à la maison ? Nous en avons encore pour un moment puis nous devrons emmener le corps pour autopsie. »

Oliver et Lily se crispèrent. Natalie lui lança un regard furibond. Ce type devait-il être aussi brutal ? Lily avait raison — c'était un abruti.

« Je ne vais nulle part », annonça Oliver.

« Papa, je t'en prie », dit Lily faiblement. La sueur envahit son visage couleur cendre et ses mains se mirent à trembler. « Je dois quitter cet endroit et je ne peux pas conduire. »

« Oh, ma chérie. » Oliver semblait voir Lily pour la première fois. « Je dois rester. Natalie ne peut-elle te reconduire ? »

« Non, Papa, c'est de toi dont j'ai besoin. Je veux aller chez toi — chez nous. S'il te plaît. Il n'y a rien que nous puissions faire ici. » Elle tendit un jeu de clés à Natalie. « Tu peux ramener ma voiture ? »

Natalie acquiesça même si elle ne savait pas conduire une voiture à quatre vitesses. Elle ne voulait pas ennuyer Lily avec des histoires de voiture. Elle la laisserait dans l'allée chez Tamara et se ferait ramener.

« Il n'y a rien que vous puissiez faire ici », dit le shérif d'un ton aimable. « Prenez soin de votre fille, et je passerai plus tard chez vous vous tenir au courant. »

Oliver n'avait pas l'air bien non plus et il hocha la tête à contrecœur. Natalie et Meredith les regardèrent se traîner vers la Lexus et partir lentement. Puis Meredith se tourna vers elle, la fixant du regard le plus beau qu'elle ait jamais vu. « Vous ne pensez pas que Mme Hunt a été tuée par la chute d'un arbre. »

« Non. Je pense que ce chien errant était près du corps la nuit dernière. Son cou est couvert de sang séché. Parfois, les chiens et les loups étendent leur cou sur celui de l'un des leurs ou d'une personne pour les protéger. Je crois que c'est ce que ce chien a fait avec Tamara, mais comme vous le voyez, il n'avait aucune chance de prendre cette position avec Tamara sous cet arbre. L'arbre est tombé après la mort de Tam. »

Meredith fronça les sourcils, la regarda, regarda le chien, regarda l'endroit où gisait Tamara, puis reposa son regard sur elle. « Je n'ai jamais entendu parler de chiens agissant ainsi, pourquoi ? »

« Parce qu'un prédateur s'attaque à la gorge. Le plus fort protège la gorge du plus faible. »

« Comment savez-vous tout cela ? »

« Je suis vétérinaire. »

« Êtes-vous sûre que cela s'est passé comme ça ? »

« Non, je ne suis pas sûre. Tous les chiens ne le font pas. Mais ce chien n'a aucune trace de sang autour de la gueule pouvant laisser croire qu'il aurait tué puis mangé quelque chose. Le sang se trouve seulement autour de son cou, et il n'a aucune blessure à cet endroit. Et puis, il y a autre chose. » De la poche de son pantalon, elle sortit la note qu'avait trouvée Lily. « Regardez ça. »

« Leur gorge est un tombeau ouvert. » Le regard de Meredith revint sur elle. « Où l'avez-vous eue ? »

« Lily l'a trouvée juste là. » Elle désigna l'endroit de la tête. « Elle était presque entièrement recouverte de feuilles, sinon la pluie aurait effacé les mots. Je pense que c'est du sang, sur le bord. »

« Vous pensez que cette note a été laissée sur son corps ? »

« Sang sur le chien, sang sur le papier. Le vent aurait pu faire s'envoler le papier. » Meredith la transperça du regard. Elle se sentait soudain ridicule, avançant des théories debout, là, mais elle ne pouvait pas s'arrêter. « Le vent n'a sans doute pas pu faire s'envoler ce mot s'il était coincé sous tout ce feuillage, cependant, je pense que l'arbre est tombé après, après que Tam fut morte. Ou blessée. » Elle s'arrêta, mal à l'aise face au regard bleu intense.

Un morceau de l'arbre tomba en fracas et la tronçonneuse s'arrêta. Natalie et Meredith regardaient un agent déblayer les débris alors qu'une femme policier s'approchait du corps de Tamara. Elle se retourna tout de suite. « Shérif, je crois que vous devriez venir voir. »

Meredith jeta un œil sur Jimmy Jenkins qui traînait dans le coin. « Jimmy, rentre chez toi. » Puis il la regarda. « Docteur St. John, restez là. »

« Je reste avec vous », dit Jimmy bravement. « Vous pourriez avoir besoin d'un homme. »

« Merci », dit Natalie ravie de son offre. Elle s'agenouilla près du chien, caressant ses oreilles, lui parlant, essayant ainsi de suspendre l'horreur de la situation. Le chien lécha sa main en signe de remerciement. Remerciement pour quelques mots et gestes gentils, pensa Natalie la gorge serrée. Pauvre Tam, pauvre chien. Mon Dieu, quelle journée misérable. Elle entendit qu'on piétinait les gravillons, elle leva le regard. Meredith se tenait grand et droit à ses côtés. Son visage puissant était lugubre. « Je pense que vous aviez raison, docteur St. John », dit-il d'une voix sourde. « On lui a tranché la gorge. »

II

La gorge de Tamara était tranchée ? tranchée ?

Natalie se releva, la bouche légèrement ouverte de stupéfaction. Elle savait que Tamara n'avait pas été tuée par la chute de l'arbre. Elle était aussi presque sûre qu'elle n'avait pas été foudroyée. Mais ça ?

Meredith la regarda attentivement. « Docteur St. John, connaissez-vous quelqu'un qui aurait voulu assassiner Mme Hunt ? »

« Assassiner », répéta Natalie de façon dubitative. « Assassiner Tamara ? Mon Dieu, non ! Personne n'aurait pu vouloir lui faire du mal. »

« Quelqu'un l'a fait. Je n'ai pas besoin de rapport médical pour m'apprendre que sa gorge n'a pas été tranchée de façon accidentelle. » Il sembla remarquer Jimmy pour la première fois. « Je t'ai dit de partir d'ici, bonhomme ! » Jimmy sauta sur son vélo et s'éloigna, bien qu'il n'ait pas du tout semblé être intimidé par le ton dur du shérif. « Docteur St. John, je vous ai posé une question au sujet de Mme Hunt », dit Meredith.

Natalie leva les mains avec lassitude. « Je ne peux rien vous dire. Je ne vis plus à Port Ariel depuis des années. Je suis juste là en visite. »

« Peut-être que son père et sa sœur sauront quelque chose. Ou son mari. Sont-ils sa seule famille ? »

« Sa mère est morte. Il y a des oncles, tantes, cousins mais je ne sais pas où ils habitent. »

Meredith ne prenait aucune note, mais Natalie savait bien qu'il se rappellerait tout ce qu'elle lui avait dit. Elle jeta un œil à l'endroit où se trouvait le corps de Tamara. Des gens enlevaient les feuilles restantes et les tronçons de bois. Les secouristes poussaient un brancard. Tout le monde s'activait lentement et en silence parce que Tamara n'était plus qu'un corps sans vie, mutilé, qu'on devait emmener à la morgue et non aux urgences. Y avait-il eu une chance ? Combien de temps avait-elle survécu après qu'on eut tranché sa délicate gorge blanche ?

« Docteur St. John ? » La voix du shérif Meredith semblait venir de très loin. Elle le regarda, remarquant pour la première fois une fine cicatrice d'environ cinq centimètres qui traversait son sourcil droit ainsi qu'une légère bosse sur le haut de l'arête de son nez qui avait visiblement été cassé. Il avait également une mèche de cheveux argent sur l'une de ses tempes. Lily avait raconté quelque chose à propos de sa venue à Port Ariel à la suite d'un problème à New York. Avait-il été blessé ? « Vous allez bien ? » demanda-t-il.

« Pas vraiment. » Elle s'apercevait soudain comme elle se sentait faible. « Est-ce qu'il serait possible que quelqu'un me reconduise chez moi ? »

« Je croyais que Mlle Peyton vous avait laissé ses clés ? »

« Sa Corvette est à vitesses. Je ne sais conduire que les automatiques. Mon père a bien essayé de m'apprendre mais il semble que je sois hermétique. Il était si déçu… » Elle coupa court. « J'ai besoin d'un chauffeur. »

« J'ai fait tout ce que j'avais à faire ici pour le moment. Je vous emmène. »

Les secouristes transportaient le brancard. La route était trop accidentée pour pouvoir le faire rouler. Un drap couvrait le corps de Tamara, mais Natalie détourna quand même son regard.

« Avez-vous emballé ses mains ? » demanda Meredith.

« Oui », répondit un agent. « Vous nous l'avez demandé deux fois. »

« Vous avez un mouchoir ? »

L'agent le regarda bêtement dans un premier temps, puis sortit un carré blanc du fond de sa poche. Le shérif le prit, y déposa la note et le lui rendit. « Mettez cela dans un sachet pour pièce à conviction. On a déjà trois sortes d'empreintes supplémentaires dessus. Il ne faut pas qu'il y en ait plus. »

« Qu'est-ce que c'est ? » demanda l'agent.

« Un mot qui a peut-être été laissé sur le corps de Mme Hunt. Hysell, je vais reconduire le Dr St. John chez elle. Je serai de retour au bureau dans une demi-heure. »

« D'accord, shérif. » Puis : « Natalie ? »

Elle leva les yeux et reconnut Ted Hysell. Il était deux classes au-dessus d'elle à l'école. « Quel malheur, n'est-ce pas ? » dit Ted. « Je connaissais Tamara depuis des années. C'était un cœur. »

« Oui. »

« Belle comme une image. J'avais le béguin pour elle. Bien sûr c'était il y a longtemps. Elle n'est jamais sortie avec moi, mais elle a toujours été très sympathique. Elle m'aidait en français. J'aurais échoué sans elle. De toute façon, on trouvera qui a fait cela, Natalie. Nous ne nous arrêterons de chercher que quand nous aurons trouvé et… »

« Merci, Hysell », dit Meredith fermement, visiblement agacé par le verbiage de Ted. « Retournez au QG au plus vite et surtout ne parlez à aucun journaliste. Je préparerai un communiqué plus tard. »

Les yeux de Ted montrèrent sa rancœur avant qu'il ne rejoigne la voiture de service. Le shérif avait été un peu dur avec lui, mais les incessantes palabres de Ted auraient usé les nerfs de n'importe qui.

« OK, docteur St. John », dit-il. « On y va. Vous n'avez pas l'air bien. »

Natalie fit quelques pas en direction de la voiture du shérif puis se retourna vers le chien. Il était allongé sur l'herbe, la fixant de son regard ambre. Elle hésita un moment, puis se tapota la cuisse. « Allez, viens, fille. » Le chien courut immédiatement vers elle.

Meredith s'arrêta. « Je croyais que ce n'était pas votre chien. »

« Il ne l'est pas, mais il a faim et a besoin de soins médicaux. »

« Il est aussi très sale. »

« Est-ce que vous êtes en train de me dire que vous ne le laisserez pas monter dans votre voiture ? Parce que si c'est le cas, je peux appeler mon père. » Natalie craignait qu'il ne lui suggère de le faire. « Papa est à l'hôpital en ce moment — il a un patient dont l'état est plutôt critique — mais je peux l'attendre ici. »

Meredith soupira, et elle savait qu'il supposait qu'elle mentait à moitié. « OK, montez tous les deux. Je ne peux pas vous laisser là. »

Dieu merci, pensa Natalie. Meredith ouvrit la porte arrière du véhicule. Le chien hésita. Natalie se glissa à l'intérieur et tapota le siège en vinyle. Le chien sauta à ses côtés.

Après que Natalie lui eut donné son adresse, ils restèrent silencieux quelques minutes. Finalement, Meredith dit : « Vous allez passer une annonce pour ce chien ? »

« Peut-être. »

« Vous ne semblez pas trop inquiète de retrouver son foyer. »

« J'ai le sentiment qu'il a été abandonné. Les chiens perdus ont un collier et un tatouage d'habitude. »

« Et vous aimeriez le garder. » Natalie regarda dans le rétroviseur et le vit sourire. Il releva lentement la tête, et la regarda de ses incroyables yeux bleus.

« Vous me rappelez ma fille. »

« Quel âge a-t-elle ? »

« Onze ans. Elle s'appelle Paige. Elle veut adopter tous les animaux errants qu'elle trouve. »

« J'étais pareille. Lapins, oisillons. Est-ce qu'elle a un animal domestique ? »

« Un chat. Ripley. L'année dernière, la maison d'une vieille dame a été cambriolée. La dame était trop effrayée pour vivre seule après cela. Elle est allée habiter chez sa fille qui ne voulait pas de son chat. »

« Alors vous l'avez pris pour votre fille. » Natalie s'attendrit un instant. « C'était gentil de votre part. »

« Cette gosse me rendait fou à demander un animal. » Même s'il avait utilisé le mot « gosse », sa voix était chaude et affectueuse. « Alors, vous êtes vétérinaire. Vous exercez où ? »

« Dans une grande clinique à Columbus qui s'appelle Anicare. » Dans laquelle je ne retournerai sans doute jamais puisque cela signifierait devoir travailler avec Kenny, pensa Natalie. « Il y a dix vétérinaires et nous ne transférons que les cas graves. J'habite Columbus depuis douze ans. »

« Mais vous avez grandi à Port Ariel. »

« Oui. »

« Vous revenez souvent ? »

« Deux fois par an. »

« Et vous étiez amie avec Tamara Hunt. »

« Elle et Lily sont jumelles. Je les connais depuis la maternelle. On a même partagé un appartement à Columbus. »

« Et vous êtes restée proche de Lily et Tamara depuis lors ? »

« Oui. Elles m'ont toutes les deux rendu visite à Columbus. J'ai Lily tous les quinze jours au téléphone. Tamara une fois par mois. »

« Alors vous connaissez le mari de Mme Hunt. Vous en pensez quoi ? »

Natalie hésita. Elle pensait que Warren Hunt était un arrogant personnage sans intérêt, mais son opinion était largement dictée par son instinct. « J'ai assisté à leur mariage et ne l'ai côtoyé que cinq ou six fois depuis. On ne peut pas dire que je le connais. » Elle caressa la tête du chien. « Est-ce que vous soupçonnez Warren, shérif Meredith ? »

« Nick », dit-il distraitement. « Et ce n'était qu'une question de routine. »

Natalie n'en était pas si sûre. Il faisait gentiment la conversation — lui demandant même de l'appeler Nick — parce qu'il voulait l'amadouer. Mais comment pouvait-il suspecter Warren ? Il n'était même pas là. Cependant, n'avait-elle pas entendu dire dans les émissions policières que l'époux était toujours le premier suspect ?

« Tournez à gauche ici », indiqua Natalie. « C'est la maison de pierre, devant. »

« Bel endroit. J'admire cette maison depuis que j'ai emménagé dans cette ville. »

« Merci. C'est mon père qui l'a conçue. »

« L'architecture est-elle l'une de ses passions ? »

« Oui. »

« Est-ce sa Jeep dans le garage ? »

« Oui. »

« Je suppose qu'il a fini plus tôt que prévu avec son patient mal en point », dit-il sèchement.

Natalie ne répondit pas. Même si Andrew était rentré plus tôt, elle n'avait pas voulu l'appeler de chez Tamara. Elle aurait dû répondre à des douzaines de questions, puis attendre qu'il arrive alors qu'elle voulait au plus vite quitter le lieu du crime de Tamara.

Meredith lui ouvrit la portière arrière. Elle descendit et encouragea le chien à en faire autant. « J'aurai sans doute besoin de vous parler plus tard », dit-il.

« Bien. Le numéro est dans l'annuaire. Merci de m'avoir raccompagnée. »

Alors qu'elle grimpait les escaliers du porche, son père ouvrait la porte. « Avant que tu ne partes, je t'ai expressément demandé de t'éloigner de tout problème et te voilà, deux heures plus tard, ramenée par le shérif en personne. » La voix de son père était toujours forte quand il était tendu. «Y a-t-il eu un accident ? Es-tu blessée ? Tu es effroyable. »

« Papa, baisse d'un ton et laisse-nous, le chien et moi, entrer parce que si je ne m'assieds pas devant un café… »

«Tu vas t'évanouir. Il n'y a plus aucune couleur sur ton visage. » Andrew posa sa grande main sur son bras et la tira à l'intérieur dans le hall frais. Le chien était resté, hésitant sur le porche. «Toi aussi. Je n'avais pas l'intention de te faire peur. Vous avez tous les deux l'air d'avoir besoin de réconfort et de tendresse. »

Pendant que son père versait de l'eau et sortait les restes de bacon du petit déjeuner pour le chien, Natalie s'assit à la table de la cuisine et regarda vers le lac. Les rayons du soleil reflétaient à sa surface. Dans cette direction elle ne pouvait voir aucun rivage — que de l'eau. Cela avait l'air si calme, si apaisant.

Andrew déposa une tasse de café devant elle. « Bois ça et dis-moi ce qui se passe. »

Natalie but une gorgée, puis respira profondément. « Papa, Tamara est morte. »

« Morte ! Alors il y a bien eu un accident », explosa Andrew. « Lily conduit trop vite. Elle l'a toujours fait. Es-tu blessée ? »

« Il n'y a pas eu d'accident. » Natalie leva des yeux angoissés vers son père. « Tamara a été assassinée. »

« Ass… quoi ? assassinée ! » Le visage d'Andrew était bouleversé. « Natalie, de quoi parles-tu ? Comment ? Quand ? Assassinée ! »

Le chien s'arrêta de manger pour le regarder. « Papa, s'il te plaît, arrête de crier », dit Natalie. « Lily n'arrivait pas à joindre Tam au téléphone, alors nous sommes allées chez elle. Les fenêtres étaient ouvertes et les voilages trempés par l'orage d'hier. Les portes étaient verrouillées. Nous avons descendu Hyacinth Lane. Tamara gisait sur la route sous un arbre. On a cru que l'arbre l'avait tuée en tombant, mais quand la police l'a retirée, ils ont vu que la gorge de Tam avait été… » Elle respira profondément. « Tranchée. »

« Mon Dieu », chuchota Andrew en s'asseyant lourdement. « Qui ? »

« Ils n'en ont aucune idée. M. Peyton est venu et a ramené Lily avant que la police n'ait découvert qu'on lui avait tranché la gorge, eux ne savent même pas qu'elle a été assassinée. Pas même Warren. Il est à un congrès à Cleveland. » Elle secoua la tête. « Papa, le chien m'a conduite jusqu'à elle. C'était terrible. Les vautours lui ont mangé les yeux. »

Andrew prit sa main dans la sienne si fine, celle d'un chirurgien qualifié. « Allez, laisse-toi aller et pleure, ma chérie. »

« Je ne peux pas. Les larmes ne viennent pas. »

« Elles viendront. » Il lui tapota maladroitement la main pour la réconforter. « Comment va Lily ? »

« Alternance de sanglots et d'yeux secs. Tremblante. Elle est effondrée. »

« A-t-elle vu sa sœur ? »

« Non, je ne l'ai pas laissée faire. »

« C'est bien. Cela aurait été une vision qui l'aurait poursuivie jusqu'à sa mort. »

Natalie soupira. « Ce sera une vision qui me poursuivra jusqu'à la mienne. »

4

I

DIMANCHE APRÈS-MIDI

Charlotte Bishop réalisa qu'elle fixait la même page de son roman de Daniel Steel depuis dix minutes. Elle recommença. Deux phrases plus loin ses idées dérivèrent à nouveau. D'habitude, elle dévorait ces romans, se perdant dans les histoires. Elle s'imaginait en belle héroïne, vertueuse et courageuse. Mais pas aujourd'hui.

Elle posa le livre et jeta un œil à sa chambre. Spacieuse. Somptueuse. Adolescente. La décoration n'en avait pas été refaite depuis ses quinze ans alors que sa couleur préférée était le rose. Rose foncé, rose pâle, vieux rose, rose fraise. Toutes ces nuances l'entouraient de façon un peu écœurante. Et la collection de poupées ! Toutes ces petites créatures aux joues roses la regardant de leurs grands yeux sans expression la rendaient folle. Elle attrapa une couverture réalisée au crochet de ce ton rose omniprésent et la lança sur ces exaspérantes poupées. C'était mieux. Légèrement mieux.

Quand Charlotte était rentrée chez elle, six mois plus tôt, après son si humiliant divorce public, elle était trop abattue et soucieuse pour s'intéresser à la décoration de sa chambre. Elle cherchait juste à se cacher dans cette petite ville, dans son ancienne chambre afin de soigner son ego blessé. Le temps avait fait son travail. Son assurance refaisait surface. Tout comme son ennui et sa nervosité. Elle voulait faire quelque chose de cette chambre. Après tout, elle allait rester ici jusqu'à ce qu'elle puisse épouser Warren Hunt, ce qui n'arriverait pas avant quelques mois.

Warren. Deux ans plus tôt, elle n'aurait pas pu le considérer comme un mari potentiel. Elle était alors mariée à Paul Fiori, une star du petit écran. Quand ils s'étaient mariés, cinq ans plus tôt, son père était furieux. Elle était la fille unique de Max Bishop, propriétaire de la Bishop Corporation, l'un des plus grands fabricants de matériel maritime électronique du pays, tel que les sonars ou les radars. Max était fou de rage à l'idée que sa fille, l'héritière, puisse épouser un play-boy, un acteur qui ne jouait que de petits rôles et n'arriverait jamais à rien. Ce mariage était inacceptable ! Impensable ! Mais Charlotte avait tout de même épousé Paul. Charlotte avait toujours fait ce qu'elle avait voulu. Charlotte avait toujours eu ce qu'elle voulait. Et elle voulait Paul.

Elle était heureuse au début, bien que leurs seules ressources vinssent d'elle. Les rôles n'arrivaient pas et Paul était frustré. Mais Charlotte s'en moquait. De cette manière, Paul avait besoin d'elle et elle aimait avoir le contrôle. Puis il a obtenu le premier rôle de la série *Street Life*. Le programme était en cinquième position de l'Audimat puis passa à la première place après trois mois. Paul était devenu une star et il atterrit dans un long métrage pendant la pause estivale de sa série. Charlotte avait révélé publiquement qu'elle était la femme de Paul Fiori. Elle n'avait même pas pensé aux paparazzi. Pas jusqu'à la deuxième saison de la série quand ils commencèrent à parler d'une liaison que Paul avait avec Larissa Lyle, l'autre actrice vedette. En public, Charlotte restait calme et amusée par cette « ridicule » rumeur de liaison. À la maison, elle hurlait, pleurait, menaçait, et rappelait à Paul les choses merveilleuses qu'elle avait faites pour lui avant *Street Life*. Puis Larissa est tombée enceinte et Paul a quitté Charlotte sans se retourner.

Charlotte avait tenté de rester à Los Angeles, pensant attirer la compassion et voir ainsi le public se détourner de sa nouvelle star. À sa grande surprise, elle n'eut droit au début qu'à de la pitié mal placée au lieu de soutien d'indignation. Puis, merci Paul, les journaux à sensation rapportèrent toutes sortes de fausses informations sur son comportement bizarre, sa dépendance à la drogue, et le public se mit à se demander si, finalement, Paul Fiori n'avait pas eu de bonnes raisons de quitter sa folle de femme. Charlotte fut bannie de toutes les réceptions mondaines, alors que Paul et Larissa devinrent de plus en plus populaires. Le jour où Larissa accoucha de leur petit garçon, Charlotte se réfugia dans l'anonymat rassurant de Port Ariel.

Ni l'un ni l'autre de ses parents ne lui avait dit : « Je te l'avais dit », et c'était tout à leur honneur. Ceci n'était que la preuve du manque de répondant de sa mère, timide, mais c'était absolument miraculeux de la part de son père, si blessant et sentencieux. Elle mit cela sur le compte de sa récente attaque qui l'avait laissé partiellement paralysé et émotionnellement fragilisé. Ses parents l'avaient laissée seule à lire, regarder la télévision (à l'exception de *Street Life*) et déambuler sur les six acres de terrain minutieusement entretenus qui entouraient la maison aux colonnes blanches que Max avait copiée sur Tara dans *Autant en emporte le vent*. Deux mois plus tard, alors que sa dépression en était toujours au même point, elle décida de consulter un professionnel, le Dr Warren Hunt.

Leur relation débuta quatre semaines plus tard et elle le voulait aussi assurément qu'elle avait, un jour, voulu Paul Fiori. Il est vrai qu'il n'était pas aussi beau et charismatique que Paul mais il était bien plus brillant, cultivé et il l'adorait sans retenue. Son ego bafoué désirait plus que tout cette adoration après le rejet dévastateur de Paul. Elle le voulait, en avait besoin, en était affamée. La seule chose qui les séparait était l'insipide ennuyeuse petite femme de Warren.

Charlotte se dirigea vers sa coiffeuse et s'assit, se regardant dans le grand miroir. Charlotte savait qu'elle n'était pas d'une beauté exemplaire, mais elle était remarquable. Le soleil traversait la fenêtre donnant à l'ouest accentuant les reflets roux de sa courte chevelure. Quand elle battait des paupières, de longs cils couvraient ses yeux vert doré et sa peau semblait de la porcelaine sous cette lumière naturelle. Elle ne faisait pas ses trente ans. Elle n'avait pas l'air plus vieille que la Larissa de vingt et un ans de Paul, siliconée et décolorée. Enfin pas beaucoup plus vieille. Et elle était sans doute bien mieux que Tamara, qui n'essayait même pas d'être aussi élégante que sa jumelle Lily. Lily bien sûr n'était pas une menace. Warren ne l'aimait pas. Elle ne pensait d'ailleurs pas qu'il aimait vraiment Tamara non plus. Seule la culpabilité le retenait — la culpabilité et les retombées qu'engendrerait un divorce.

Warren se souciait des effets du scandale sur sa réputation dans une ville de vingt mille habitants. Mais dès qu'il aurait divorcé, Charlotte était persuadée qu'elle pourrait le convaincre de déménager dans un endroit plus cosmopolite où ils pourraient briller ensemble. New York serait bien. Cher, mais son père était mourant et elle savait qu'il envisageait de lui laisser sa fortune à elle plutôt qu'à sa femme. Muriel n'aimait pas même remplir un chèque. Elle ne pourrait jamais diriger la Bishop Corporation. Charlotte, par contre, avait le sens des affaires et pourrait diriger la société de n'importe où. Oui, New York serait très bien. Un appartement dans Manhattan, un autre à Hamptons…

Quelqu'un frappa à la porte. « Entrez », répondit-elle absente. Sa mère, petite et pâle, apparut. Muriel Bishop avait toujours l'air anxieuse, inquiète, mais cette fois elle semblait complètement terrorisée. « Ma chérie, Ted Hysell, le gentil agent de police du bureau du shérif, a appelé », dit-elle timidement. « Il pensait que ton père aurait voulu savoir… »

Ayant vécu des années auprès de l'impatient Max, qui l'interrompait sans cesse, Muriel ne finissait plus jamais ses phrases.

« Papa voudrait savoir quoi, Maman ? » demanda Charlotte en prenant une brosse chromée pour coiffer ses cheveux brillants.

« Tu ne pourras pas le croire. J'ai moi-même du mal à le digérer. Une chose si horrible… Ça laisse vraiment à réfléchir…

Je veux croire en Dieu, mais quand des choses comme cela arrivent… »

« Maman, qu'est-ce qu'il y a ? »

Muriel mit sa main sur sa gorge puis sur ses lèvres tremblantes. On aurait dit qu'elle allait pleurer. « C'est au sujet de la jolie Tamara Hunt, la femme de ton médecin… Elle est morte. »

Charlotte cessa d'un coup de se coiffer. Elle croisa son propre regard dans le miroir et espérait que sa mère n'avait pas vu ce sentiment de satisfaction au fond de ses yeux verts.

II

L'adjoint Ted Hysell attendit un moment plus propice puis appela sa petite amie, Dee Fisher. Elle décrocha au bout de la cinquième sonnerie.

« Qu'est-ce que tu faisais ? » demanda-t-il.

« Je m'occupais de Maman, que veux-tu que je fasse d'autre ? J'aimerais avoir les moyens de la mettre en maison de repos. »

« Mais tu es infirmière. »

« J'étais. Mon illustre carrière s'est arrêtée il y a deux ans, grâce à M. Andrew St. John. Je n'avais pas envisagé de passer ma vie à m'occuper de ma mère. Merci les ennuis. Pourquoi appelles-tu ? »

« J'ai une nouvelle qui pourrait t'intéresser. »

Dee changea de position en passant la main dans ses courts cheveux frisés. « Alors ? Faut-il que je devine ? »

« Tamara Hunt a été assassinée. »

« Assassinée », dit Dee sans émotion. « Quand ? »

« Cela a dû se passer hier soir parce qu'elle était sur Hyacinth Lane sous une branche arrachée par l'orage. C'est sa sœur Lily et Natalie St. John qui l'ont retrouvée. »

« Natalie St. John ? »

« Oui. Je suppose qu'elle est là en visite. »

« Elle rend visite à son cher Papa. Elle ne rentre que très rarement. Je me demande bien ce qu'elle est venue faire. »

« Elle ne m'en a pas parlé », dit Ted.

Dee ignora sa réponse ou ne comprit pas son sarcasme. « Alors, à quoi elle ressemble, Natalie, aujourd'hui ? »

« À quoi ressemble Natalie ? » Il venait juste de lui révéler l'assassinat d'une femme et elle se préoccupait de connaître l'allure d'une autre. Ted secoua la tête d'étonnement.

« Elle est bien. Cheveux longs. Mince comme toujours. »

Silence. Ted se rendit compte de son erreur et ajouta rapidement : « Elle n'est pas mon genre bien sûr. »

« Bien sûr », dit Dee froidement. Elle se toucha le visage. Sa peau était sèche et elle avait pris six kilos en un an. Elle se sentait soudain sans attrait et déprimée. « Je suppose que ce docteur d'animaux était déboussolé. Elle aimait bien Tamara, on se demande pourquoi. »

« J'aimais bien Tamara, moi aussi. C'était une femme bonne, Dee. »

« Eh bien, moi, je ne pouvais pas la voir », se fâcha Dee, soudain en colère du ton offensé de la voix de Ted. Il n'aimait pas qu'elle critique Tamara et elle n'aimait pas son protectionnisme. « J'ai travaillé à sa stupide permanence SOS Suicide pendant un an. Bénévolement. Et après mon problème à l'hôpital, elle m'a demandé de partir. »

« Tu m'avais dit que c'était Warren qui t'avait appelée et ordonné de ne plus revenir. »

« Et alors ? C'est son mari. »

« C'est aussi un abruti et ce qu'il a fait n'était pas sa faute à elle. »

« Excuse-moi. C'était une sainte. Tout le pays sera en deuil à cause de sa mort. » Dee reprit sa respiration. « Alors et quoi de plus sur le docteur d'animaux ? A-t-elle immédiatement appelé son Papa ? »

« Non, Natalie ne l'a pas fait. »

« Je sais qu'elle s'appelle Natalie. Je me rappelle suffisamment d'elle du temps du lycée. Elle faisait partie de ce groupe de coincées qui n'a même jamais daigné faire attention à moi. »

« Je crois que tu ne connaissais vraiment aucune de ces personnes. Natalie n'est pas si mauvaise. »

« C'est une garce », dit Dee amèrement. « Elle n'avait pas le droit d'être aussi dédaigneuse. Sa mère s'est tirée pour rejoindre la famille Manson. »

« Dee. La famille Manson n'existait plus bien avant que la mère de Natalie ne parte. »

« Et puis, il y a son père. » Dee continuait en pleine effervescence. « Il a tué le pauvre Eugène Farley sur la table d'opération il y a deux ans. »

Le visage de Ted devint écarlate. Dee avait, un temps, été amoureuse d'Eugène Farley. Il était chef comptable à la Bishop Corporation, là où Viveca Cosgrove était cadre et il avait quitté Dee pour Viveca. Dee restait obsédée par lui, pensant malgré tout qu'il serait revenu vers elle après son aventure avec Viveca. Au lieu de cela, il avait été arrêté pour détournement de fonds. Pendant son procès, Dee avait pris les gardes de nuit pour pouvoir être au tribunal tous les jours.

Les jurés l'avaient jugé coupable. Farley quittait le tribunal semble-t-il avec peine quand il perdit la tête soudainement. Il attrapa l'arme d'un adjoint à une vitesse vertigineuse et se logea une balle dans la tête. Tout le monde hurlait et s'était jeté au sol pour éviter la pluie de balles à laquelle on s'attendait. Mais aucun autre tir n'eut lieu, et quand les cris cessèrent, quelqu'un vérifia l'état de Farley qui était encore en vie. Ils l'expédièrent à l'hôpital et St. John l'opéra. Dee était alors infirmière en chirurgie. Elle accourut à l'hôpital, se glissa dans la salle d'opération et regarda Eugène Farley mourir sur la table. Pendant deux ans, elle n'avait cessé de parler de Farley, clamant que sa mort était due à une faute professionnelle d'Andrew St. John.

Ted soupira. « Dee, est-ce que tu es en train de remettre tes conneries sur Farley sur le tapis ? »

« Ce ne sont pas des conneries ! » grogna Dee. « Et juste parce que j'ai dit la vérité sur la mort d'Eugène causée par St. John, je me suis fait virer. »

Non, tu t'es fait virer parce que Andrew St. John te soupçonnait de voler des médicaments et qu'une enquête a prouvé qu'il avait raison, pensa Ted, même si l'hôpital n'avait pas porté plainte pour éviter une mauvaise publicité. Cependant, il voyait Dee depuis six mois. Elle pouvait être impulsive, sans retenue et grossière, elle était aussi coupable d'avoir dérobé quelques médicaments, mais elle était toujours imprévisible, et drôle parfois, et il se sentait important à ses yeux.

Ted avait besoin de se sentir important maintenant que le shérif Meredith pensait qu'il n'était pas très futé. Monsieur Je-sais-tout de la grande ville. Ils s'en étaient pourtant débarrassés. Cela faisait plaisir à Ted mais il aurait préféré que Meredith le reconnaisse comme étant meilleur policier qu'il n'en avait l'air. Gagner le respect de Meredith importait énormément pour lui.

« T'es toujours là ? »

« Ouais, bien sûr. »

« Ben, c'est pas la peine d'appeler si c'est pour rêvasser au téléphone sans parler. »

« Désolé. T'es libre, ce soir ? »

« Euh, non, pas ce soir », dit-elle rapidement. « M'man n'est pas très bien. Je ne peux pas la laisser seule. »

« Je pourrais venir chez toi. »

« Non. Elle a besoin de dormir et elle peut entendre une épingle tomber sur le sol. On ne pourrait même pas regarder la télé ou discuter autrement qu'en chuchotant. »

« Et je te vois quand ? »

« Je ne sais pas. » Un silence lourd tomba à l'autre bout de la ligne. Elle baissa le son de sa voix, la rendant douce et suave. « Sois patient, bébé, OK ? Cela vaudra le coup d'avoir attendu. »

« OK », dit Ted boudeur. « Mais vaudrait mieux que ce soit bientôt. »

Et puis zut, pensa-t-il après avoir raccroché. Une triste soirée seul devant la télévision s'annonçait. En colère, il remplit un autre rapport ennuyeux et sans fin. Puis une pensée traversa soudain son esprit et il leva les yeux, fronçant les sourcils.

Dee n'avait pas demandé comment Tamara avait été tuée.

III

Natalie et son père étaient restés assis silencieux pendant une heure. Une deuxième tasse de café avait réchauffé son corps gelé, et elle était tentée d'en prendre une troisième, mais le café d'Andrew St. John était fort. Cela ferait trop de caféine, réalisa Natalie en regardant ses mains qui tremblaient déjà. « Tu ne veux pas que j'aille te chercher quelque chose à manger ? » demanda Andrew.

Manger. La solution d'Andrew à tous les problèmes. « Je crois que je ne pourrais rien avaler, même si ma vie en dépendait. »

« Si ta vie en dépendait, tu mangerais même le chien qui est là-bas », répondit-il distraitement, alors que le chien relevait la tête comme par inquiétude. Ils sourirent. « Je crois qu'il comprend mieux que je ne pensais. »

« Je pense qu'il est très intelligent, Papa. Parfois les bâtards sont plus futés que les pure-race qui ont subi trop de croisements de sang bleu. » Elle soupira. « Je crois qu'il est resté toute la nuit avec Tamara. »

Son père regarda à nouveau par la fenêtre. « Je me souviens quand tu avais six ans. Peu de temps après que ta mère fut partie, une nuit de décembre, tu t'es enfuie. Il faisait si froid. Harvey et Mary Coombs m'ont aidé à te chercher. On t'a finalement retrouvée dans le hangar à bateau, à près d'un kilomètre d'ici. C'était la chienne Clytemnestre qui nous avait menés à toi. Si elle ne l'avait pas fait, tu aurais pu mourir de froid. »

« Je me souviens de cette nuit », dit Natalie doucement. « J'avais surpris Harvey parlant de Kira. Il disait qu'elle ne pouvait pas assumer la responsabilité d'un enfant. J'en ai conclu qu'elle était partie à cause de moi. Je pensais qu'elle reviendrait à tes côtés si je n'étais plus là. Cependant, s'enfuir en pleine nuit d'hiver glacée n'était pas si facile. Je suis parvenue jusqu'au hangar. Je pensais y passer la nuit et rentrer le lendemain matin, mais je me suis endormie. »

« Et si le chien n'avait pas été là, tu serais morte. »

Andrew secoua la tête. « Harvey pensait que tu dormais dans ton lit, sinon il n'aurait jamais dit cela de ta mère. Il s'est senti très mal. Mais Kira n'est pas partie à cause de toi. Elle s'ennuyait avec moi et dans cette ville. Elle voulait rester enfant et s'amuser. »

« Je le sais, maintenant, mais je lui en veux toujours. »

« Alors pourquoi portes-tu toujours cette bague qu'elle a laissée pour toi ? »

Natalie regarda la jolie perle entourée de petits diamants. « Elle appartenait à mon arrière-grand-mère Uehara. Je la porte pour elle. »

« Tu ne l'as jamais connue. »

« La mère de Kira m'en parlait. Je crois que je l'aurais aimée. » Natalie s'arrêta. « Papa, aimerais-tu que Kira revienne ? »

« Je l'ai longtemps voulu, mais plus maintenant. »

« Je me demande si elle reviendrait, si je me faisais assassiner comme Tamara. »

« Arrête de penser à une chose pareille ! Mon Dieu, Natalie, si je devais te perdre, je… » Son père se leva d'un bond. « Du café ? »

« Non merci, Papa, je crois que je vais aller me doucher. J'ai besoin de sentir l'eau chaude et le savon sur ma peau. »

« Bonne idée. Je surveillerai Fido pour toi. »

« Fido ? »

« Y a-t-il un nom sur son collier ? »

« Elle n'a pas de collier. »

« OK. Alors maintenant, elle s'appelle Fido. Va prendre ta douche. »

Natalie prit une dernière gorgée de son café tiède et quitta la cuisine pour la salle de bains. En traversant le salon, le téléphone sonna. « J'y vais », dit-elle.

Elle décrocha le combiné du téléphone sans fil et appuya sur APPEL. « Allô ? »

Rien.

« Allô ? »

Natalie entendit finalement un long soupir. « Na-ta-lie. »

Voix féminine, soprano, douce, haletante.

Une farce sans doute, mais le cœur de Natalie se mit à battre un peu plus fort. « C'est Natalie. Que voulez-vous ? »

« Na-ta-lie. »

Cette voix douce caressait son nom. Elle frémit légèrement. « Si vous ne me dites pas ce que vous voulez, je vais raccrocher. »

Un nouveau soupir. Puis la voix calme. « Leur gorge est un tombeau ouvert. »

Natalie prit une courte respiration. « Et qu'est-ce que cela est supposé signifier ? »

« Tu le sauras bientôt. »

Clic. Silence.

Natalie fixa le combiné comme si c'était un serpent. Un frisson la parcourut quand elle réalisa que la voix ressemblait à celle de Tamara.

5

I

DIMANCHE APRÈS-MIDI

Warren Hunt essuya la sueur de sa lèvre supérieure et mit la climatisation de sa voiture à une température encore plus basse. D'habitude il écoutait de la musique classique en conduisant, mais pas aujourd'hui.

Il était retourné à son hôtel pour rassembler ses affaires quand il avait vu le voyant du téléphone clignoter. La messagerie vocale lui demandait de rappeler le domicile d'Oliver Peyton. Il le fit et la gouvernante d'Oliver, Mme Ebert, lui apprit la mort de Tamara. Non, elle ne savait pas où se trouvait M. Peyton pour le moment. Mais il fallait que le Dr Hunt rentre à la maison. Il *devait* rentrer *tout de suite* !

Et qu'est-ce que cette imbécile pleurnicheuse pensait qu'il allait faire ? pensa Warren énervé. Rester ici encore une nuit ? Pourquoi les gens ne pouvaient-ils pas garder un peu de bon sens dans les moments de crise ? Peu importe, quand il eut raccroché d'avec la femme hystérique, il remarqua avec dégoût que ses mains tremblaient.

Et pourquoi pas ? se demanda-t-il. Il devait rentrer et affronter cette maudite pagaille — Lily et Oliver, l'enterrement, continuer à cacher sa relation avec Charlotte jusqu'à ce qu'un délai correct soit passé. Et qu'est-ce qu'était un délai correct ? Un an ? Impossible. Charlotte n'attendrait pas tout ce temps. Six mois ? Il ne pourrait voir personne en public pendant six mois, mais même ce délai lui paraissait impossible. Charlotte était exigeante. Elle n'était pas le genre de femme que l'on pouvait contenir. Et il ne voulait pas la contenir.

Le jour de la Saint-Valentin. Ce fut le premier jour où elle pénétra dans son bureau. Il savait déjà qui elle était et connaissait l'épisode de son divorce. En ville, tout le monde le connaissait. Cependant, à son arrivée, il tenta de rester le plus neutre possible en lui demandant ce qui la préoccupait. Pendant qu'elle racontait son histoire, il pensait qu'elle était une créature merveilleusement belle et sensuelle. Il avait vu des photos de la femme pour laquelle Paul Fiori l'avait abandonnée. Ce type était-il fou ? Fou n'était pas un mot que Warren aimait utiliser. Fiori n'avait pas de goût.

Lors de leur deuxième entrevue Warren avait réalisé que Charlotte lui faisait la cour. Elle n'était pas la première patiente à le faire. Tous les thérapeutes connaissent cette situation ainsi que les risques qu'elle comporte. Mais, il n'avait pu s'empêcher de répondre, ce qu'il n'avait jamais fait auparavant. Il s'était senti légèrement coupable, le soir, en rentrant auprès de Tamara, mais la culpabilité s'envola à l'aube quand il réalisa qu'il trouvait son adoration étouffante, ses conversations sur le ménage et le jardinage et sur la tribu Jenkins atrocement assommantes, et sa façon de faire l'amour totalement inexcitante.

Deux semaines plus tard, il avait annoncé à Tamara qu'il avait un rendez-vous le soir et avait passé trois heures à faire l'amour, sans relâche, avec Charlotte. Il n'avait jamais vécu de nuit comme celle-ci et en rentrant chez lui, il savait qu'il voulait la magnifique, riche et experte dans sa vie, pour toujours. Elle le voulait aussi, mais Warren savait que Charlotte avait adoré Paul Fiori. Elle était avec lui à cause de cette déception amoureuse et ces situations ne duraient jamais longtemps. Il devrait agir vite, s'il ne voulait pas la perdre.

Maintenant, il était libre. Déjà. Il devait encore simuler l'affliction, le sentiment d'être perdu, les regrets pour la vie et les enfants que Tamara et lui n'auraient jamais. Pas d'enfants. Dieu merci. Au moins il n'aurait pas à résoudre ce problème.

Charlotte ne voulait pas d'enfant, encore moins celui d'une autre.

Les faubourgs de la ville de Port Ariel. Warren trouvait cet endroit plutôt pittoresque quand il y avait emménagé avec Tamara, six ans plus tôt. Son père lui avait alors dit qu'il était idiot. Warren se raidit sur le volant en pensant à son père. Richard Hunt était l'actionnaire principal de la plus grande société financière de Cleveland. Il avait fait fortune en spéculant. Il venait juste d'épouser sa troisième femme, qui était de sept ans plus jeune que Warren. Richard pensait que la profession de Warren était ridicule. Sa fierté et sa joie étaient le demi-frère de Warren, Bruce, qui jouait au football américain à l'Université de l'Ohio et qui envisageait de rentrer dans la société. Bien, son père avait de quoi le faire entrer dans les affaires, pensa Warren amèrement. Bruce était un bouffon costaud au visage amical. Warren savait qu'il était plus intelligent, plus cultivé et qu'il présentait mieux que lui, mais il n'en demeurait pas moins qu'il détestait Bruce d'avoir accaparé tout l'amour paternel de Richard Hunt.

Et en parlant d'amour paternel, il y avait Oliver Peyton. Cet homme ne pouvait pas passer une journée sans parler à ses deux précieuses filles Tamara et Lily. Il était comme une maman tigre et il avait toujours regardé Warren comme le prédateur menaçant l'un de ses petits. Ce vaillant gars, prétentieux et possessif, n'était, même dans les meilleurs moments, pas à prendre avec des pincettes. Mais maintenant ? Oh, eh bien, il n'aurait plus à se soucier d'Oliver très longtemps.

Warren se gara dans l'allée des Peyton derrière une Mercedes gris métallisé. Magnifique, pensa Warren. Viveca Cosgrove était là. Oliver la fréquentait depuis un an. Tamara ne l'aimait pas. Même Lily ne l'aimait pas. Elle disait que Viveca ne se préoccupait que d'une seule personne — sa fille Alison. C'était sans doute le seul point sur lequel Lily et lui étaient d'accord. Oh, Viveca avait bien simulé aimer Oliver, mais les filles l'avaient démasquée. Warren également. Tout le monde semblait avoir compris, sauf Oliver.

La porte s'ouvrit avant qu'il ne l'eût atteinte. Oh, non, pensa Warren. Alison. La jolie Alison, raffinée, avec sa voix de petite fille, son regard prédateur, son psychisme irrémédiablement bouleversé. Elle était sa patiente. Elle était attirée par lui. Elle lui faisait hérisser le poil.

« Warren, je suis si contente que vous soyez enfin là ! » pleurnicha Alison. Ses cheveux blonds pendaient, raides, descendant presque jusqu'à sa taille. Elle n'était pas maquillée et portait un chemisier bleu à col Claudine et des chaussures Mary Jane. Est-ce que Viveca savait que sa fille ressemblerait à Alice au Pays des Merveilles quand elle lui avait donné ce prénom ? « Lily et Oliver sont purement et simplement effondrés », continua Alison théâtralement. « Maman et moi sommes immédiatement venues pour les aider. »

Et je suis sûr que votre aide doit être très précieuse, pensa Warren avec répugnance. Il se força à sourire. « Merci, Alison. »

Elle ne se poussa pas quand il entra dans la maison. Il dut se serrer contre elle et la toucher. Il savait qu'elle avait fait une fixation sur l'ancien petit ami de sa mère, Eugène Farley. Après la mort de Farley, elle avait transposé sa fixation sur lui. Elle avait vingt-deux ans et il pensait qu'elle n'avait jamais couché avec personne. Il se demandait aussi si elle pensait parfois à autre chose qu'au sexe.

Warren respira profondément et fut soulagé de voir qu'il en était capable. Vingt minutes plus tôt ses poumons ne se seraient pas remplis d'air. Oliver Peyton avança vers lui, le visage figé, le regard plein de tristesse, de doutes et de dédain à la fois. Même en cet instant, il ne pouvait feindre aimer son gendre, et Warren, à sa grande déception, ne pouvait s'empêcher d'être intimidé.

« Enfin là. »

« Oliver, je suis désolé que vous ayez eu du mal à me joindre. Je déjeunais avec des collègues. On a beaucoup parlé et… » Le regard d'Oliver se durcit. Il n'avait pas envie d'entendre son blabla. « Qu'est-il arrivé à ma Tamara, exactement ? »

« Viens dans le salon », dit Oliver d'une voix vide.

Warren suivit Oliver. Alison trottinait juste derrière, marchant presque sur ses talons.

L'odorat de Warren était en alerte comme celui d'un animal. Que portait-elle ? Sweet Honesty ? Heaven Scent ? De l'eau de Cologne pour fillette. Warren pouvait entendre son souffle devenir lourd et s'accélérer. Elle exultait. Cette situation était assez pénible sans que cette voyeuse écœurante y prenne du plaisir. Oliver pensait sans doute la même chose, mais il supportait la présence d'Alison parce qu'elle appartenait à sa chère Viveca. Warren n'aimait pas plus Viveca qu'il n'aimait Alison. Pour le moment, il n'aimait de toute façon personne, à part Charlotte Bishop et il n'osait même pas l'appeler.

Le salon des Peyton avait longtemps été austère à outrance, décoré comme l'orphelinat catholique dans lequel Grace Peyton avait passé son enfance. Au cours de l'année écoulée, Viveca avait officié et l'endroit ressemblait maintenant à un reportage pour *Maison et Décoration*. Warren admirait le goût impeccable de Viveca, même si les dépenses considérables engagées dans la re-décoration n'étaient pas passées inaperçues et que la fortune d'Oliver s'en était ressentie. Il n'avait plus à se soucier de la fortune d'Oliver à présent. Elle était misérable comparée à celle de Max Bishop.

Dès que Warren entra dans le salon, Viveca lui tomba dessus. Ses cheveux brun doré préservés par des soins colorants étaient coiffés en un chignon dégageant ses pommettes saillantes. Elle lui rappelait Faye Dunaway.

« Warren », dit-elle simplement mais en contrôlant sa respiration.

« Viveca », lui répondit-il ne sachant pas quoi dire d'autre.

« Cela a été un tel choc pour vous. Pour nous tous. »

« Oui. » D'habitude, il avait du répondant. Pourquoi l'avait-il perdu ? « Oui », dit-il à nouveau sans que rien d'autre ne lui vienne à l'esprit.

Viveca se recula pour le regarder. Son regard était grave et pénétrant. Que cherchait-elle ? Une affliction profonde ? Avait-elle remarqué qu'il en était dépourvu ? Il baissa les yeux. La nervosité faisait légèrement trembler sa bouche. Apparemment, Viveca avait pris cela pour un sanglot car elle l'entoura de ses bras prestement. « Nous sommes tous avec vous. »

« Oh oui ! » répéta Alison avec ferveur.

Par-dessus l'épaule de Viveca, Warren aperçut Lily recroquevillée sur un canapé recouvert d'un brocart vert. Les larmes avaient fait couler son maquillage et elle ressemblait alors tellement à Tamara qu'il retint sa respiration. Mais Tamara ne l'avait jamais regardé si durement. « Bonjour, Lily », dit-il incertain.

Elle répondit distraitement de la tête. Leur antagonisme mutuel n'avait jamais pu être contenu et les circonstances actuelles n'y changeaient rien. Mais bientôt il n'aurait plus à la supporter.

Oliver se servit un Brandy d'un flacon en cristal taillé qui se trouvait sur le buffet. Il ne proposa rien à Warren. Alors que Viveca s'écartait de Warren et traversait gracieusement la pièce, Oliver faisait tourner le brandy dans son verre. Il prit une grosse gorgée puis fixa Warren de ses yeux gris pâle. « Warren, le shérif Meredith nous a informés que les choses ne sont pas ce qu'elles paraissaient être tout d'abord. »

Le sang de Warren ne fit qu'un tour. « Vous voulez dire que Tamara n'est pas morte ? » demanda-t-il d'une voix légère et effrayée.

« Évidemment qu'elle est morte ! » La voix d'Oliver le fustigea. « Ils font rarement ce genre d'erreur ! »

« Oh, d'accord, et alors… »

« La mort de Tamara n'est pas due à un accident. » Oliver fit une pause. Warren se doutait que tout le monde le fixait. Il pouvait même entendre le cœur d'Alison battre la chamade d'excitation. « Tamara a été assassinée », bredouilla Oliver.

Je suis censé sursauter, pensa Warren distrait. Je suis supposé devenir blême ou m'effondrer. Je dois au moins avoir l'air surpris. Au lieu de cela, il resta paralysé et lança un faible : « Oh. »

« Oh ? » répéta Lily d'une voix affreusement semblable à celle de Tamara. « C'est tout ? Oh ? »

« Je... C'est juste que... » Sa bouche se remplit de salive. Une fois de plus, il redevenait le petit garçon inhibé réduit à bégayer devant son père intraitable. Leur antagonisme. « Qui ? » parvint-il finalement à dire.

Oliver attendit quelques secondes puis dit : « La police n'en a aucune idée. Pour le moment. »

Mais il continuait à fixer Warren, les yeux inflexibles et pleins de soupçons.

II

Depuis qu'elle était rentrée, Natalie avait pensé appeler Lily mais avait décidé d'attendre. Le shérif Meredith les avait sans aucun doute, Oliver et elle, prévenus que Tamara avait été assassinée. Ils avaient besoin de temps pour accepter cette nouvelle avant que leurs amis ne débarquent. Mais elle ne pouvait pas rester assise oisive, accrochée à l'image du corps mutilé de Tamara, et elle ne voulait surtout pas penser à l'appel déstabilisant qu'elle avait reçu. Elle n'en avait pas parlé à son père. Au mieux il l'aurait éludé prétendant qu'il s'agissait d'une blague. Mais il aurait plus certainement été effrayé, et elle n'avait pas envie d'avoir à négocier avec son surprotectionnisme. Au lieu de cela, elle avait gardé le silence et s'était occupée du chien.

Elle l'avait conduit jusqu'au patio et espérait qu'il ne s'enfuirait pas en voyant le tuyau d'arrosage. Heureusement, il resta calme, endurant patiemment l'eau froide et le shampoing de Natalie. « Ce shampoing garantit vigueur, tenue et brillance », dit-elle au chien. « Vitamine B5, protéines de blé, glycérine, tocophérol — c'est une sorte de vitamine E, thym et camomille —, herbes douces et odorantes. Ce produit n'est pas donné, chère demoiselle. Je ne crois pas qu'il soit très efficace contre les puces, mais on s'en occupera plus tard. Pour le moment, notre première préoccupation est la crasse et cette odeur pour le moins peu ragoûtante que tu dégages. »

Après le bain, elle appliqua de l'eau oxygénée sur l'égratignure que le chien avait sur la gueule et sur les coupures superficielles de ses pattes. Aucune de ces plaies n'était suffisamment importante pour nécessiter des points de suture et l'une d'elles seulement semblait être infectée. Elle mettrait l'animal sous antibiotiques par précaution, mais elle avait un problème plus urgent.

« Je ne peux pas continuer à t'appeler le chien », dit-elle en regardant ses yeux ambre. « Et tu ne t'appelleras sûrement pas Fido. Il te faut un nom bien particulier. Pas un nom ordinaire parce que je suis sûre que tu n'es pas un chien ordinaire. » Elle regarda le lac en pensant puis rejetant des dizaines de noms. Puis son regard revint se poser sur le chien. « Je suis en train de lire un roman policier dans lequel l'héroïne s'appelle Blaine. » Elle déposa une goutte d'eau sur la tête du chien. « Je te baptise Blaine. » Le chien lui lécha le nez et elle sourit. « Je pense que tu aimes ton nouveau nom. »

Blaine releva brusquement la tête. Natalie leva les yeux pour suivre le regard du chien.

Une femme se tenait debout dans l'entrée. Elle semblait avoir la cinquantaine, les cheveux courts argentés et des yeux d'un bleu-vert éclatant. Elle regarda attentivement Natalie avant de lui adresser un large sourire. « Alors, vous êtes la fille dont j'ai tant entendu parler ! » Elle s'approcha en tendant la main. « Je suis Ruth Meadows. »

Natalie sourit instinctivement. Ruth Meadows ?

« Votre père m'a dit que vous aviez ramené un chien à la maison », continua la femme. « Mais il est beau. »

« C'est une femelle », dit Natalie. Les poils noirs de Blaine brillaient au soleil.

« Elle ressemble au chien de la photo sur laquelle vous êtes quand vous aviez cinq ans. »

« Celle qui est encadrée dans le bureau de Papa ? Elle s'appelait Clytemnestre. »

« Mon Dieu, c'est imprononçable. »

« C'est ma mère qui l'avait baptisée alors qu'elle était dans sa période grecque antique. » Natalie regarda le chien. « Quelqu'un s'occupait sans doute d'elle, avant. Elle a été stérilisée et je dirais qu'elle n'a été négligée que depuis quelques semaines. »

« Quelle honte ! » Ruth passa au patio. Elle faisait environ un mètre soixante-dix et était très élégante. Elle portait un pantalon de lin ivoire, un tricot rose et de petits anneaux en or aux oreilles. Ses lèvres étaient recouvertes d'un soupçon de rouge à lèvres rose corail. Sa voix était chaude et amicale.

« J'adore les animaux », dit-elle en caressant Blaine. « J'ai grandi dans une ferme. J'avais toujours cru qu'en grandissant je serais entourée d'enfants et d'animaux. Au lieu de cela, je n'ai pas d'enfants et je ne possède qu'un seul petit chat. Écaille de tortue. Je l'ai appelé Callie parce que pour moi tous les chats sont des chattes. »

« Tous les chats écaille de tortue sont des femelles. »

« Ah oui ? Comment savez-vous cela ? »

« La couleur de poil écaille de tortue est génétiquement incompatible avec le chromosome mâle Y. »

« Eh bien, mon Dieu ! » s'exclama Ruth. « Vous avez entendu ça ? »

« Les écaille-de-tortue sont magnifiques », dit Natalie tout en réfléchissant. La femme avait dit qu'elle avait entendu parler d'elle. Elle avait un chat. Et elle semblait plutôt à l'aise dans la maison. Il apparaissait clairement que Ruth était la nouvelle romance d'Andrew. Natalie se gardait de trop la fixer ou de poser trop de questions indiscrètes. Elle était même surprise qu'Andrew laisse les deux femmes de sa vie se rencontrer si tôt.

Ruth dit gentiment : « Votre père m'a raconté pour Tamara. Je la connaissais un peu du fait de mon travail à la permanence SOS Suicide qu'elle gérait. C'était une si charmante fille. »

« Oui », dit Natalie doucement.

« Je ne peux même pas imaginer comme cela a dû être pénible pour vous de la découvrir. Je suis tellement navrée. »

Natalie déglutit sans pouvoir répondre.

« Ne vous inquiétez pas, je ne vous poserai aucune question. Mais je vais rester ici un petit moment si vous avez envie de discuter pour libérer votre esprit. On peut parler de n'importe quoi. Animaux, cinéma. » Elle fit un clin d'œil. « Votre père. »

« Oh non ! Ce dernier point est hors sujet », lança Andrew en se rapprochant de Ruth. « Mais on dirait un tout autre chien. »

« Je savais qu'elle était magnifique sous son épaisseur de crasse », et de sang, pensa Natalie. Elle avait savonné son cou deux fois. « Je l'ai baptisée Blaine. »

« Blaine ? C'est quoi, ce nom ? »

« Elle, elle l'aime. »

« Je ne sais pas comment tu peux le savoir mais, si cela te plaît, je suppose que c'est bien. » Andrew fronça les sourcils. « Tu auras besoin d'un collier et d'une laisse. »

« Que j'avais l'intention d'aller acheter tout de suite, en plus des antibiotiques. Je n'ai rien sur moi. Papa, si tu pouvais me faire une ordonnance d'Amoxicilline, je filerais tout de suite à la pharmacie. » En vous laissant seuls, Ruth et toi, et en essayant de m'occuper afin de ne pas revivre la scène de la découverte de Tam, pensa Natalie.

« L'ordonnance arrive », dit Andrew en retournant à l'intérieur.

« Ce chien est sans aucun doute tombé entre de bonnes mains », dit Ruth en souriant. « Je ne m'y connais pas vraiment sur les nouvelles méthodes de soin aux animaux. Peut-être pourriez-vous me donner quelques indications, Natalie. L'un de nos deux vétérinaires prend sa retraite le mois prochain. L'autre, Cavanaugh, ne me convient pas. Il n'est pas doux avec les animaux et il semble plus intéressé par la vente de médicaments que par tout autre chose. J'en ai parlé avec d'autres qui ne sont pas satisfaits de lui, non plus. »

« Je vois. » Natalie se leva. « Quelle couleur de collier pensez-vous que Blaine devrait avoir ? »

Ruth s'approcha et caressa la tête de Blaine. « Avec tous ces magnifiques poils noirs ? Rouge ! »

« C'est exactement ce que je pensais. »

Ruth s'accroupit et prit la tête du chien dans ses mains. « Bonjour, jolie demoiselle. Tu as trouvé un bon foyer, n'est-ce pas ? » Blaine lécha sa main. « Natalie, êtes-vous sûre qu'elle est parfaitement saine ? »

« Oui, à l'exception des coupures et égratignures et sans doute un problème de ténia dû aux morsures de puces, mais on s'en débarrasse facilement. Pourquoi ? Est-ce que quelque chose vous semble bizarre ? »

« Sa langue, ma chérie. Elle est pleine de taches noires. »

Natalie sourit. « C'est parce qu'elle a du sang chow-chow. »

« Et les chows-chows ont des taches noires sur la langue ? »

« Oui, en effet. »

« Mon Dieu, j'apprends déjà des choses. Vous me semblez vraiment très compétente, Natalie. »

« Eh bien, jusqu'à présent, nous n'avons pas discuté de maladie animale grave. En ce domaine, il me semble que j'ai encore beaucoup à apprendre. »

« Contrairement au Dr Cavanaugh, qui a à peu près votre âge et qui croit déjà tout savoir sur tout. »

« Est-elle encore en train de se plaindre de ce fanfaron de véto ? » demanda Andrew en s'approchant de Ruth en lui tendant une tasse de café.

« Il me semble qu'il n'est pas très populaire. »

« Je crois qu'il a un problème avec les soins sur les petits animaux qui ne représentent pour lui qu'une activité secondaire », l'informa Andrew sérieusement. « Il est plus intéressé par les vaches ou les chevaux. »

« Et ses heures de visite sont très limitées », ajouta tristement Ruth. « En cas d'urgence, c'est pas de chance. C'est horrible. »

Natalie faillit pouffer de rire. Dans quelques minutes, ils allaient se mettre à fondre en larmes parce qu'il n'y avait pas de bon vétérinaire à Port Ariel. Andrew était en train d'œuvrer pour qu'elle reste là et il avait entraîné Ruth dans son scénario.

« Je dois aller à la pharmacie », dit-elle fermement. « Je suis sûre que Blaine se tiendra bien dans la maison jusqu'à mon retour. On ne peut pas la laisser dehors en liberté. Elle pourrait s'échapper. » Elle mena le chien dans le salon, prit l'ordonnance que son père avait laissée sur un coin de table et sortit par la porte de devant avant qu'Andrew ait pu protester que ce chien était trop gros pour être un chien d'intérieur.

III

DIMANCHE, 23 H 30

Des ombres qui tournoient et ondulent. Elle relève les yeux. Des vautours aux larges ailes et au regard froid et cruel. Ils s'approchent. Ils s'approchent, prêts à se délecter de ce charmant visage.

Le cœur de Natalie frappa contre sa poitrine. La douleur la poignardait et elle respirait difficilement. Elle sentit un poids sur son lit et la crainte l'envahit. Une langue humide et chaude lui lécha le nez.

« Oh Blaine ! » respira-t-elle en caressant le chien. « J'ai fait un terrible cauchemar. Est-ce que je t'ai fait peur ? »

La chienne renifla son cou. Elle sentait le shampoing. Elle était lourde mais le poids de son corps sur le sien ne dérangeait pas Natalie. Il la réchauffait et la rassurait, c'était un signe de vie.

La vie. Elle était en vie. Blaine était en vie. Tamara était morte. Assassinée.

Natalie se mit tout d'un coup à suffoquer. Elle poussa gentiment la chienne, sans l'inquiéter et se leva. Elle traversa la pièce, sa longue chemise de nuit s'enroulant entre ses jambes. En l'enlevant, Natalie s'aperçut qu'elle était humide. La transpiration coulait sur son abdomen et de sa poitrine. Elle se passa les mains dans les cheveux.

Une crise de panique. Elle en avait depuis l'âge de six ans depuis que sa mère était partie. Elles avaient diminué au cours des années mais la journée d'aujourd'hui avait été suffisamment traumatisante pour faire paniquer n'importe qui. Mais ce n'était qu'une crise de panique et elle allait la surmonter.

Dix minutes plus tard, son cœur battait toujours la chamade et la sueur continuait de dégouliner. Blaine, impuissante, suivait Natalie alors qu'elle déambulait dans la chambre en haletant. Natalie avait été émue par la rapidité avec laquelle la chienne avait bondi à ses côtés et sa présence la réconfortait, mais elle était toujours affolée. Souvent, quand elle avait ce genre de crise, elle se calmait en chantant accompagnée de sa guitare. Mais c'était impossible à faire en pleine nuit. Elle aurait réveillé son père qui lui aurait fait une scène. Il la sermonnerait au sujet de Kenny. Il lui ferait une leçon de morale à propos de son régime. Il serait même capable de la faire transporter aux Urgences. Embarrassant ! Les Urgences ! pour une crise de panique. Les gens penseraient qu'elle était aussi chiffe molle que sa mère.

Non, elle devait s'en sortir toute seule. C'était déjà assez dur comme ça d'avoir accouru chez Papa après l'infidélité de Kenny. Tomber en morceaux devant lui, maintenant, serait de trop.

Elle enfila son peignoir et alla à la cuisine. Un verre de lait ? Non, écœurant. Thé ? Non, le thé est un stimulant. Un jus d'orange ? Natalie but un petit verre de jus qui percuta son estomac comme du plomb.

Une promenade. Cela avait quelques fois été la solution à ses crises de panique. Marcher le long de la maison sur la plage ferait l'affaire. Elle regarda la pendule de la cuisine. 22 h 45. Peu importe. Elle avait besoin de grandes enjambées et de respirer de l'air frais.

Elle retourna à sa chambre et enfila son jean, un T-shirt, ses Reebok et un coupe-vent. Elle regarda à nouveau la pendule. 22 h 52. Peu importe ? Pas tant que cela. Bien qu'elle eût l'intention de rester aux alentours de la maison, Tamara avait été tuée, hier, pas très loin d'ici.

Natalie sortit sa valise de l'armoire et l'ouvrit. De la poche intérieure, elle sortit un 38 Beretta chromé 618 grammes. Étrangement, elle se souvenait de son poids exact. Elle n'en voulait pas, mais Kenny avait insisté pour le lui acheter après une série de viols qui avaient eu lieu à Columbus l'année précédente. Un missile de poche, avait-il dit. Elle ne l'avait pas pris intentionnellement. Il était habituellement rangé dans sa valise.

Quand elle avait démarré les cours de tir, sa main droite tenait l'arme avec raideur et répugnance. Puis, à sa grande surprise et à celle de son instructeur, elle avait découvert qu'elle était douée. Elle était un excellent tireur, même si elle n'était pas sûre de pouvoir tirer sur quelqu'un. « Tu pourrais en cas de légitime défense », lui avait assuré Kenny. « Mais cela n'est valable que si tu as ton arme à portée de main. Que feras-tu si quelqu'un pénètre dans l'appartement ? Tu lui diras d'attendre une minute, le temps que tu ouvres ta valise et que tu sortes ton revolver ? »

Elle l'avait maintenant. Elle ferma le magasin à huit balles et mit l'arme dans sa poche. Elle sortit ensuite une lampe torche du tiroir de sa table de chevet et mit sa laisse à Blaine. « Es-tu prête pour une promenade nocturne avec ta nouvelle maîtresse ? » demanda-t-elle. La chienne tira vers la porte. « Allons-y alors, vers les contrées bleues sauvages. »

Non, les contrées noires sauvages, pensa-t-elle en descendant vers le lac avec la chienne. La nuit était sombre et fraîche. Le vent faisait onduler l'eau. Natalie avait pris une grande barrette, elle ramena ses cheveux en arrière et les attacha. L'air frais caressait son cou.

Comme lorsque Kenny avait laissé ses doigts sur sa vodka froide puis les avait passés dans son cou alors qu'elle prenait le soleil sur son balcon il y a deux semaines. Des larmes lui montèrent aux yeux. Non, elle ne voulait pas penser à ce merveilleux et voluptueux après-midi. Ni à cet autre après-midi, une semaine plus tard, quand une rousse à la poitrine débordante cherchait désespérément un drap pour se couvrir aux côtés de Kenny complètement nu.

« Arrête ! » dit-elle à haute voix. Blaine leva les yeux vers elle. « Ce n'est pas à toi que je parle », dit-elle calmement. Elle caressa la tête de la chienne. « Tu es une brave fille. »

La brume arrivait du lac, serpentant autour de ses jambes. De minute en minute, le brouillard montait, d'abord jusqu'à ses mollets puis jusqu'à ses genoux. Lentement, l'éclairage extérieur de la maison s'affaiblissait alors qu'elle déambulait dans une direction, puis dans une autre, ne gardant le même cap qu'une dizaine de mètres à chaque fois.

Combien de fois avait-elle arpenté ces lieux avec Lily, jadis ? Des centaines. Et de quoi parlaient-elles durant ces promenades nocturnes fraîches et secrètes, à l'abri des yeux et des oreilles de leurs parents ? De leurs petits amis, bien sûr. Lily en avait toujours plein. Natalie n'en avait qu'un, un garçon gauche, acnéique, qui était président du club d'échecs et du club de maths. Il était gentil bien que bégayant, maladroit et constamment gêné et elle était désolée parce qu'elle était persuadée qu'il n'adviendrait jamais rien de lui. Elle avait récemment entendu dire qu'il était devenu l'un des directeurs généraux de Microsoft.

Elle s'arrêta en s'apercevant qu'à rêvasser, elle était allée plus loin qu'elle ne le souhaitait. Elle avait complètement perdu la maison de vue. « Il est temps de rentrer », dit-elle à la chienne. Mais Blaine n'écoutait pas. La chienne tirait sur sa laisse, les poils dressés, et tira soudain si fort que Natalie lâcha prise. « Blaine ! » appela-t-elle alors que la chienne descendait à la plage. « Blaine ! » cria-t-elle à nouveau, même si la chienne n'avait pas eu le temps d'apprendre son nouveau nom. Elle disparut dans le brouillard en aboyant.

Natalie resta silencieuse un moment. Elle devait rentrer. La chienne reviendrait. Ou peut-être pas ? La maison du Dr St. John n'était pas encore sa maison. Elle pourrait se perdre dans la nuit, errer dans le coin, se faire écraser par une voiture dans la brume…

Toute idée raisonnable disparut laissant place à l'impulsion aveugle d'aider la chienne avant qu'il ne lui arrive pire que d'être abandonnée dans le bois. Natalie respira à fond et courut dans la direction où Blaine avait disparu.

Elle courut environ trente mètres puis s'arrêta. L'eau du lac, encore froide en cette période de l'année, foulait le rivage. Elle retint son souffle un instant et tendit l'oreille. Aucun son de pattes marchant dans l'eau du lac Érié. Vinrent des aboiements, rapides et acharnés. Natalie se remit à courir.

Plus loin, se dessinaient les ruines de l'hôtel Blue Lady. Le fils d'un entrepreneur ferroviaire avait acheté huit mille mètres carrés de terrain en bord de lac en 1921 sur lequel il avait fait construire le luxueux hôtel et le pavillon de danse. Il l'avait appelé le Blue Lady à cause de la légende locale. Des marins prétendaient avoir vu une femme en bleu se baigner depuis la côte — cette même côte où se trouvait la maison d'Ariel Saunders. Ils jurèrent qu'il s'agissait d'Ariel et que cette vision était un bon présage. Après tout, Ariel avait sauvé deux marins et le capitaine, la nuit où le *Clémence* avait coulé.

Les hommes d'affaires locaux avaient prédit la faillite du Blue Lady Resort mais le jeune entrepreneur leur avait ri au nez, sûr de lui, de sa jeunesse, de sa fortune et des privilèges que la vie lui avait réservés. Et il eut raison. Saison après saison, le Blue Lady prospérait. Cinq ans après sa construction, il avait reçu d'innombrables stars de cinéma, six gouverneurs, dix sénateurs et la fameuse danseuse Isadora Duncan. Après une soirée tapageuse arrosée dans le pavillon de danse, F. Scott Fitzgerald et sa femme Zelda pataugeant dans l'eau du lac Érié en tenue de soirée s'étaient presque noyés avant que des membres du personnel ne les sauvent. La nièce d'un des présidents s'était mariée ici. Houdini y a passé une semaine. Les années qui suivirent virent Lana Turner, la princesse Grace de Monaco et Thomas Wolfe.

À la fin des années soixante, le Blue Lady n'attirait plus richesse et gloire. C'était devenu un hôtel touristique démodé à la splendeur désuète. Puis, durant l'été 1970, trois meurtres se produisirent dans et autour du complexe. « Les meurtres du Blue Lady » eurent raison de sa notoriété restante et, bien que la police arrêtât le criminel, les affaires cessèrent brusquement. L'hôtel ferma et peu de temps après il fut complètement ravagé par les flammes. Le pavillon de danse avait miraculeusement résisté. Depuis plus de vingt ans, il était là, vide, bâtisse décrépie propice au glamour et aux rendez-vous.

Natalie s'arrêta quelques mètres avant le pavillon, cherchant son souffle. Elle jeta un œil aux nuages qui devenaient légèrement jaunes à la lumière de la lune montante. Le toit penché du pavillon rappelait un film de série noire. D'après les photos qu'elle avait vues, des centaines de minuscules lumières blanches décoraient autrefois les arbres situés devant le pavillon. Mais c'était bien avant qu'elle et Lily, adolescentes, pénètrent de temps en temps à l'intérieur pour y fumer les cigarettes interdites et composer leur affreuse musique qu'elles espéraient pouvoir un jour jouer, adulées par leurs fans.

Elles montaient joyeusement les marches et crochetaient la serrure de la porte d'entrée dans la nuit. Elle ne se souvenait pas avoir jamais eu peur d'être découverte.

Un aboiement perça du porche du pavillon. Natalie regarda avec attention et y vit une silhouette noire. « Blaine ! » appela-t-elle de nouveau. Un autre aboiement. « Viens ici ! » La chienne était assise sans bouger. « Oh pour l'amour de Dieu », gronda Natalie en se rapprochant du porche.

Alors qu'elle se rapprochait de la chienne, Blaine se mit à haleter bizarrement. Natalie s'arrêta. « Qu'est-ce que c'est, ma fille ? » demanda-t-elle comme si la chienne pouvait répondre. Blaine se releva et tourna en rond, puis gratta à la porte du pavillon.

Natalie s'approcha de la chienne doucement. Blaine la regardait, puis regardait la porte. Sa laisse pendait sur le côté et Natalie la ramassa. Puis elle regarda la porte. La serrure neuve pendait, fracturée.

Natalie resta silencieuse pour écouter. Rien, à part le son lointain des carillons se balançant au vent. Étant donné que la serrure était fracturée, ce silence ne lui disait rien de bon. Peut-être que quelqu'un se cachait à l'intérieur en essayant de ne pas faire de bruit.

Ou peut-être que quelqu'un était blessé. Blaine gratta encore à la porte et cette fois elle s'entrouvrit. Elle avait été fermée si doucement que la gâche n'était pas prise. Blaine tirait. Natalie entendit un minuscule cri aigu.

Mon Dieu, pensa-t-elle. Était-ce possible que quelqu'un soit entré dans le Blue Lady comme elle et Lily autrefois, et se soit blessé ? Après tout, cet endroit était une ruine.

Natalie s'avança à l'intérieur puis hésita. Un crime avait eu lieu hier. Peut-être ferait-elle mieux de rentrer à la maison.

Mais si elle s'enfuyait comme ça en abandonnant quelqu'un de blessé, elle ne pourrait jamais se le pardonner. Et elle n'était pas sans défense — elle avait son arme. Elle devait au moins faire rapidement le tour du pavillon.

À l'intérieur, la salle de danse était profonde. « Il y a quelqu'un ? » demanda Natalie. Pas de réponse. Elle fit courir la lumière de sa lampe torche dans la pièce. Il n'y avait là que quelques tables installées sur le sol poussiéreux. « Avez-vous besoin d'aide ? »

Elle se tut, respirant à peine. Le silence. Peut-être n'était-ce qu'un oiseau entré quand la porte était ouverte et maintenant pris au piège. Il est temps d'y aller, se dit-elle, mais elle ne pouvait pas partir comme ça. Elle n'avait pas vu cet endroit depuis des années.

Elle traversa la pièce avec la chienne dont les griffes martelaient le sol. Un beau parquet qui avait jadis été vitrifié pour faciliter les pas des danseurs. Sa grand-mère St. John lui avait raconté comment c'était à l'époque où, jeune, elle venait si souvent avec grand-père. Natalie ferma les yeux et, dans sa tête, la salle se remplit de monde, les hommes en costume noir, les femmes en dégradés de satin, un gardénia piqué dans les cheveux. Elle imaginait sa grand-mère — une femme élégante aux cheveux bruns, les yeux verts et qui avait le goût du champagne — dansant sur la musique d'ensembles prestigieux.

Natalie rouvrit les yeux et la scène disparut. Elle se retrouvait dans cette salle vide, poussiéreuse, pleine de fantômes et du son de l'eau noire et froide se jetant sur les pilotis délabrés.

Le bruit sourd que faisait son cœur lui rappelait encore qu'elle avait couru. Tous ses efforts pour lutter contre la crise de panique l'avaient épuisée et elle se sentait soudain chancelante. Les murs de la pièce tournoyaient autour d'elle. Elle s'assit sur une chaise qui se trouvait près du mur et prit une longue et profonde respiration. Puis une autre. Elle fronça les sourcils. Que sentait-elle ? Les roses ? C'était impossible. Elle ne portait pas de parfum. Son imagination, sans doute. D'avoir pensé à grand-mère qui portait ce parfum si cher à la rose. Mais il n'y avait aucune odeur de roses dans le pavillon. Seul le souvenir d'une femme magnifique, morte il y avait plus de dix ans.

Encore quelques lentes respirations et elle serait prête à rentrer, pensa-t-elle, en parcourant la pièce du regard. Les fenêtres alignées tout autour du pavillon offraient une vue panoramique du lac. Elle savait qu'avant de petites lanternes bleues pendaient tout le long du bâtiment. La moindre brise les faisait se balancer, transformant les eaux du lac en une danse féerique bleu saphir. Aujourd'hui, seule la lumière jaunie des réverbères du parking le plus proche filtrait au travers des fenêtres sales.

Elle fit à nouveau courir sa lampe torche à travers la pièce. Un plafond cathédrale, et de son centre pendait une boule à facettes.

Natalie l'alluma. Elle ne l'avait jamais vue qu'en photo. Pendant toutes ces années où elle était venue, elle était recouverte d'une toile. À présent, la boule scintillait, reflétant des centaines de prismes de verre poli dans la pièce. *Récemment* poli.

« Il y a quelqu'un ? » demanda-t-elle à nouveau, la voix moins assurée cette fois.

« Na-ta-lie ? »

Natalie se raidit. Les oreilles de Blaine se dressèrent et elle tourna la tête vers la droite.

Personne.

Mais il y avait eu cette voix de femme — jeune, nette, délicate. Une voix familière. La même voix qu'au téléphone cet après-midi.

Non, non, ce n'était pas possible, se dit Natalie sérieusement. Elle avait été profondément choquée par le crime, par son rêve, par le coup de fil, par l'atmosphère mystérieuse de cet endroit. La voix n'existait que dans sa tête.

Mais Blaine avait tourné la tête.

Ce devait être une coïncidence, pensa Natalie. Je l'ai effrayée et elle a instinctivement dressé l'oreille et tourné la tête.

« Na-ta-lie. Je sais que tu m'entends. Mais peux-tu me voir ? »

Natalie sursauta. Blaine bondit en avant mais Natalie agrippa la laisse. Si la chienne trouve la voix, elle mourra. Elle ne savait pas comment elle le savait, mais elle le savait.

« Qui est là ? » Natalie ne parvenait pas à visualiser d'où venait exactement la voix, même si Blaine tirait vers la scène au fond de la pièce, là où les groupes jouaient autrefois *Strings of Pearl* et *Take the A Train*.

« Tu ne réponds pas, Na-ta-lie ? »

Blaine tira plus fort. Natalie balayait la pièce de sa lampe. Toiles d'araignées. Poussière. Moisissures.

La boule à facettes.

« Qui êtes-vous ? » demanda Natalie, en essayant de garder une voix ferme. Elle ne courrait pas. Elle se rassit près du mur. On essayait peut-être de l'attirer à découvert.

« Je suis Tamara. »

La respiration de Natalie devint pénible et rapide. « Arrêtez ! »

« Leur gorge est un tombeau ouvert. »

« Vous avez déjà dit cela au téléphone. De quoi parlez-vous ? »

« L'épître aux Romains, chapitre 3. Cela parle des gens mauvais. Il y a tant de gens mauvais dans la Bible ! »

Il semblait à Natalie que de l'eau glacée coulait le long de son dos. Cette voix. Tellement proche de celle de Tamara. Si perdue, si triste. Et si effrayante. Elle avait l'impression de partir en spirale dans un autre monde — un monde d'ombres et de voix qui glaçaient les os.

La voix s'éleva. « Je veux que tu sois avec moi, Natalie. Et tu le seras. Même si, pour cela, je dois te tuer. »

L'effroi de Natalie grandissait au même rythme que son instinct d'autodéfense. En un mouvement doux, elle posa la lampe sur ses cuisses, atteignit la poche de son coupe-vent et en sortit le revolver.

« Je suis armée », dit-elle fortement, même si sa voix vacillait. « Vous m'entendez ? J'ai un revolver et je vais m'en servir. »

« Tu ne peux pas tuer quelqu'un qui est déjà mort. »

L'ombre d'un mouvement. Blaine grogna puis aboya férocement. Natalie s'accrochait à la laisse quand la lampe tomba à terre. Elle ne pouvait plus voir mais elle entendait que quelqu'un approchait…

Elle arma et tira.

6

I

Blaine toucha le sol alors que le bruit du coup de feu résonnait dans le pavillon. Un instant, Natalie avait craint avoir dévié son tir et touché la chienne. Puis elle regarda sa main. Droite et immobile. Combien d'animaux avait-elle opérés ? Il était nécessaire d'avoir des mains sûres. Blaine se releva doucement.

Aucun cri de douleur n'avait suivi le tir. Au loin, une corne de brume retentissait. À part cela, seul le silence, à l'exception des souffles bruyants de Natalie et de la chienne.

« Êtes-vous toujours là ? » demanda Natalie d'une voix tremblotante. « Êtes-vous blessée ? »

Rien. Blaine regardait autour d'elle en tremblant. Natalie tremblait aussi, mais elle tentait de garder son sang-froid. « Êtes-vous blessée ? »

Toujours pas de réponse. Oh, mon Dieu, et s'il n'y avait eu aucun danger ? Si ce n'était que quelqu'un, un enfant peut-être, qui voulait faire une farce et qu'elle avait tué ? Elle n'aurait jamais dû venir ici.

Elle ne pouvait plus bouger. Elle était trop effrayée, trop horrifiée d'avoir tiré sur autre chose qu'une cible en carton. Elle s'assit, immobile, l'arme rivée à la main alors que les secondes défilaient, à se demander quoi faire. Puis…

« Police ! »

Sa gorge se serra, étouffant un cri. Il lui prit l'envie de quitter le pavillon en courant, mais elle écarta cette idée. Elle n'était pas une criminelle. Elle n'avait rien fait de mal.

À part peut-être tuer quelqu'un.

« Jetez votre arme ! Nous allons entrer ! »

Natalie posa son revolver sur la table, le poussa d'une longueur de bras et s'assit bien droite sur sa chaise alors que la porte s'ouvrait. Un homme entra, l'arme au poing. Sa lampe balayait la pièce puis s'arrêta sur son visage. Elle n'osa pas lever la main pour protéger ses yeux de la lumière. « J'ai jeté mon revolver et je tiens la chienne », dit-elle. « Ne tirez pas. »

Un silence. Puis : « Docteur St. John ? »

Elle reconnut la voix. « Shérif Meredith ? »

« Qui a tiré ? »

« C'est moi. Une fois. »

« Vous ? Mais que se passe-t-il ? »

« S'il vous plaît, retirez cette lampe de mes yeux, mais ne rangez pas votre arme. Il y a quelqu'un ici. Quelqu'un qui menaçait de me tuer. »

Il abaissa lentement la lumière. Blaine était toujours tendue et grognait méchamment. Natalie lui caressa la tête pour la calmer. « Qui tente de vous tuer ? » demanda le shérif.

« Je ne sais pas. Il y avait cette voix de femme. Elle semblait venir de la scène. Je n'ai pu voir personne, bien que... » Natalie hésita. « Elle a dit qu'elle était Tamara. »

« Tamara ? Tamara Hunt ? »

C'est bien cela, se dit Natalie. Il pense que je suis saoule ou folle à lier. « Elle disait être Tamara. Puis j'ai entendu quelqu'un s'approcher de moi et j'ai tiré. »

« Je vois. » Le shérif baladait sa lampe autour de la pièce, mais qui que cette personne ait pu être, elle avait quitté les lieux. Natalie le savait avant même qu'il ne se mette à fouiller la scène et les coulisses. « La porte de derrière est ouverte », dit-il en revenant finalement vers elle. « Vous n'êtes pas arrivée par là, n'est-ce pas ? »

« Non, je suis entrée par la porte de devant. La serrure était ouverte. »

« Donc vous n'avez fait qu'entrer. »

« Je pensais que quelqu'un était peut-être blessé. »

« Suivez-moi à la voiture. »

Natalie obéit. Il avait crié « Nous allons entrer » mais il était seul. À l'évidence, peu lui importait qui était à l'intérieur, il ne voulait pas qu'on sache qu'il n'avait pas de renfort. Dans la voiture de police, elle lui raconta tout ce qui s'était passé. Quand elle eut fini, il resta silencieux un moment, fixant le Blue Lady. Il dit finalement : « Avez-vous conscience du danger qu'il y a à venir ici au milieu de la nuit ? »

« Maintenant, oui. »

« Mais pas avant ? »

« J'avais la chienne et mon arme. »

« Je présume que vous avez un permis. »

« Absolument », rétorqua-t-elle.

« Mais pas un permis de port. »

« Eh bien… euh… non. Mais j'ai suivi des cours de tir que j'ai terminés avec les honneurs. »

« J'en suis touché », dit-il sèchement. « Mais il n'en va pas moins que vous avez enfreint la loi. »

« Vous allez m'arrêter ? »

« Il faut que j'y réfléchisse. »

Natalie perdit encore un peu plus de son assurance. Porter une arme sans permis de port, était-ce un crime ou un délit ? Quelle pouvait être la peine encourue ? Allait-elle finir ses jours en prison à cause de son escapade nocturne ?

« Écoutez, shérif, je vous ai dit que je voulais marcher un peu, mais seulement devant la maison. Puis la chienne s'est mise à aboyer et elle s'est enfuie. Je l'ai suivie. Elle est venue jusqu'au pavillon. »

« Pourquoi le pavillon ? »

« Je ne sais pas. Peut-être poursuivait-elle la personne qui était à l'intérieur. Peut-être que cette personne était près de moi

— je ne voyais rien à cause du brouillard — et a couru jusqu'au pavillon quand la chienne a aboyé. »

« Les portes étaient ouvertes. Personne n'a décidé de se cacher là précipitamment », dit lentement le shérif. « Tout cela était peut-être un piège pour vous attirer ici. »

« Je suppose que vous avez raison », dit Natalie faiblement, horrifiée.

« Donc la chienne s'est enfuie, vous l'avez suivie en courant puis vous avez foncé dans un bâtiment vide. Et Tamara vous a parlé. »

« Je n'ai pas foncé dans le bâtiment. J'y suis entrée prudemment, pensant que quelqu'un était peut-être blessé à l'intérieur », répéta-t-elle. « Et je vous ai dit que c'est cette personne qui a dit qu'elle était Tamara. Je ne suis pas folle. » Il la regarda, dubitatif, comme s'il n'en était pas si sûr. « À vrai dire, la voix était légèrement différente de celle de Tam. Elle était plus haletante, un peu plus poignante. » Elle hésita. « J'ai reçu un coup de fil, cet après-midi, de Tamara, semble-t-il. Je suis sûre qu'il s'agissait de la même personne. »

« Un coup de fil ? »

« Oui. Elle parlait de bouches qui étaient des tombeaux ouverts. »

« Mais qu'est-ce que cela peut bien vouloir dire ? »

« Je ne sais pas. C'est quelque chose qui est dans la Bible. Romains, chapitre 3. Elle me l'a dit à l'intérieur. »

« Je pensais qu'elle avait parlé de cela au téléphone. »

« Elle l'a répété tout à l'heure. »

« Avez-vous une idée de qui vous a appelée ? »

« Non. Nous n'avons pas la présentation du numéro. »

« Peu importe qui c'était. Elle doit être sur liste rouge. »

« Sans doute. En tout cas, ce soir, elle disait qu'elle voulait que je sois avec elle, même si pour cela elle devait me tuer. Il faisait noir. Je ne voyais pas vraiment bien, mais j'ai entendu qu'on se rapprochait. J'ai eu peur et j'ai tiré. »

« Vous auriez pu tuer quelqu'un. »

« Je n'ai pas visé la voix. Je ne cherchais pas à tuer qui que ce soit. On menaçait de me tuer. J'ai juste essayé de lui faire peur pour qu'elle parte, et je crois que j'ai réussi. »

« Je passais devant le magasin du quartier quand le patron m'a arrêté pour me dire qu'il avait entendu des coups de feu. En arrivant, j'ai vu quelque chose qui venait de l'arrière du pavillon. Quand je suis descendu de voiture, il n'y avait plus rien. » Il la fusilla du regard. « Vous êtes complètement insensée de pénétrer dans un endroit comme ce pavillon, la nuit, après un meurtre. »

« Je sais », dit Natalie humblement. « Je ne recommencerai plus. »

« On dirait que vous vous excusez après avoir violé le code de la route. »

« Alors, comment suis-je supposée répondre ? » s'emporta Natalie. « Vous voulez que je devienne hystérique ? Que je vous supplie ? Que je jette mon arme dans le lac Érié ? »

« La crise d'hystérie et me supplier seraient parfaits mais il n'y a aucune raison de sacrifier un bon revolver », dit-il d'une voix égale.

Il se radoucit, pensa Natalie avec soulagement. « Vous allez m'arrêter ? » demanda-t-elle encore.

Il réfléchit un moment. « Non. Une nuit en prison vous ferait sans doute du bien. Cela vous ferait passer l'envie d'avoir des idées idiotes, mais je vais faire quelque chose de stupide. Je vais juste vous raccompagner chez vous. »

Le soulagement l'envahit. « Allez-vous confisquer mon arme ? »

Ses yeux se rétrécirent légèrement et elle ne put même pas soutenir son regard. « Je vais sans doute le regretter mais je vous la laisse si vous me promettez d'agir de façon plus responsable à l'avenir. Je veux que vous la déchargiez, que vous la rangiez et surtout que vous ne la preniez pas avec vous. »

« Oui et non. » Il la regarda. « Oui, je vais la décharger et la ranger, non je ne la prendrai pas avec moi. Merci. »

« Ne me remerciez pas », dit-il avec animation. « Si c'est vraiment vous qui étiez visée dans ce bâtiment, je crains que vous ayez besoin de cette arme prochainement. »

II

LUNDI MATIN

« Tu sais que je vais me faire tuer, n'est-ce pas ? Il est 1 h 30. Du matin ! »

« Et alors ? »

« Et alors ? Mon père est shérif. S'il découvre que je traîne la nuit avec un garçon… »

Jimmy Jenkins se retourna indigné. « Et alors ? Je ne suis pas ton petit ami. Tu n'as que onze ans, Paige. »

« Ouais. J'ai onze ans et il est tard. Je ne savais pas que cet endroit était si loin. »

« Comment ça, tu ne savais pas ? Tu es déjà venue chez moi et je t'ai dit que Tamara Hunt s'était fait tuer presque en face. »

« Et sur un chemin de terre. Tu n'avais pas parlé de ce chemin de terre. »

En fait, Paige avait peur mais elle ne voulait pas que Jimmy le soupçonne. Elle voulait qu'il devienne son petit ami même s'il avait un an de plus qu'elle, ce qui n'était pas rien pour lui. Mais il restait un espoir. À moins qu'en plus il ne puisse penser qu'elle n'était qu'un bébé effrayé.

Il avait pédalé à toute allure jusqu'à chez elle cet après-midi pour l'informer du meurtre qui l'avait attristée et complètement effrayée alors qu'elle s'ennuyait, coincée pour l'été avec Mme Collins. Mme Collins était gentille et voulait bien faire mais elle était vieille — au moins cinquante ans — et elle parlait sans cesse de ses petits-enfants et de ses recettes de cuisine. Paige pensait que la femme était plus qu'ennuyeuse, même si elle faisait l'effort de s'intéresser à ses histoires. Sa mère lui avait appris à être polie.

Sa mère n'aimerait pas ce qu'elle était en train de faire, pensa Paige alors que Jimmy et elle descendaient le chemin de terre en poussant leurs vélos à cause des racines et des trous. Papa était rentré très tard et Mme Collins était toute déconfite. Après son départ, Papa était directement allé au lit.

Plus tôt dans la journée, Jimmy avait suggéré qu'ils feraient le mur cette nuit pour voir où Mme Hunt avait été assassinée. Ce n'était pas la première fois qu'ils faisaient le mur, mais ils ne l'avaient jamais fait pour une raison aussi importante. Visiter le lieu d'un crime. Jimmy était revenu bien après que Papa fut allé dormir et les conditions étaient idéales, elle ne pouvait pas refuser sans avoir l'air d'être une poule mouillée. Elle avait mis sa grande poupée dans son lit et remonté la couette jusqu'à ce qu'on ne voie plus que les cheveux auburn de la poupée — de la même couleur que les siens — sur l'oreiller, et avait rampé par la fenêtre jusqu'à la branche d'un chêne puis sauté au sol aussi agilement qu'un chat. Jimmy l'avait regardée fièrement, alors son cœur s'était mis à battre un peu plus vite. Son contentement était plus important que le risque de se faire prendre. Il était même plus important que de savoir sa mère la regardant mécontente depuis quelque part dans les cieux.

À présent, elle avait des doutes. La nuit était plus sombre que lors de leur dernière escapade nocturne. Bien sûr, cette fois-là la lune était pleine alors qu'aujourd'hui il n'y avait qu'un croissant très joli qui rayonnait dans le brouillard qui venait du lac. Mais cela n'apportait pas beaucoup de luminosité. On ne voyait que quelques étoiles. Et au loin, un hibou hululait.

« Les Égyptiens croyaient que le hibou était synonyme de mort », dit Paige.

Jimmy lâcha sa piste. « Quoi ? »

Paige se sentit bête. Elle détestait quand sa bouche sortait de telles choses. « Je l'ai lu. »

« Tu lis trop », déclara Jimmy.

« Mais cela reste sensé. À propos du hibou, je veux dire », dit Paige pour se défendre. « Quelqu'un est mort ici et maintenant le hibou hulule. »

« Les hiboux hululent tout le temps. C'est la seule chose qu'ils sachent faire. »

« Je reste persuadée que c'est vrai. »

Jimmy répliqua : « Je pense que c'est bête. »

Paige se sentit abattue jusqu'à ce que le hibou recommence et que Jimmy balaye les alentours d'un regard inquiet. Elle sourit alors de satisfaction. Il la prenait plus au sérieux qu'elle ne le pensait.

« Ça y est. On y est », dit Jimmy. Ils s'arrêtèrent ensemble, regardant les yeux grands ouverts la branche tronçonnée qui avait reposé sur le corps de Tamara Hunt. Un ruban jaune encerclait toute la zone.

« C'est le ruban qu'ils utilisent sur les lieux d'un crime », lui expliqua Jimmy.

« Je sais. »

« On ne peut pas le traverser. On pourrait effacer d'importantes preuves. »

« Je sais. Eh ! Jimmy, mon père est flic. » Ce qui était la raison pour laquelle, et Paige le savait très bien, Jimmy était devenu son ami, même si elle était plus jeune que lui. Son rêve était de devenir inspecteur comme Eddie Salvatore dans sa série préférée *Street Life*. Jimmy avait raconté à Paige que le rôle d'Eddie était joué par un acteur appelé Paul Fiori qui avait été marié à une femme d'ici, de cette ville ! Jimmy était obsédé par Eddie Salvatore. Paige avait expliqué à Jimmy que son père lui avait dit qu'un inspecteur agissant dans la réalité comme Salvatore — à faire son petit chef auprès de ses collègues ou poursuivre ses propres idées alors que son supérieur le lui interdit — se ferait virer. « Impossible », avait lancé Jimmy loyalement. « Eddie Salvatore a toujours raison. » Paige aurait normalement levé les yeux au ciel mais elle pensait toujours que Jimmy était merveilleux.

Jimmy avait apporté une lampe torche et il balayait le coin. « Je vois du sang. »

« C'est peut-être du sang. Je ne suis pas sûre. Quoi d'autre ? »

« Eh bien… Pas d'indices. Mais j'ai une théorie. »

Jimmy avait toujours une théorie. « Laquelle ? »

« Je pense que le meurtrier se cache dans la maison des Saunders. »

« Cette maison hantée dont tu parles toujours ? »

« Ouais. Celle qui se trouve au bout de ce chemin. Allons vérifier. »

« Attends un peu », se déroba Paige. « Qu'est-ce qui te fait croire que le meurtrier est dans cette maison ? »

« J'ai une intuition. »

Oh non. Jimmy jouait encore à Eddie Salvatore. « Et comment tu l'as eue, ton intuition ? »

« On ne peut pas expliquer une intuition », dit Jimmy doucement. « Elles sont là, c'est tout. » Ce qui signifiait qu'il ne savait pas de quoi il parlait, pensa Paige. « Tu viens ? »

« On est parti depuis sacrément longtemps. »

« C'est vrai. Je suppose que les petites filles devraient être au lit. »

« Je ne suis pas une petite fille », pesta Paige. « Tout le monde dit que je suis mûre pour mon âge. »

« Oui, mais tu joues la sécurité et tu cours à la maison. Moi, je vais enquêter. »

Il commençait à contourner la scène du crime avec son vélo. Paige hésitait. Il était tard. Il faisait noir. Un meurtrier était en liberté.

Et il y avait Jimmy qui ressemblait à Angel dans *Buffy contre les vampires*. Dieu que la vie est dure quand on a onze ans, un père sévère et un petit ami potentiel très mignon qui pensait être dur et adulte.

« OK. Je viens. »

« On laisse nos vélos ici. On ira plus vite. »

Ils cachèrent leurs bicyclettes dans de grandes herbes sur le bas-côté du chemin. Maintenant qu'ils n'étaient plus en vue des habitations, Jimmy avait allumé sa torche. Ils marchèrent en silence pendant un moment. Quelque part, pas très loin, des grenouilles coassaient et un chien aboyait.

« Est-ce que c'est le chien dont tu m'as parlé qui est resté près du corps ? » demanda Paige.

« Non, ça c'est Malcolm, le basset du vieux Harker. Je crois que c'est la femme qui a pris l'autre chien. Celle qui était avec la sœur de Tamara. Ton père l'appelait Dr St. John. »

« Est-ce qu'elle était belle ? » s'inquiéta Paige, se demandant si son père lui avait parlé parce qu'elle était jolie. Elle n'était pas sûre de savoir ce qu'elle ressentait à ce sujet.

« Je ne sais pas si elle était belle. Elle était vieille, mais pas si vieille que ma maman. Peut-être le même âge que Tamara. »

Paige ressentit le petit pincement dans sa voix quand il dit Tamara. Elle avait même cru qu'il allait pleurer quand il était venu chez elle tout à l'heure pour lui parler de l'assassinat. Elle était jalouse, mais Jimmy ne pouvait pas penser sérieusement que Tamara aurait pu devenir sa petite amie. Il l'aimait bien et il était triste qu'elle soit morte.

« Voici la maison ! » dit Jimmy.

Paige fronça les sourcils. Elle ne voyait pas grand-chose à l'exception d'une grosse masse dans le pâle clair de lune. « Et qu'est-ce qu'elle a de si génial cette maison ? »

« Déjà, elle a plus de deux cents ans. Et il y a eu un naufrage juste en dessous, sur la plage et Ariel a sauvé trois gars dont Zebediah Winthrop, le capitaine. C'était son amant. Et puis, de toute façon, c'est vraiment immense et il y a ce petit passage super qui court à l'extérieur tout autour du toit… »

« La promenade de la veuve ! »

« Ouais ! Ariel était là-haut attendant Zebediah quand elle a vu le naufrage. C'est une maison terrible, mais la femme qui la possède aujourd'hui la laisse tomber en ruine alors Ariel revient pour la hanter. »

Paige grimaça. « Tu penses que cet endroit est hanté par un fantôme ? »

« Non, pas moi ! » répondit rapidement Jimmy. « Mais les gens ont peur et ne s'en approchent pas. Cela en fait une cachette idéale pour un meurtrier. Et regarde comme elle est proche de la maison des Hunt. Tamara a dû sortir pour se promener et… » Il passa son doigt autour de sa gorge en faisant un bruit tranchant et une tête horrible.

Paige se replia sur elle-même. « Pourquoi l'aurait-on tuée ? »

« Les assassins n'ont pas besoin de raison », expliqua Jimmy sur un ton savant. « Ils prennent juste du plaisir à tuer. Prends le tueur en série… euh… Ted Bundy qui a tué des centaines de filles et Jeffrey quelque chose qui décapitait les gens et gardait les têtes dans des pots pour qu'elles ne le quittent pas. »

Les yeux de Paige s'écarquillèrent. « Et tu crois que quelqu'un de ce genre est dans la maison d'Ariel ? »

« C'est possible. Et je vais l'attraper. »

« Toi ? » demanda Paige incrédule. « Jimmy, tu n'as que douze ans ! »

« Cela ne m'empêche pas d'attraper les tueurs. Je serai sans doute même meilleur que la police parce que personne ne peut me soupçonner. Ils penseraient que je ne suis qu'un stupide enfant. » Paige fronça les sourcils. C'était un raisonnement futé. « Alors, tu m'aides ou tu restes là comme un bébé ? »

« Je t'aiderai », dit Paige résignée, redoutant le désastre si elle ne mettait pas un peu de son bon sens dans tout cela. Jimmy pouvait être tué, lui aussi. Elle frissonna à cette idée. Perdre Jimmy serait comme voir s'éteindre une étoile dans le ciel pour toujours. « Qu'est-ce qu'on fait maintenant ? »

« Surveillance. »

« Mais cela peut durer des heures. Je ne peux pas rester si longtemps. »

« D'accord. Approchons-nous. On se cachera derrière ces buissons devant la maison. »

Jimmy s'élança dans les herbes folles de la maison des Saunders, Paige sur ses talons. Ils plongèrent dans les buissons en haletant. « Jimmy », murmura-t-elle. « Et si le meurtrier sort ? On n'a ni arme à feu, ni couteau, ni rien. »

Jimmy la regarda un moment. De toute évidence, il n'avait pas pensé à cela dans son plan. « Eh bien… euh… on devra juste s'assurer qu'il ne nous voit pas. Pour l'instant. »

« Tu veux dire quoi par, pour l'instant. »

« Chut ! »

Paige se résigna, mécontente. Elle avait un mauvais pressentiment. Un très mauvais pressentiment. Elle observait à travers les fourrés pour mieux voir la maison. Impossible. Même le croissant de lune avait disparu derrière un nuage. Les ombres se rassemblaient autour de la demeure déserte d'Ariel Saunders. Jimmy avait dit qu'elle la hantait. Si Paige avait cru aux fantômes, elle aurait pensé que c'était sans doute dans ce genre d'endroit qu'ils étaient. Cette grande et vieille maison se dessinait devant eux et Paige avait le sentiment très fort d'être épiée.

Quelque chose grinça tout près. Elle faillit jaillir hors des buissons. Jimmy la retint. « Le hibou a attrapé une souris », murmura-t-il.

« Je t'ai dit que les hiboux représentaient la mort. »

Ils s'assirent sans bruit sur le sol pour ce qui parut durer une heure. Quand Paige regarda sa montre, elle vit que cela ne faisait qu'un quart d'heure. Le temps semblait être suspendu. Elle écrasa un moustique entre ses mains. Une nouvelle piqûre à ajouter aux cinq autres qui la démangeaient atrocement. Et elle avait besoin d'aller aux toilettes. Vite.

Une vision d'horreur la parcourut. Et si sa vessie cédait et qu'elle mouille son pantalon devant Jimmy ? Elle en mourrait. Sur-le-champ son cœur s'arrêterait d'humiliation et elle tomberait. Paige s'imaginait couchée, blanche et sans vie dans l'herbe pleine de rosée, les cheveux éparpillés en halo autour de sa tête, les paupières fermées à tout jamais… Et une auréole mouillée sur son jean.

« Jimmy, je dois rentrer. »

« Maintenant ? »

« Oui, maintenant. » Elle ne pouvait pas lui dire la vérité. « Si je me fais prendre, je ne pourrai plus jamais faire le mur… »

Le son d'une guitare électrique déchira la nuit noire. Jimmy et Paige bondirent ensemble. Le sol semblait bouger. Leurs regards se croisèrent. De la musique ! Du rock retentissait de la ruine sombre et déserte d'Ariel Saunders.

Paige attrapa le bras de Jimmy alors qu'une jeune voix masculine se mettait à chanter :

Quand la nuit tombe
Et que les ombres appellent
Il s'attarde dans le noir
Avide de ton cœur
Ne ferme jamais les yeux
Il te regarde.

Paige resserra son étreinte. « Allons-y », dit-elle tremblotante alors que la mélodie résonnait autour d'eux.

Il veut prendre ton âme
La jeter dans l'abîme
Au plus profond du trou
Là où le diable se cache.
Ne ferme jamais les yeux…

Ne ferme jamais les yeux ? Paige n'aspirait qu'à fermer les yeux. Mais elle ne le fit pas. Elle fixa, hypnotisée, la lumière qui se répandait soudain d'une des fenêtres à côté de la porte. Elle rayonnait et vacillait. C'était une bougie.

Elle commença à trembler. Elle n'avait plus envie d'aller aux toilettes. Elle voulait juste quitter cet endroit, aller ailleurs, n'importe où ailleurs. Elle regarda Jimmy qui fixait la lumière, les lèvres serrées de terreur et d'excitation.

Les accords perçants de la guitare électrique montaient et descendaient frénétiquement dans la nuit chaude d'été, nouant l'estomac de Paige. Le jeune homme chantait avec émotion, de façon menaçante, comme s'il était juste derrière Paige à ne chanter que pour elle :

Et tu cherches à t'échapper
Loin de l'homme qui porte une cape
Mais il est aussi vif qu'un chat
Aussi silencieux qu'un vampire.

Aussi silencieux qu'un vampire ? Paige regarda par-dessus ses épaules. Rien de visible, mais elle sentait quelque chose. « Jimmy, on fait quoi ? » Elle sanglotait presque.

Jimmy semblait figé sur place. Son visage était raide alors que la chanson recommençait.

La lumière s'intensifia à travers la fenêtre. Paige savait qu'une autre bougie venait d'être allumée. Plus de lumière. Une autre bougie. Qu'est-ce que c'était ? Une sorte de cérémonial ? Un cérémonial païen ? Un rituel satanique ? La musique devint encore plus forte. Est-ce que personne d'autre ne l'entendait ? se demanda Paige alors que les notes résonnaient et remontaient vers le ciel noir. Ce Dieu dont tout le monde parlait, si bon et si redoutable, allait-il maintenant punir, en envoyant un éclair qui détruirait la maison et tout ce qui était autour, Jimmy et elle y compris ?

Ne ferme jamais les yeux,
Il te rattrape…

La nuit. Le brouillard. La musique. La flamme dansante de la bougie. La poitrine de Paige se serrait. Chaque respiration lui demandait un gros effort. Elle s'était demandé ce que sa mère aurait pensé de son escapade nocturne. Mais sa mère était un esprit maintenant. Ils disent que cet endroit est hanté, mais cela ne pouvait être par l'esprit de sa mère. Meagan Meredith ne ferait jamais une telle peur à sa petite fille, même si elle était en colère que Paige soit dehors à cette heure. Se pouvait-il que ce soit Ariel ? Est-ce qu'Ariel Saunders pourrait revendiquer la propriété de sa maison à deux enfants qui l'auraient envahie ? Tout commençait à tournoyer et Paige ferma les yeux essayant de stopper la danse. Si elle s'évanouissait, elle ne pourrait plus quitter cet endroit horrible.

« Je vais jeter un œil à la fenêtre. »

Les yeux de Paige s'ouvrirent brusquement. « Non ! » enragea-t-elle.

« Il le faut, Paige. Le tueur est là-dedans. »

« Ne sois pas idiot ! » dit Paige frénétiquement, mais Jimmy semblait très déterminé. Elle refoula sa crainte. Cela devenait trop grave et même si son Jimmy adoré voulait vivre dans son monde imaginaire, elle ne le voulait pas et ne le laisserait pas faire.

« Jimmy, non ! » dit-elle fermement. « Tu pourrais te faire tuer… »

Le son de la musique augmentait. Les ombres autour de la maison se déplaçaient dans la lumière de la bougie, comme si elles dansaient en rythme. La nuit était fraîche mais la sueur coulait sur les flancs de Paige et mouillait sa nuque. « Jimmy, je m'en vais. Et tu t'en vas aussi, même si je dois te tirer… »

La porte de devant s'ouvrit brusquement, en tapant si fort contre le mur de la maison que Paige crut entendre le bois se briser. La musique s'éleva encore plus. Une silhouette pataude apparut dans la lueur de la bougie. Paige cessa de respirer alors qu'un cri montait dans sa gorge. La silhouette se baissait et se balançait devant eux, murmurant : « Ne ferme jamais les yeux… Il te rattrape. »

Plus près. Plus près.

Une ombre leur tomba dessus. Paige et Jimmy hurlèrent en même temps. La vessie de Paige lâcha alors qu'ils jaillissaient hors des buissons et couraient à l'aveuglette loin de la terrible maison tapageuse. Ils couraient sans faire attention aux racines de vignes, à l'herbe humide ou aux terriers d'animaux. Ils coururent jusqu'à ce que leur cœur soit près d'exploser.

Et au loin, un hibou hululait…

7

I

LUNDI MATIN

La musique. Le brouillard. Une silhouette pataude qui danse et leur tombe dessus !

Paige hurla et se redressa d'un bond. Son père la prit dans ses grands bras forts. « Ce n'était qu'un mauvais rêve, chérie. »

Paige respira à fond et battit des paupières plusieurs fois. Oui, elle était bien dans son lit jumeau recouvert de la jolie couette épaisse pêche et verte, avec ses rideaux en dentelles, sa collection d'animaux en peluche, et son chat noir et blanc, Ripley, étendu près d'elle et qui la regardait de ses flegmatiques yeux verts.

« Je suis venu parce que je t'entendais geindre dans ton sommeil. De quoi rêvais-tu ? » demanda Nick Meredith.

« C'était tout mélangé », mentit Paige. « Mais cela faisait peur. Quelque chose en rapport avec la mort de Mme Hunt. » Paige détestait mentir à son père. « J'ai rêvé de la personne qui a tué cette pauvre femme. C'était horrible ! » ajouta-t-elle en imitant la voix de Mme Collins comme quand elle était au téléphone avec tous ses amis pour leur raconter le crime.

« Je vois », dit Nick doucement. « Dans ton rêve, as-tu vu cette personne ? »

« Non. Juste quelqu'un de très grand et de méchant. » Qui aime la lumière des bougies et la musique rock bruyante, pensa-t-elle en frissonnant. « Dis, Papa, tu l'as attrapé ? »

« Non, mais je l'aurai. » Nick sourit et embrassa Paige sur le front. « Prépare-toi pour l'école, ma petite. »

« Papa, c'est l'été. » Il est vraiment fatigué, pensa Paige.

« Jimmy et moi, on va sortir. »

« Est-ce qu'il connaît des garçons ? » demanda Nick plaintif.

« Ouais, mais ils nagent toute la journée. Ou alors ils jouent au base-ball. Jimmy est plus intellectuel. »

Les lèvres de son père se crispèrent. « Intellectuel, hein ? Je n'aurais jamais pris Jimmy Jenkins pour un intellectuel. »

« Mais il l'est, Papa. Il est vraiment très futé. »

« Je préférerais quand même te voir jouer aux Barbie pour changer. »

« Je déteste les Barbie ! »

« Mais les autres filles jouent bien aux Barbie ? »

« Je suppose, mais je n'ai aucune amie fille. »

« Fais-t'en. »

Mme Collins traînait sur le palier. « Je connais de charmantes jeunes filles que je pourrais te présenter. »

Super, pensa Paige. Si Mme Collins les aimait bien, elles devaient être tout aussi ennuyeuses qu'elle. Elles préféreraient prendre le thé plutôt que de résoudre des enquêtes criminelles.

« Hé, Papa », dit rapidement Paige pour changer de sujet. « Jimmy m'a dit que là où Mme Hunt avait été tuée, il y avait une femme brune hier. »

« Oui. » Nick se leva et arrangea sa cravate. « Natalie St. John. C'est la fille d'Andrew St. John, celui qui t'a enlevé les amygdales en février. »

« Jolie ? »

« Andrew St. John ? Pas particulièrement. »

« Papa. Je parle de sa fille. Est-elle jolie ? »

« Je suppose. Je n'ai pas vraiment remarqué. »

Trop détendu. Il l'avait remarqué et il pensait qu'elle était jolie. Elle n'aimait pas l'envisager avec une autre femme que sa mère, mais elle ne voulait pas non plus qu'il reste seul. Et on pouvait dire qu'il était bien seul malgré les efforts qu'il faisait pour se divertir. « Jimmy a dit que c'était sans doute elle qui avait emmené ce chien abandonné. »

« Oui, c'est elle. Elle est vétérinaire. »

L'intérêt de Paige grandissait. « Elle aime les animaux ! »

« Tout comme une autre jeune personne que je connais. » Il regardait le chat noir et blanc aux poils soyeux. « Je crois que Ripley fait du gras. »

« Papa, tu vas le vexer. »

« Il a l'air complètement abattu. »

« Si tu crois qu'il est trop gros, peut-être devrait-on l'emmener voir Natalie St. John. »

« Elle n'a pas de cabinet ici. De plus, il n'y a rien qui cloche avec ton chat, à part quelques kilos superflus. »

« Et cette fâcheuse habitude de bondir du pilier central de l'escalier », ajouta Mme Collins. « Il m'effraye tellement quand il arrive en bondissant d'on ne sait où. »

« Tu vois Papa. Ça prouve qu'il n'est pas si gros que cela. Sinon, il ne sauterait pas si bien. Mais il s'égratigne les oreilles si souvent. » Paige prit un air apitoyé. « Je suis inquiète. »

« Tu es curieuse, Paige Meredith », rit Nick. « Pour je ne sais quelles raisons, tu veux voir à quoi ressemble Natalie St. John. » Il haussa les épaules. « Si je la vois, je lui demanderai d'examiner Ripley. Elle refusera certainement. »

« Pas si elle est gentille. » Paige caressa Ripley quand son père eut quitté la pièce. Elle toucha délicatement la petite tache noire au bout de son museau rose. « Et voilà comment on saura si elle peut être la femme qu'il faut à Papa. »

Après que Nick fut parti au quartier général et que Mme Collins fut descendue, rappelée par ses tricots et ses talk-shows du matin, le téléphone sonna. Paige attrapa le combiné avant même que Mme Collins ait eu le temps de se lever du canapé. C'était Jimmy.

« T'as eu des ennuis ? » demanda-t-il tout de suite.

« Non. »

« Je te l'avais dit. As-tu dit à ton père ce qu'on a vu à la maison des Saunders ? »

« Tu plaisantes ? Premièrement, je serais consignée pour le restant de mes jours pour avoir fait le mur et être allée à cet endroit, et deuxièmement, il m'aurait enfermée dans un asile. Il ne pourrait jamais croire ce qu'on a vu la nuit dernière. Aucun adulte ne le pourrait. »

« C'est pour ça que j'ai un autre plan. »

Paige soupira intérieurement. Jimmy et ses plans. « Et c'est quoi ? »

« On y retourne… »

« Y retourner ? Est-ce que t'es complètement cinglé ? »

« Laisse-moi finir. On y retourne avec un appareil photo ! Un Polaroid pour ne pas avoir à attendre les développements. On prend ce truc dans la maison en photo. Et après, on le montre à ton père. »

« Une photo ? »

« C'est le seul moyen d'avoir une preuve. »

Paige réfléchissait en se mordant la lèvre supérieure. « C'est vrai que ce serait une preuve. Mais pour ce qui est de retourner là-bas… »

« Écoute. Je sais que tu as peur parce que tu es une fille… »

« Je n'ai pas peur parce que je suis une fille ! Je n'ai pas peur d'ailleurs. »

« D'accord, d'accord. Ne fais pas dans ta culotte. » Paige retint son souffle. Avait-il vu son jean mouillé hier ? Non. C'était juste une expression. « Alors, tu n'as pas peur », poursuivit Jimmy. « Bien. Tu veux juste ne pas être prise, alors je prendrai l'appareil photo de mon père et j'irai seul. Je ne citerai même pas ton nom. Comme ça, tu peux participer sans avoir d'ennuis. »

« Tu ferais cela pour moi ? » demanda Paige.

« Ouais. On fait équipe. Les associés se couvrent toujours l'un l'autre. »

Paige était touchée. Jimmy la voyait comme son associée ? Elle avait peur de retourner à la maison d'Ariel Saunders, terrifiée à l'idée de revoir cette affreuse créature, mais si elle ne le faisait pas, Jimmy ne la considérerait plus longtemps comme son associée. Et ça, c'était encore pire que la plus grande des trouilles.

« Alors, tu viens ou pas ? » demanda Jimmy.

« Bien sûr », répondit-elle avec l'assurance qu'elle n'avait pas.

« Bien, parce qu'il faut que nous fassions quelque chose », dit-il, dramatique. « Il y a un meurtrier dans cette maison, un fou furieux, et nous sommes les seuls à le savoir. »

II

À 7 heures la veille au soir, Natalie avait finalement appelé Lily chez Oliver. « Natalie, ma sœur a été tuée », se lamenta Lily. « Quelqu'un a tranché sa gorge. Et le mot — celui qui parle de gorge et de tombeau ouvert —, le shérif pense qu'il a été laissé par le tueur. Mais ça, tu le savais, n'est-ce pas ? C'est pour cela que tu me l'as enlevé des mains. Tu savais que ma sœur avait été tuée. Comment ? »

« Je ne le savais pas vraiment. J'avais des doutes. Comment ça va à la maison ? »

« Tout est si étrange ici », dit Lily. « Papa est tour à tour en rage puis effondré. Et, bien sûr, on a été honoré de la présence de Viveca et d'Alison. Je devrais être reconnaissante, Viveca a un effet apaisant sur Papa, mais son intérêt sirupeux me met hors de moi. Et Alison ! Je me demande comment certaines personnes parviennent à être si angoissantes en en faisant si peu. Si Papa épouse Viveca et qu'Alison Cosgrove devient ma demi-sœur... »

« Ne te soucie pas de cela pour le moment. »

« Je ne peux pas m'en empêcher. » La voix de Lily s'amplifiait et enrageait. « Elle est juste complètement dingue de Warren. On dirait qu'elle a envie de lui arracher ses vêtements à chaque fois qu'elle le regarde. C'est écœurant. J'avais dit à Tam qu'Alison faisait une fixation sur Warren, mais elle ne me croyait pas. Du moins, elle faisait semblant de ne pas me croire. Mais même ses yeux naïfs n'auraient pas pu ne pas voir Alison bavant presque sur Warren. Et ne me dis pas que je me fais des idées ! »

« Ce n'est pas ce que j'allais dire. Mon Dieu, Lily, ne t'en prends pas à moi parce que tu n'aimes pas Viveca et Alison. »

« Je ne m'en prends pas à toi. Je veux juste qu'elles rentrent chez elles. Pour de bon. »

« Comment va Warren ? »

Lily avait repris sa respiration et continua d'un flot régulier, très rapide : « Il semble perdu mais pas à cause du choc ou de la douleur. C'est comme s'il cherchait comment réagir, décidant de sa manière de se conduire suivant nos réactions. Ce n'est pas normal, Nat ! Quelque chose cloche avec lui. Sa femme vient de se faire assassiner, bon Dieu, et il est là, à regarder mon père comme un petit garçon qui s'attend à être puni ! » Elle s'arrêta un instant. « Pour moi, il est coupable. »

« Coupable de quoi ? »

« C'est justement la question. Coupable de ne pas avoir aimé ma sœur ? Ou coupable de pire ? Nat, peut-être que c'est lui qui l'a tuée ! »

Lily s'engageait sur une voie dangereuse. Natalie changea de sujet. « Auras-tu besoin d'aide, demain ? Je sais que Warren se chargera des funérailles… »

« Non, il ne le fera pas ! » Lily avait explosé « Il a dit qu'il en laissait la charge à Papa et moi parce que nous nous en sortirions mieux que lui. On s'en sortira mieux, mon cul ! C'est juste que ce salaud ne veut pas s'embarrasser de cela ! »

« Lily, tu es vraiment trop à cran », dit Natalie gentiment. « Je vais demander à mon père une ordonnance de tranquillisants. Tu en prendras un. »

« Je ne veux pas… »

« Je me fiche de ce que tu veux. J'ai l'impression que tu vas te mettre à hurler. »

« Ma sœur a été assassinée ! »

« Je sais. Je ne suis pas en train de te faire des reproches. Je dis juste que tu es en train de tomber en morceaux. Je veux que tu prennes un tranquillisant et que tu essaies de dormir », dit

Natalie fermement. « Je ferai tout ce que je pourrai pour t'aider pour les funérailles demain. D'accord ? »

« D'accord », dit Lily, résignée. « Merci, Natalie. »

Après avoir raccroché, Natalie repensa à la façon forte et rassurante dont elle avait parlé. Mais elle ne se sentait pas du tout forte et rassurée. Elle était si émue et apeurée qu'elle ne pourrait pas être celle dont Lily avait si désespérément besoin.

C'est après ce coup de fil qu'elle avait fait ce rêve, qu'elle avait eu sa crise d'angoisse et son aventure effrayante dans le pavillon du Blue Lady. Ensuite, Nick Meredith l'avait sauvée, puis auditionnée et finalement déposée chez elle, et elle espérait que son père ne se réveillerait pas. Alors qu'elle marchait sur la pointe des pieds dans le hall, elle l'entendit ronfler. Dieu merci ! Elle n'aurait jamais pu lui expliquer son exploit. Elle avait tout de suite déchargé son arme et l'avait enfermée dans sa valise. Puis elle passa la nuit éveillée, profondément bouleversée par sa rencontre avec cette personne qui prétendait être Tamara et qui voulait la tuer. Mais enfin que se passait-il ? Qui pouvait bien vouloir emprunter l'identité de Tamara ? Qui pouvait continuer à la provoquer en sachant qu'elle était armée ?

Le matin suivant, Lily appela à 9 heures. Natalie n'avait pas dormi une minute. « Tu veux toujours m'aider aujourd'hui ? » demanda Lily.

« Bien sûr. » Natalie essayait d'avoir l'air le plus alerte et rayonnant possible malgré ses paupières lourdes. « Que veux-tu que je fasse ? »

« Eh bien, c'est au sujet des vêtements de Tam. Viendrais-tu avec moi chez elle pour m'aider à choisir une tenue pour l'inhumation ? Et je dois aller chez le fleuriste pour choisir les fleurs qui recouvriront le cercueil… » Sa voix se brisa.

« Lily… »

« Ça va. Je suis restée chez Papa, la nuit dernière. Le tranquillisant m'a aidée. J'ai pu dormir un peu. » Elle respira profondément. « Je t'ai laissé ma voiture, alors est-ce que tu pourrais passer me prendre ? »

« À vrai dire, je ne peux pas conduire ta voiture à cause des vitesses. Je l'ai laissée chez Tamara et c'est le shérif Meredith qui m'a ramenée. Je passe te prendre et tu pourras récupérer ta voiture chez Tam. »

Lily sortit avant que Natalie n'ait eu le temps de sonner. Quand elle monta dans la voiture, elle ne ressemblait plus à cette femme adorable et gaie qui était passée prendre Natalie pour le déjeuner, moins de vingt-quatre heures plus tôt. Ses cheveux longs pendaient aplatis, sa peau était blanche et ses paupières gonflées par les pleurs. Elle portait un jean et un sweater rose pâle mais elle n'était pas maquillée et n'avait aucun bijou.

Lily était au bout du rouleau. « Tu m'as dit que tu avais dormi mais on ne dirait pas », observa Natalie gentiment.

« J'ai dormi deux heures, sur le matin. Je me souviens que le jour commençait à se lever. Papa, lui, est resté toute la nuit debout à écouter de la musique. *Clair de lune* en boucle, encore et encore. C'était la chanson préférée de Tam. Elle patinait sur cet air quand on était gosse. » Elle regarda Natalie de près. « Tu n'as pas l'air trop bien non plus. »

Natalie mourait d'envie de dire à Lily ce qui s'était passé au Blue Lady. Même durant toutes ces années où elles étaient séparées, elle appelait toujours Lily pour tout lui raconter, qu'il s'agisse de choses excitantes ou bien contrariantes. Mais que pouvait-elle dire ? « Je suis allée au pavillon la nuit dernière et ta sœur morte m'a parlé. En fait, elle a cité la Bible et voulait que je sois avec elle ? »

« Enfin, Natalie, qu'est-ce que tu as en tête ? » demanda Lily sèchement. « Ton regard… Que s'est-il passé ? »

« Rien. Je suis juste fatiguée. »

« Tu es plus que juste fatiguée. Tu as l'air morte de trouille. »

Elle avait été terrifiée la nuit dernière et elle avait toujours peur aujourd'hui, mais elle ne pouvait pas dire la vérité à Lily. Partager tout cela serait d'un grand soulagement, mais cela horrifierait Lily de savoir que quelqu'un prétendait être sa sœur assassinée. Natalie ne voulait pas lui infliger encore plus de peine. « Hier, cela a été très dur pour moi aussi et comme je ne pouvais pas dormir j'ai un peu bu. J'ai trop bu », mentit-elle. « J'ai été un peu malade, mais cela va mieux maintenant. » Lily continuait de la regarder, sceptique, alors elle changea de sujet. « Tu es sûre que Warren ne nous en voudra pas trop de nous occuper des funérailles ? »

« Je te l'ai dit… »

« Je sais. Tu penses qu'il s'en fout. »

« Quand tu le verras, tu sauras de quoi je parle. »

Mais Lily fut surprise quand elles atteignirent la maison. Warren ouvrit la porte, les yeux caves, il portait un vieux sweat-shirt et il n'était pas rasé. Il tenait une tasse de café à la main. Le café sentait l'espresso mais Warren sentait le gin. Il avait apparemment passé une dure nuit.

« Lily, Natalie », dit-il sans aucune expression, les yeux rougis. « Merci de venir pour m'aider avec les vêtements de Tamara. Je n'ai aucune idée de ce qu'elle devrait porter. Voulez-vous du café ? »

« Oui. » Natalie ne voulait pas vraiment de café mais cela éloignerait Warren de la pièce. Quand il disparut à la cuisine, elle se retourna vers Lily. « Il me semble mal en point, Lily. »

« Il n'a apparemment pas dormi. Et il a aussi trop bu. Mais je ne crois toujours pas qu'il ait vraiment de la peine. »

« Lily la télépathe… »

« Mais ne vois-tu pas qu'il s'en fiche ? »

« Non. »

« C'est parce que tu ne le connais pas aussi bien que moi. »

Natalie soupira. « Lily, s'il te plaît, ménage-le un peu aujourd'hui. C'est ce qu'aurait voulu Tamara. »

« J'avais de toute façon l'intention de parler le moins possible à cet abruti. »

Warren réapparut avec le café et Lily et Natalie montèrent directement dans la chambre. Quelques aquarelles de fleurs délicates étaient accrochées sur les murs blanc cassé et une couette décorée de fleurs sauvages roses, pêche, jaunes et vertes recouvrait l'immense lit. « Elle est belle, la couette, n'est-ce pas ? » dit Lily comme à elle-même. « C'est Tam qui l'a faite. Elle avait beaucoup plus de goût que moi. »

« Toi, tu as le sens des affaires. » Natalie ouvrit la porte de l'armoire. « Et le sens de la mode. Aide-moi à choisir un ensemble. » La garde-robe de Tamara ne ressemblait pas beaucoup à celle de Lily. Tous les vêtements d'été étaient de couleur pastel, ceux d'hiver étaient gris, noirs ou bleu marine. « Ma sœur ne possédait aucun vêtement rouge », dit Lily en secouant doucement la tête. « L'influence de Maman. Elle voulait que Tam et moi ressemblions à de petites nonnes. Tam avait toujours voulu lui faire plaisir. Et moi, je me suis toujours rebellée. »

« Vous portiez chacune ce qui correspondait à votre personnalité. »

Lily se jeta sur le lit. « S'il te plaît, Natalie, arrête d'avoir l'air si raisonnable et décontractée. Je ne vais pas tomber en morceaux si tu lâches un peu tes émotions. Par contre, je vais m'énerver et hurler si tu ne le fais pas. »

Natalie se retourna. « Je suis désolée si je t'ennuie. Je ne sais pas comment réagir. Je ne veux rien faire qui pourrait aggraver la situation. »

« Tu ne pourrais pas rendre les choses plus terribles qu'elles ne le sont déjà, à part en te conduisant comme une femme impassible que je ne reconnais pas. C'est de la bonne vieille Natalie, émotive et spontanée dont j'ai besoin pour le moment. »

« OK. Je serai émotive et spontanée. Mais je ne serai pas vieille. »

Lily grimaça « C'est mieux. » Elle déforma son visage. « Que penses-tu de ce tailleur bleu-gris à ta droite ? Je sais que ça n'a pas beaucoup d'importance parce que le cercueil sera à moitié fermé et qu'on ne verra que son visage, mais elle aimait ce tailleur. On lui mettra les perles de Maman. »

Natalie hésita. « Le tailleur, c'est parfait, mais les perles ? C'était un cadeau d'anniversaire de ton père et elles valent une fortune. »

« J'ai eu les boucles d'oreilles en diamant et les perles sont à Tam. »

« Ta mère voulait que l'une d'entre vous porte ces perles. Elle ne voulait pas les voir enterrées pour toujours. »

« T'es en ligne directe avec l'au-delà ? » demanda Lily à moitié comiquement. « D'abord, tu sais que Tam veut que je sois sympa avec Warren. Maintenant tu sais que Maman veut que je garde les perles de Tam. T'es restée éveillée toute la nuit en grande conversation avec les morts ? »

« Lily ! » dit sévèrement Warren du pas de la porte. « Tu pourrais avoir un peu de respect pour ta sœur. Ce n'est pas le moment de plaisanter. »

« C'est justement le moment de plaisanter », se fâcha Lily. « Si on ne rit pas, on va pleurer. » Elle s'arrêta. « Du moins certains d'entre nous. »

Warren plissa les yeux. « Et qu'est-ce que cela veut dire ? »

« Rien », intervint Natalie. « Tu pourrais appeler le fleuriste pour lui dire qu'on arrive ? Je suppose que tu ne veux pas venir avec nous ? »

« Non. Je n'y connais rien en fleurs. Je ne les aime même pas. Je crois que vous devriez demander des dons pour la ligne SOS Suicide plutôt que des fleurs. »

« Tam adorait les fleurs et elle se foutait royalement de la ligne SOS Suicide », lança Lily.

Warren se mit en colère. « Et voilà, tu recommences, donnant des ordres comme d'habitude. Tu vois, Natalie, c'est pour ça que je n'ai pas voulu m'occuper des funérailles. » Il se retourna et descendit les escaliers.

« Lily, c'est quand même Tamara qui gérait la ligne SOS Suicide », dit Natalie.

« Elle ne le faisait que pour faire plaisir à Warren. Remplir des demandes d'allocations, faire des demandes de fonds publics, tout cela lui était très pénible. De plus, je veux qu'elle ait des fleurs. » Lily fulminait. « Warren ne pense qu'à la jeter dans le trou le plus rapidement et le moins cher possible. » Seigneur, pensa Natalie. Toutes les funérailles étaient-elles si tendues à cause des antagonismes familiaux ?

« D'accord. Tu peux remplir le funérarium de fleurs du sol au plafond, mais s'il te plaît, essaie de t'entendre avec Warren pour les quelques jours à venir. »

« Non. Je le déteste. »

« Lily. On dirait une peste de cinq ans. »

Lily l'ignora et Natalie aurait pu lui en vouloir si elle n'avait pas su que ce comportement était dû à son insoutenable peine. Pendant que Lily bouillait de colère sur le lit, Natalie finit de rassembler les vêtements pour Tamara, en insistant pour les perles. Elle mit tout dans un sac en plastique.

Lily regarda une dernière fois tout autour de la pièce. Son regard s'attarda sur une photo de mariage de Tamara et de Warren. Sur cette photo, Tamara était jeune, jolie et peu sûre d'elle. Warren souriait — vaniteux. « Ce fut un beau mariage », dit-elle doucement, « Tam pensait que Warren était si merveilleux, à l'époque. »

« Elle a pensé que Warren était merveilleux jusqu'au jour de sa mort », dit Natalie aussi doucement. « Elle était heureuse, Lily. Warren ne l'a pas rendue malheureuse. »

« Je suppose que tu as raison. Je ne l'aime pas et je ne lui fais pas confiance, mais Tam l'aimait. J'espère juste qu'il méritait son amour. »

Le téléphone sonna une fois. Warren avait dû prendre l'appel. « On s'en va », dit Natalie. « Le fleuriste nous attend. »

Elle descendit les escaliers la première. Le luxueux tapis amortissait ses pas. Quand elle eut atteint le rez-de-chaussée, elle vit Warren assis dans un fauteuil avec le combiné à la main. Il avait l'air navré, il détourna son regard des escaliers. « Je ne peux pas. Pas aujourd'hui. Pas avant plusieurs jours. » Quelque chose dans son intonation glaça Natalie. Après une courte pause il reprit. « Je ne veux pas que tu viennes à l'enterrement. Tamara et toi n'étiez pas amies. Cela pourrait sembler bizarre. » Le silence. « J'ai aussi envie de te voir, mais… » Le silence à nouveau puis en soupirant. « D'accord. Ce soir. » Il leva le regard et vit Natalie. Il rougit. « Je dois y aller, maintenant », dit-il normalement. « Merci de vos condoléances. »

Après qu'il eut raccroché, Natalie jeta un œil derrière elle. Lily était là, raide, ses yeux noisette pleins de haine.

III

Nick Meredith fit pivoter la chaise de son bureau pour regarder par la fenêtre. Un nouveau jour à Port Ariel, où l'air était pur, le paysage spectaculaire et le taux de criminalité très faible. Il avait passé son enfance dans le quartier agité du Bronx où il était nécessaire d'apprendre à se battre pour survivre. Quand il avait vingt ans, son jeune frère s'était fait poignarder à mort au coin de la rue. Quinze ans plus tard, on avait tiré sur sa femme Meagan dans une boutique de spiritueux. Alors, il avait quitté New York et emmené sa petite fille dans un endroit plus sûr, un endroit où l'on ne parlait presque jamais de crime...

Jusqu'à maintenant.

Tous les rapports de toxicologie de Tamara Hunt n'étaient pas revenus, mais Nick ne pensait pas qu'ils avaient beaucoup d'importance. Quelqu'un muni d'un couteau à lame souple acérée avait tué Tamara Peyton Hunt. En se référant au premier rapport médico-légal, elle n'avait qu'une seule plaie, une incision d'environ sept centimètres et demi à la base du cou, faite d'avant en arrière, au milieu et en descendant. La carotide ainsi que les jugulaires internes et externes avaient été sectionnées. Le cou portait des hématomes, ce qui signifiait que la victime avait été agrippée par-derrière et maintenue pendant que le coup fatal était donné. L'examen de lividité prouvait que le corps n'avait pas été déplacé. Il n'y avait aucun signe d'agression sexuelle et on n'avait pas retrouvé de lambeaux de peau sous les ongles de la victime. Aucun cheveu humain autre que ceux de la victime, bien qu'on ait retrouvé des poils canins sur ses mains et autour de son cou.

Et, en plus, Tamara Peyton Hunt était enceinte de huit semaines.

Nick se souvenait quand sa femme Meagan lui avait annoncé qu'elle était enceinte. Elle finissait sa maîtrise d'anglais. Lui venait juste de passer le deuxième degré d'inspecteur. Il était au boulot quand elle l'avait appelé pour lui dire, sans ménagement, « Nick, tu vas être papa », avant de raccrocher. Il avait tout de suite rappelé à la maison, mais personne n'avait répondu. Quand il était rentré pour dîner, Meagan essayait furieusement d'ouvrir un pot de sauce spaghettis. Elle le regarda presque anxieuse avec ses grands yeux bruns. Puis elle vit la rose jaune et la bouteille de cidre qu'il portait et fondit en larmes. Des larmes de joie.

Il ne lui avait jamais dit à quel point il voulait un enfant, parce qu'il savait qu'être professeur à l'Université comptait beaucoup pour elle. Il ne voulait pas qu'elle se sente obligée d'arrêter ses études. Il apprit plus tard qu'elle n'avait jamais parlé d'enfant parce que lui avait été l'aîné d'une famille de sept. Elle pensait qu'il était dégoûté des enfants et ne voulait pas l'obliger. Mais le jour de la naissance de Paige fut le plus beau jour de leur mariage.

Est-ce que Tamara voulait cet enfant aussi fort que Meagan voulait Paige ? Après tout ce qu'il avait entendu sur elle, oui. Désespérément. Et qu'en était-il de son mari ? Warren Hunt semblait être un plus grand mystère que sa femme. Toutes les personnes qu'ils avaient interrogées n'avaient dit que de merveilleuses choses au sujet de Tamara. Ils parlaient de sa douceur, de sa générosité, de sa dévotion pour son mari. Personne n'était très spontané concernant M. Hunt, sauf pour parler de son cabinet florissant et de son élégance vestimentaire. Commentaires élogieux, pensa Nick ironiquement.

« Est-ce qu'on va interroger Warren Hunt aujourd'hui ? » demanda Ted Hysell.

Nick remit sa chaise en place en regardant le visage impatient de Hysell qui le fixait du pas de la porte. Ce gars cherchait à cacher son excitation derrière un masque grave, mais cela ne marchait pas. Bien qu'il ait très bien connu Tamara Hunt et qu'apparemment il l'aimât énormément, il adorait être sur cette affaire de meurtre. Peut-être que si Nick avait passé dix ans dans la police sans jamais rencontrer ce genre de cas, il ressentirait les choses différemment, lui aussi. Mais Tamara était tout juste plus jeune que Meagan à l'époque et trop de choses les rapprochaient — Meagan aussi était gentille et aimante et elle aussi avait été tuée avec le monde à ses pieds. L'enthousiasme de Hysell le dégoûtait et Nick fixa l'homme un moment. Il aurait voulu prendre quelqu'un d'autre avec lui mais Hysell était le plus ancien des assistants. Nick refoula ses sentiments. « Appelez Hunt pour vérifier qu'il est chez lui. Ne le laissez pas se défiler mais ne le paniquez pas non plus. »

« Je lui dirai que c'est juste la procédure. La procédure, d'accord ? »

Hysell était ravi de cette tournure de phrase futée qu'il avait trouvée. Nick acquiesça en soupirant. Hysell avait le don de l'exaspérer.

Vingt minutes plus tard, ils étaient dans l'allée des Hunt. Nick aperçut Jimmy Jenkins, debout dans sa propre allée regardant sa mère disputer l'un de ses frères. Il lui fit un signe bref de la main et Jimmy répondit à son salut. Jimmy est un filou, pensa Nick. Brillant, drôle, obsédé par ce gros malin de flic à la télévision et apparemment par Paige. Cela ne dérangeait pas Nick qu'ils soient amis. Mais il ne voulait pas qu'ils deviennent les meilleurs amis du monde. Il ne pensait pas que l'ascendant de Jimmy soit très sain pour une fillette de onze ans influençable.

Warren Hunt ouvrit la porte immédiatement. Il portait un pantalon kaki fraîchement repassé, un polo Oxford bleu ciel, de coûteux mocassins et un parfum Calvin Klein. Il était rasé de près et ses cheveux châtain foncé étaient encore mouillés de la douche, mais le blanc de ses yeux contenait de petites traînées rouges et ses mains manucurées tremblaient légèrement.

« Bonjour, shérif », dit-il aimablement avec un large sourire. Puis le doute emplit son regard et le sourire diminua. « Entrez. »

« Merci », dit Nick. « Voici l'assistant Hysell… »

« Je connaissais Tamara », interrompit Hysell. « Une fille charmante. Nous étions presque du même âge. Nous faisions du patinage ensemble. Elle était meilleure que moi. Et aussi jolie qu'une image. Gentille aussi. » Est-ce que ce type pouvait la fermer ? pesta Nick intérieurement. « C'est une vraie tragédie, Warren. »

Warren Hunt regarda Hysell dubitatif, se demandant clairement qui pouvait bien être ce moulin à paroles. Nick ignora son assistant. « Est-ce le café que je peux sentir ? »

Le visage de Warren semblait soulagé. « Oui. Vous en voulez ? »

« Oh oui. Noir. »

« Assistant… »

« Hysell. Moi aussi. Avec de la crème. Ou du lait. Mais pas trop. Sans sucre. »

Quand Warren entra dans la cuisine, Nick s'efforça de parler doucement. « Hysell, c'est moi qui parle maintenant. » Le visage d'Hysell montrait sa colère. « Je vous ferai signe si je veux que vous lui lanciez quelque chose. » L'irritation de l'assistant se dissipa un peu, bien que Nick ne lui ait pas spécifié ce qu'il devait « lancer » à Hunt. Peu importe. Hysell s'approcha de la cheminée et se mit à étudier une peinture à l'huile qui était accrochée au-dessus, afin de détendre Hunt.

Warren entra dans la pièce avec deux tasses de café. Hysell prit la sienne et inclina tout juste la tête en guise de remerciement. Nick prit une gorgée et sourit. « Il est bon. » Hunt semblait à nouveau soulagé. Nick s'assit sur le canapé. « Je suis désolé de vous importuner ce matin, docteur Hunt. Vous devez sans doute être très occupé avec les funérailles. »

Warren s'assit dans un fauteuil à bras. « À vrai dire, c'est le père et la sœur de Tamara qui se chargent de tout cela. Ils l'ont souhaité et j'ai pensé que cela pouvait être thérapeutique. »

« Je vois. Bon, j'ai juste quelques questions à vous poser, à propos des choses que vous m'avez dites hier et pour lesquelles j'ai besoin de confirmation. » Nick le regardait très spontanément. « Tout le monde était très bouleversé après la nouvelle, et je veux m'assurer d'avoir tout noté correctement. »

« Bien sûr. Je comprends. » Warren semblait se détendre. « Comment puis-je vous aider ? »

« J'ai cru comprendre que vous assistiez à une convention de trois jours à Cleveland. »

« Oui. Elle a démarré jeudi matin à 9 heures. Je suis parti mercredi soir et j'ai séjourné à l'hôtel Hyatt où se tenait la convention. Samedi soir, il y avait un banquet. J'avais l'intention de conclure quelques affaires dimanche et d'être de retour vers 5 ou 6 heures. Mais j'ai reçu cet appel au sujet de Tamara... » Il prit une profonde respiration.

« Pourquoi votre femme n'est-elle pas venue avec vous ? »

Warren écarquilla les yeux. « Quoi ? »

« Pourquoi votre femme n'est-elle pas venue avec vous à Cleveland ? N'aurait-elle pas aimé faire du shopping, dîner dehors, ce genre de choses ? »

« Non. » Warren commença à tapoter le bras du fauteuil du bout des doigts. « Tamara était timide. Presque solitaire. Oh, si ce voyage n'avait été qu'un petit week-end touristique entre nous, elle aurait adoré. Mais elle ne souhaitait pas se retrouver au milieu de tous ces gens. Il y avait un cocktail mercredi soir et le banquet samedi. Elle détestait ce genre de choses. »

« Je vois. » Nick sortit un calepin du fond de sa poche et fit semblant de le vérifier, bien qu'il en connût son contenu par cœur.

« Le banquet a eu lieu la nuit où votre femme a été tuée. »

« C'est cela. »

« Vous y êtes arrivé à 19 heures et en êtes reparti à 22. »

« Oui. »

« Hmmm. Eh bien là, j'ai un problème parce que le Dr Evans dit être retourné dans sa chambre à 20 h 10 et que vous vous prépariez à partir. »

« Forbes a un certain âge. Il était épuisé et gêné de devoir quitter le banquet si tôt, alors je lui ai dit que j'allais moi aussi partir. Mais je ne l'ai pas fait. »

« C'était prévenant de votre part. Mais le Dr Feldman dit qu'il est effectivement remonté avec vous à 20 h 20. »

Les doigts de Warren s'arrêtèrent. « Il se trompe. »

« Sa femme nous a affirmé l'avoir eu au téléphone de sa chambre vers 20 h 30. »

« Je ne sais pas à quelle heure il a appelé sa femme, mais nous n'avons pas quitté le banquet si tôt. Mais peu importe, quelle différence cela fait-il ? »

« L'heure du crime, docteur Hunt. Le rapport médico-légal détermine l'heure de la mort de votre femme entre 20 et 22 heures. »

« C'est plutôt vague. »

« Malheureusement, dans la réalité, on n'est pas aussi précis qu'à la télévision où les reports permettent d'établir les heures de crime dans une fourchette de quinze minutes. » Nick lui sourit. « C'est impossible. »

Warren lui rendit bêtement son sourire. « Bien sûr. »

« Joli bateau », intervint Hysell. Nick eut envie de lui frapper la tête avec un poids.

Warren avait l'air complètement confus. « Un bateau ? »

« Là, sur la cheminée. C'est le *Clémence*, n'est-ce pas ? »

« Le *Clémence* ? Pourquoi, oui, enfin je crois. Cela fait si longtemps qu'il est là que je l'avais oublié. »

« C'est vous qui l'avez construit ? »

« Construit ? Non. Je ne m'intéresse pas aux bateaux. C'est Tamara qui l'avait déniché quelque part. » Il regarda Nick. « Alors, qu'est-ce que ça veut dire tout ça, au sujet de l'heure de la mort de Tamara ? »

Nick respira profondément, essayant de garder sa décontraction. Il aurait quelques mots bien choisis à dire à Hysell quand ils seraient sortis. Il était aussi furieux après Warren Hunt qui le prenait pour un imbécile. Pensait-il vraiment que cela marcherait ? « L'heure de la mort est très importante, docteur Hunt. Vous voyez, il n'y a que quatre-vingt-huit kilomètres entre ici et Cleveland. Vous auriez pu parcourir cette distance en moins d'une heure, ce qui signifie que si vous avez quitté le banquet avec le Dr Feldman à 20 h 20, vous auriez pu être de retour à Port Ariel vers 21 h 20. »

« Vers 21 h 20 ? Oui, c'est possible. Mais pourquoi ? » Les yeux de Warren étaient grands ouverts. « Pour pouvoir égorger ma femme ? »

« C'est une possibilité qu'on ne peut pas écarter », dit Nick calmement.

« Mais c'est ridicule ! J'étais à l'hôtel toute la soirée. »

« Quelqu'un vous a-t-il vu après que vous avez quitté la salle de banquet ? »

« Je ne sais pas. Mais sûrement. Un collègue. Un serveur. Je crois que j'ai commandé un brandy au service d'étage vers 23 heures. Non, ça c'était la nuit d'avant. Mais, de toute façon, j'ai appelé ma femme à 22 heures. Mon message est sur le répondeur. »

« Mais vous n'avez pas appelé de votre chambre au Hyatt. Nous avons vérifié. »

« Vous avez vérifié ? Mais pourquoi ? Oh, à cause de ces soupçons contre moi. » Warren secoua la tête, déconcerté et à la fois amusé par la bêtise de Nick. « J'ai appelé de la voiture, shérif Meredith. »

« Ceci expliquerait donc cela », dit Nick agréablement.

Warren parvint à faire un autre sourire. « Oui. Si vous vérifiez les appels de ma voiture, vous trouverez celui-ci. »

« Bien. » Nick fit une pause. « À part que vous nous avez dit être resté dans votre chambre toute la soirée. »

Le sourire de Warren disparut. « Eh bien, j'y étais. Mais je suis sorti. Pour un court moment. » Nick le regardait, interrogatif. « Pour voir un ami. »

« Et comment s'appelle cet ami ? »

« Est-ce vraiment important, shérif ? »

Nick le regarda durement. « Je pensais vous l'avoir expliqué, docteur Hunt. Votre femme s'est fait assassiner samedi soir. On est en train de parler de votre alibi. »

La lèvre supérieure impeccablement rasée de Warren était maintenant couverte de sueur. « D'accord. Mais j'aimerais que cette information reste confidentielle. » Nick garda le silence. « Une collègue femme était à la conférence. Le Dr Lorraine Glover. On avait décidé de se retrouver pour prendre un verre à quelques pas de l'hôtel. »

« Pourquoi pas dans le bar de l'hôtel ? »

« On cherchait un endroit plus intime. »

« Plus intime ? »

Le visage de Warren était rouge vif. « Eh bien, vous voyez... » Il respira profondément. « Oh ! et puis zut ! Ce n'est pas le moment de mentir. Lorraine et moi avons eu une liaison, il y a deux ans. Ce n'est pas quelque chose dont je suis fier. C'est la seule et unique fois où j'ai été infidèle à ma femme, mais Lorraine et moi, on... eh bien, on a agi stupidement. »

« Et vous étiez prêt à refaire quelque chose de stupide ? »

« Non ! C'était juste un verre, en souvenir du bon vieux temps. Mais quand nous étions ensemble, un autre psychanalyste, Henry Simon, l'avait découvert. C'est un lèche-bottes. Une honte pour la profession. Enfin, il courait après Lorraine depuis des années et il n'avait pas apprécié d'être rejeté. Quand il a découvert notre histoire, il en a parlé à tout le monde. Le mari de Lorraine l'a quittée. »

« Et Tamara ? »

« Elle n'en a jamais rien su. »

« Un autre avantage à être casanière. Et une bonne raison pour vous de ne pas l'avoir encouragée à venir avec vous à Cleveland. »

Warren sourit nerveusement à Nick. « Oui. Je suis coupable de l'avoir dissuadée d'assister à ces réceptions. Mais comme je vous l'ai dit, Lorraine et moi voulions juste prendre un verre. On souhaitait seulement ne pas être vus pour que la rumeur ne se mette pas à nouveau à circuler. J'étais en route pour le bar quand je me suis souvenu que je devais appeler Tamara à 22 heures, alors j'ai appelé de la voiture. Notre répondeur a enregistré l'appel à 21 h 57. Je suis rentré à l'hôtel vers 23 heures. »

Nick notait tout dans son calepin pour rendre Warren nerveux. « Je comprends pourquoi vous ne vouliez pas ébruiter cette information, mais je dois vous demander autre chose. J'ai besoin de l'adresse et du numéro de téléphone du Dr Glover. »

« Je ne peux pas vous les donner. Ce serait une violation de vie privée. »

Nick releva la tête. « Docteur Hunt, vous semblez ne toujours pas comprendre l'importance d'établir très clairement où vous vous trouviez au moment de la mort de votre femme. Je comprends que vous souhaitiez protéger la vie privée de cette femme, mais, vu les circonstances, si vous refusez de me permettre de la contacter pour vérifier vos dires, je supposerai que vous avez menti. »

« Je n'ai pas menti. »

« Alors prouvez-le. »

Warren le fusillait du regard. Les muscles de sa mâchoire tremblaient. Il finit par dire. « OK. Mais vous ne pouvez pas l'appeler chez elle. Contactez son bureau. Je n'ai pas le numéro mais c'est sur High Street, à Columbus. »

Nick jeta tout cela sur son calepin et le referma d'un geste vif. « Je suis désolé que cela ait été si dur. »

« Pas tant que moi », dit Warren durement. « Ce sera tout ? »

« Pour le moment. » Nick se releva. « Je sais que vous serez dans le coin si j'ai d'autres questions. Allons-y, Hysell. Le Dr Hunt a l'air fatigué. »

« Bien sûr, shérif. »

Ils s'arrêtèrent à la porte. « Une fois encore, docteur Hunt », dit Meredith, « je suis désolé de vous infliger tout cela. C'est si terrible. Surtout que Tamara était enceinte. »

Le visage de Warren était déconfit. « Enceinte ? » répéta-t-il absent.

« Oui, de huit semaines. Vous ne le saviez pas ? »

Warren ouvrit et referma la bouche deux fois. À la troisième tentative, il réussit à dire, sur un ton monocorde : « On l'espérait. Après toutes ces années. »

Hysell prit la main de Warren et la serra vigoureusement. « C'est une tragédie, Warren. Plus de Tamara. Plus de trottinement de petits pieds. »

Le visage de Warren perdit toutes ses couleurs et ses yeux étaient dans le vague. Nick pensait qu'il allait s'évanouir. Puis il se reprit, murmura un bref au revoir, et claqua la porte derrière eux.

« Eh bien, au moins, on sait qu'il ignorait tout au sujet du bébé », dit Hysell alors qu'ils s'éloignaient de la maison. « En plus, il ne m'a pas semblé qu'il espérait vraiment cet enfant. »

Une fois monté dans la voiture de patrouille et passé le virage, Nick ouvrit la bouche pour injurier Hysell d'avoir interrompu l'interrogatoire avec ses histoires de bateau, mais Hysell commença à parler avant que Nick ait eu le temps de dire quoi que ce soit. « Ce coup de fil qu'il a passé à la maison ne prouve rien du tout… »

« À part qu'il a appelé chez lui, de sa voiture à 21 h 57, mais, Hysell… »

« Oh ! et vous l'avez entendu ? C'est la seule et unique fois où j'ai été infidèle à ma femme. » Hysell imitait le ton de Warren à la perfection. « C'est des conneries ! »

Nick le regarda. « Savez-vous quelque chose que j'ignore ? »

« Depuis des années j'entends des rumeurs au sujet de la vie sexuelle de notre cher Dr Hunt. C'est la raison pour laquelle Oliver Peyton ne peut pas le sentir. »

« Ne s'agit-il que de rumeurs ? »

« Non. J'avais des doutes et ils ont été confirmés. »

« Maintenant qu'on sait qu'il a eu une liaison avec Lorraine Glover, je vais faire mon enquête sur elle. Mais Hysell, je voudrais vous parler de… »

« Pas seulement Lorraine Glover ! Quelqu'un d'ici, à Port Ariel. » Nick leva les sourcils. « Jamais entendu parler de Charlotte Bishop ? La fille de Max Bishop ? Max possède la société Bishop. Ils fabriquent des pièces détachées pour bateaux. Il a subi deux attaques sérieuses, mais c'est toujours lui qui gère la boîte. »

« Je sais qui est Max Bishop, Hysell. Tout le monde, dans cette ville, sait qui est Max Bishop. Et Charlotte était mariée à cet acteur… »

« Paul Fiori. Il joue le rôle d'Eddie Salvatore dans *Street Life*. »

Eddie Salvatore. N'était-ce pas lui, le héros de Jimmy ? Il demanderait à Paige. « Et alors, Charlotte ? »

« Fiori a quitté Charlotte quand il est devenu célèbre, alors elle est revenue s'isoler ici il y a quelques mois. » Hysell continua dans la confidence. « Eh bien, un jour je l'ai vue sortir du bureau de Hunt ! »

Hysell se tut après avoir lâché cette bombe. Nick leva les yeux vers lui. « Et c'est tout ? »

Hysell semblait vexé. « Non. Une semaine après environ, je dînais avec Dee au Hearth. Dee Fisher, c'est la personne avec laquelle je sors depuis quelques mois. Elle est infirmière. Elle s'est fait virer de l'hôpital, mais c'était une erreur. Elle est très drôle. On aime bien aller au Hearth… »

« Hysell ! »

« OK. Je suis allé aux toilettes. Vous savez, les toilettes au Hearth sont derrière ce grand hall. En revenant, j'ai vu Hunt et Charlotte en train de discuter. Je n'y aurais pas fait particulièrement attention mais Hunt a baissé la tête et a filé et Charlotte m'a presque agressé. Comme si elle était gênée de me voir. »

« Vous la connaissez ? »

« Bien sûr. Je ne vous l'ai pas dit ? En fait, j'étais un ami de son frère Bill. Maxwell William Bishop II. Pas junior. Le deuxième. Je l'avais rencontré chez les boys-scouts. Il ne ressemblait pas du tout à Charlotte. Elle était splendide et elle le savait. Elle n'oubliait jamais qu'elle était la fille de Max Bishop non plus. Arrogante comme tout. Enfin, son frère Bill s'est tué dans un accident de voiture il y a quelques années. Un malheur. »

Nick attendait. Il finit par demander : « Et qu'est-ce que tout cela a à voir avec Charlotte et Hunt ? »

« Eh bien, quand j'étais enfant, j'ai passé quelques moments chez les Bishop. Charlotte ne faisait pas attention à moi, à l'époque. Elle agissait comme si j'étais invisible. Mais cette nuit-là, au Hearth, c'était comme si on était de vieux amis. Elle n'arrêtait pas de me dire qu'elle venait juste de rencontrer le Dr Hunt. Sans relâche. Comment appelle-t-on cela ? Trop de protestations ? C'est là que j'ai commencé à douter. Tout à l'heure la maquette du bateau m'a alerté. »

« La maquette du bateau ? » demanda Nick perplexe.

« Celle qui était sur la cheminée. C'est pourquoi je suis intervenu. Je sais que je vous ai exaspéré en vous interrompant, mais quand j'ai réalisé ce que c'était, j'étais tout excité et je voulais entendre ce que Hunt avait à dire à ce sujet. Vous m'aviez dit de lui "lancer" quelque chose et je l'ai fait. »

« Il a dit que c'était Tamara qui avait déniché cette maquette il y a longtemps. »

« Ouais, bien sûr... Écoutez, c'est une maquette du *Clémence*. Le bateau qui s'est échoué sur la côte. Ariel Saunders, cette magnifique jeune fille, a vu le naufrage et a sauvé le capitaine, Zebediah Winthrop... »

« J'ai entendu cette histoire au moins cent fois depuis que je suis ici. »

« D'accord. Eh bien, c'est Bill Bishop qui a construit cette maquette du *Clémence*. »

« Celle sur la cheminée ? »

« Ouais. »

« Hysell. Il doit y avoir des douzaines de maquettes du *Clémence* dans les environs. »

« Shérif, j'ai moi-même aidé Bill à la construire. On y a passé des semaines. En plus, il y a nos initiales dessus. M.W.B et T.Z.H. C'est Charlotte qui a dû la donner à Hunt. »

« Vous êtes sûr qu'elle ne l'aurait pas donnée à Mme Hunt ? »

« Charlotte n'offrirait jamais rien à une autre femme, encore moins la maquette de son défunt frère. Et, si le vieux Bishop l'apprenait, il ferait une attaque fatale. Il adorait Bill et Charlotte était très jalouse. Ce doit être la raison pour laquelle elle s'est débarrassée de la maquette. Elle pouvait rendre un coup à son père et en même temps donner à Hunt quelque chose qui signifierait beaucoup pour lui et qui semblait signifier beaucoup à ses yeux. »

L'opinion de Nick concernant le sens de l'observation, de la déduction et d'analyse de Hysell venait de monter en flèche. Peut-être avait-il finalement là un assistant plus compétent qu'il ne pensait. « Mme Hunt aurait-elle pu voir les initiales ? »

« Elles étaient fines et presque cachées. Et sans doute un peu passées après tout ce temps. Il faut vraiment les chercher pour les voir. En plus, je ne pense pas qu'elle ait pu faire le rapprochement. Bill est mort depuis des années, et je suis sûr que Tamara ne connaissait pas mon deuxième prénom. Elle n'aurait pas su qui était T.Z.H. »

« Hysell ? »

« Oui, shérif ? »

« Que signifie le Z ? »

Hysell hésita. Il détestait répondre à cette question. « Zebediah. » Il grimaça et ajouta honteusement : « Je crois que tout le monde est dingue de cette histoire d'Ariel et de Zebediah dans le coin. »

« J'ai aussi eu cette impression en l'entendant deux fois, le jour même de mon arrivée en ville. » Il fronça les sourcils. « Vous pensez que Hunt aurait demandé le divorce à Tamara ? »

« Il aurait pu, mais cela lui aurait sans doute porté préjudice. Tamara était une catholique pratiquante. Et elle était enceinte. Elle ne se serait pas laissé faire. Hunt aurait sans doute obtenu le divorce mais pas rapidement et pas sans efforts. Et pas sans scandale. Charlotte est déjà passée par là et je pense que Warren Hunt n'a pas assez de valeur à ses yeux pour qu'elle ait accepté de recommencer. »

« Alors vous pensez que Warren Hunt aurait tué sa femme pour pouvoir garder Charlotte Bishop ? »

Hysell eut l'air surpris. « Peut-être. Ce qui est sûr, c'est que la situation nécessitait d'agir vite et de façon définitive. »

« Et vous dites que Warren Hunt en aurait été capable ? »

« Disons que je pense que Charlotte Bishop l'aurait été. » Hysell fit une pause. « Vous savez, je crois Charlotte Bishop capable de faire n'importe quoi. »

8

I

LUNDI APRÈS-MIDI

Alison était assise au piano. Elle venait de commencer la pièce de Debussy *La Fille aux cheveux de lin.* Viveca traversa la pièce et s'arrêta devant le piano en souriant. Alison cessa immédiatement de jouer. « Qu'est-ce qui ne va pas ? »

« Rien, ma chérie », dit Viveca avec précaution. « Tu l'aimes ce morceau, n'est-ce pas ? »

« Qu'est-ce qui ne va pas ? »

Le sourire de Viveca se figea. « Eh bien, c'est juste que tu l'as déjà jouée cinq fois de suite. Peut-être pourrais-tu jouer autre chose ? »

« D'accord », dit Alison aimablement et elle se lança immédiatement dans *La Veuve joyeuse.* Le visage de Viveca se détendit. « Tu n'aimes pas ce morceau ? »

« Pas particulièrement. »

La bouche couleur bouton de rose d'Alison affichait un sourire malicieux. « Oh, j'avais oublié. C'est comme cela que les gens t'appelaient après la mort de Papa. La veuve joyeuse. »

« Pas du tout. Mais s'il te plaît, joue autre chose. »

Alison fit tomber ses mains sur ses genoux. « Je n'ai plus envie de jouer. Je voudrais voir Warren. »

« Je pense qu'il doit être très occupé aujourd'hui avec les préparatifs pour Tamara. »

« J'ai besoin de le voir. C'est mon médecin. »

« Tu n'as aucun rendez-vous avec lui aujourd'hui. De plus, tu l'as vu hier. » Viveca manipulait nerveusement le pendentif topaze accroché à la chaîne en or qui pendait à son cou. « Chérie, s'il te plaît, joue quelque chose de beau. »

Alison posa ses longs doigts musclés sur les touches du piano. Ils hésitèrent un instant. Puis ils s'abattirent violemment sur le clavier renvoyant des notes complètement discordantes dans la pièce magnifique et tranquille, Alison décida de jouer la partie piano de *Layla* d'Eric Clapton. Elle ne jouait que depuis une minute quand sa mère cria : « Stop ! »

Alison stoppa immédiatement et Viveca culpabilisa. « Chérie, je suis désolée, mais tu sais comme je déteste le rock. Et c'est un sacrilège de t'entendre jouer cela, étant donné ton talent. »

« Moi, j'aime ça. Pourquoi ne puis-je pas jouer ce que j'aime ? » Elle leva ses yeux bleu de Chine vers sa mère et se mit à hurler : « Pourquoi ne puis-je jamais jouer ce que j'aime ? »

Viveca recula, le visage pâle. Elle respira profondément. « Pardonne-moi. Bien sûr que tu peux jouer ce que tu veux. » Elle se rapprocha d'un pas et, hésitante, presque apeurée, elle toucha la joue de sa fille. « Je ne veux que ton bonheur, Alison. C'est toujours ce que j'ai voulu. »

Mais Alison s'était réfugiée dans son monde à elle. C'était dix-sept ans plus tôt. Alison avait cinq ans. Maman devait encore partir. Juste pour deux jours. Elle était ce qu'on appelle un « responsable exécutif » dans la grande société du nom de Bishop et elle devait partir en voyage d'affaires. « Je suis désolée de devoir m'en aller, ma chérie » avait-elle dit en prenant Alison dans ses bras pour un dernier câlin.

Alison pensait que sa mère était la plus jolie des femmes. Elle avait de longs cheveux blonds. Elle avait de grands yeux bleus. Elle portait toujours de beaux vêtements. Elle sentait toujours bon. Alison admirait Maman. Elle essayait toujours de faire plaisir à Maman. Mais c'est Papa qu'elle aimait, Papa qui se moquait qu'elle ait peur de tant de choses, qu'elle passe des heures à parler toute seule sans trouver ses mots dès qu'elle était en face de personnes qu'elle ne connaissait pas, ou qu'elle ait d'incessants cauchemars et que les médecins disent qu'elle était névrosée. Papa ne la sermonnait jamais sur sa façon d'agir, Maman, elle, le faisait. Papa l'aimait comme elle était.

Elle était debout sous le porche, sa petite main dans celle de Papa, et faisait signe à Maman qui partait en voiture. Papa s'était retourné vers elle. « Ta mère nous a laissé de la nourriture équilibrée pour le dîner. Elle a dit que tu devais manger, jouer du piano pendant une heure, regarder une heure de programme éducatif à la télévision puis aller au lit et être endormie pour 8 heures. »

« Oui, Papa. »

« Cependant, je suis l'homme de la maison en l'absence de ta mère », dit-il d'une froideur qu'Alison ne saisissait pas parfaitement. « On est vendredi soir. Alors, on va commander une bonne pizza bien grasse pour dîner, on jouera à Candy Land, et après on regardera une cassette Disney. » Le visage grave d'Alison fondit de béatitude. « On va passer une soirée de débauche, ma grande, comme Port Ariel n'en a jamais vu. Tout le monde parlera encore de cela dans cent ans ! »

Papa lui laissa choisir la garniture de la pizza et ce fut la meilleure qu'elle ait jamais goûtée. Ils avaient mangé avec les doigts ! Ils avaient fait deux parties de Candy Land, avaient regardé *Les 101 Dalmatiens* et un bout de *La Belle et le Clochard* avant qu'elle ne s'endorme. Quand son père l'avait délicatement posée dans son lit, ses yeux s'étaient ouverts en grand. « Quelle heure est-il ? » Son père d'un large sourire lui avait répondu : « Minuit magique, oreilles de lapin. » Aujourd'hui encore, elle disait Minuit magique.

Le jour suivant, ils avaient déjeuné sur la terrasse d'un restaurant au bord du lac. Ils s'étaient promenés sur le rivage en se tenant la main et en discutant de tout ce qui pouvait l'intéresser. Ensuite, Papa l'avait conduite jusqu'à une énorme vieille maison. Elle avait d'abord été effrayée mais Papa lui avait raconté qu'elle avait appartenu à une gentille et très belle femme qui la protégerait quand elle serait à l'intérieur.

C'est comme cela qu'elle avait, pour la première fois, entendu parler de la saga d'Ariel Saunders. Papa avait raconté comment Ariel avait couru jusqu'à la plage et sorti le capitaine Winthrop de l'eau gelée et comment, plus tard, ils s'étaient mariés et que Zebediah avait changé le nom de la ville pour Port Ariel en l'honneur de sa tendre épouse. Et le mieux de tout, Ariel était l'arrière-arrière-grand-mère d'Alison.

Même si la maison d'Ariel n'était pas dans un très bon état, Papa l'avait portée dans chacune des pièces délabrées, évoquant de sa voix forte la splendeur passée de la maison des Saunders. Maman disait qu'il était à l'aise avec les mots parce qu'il avait été romancier. Le regard de Papa devenait étrange à chaque fois qu'elle disait « avait été ».

À de nombreuses reprises, il avait sorti des feuilles et des stylos et demandé le calme dans la maison, mais cela se terminait toujours par des mots raturés sur les pages. Il écoutait alors de la musique triste et buvait du brandy et Maman prenait son air dégoûté et ne lui adressait plus la parole, ce qui n'arrangeait rien. Mais aujourd'hui, Papa était heureux et Alison était enthousiaste. Elle adorait Papa et elle adorait la maison des Saunders, la maison qui surplombait le lac, la maison romanesque de la légende.

En fin d'après-midi, Alison était toujours d'une allégresse stupéfiante, perdue dans le monde d'Ariel et Zebediah, posant et se faisant belle devant le grand miroir de la chambre de Maman, prétendant être Ariel. Papa était entré en souriant. Il portait une panière à linge. « Tu veux m'aider à faire la lessive ? »

Alison l'avait regardé, surprise. « Mais Mme Krebbs vient et s'en occupe toutes les semaines. »

« J'ai envie de la faire. Quand j'étais petit, j'aidais Maman à la laverie. Allez, viens, oreilles de lapin, on va s'amuser. »

Alors Alison était allée avec lui, dans le sous-sol où se trouvaient le lave-linge et le sèche-linge. Alison ne venait là que très rarement. Elle n'aimait pas cet endroit sombre et elle s'inquiétait des araignées et des souris et de toutes ces choses terrifiantes qui pouvaient s'y cacher. Mais elle était avec Papa et rien de mal ne pouvait lui arriver.

Il y avait des fenêtres, très haut perchées, qui laissaient passer la lumière du jour, mais Papa appuya quand même sur un interrupteur et le néon s'alluma. Puis, ils descendirent les escaliers et il ronchonna en voyant de l'eau couler sur le sol. « Mince alors, on a fait réparer la machine à laver il y a deux semaines. Je sentais que ce réparateur ne savait pas ce qu'il faisait. » Il soupira. « Je vais réparer cela moi-même. »

« Tu sais comment ? » demanda Alison qui voulait s'éloigner de l'eau, si sale et inquiétante qu'elle devait sûrement contenir des serpents ou des alligators.

« C'est sans doute une durite du lave-linge que cet idiot n'a pas serrée », dit Papa. « Je crois que je peux réparer quelque chose d'aussi simple. Assieds-toi sur les marches, ma chérie. »

Alors Alison s'était assise sur les marches et Papa avait placé la panière de linge à ses côtés. Ensuite il avait pataugé dans l'eau. Ses chaussures faisaient un bruit bizarre et il murmurait, pestait et prononçait des mots qu'Alison savait interdits dans la maison. Elle enroulait une bouclette de ses cheveux blond-blanc autour de son doigt à la façon que détestait sa mère.

« OK, la bête furieuse », dit-il théâtralement à la machine en faisant rire Alison. « On va bien voir qui est le patron ici. »

Papa se mit à l'arrière du lave-linge, face à elle et il s'appuya sur la machine. Des étincelles bleues et rouges jaillirent tout d'un coup autour de lui. La lumière du néon s'affaiblit. Papa se raidit. Un petit cri de souffrance s'échappa du rictus tendu de son visage, son corps tremblait, et ses yeux semblaient vouloir quitter leurs orbites. Alison entendit un clic derrière elle. Le néon venait de s'éteindre. Papa tomba sur le béton. Sa tête fit un bruit sourd alors que ses os se cassaient et que sa peau se déchirait. Le sang s'écoulait et se mélangeait à l'eau autour du corps inerte.

Peu à peu, le monde devint flou pour Alison. C'était comme si un brouillard épais l'enveloppait. Elle adorait ce brouillard parce qu'il lui cachait l'horrible vision de Papa.

Le jour d'après, quand Viveca rentra de voyage, elle trouva le cadavre de son mari raidi à côté de la machine à laver. Sa petite fille était assise sur les marches du sous-sol, se balançant d'avant en arrière, le doigt entouré dans ses cheveux. Ses vêtements étaient souillés et ses lèvres fissurées de déshydratation. Mais le pire, ce qui avait provoqué le cri d'horreur de Viveca, c'était les yeux de l'enfant — ébahis, vides, immobiles. Viveca l'avait immédiatement conduite à l'hôpital, où Alison était restée inerte pendant presque une semaine. Ensuite vinrent les longues années de soins psychiatriques, cliniques, traitements, analyses sans fin et même l'hypnothérapie. Mais elle n'avait jamais plus été la même depuis ce jour, au sous-sol, où Papa avait essayé de réparer le lave-linge.

« Vas-tu t'habiller en noir pour l'enterrement de Tamara ? »

Viveca leva les yeux du magazine qu'elle fixait dans le vide. Quand Alison partait comme cela, Viveca s'asseyait patiemment en attendant qu'elle revienne. Parfois cela prenait quelques secondes, parfois des heures entières. Cette fois, cela avait duré quinze minutes.

« Je pense que je porterai du bleu marine. »

« Je serai en noir. Même les bijoux. Ma broche en marcassite et en onyx qui appartenait à Ariel. »

La broche n'avait jamais appartenu à Ariel, mais Alison ne pouvait s'en convaincre. Cela n'avait pas d'importance. Elle était heureuse de penser qu'elle possédait un bijou d'Ariel. Mais Alison était perturbée.

« Chérie, j'ai réfléchi », dit Viveca avec précautions. « Les funérailles de Tamara risquent d'être trop déprimantes pour toi. Peut-être devrais-tu rester à la maison. »

Alison eut l'air outragée. « Rester à la maison ! Je ne peux pas. Warren aura besoin de moi. »

Viveca s'était rendu compte de l'intérêt qu'Alison portait à Warren. Au début, elle en était ravie. Alison avait toujours détesté tous ses médecins. Puis par le biais de la fille d'Oliver, Tamara, elle avait rencontré Warren Hunt et avait voulu être soignée par lui. Viveca n'aimait pas Warren, mais Alison avait violemment refusé de continuer son suivi avec le psychiatre qu'elle voyait ou tout autre que Warren. Viveca avait réalisé qu'elle devrait céder au sujet de Warren ou qu'elle serait obligée d'envoyer Alison en clinique une nouvelle fois.

Maintenant, il était question de son obsession pour Warren Hunt. Il y avait quelque chose dans sa façon de dire son nom, quelque chose de caressant qui alarmait Viveca. Et durant les derniers mois, Alison était devenue plus froide envers Tamara. Presque hostile. Hostile — et Viveca en était humiliée — jalouse.

« Chérie, Warren sera bien soutenu », dit Viveca pour la rassurer. « Et il ne voudrait pas que tu viennes. Les enterrements sont si tristes. »

« Tu veux dire comme celui de Papa ? »

« Oui. »

« Et celui d'Eugène ? »

Le visage de Viveca se raidit. « Tu n'aurais jamais dû assister à l'enterrement d'Eugène Farley. Tu l'as fait malgré mon interdiction formelle. »

« J'ai trouvé cela terrible que tu n'y assistes pas. Après tout, il était ton amant. »

« Alison ! »

« Pour quoi brailles-tu *Alison* de cette façon ? Il était ton amant. Qu'est-cc qui te dérange tant à ce sujet ? Qu'il ait été assez jeune pour être ton fils ou qu'il ait été accusé d'escroquerie et qu'il se soit suicidé ? »

« Il n'était pas assez jeune pour être mon fils », dit Viveca fatiguée. « Et sa mort fut tragique, mais nous n'étions déjà plus ensemble. Je n'ai vraiment pas envie de parler de cette triste période. »

« Pas étonnant. Tu l'as abandonné. Pas moi. Moi, je l'aimais. »

« Je sais. Il était comme un frère pour toi. »

Alison lâcha un rire presque hystérique. « Je n'ai jamais pensé à lui comme à un frère, Maman. »

Viveca avait du mal à considérer sa fille autrement que comme une enfant. Eugène était chef comptable chez Bishop. Mignon, intelligent, drôle. Toutes les femmes célibataires de Bishop lui faisaient la cour et quelques-unes des femmes mariées aussi d'ailleurs. Très vite et contre toute raison, Viveca ne put pas lui résister non plus.

Il était venu plusieurs fois chez elle et avait traité Alison comme une personne normale. Ils avaient discuté de musique et de littérature, échangé des CD et des livres. Ils riaient ensemble et la jeune fille était radieuse. Viveca pensait qu'ils étaient comme frère et sœur et elle en était ravie. Elle se fichait même qu'Eugène entretienne le goût d'Alison pour la musique rock.

Puis Viveca avait remarqué la façon dont Alison regardait Eugène. Un coup de cœur, se dit-elle. Mais les illusions n'étaient pas son fort. Elle ne pouvait pas se voiler la face. Sa fille innocente restée enfant regardait son amant avec une sensualité non feinte qui l'écœurait.

Eugène était parti à présent. Elle l'avait chassé de sa vie et, en plus, il s'était suicidé. Aussi mal qu'ait pu se sentir Viveca au moment de la mort d'Eugène, elle fut soulagée de voir cette soif disparaître du regard d'Alison. Mais voilà que cela recommençait, surgissant de façon incontrôlable dès que quelqu'un prononçait le nom de Warren Hunt.

« Maman, tu me laisseras aller aux funérailles de Tamara, n'est-ce pas ? »

Cela ne ressemblait pas vraiment à une question. C'était une menace. Quand Alison n'obtenait pas ce qu'elle voulait, elle affligeait sa mère de la responsabilité de sa maladie et cela marchait à tous les coups. La culpabilité de Viveca concernant l'état émotionnel de sa fille décuplait parce qu'elle n'assistait pas à un voyage d'affaires le jour de la mort de son mari. Elle était partie pour le week-end avec un autre homme et, en proie à la passion, elle n'avait pas appelé à la maison pendant les vingt-huit heures qu'Alison avait passées, assise sur les marches du sous-sol, fixant le corps de son père et descendant doucement dans cet enfer mental d'où elle ne reviendrait jamais.

« Bien sûr que tu peux y aller, Alison. »

« Bien. Warren a besoin de moi maintenant. » Ses lèvres se tordirent. « Surtout maintenant qu'elle est partie. » Viveca se crispa mais, avant qu'elle ait pu répondre, Alison déclara : « Je vais dans ma chambre. »

Pour quoi faire ? se demandait Viveca. La jeune femme commençait à s'énerver. « Alison, et si je faisais du thé et réchauffais des croissants. On pourrait parler entre filles ? » essaya-t-elle.

« Je ne sais pas ce que se racontent les filles. Tu ne m'as jamais laissée avoir d'amies. Tu m'as toujours gardée prisonnière. » Alison quitta le siège du piano et grimpa quatre à quatre les escaliers jusqu'à sa chambre. Elle était prise d'une soudaine crise de rage et son regard était menaçant. Viveca resta debout à tripoter anxieusement son topaze jusqu'à ce qu'Alison claque la porte de sa chambre.

Ce qui arriverait cette nuit était un mystère pour tout le monde.

II

LA NUIT DE LUNDI

Warren n'aimait pas la marina la nuit. Il ne l'aimait pas le jour, non plus. À vrai dire, il détestait l'eau et les bateaux, mais ce n'était pas quelque chose à avouer ici où tout le monde était dingue du lac Érié. Il ne l'avouerait sans doute pas à Charlotte, dont le père possédait le plus gros navire de la marina, qu'il avait bien sûr baptisé le *Charlotte.* Ils se retrouvaient toujours sur le *Charlotte.* Warren aurait préféré qu'ils aillent dans un motel éloigné, mais être avec Charlotte valait bien une soirée sur un bateau.

Le *Charlotte* était accosté sur le quai 34. Construit sur mesure, il trônait majestueux dans le clair de lune, vingt-six mètres d'aluminium blanc, composé de quatre cabines, une grande salle à manger, un coin salon à découvert avec un point central pour les fêtes, un pont flottant avec des chaises longues, un saloon et une salle de projection munie du système home cinéma avec un écran qui descendait du plafond. Charlotte disait que son père avait voulu quelque chose de grand et de sophistiqué pour les croisières collectives. Warren pensait que Max Bishop avait seulement voulu quelque chose de fastueux pour montrer combien il était riche et comment son yacht dominait la marina tout comme sa société dominait Port Ariel. Le *Charlotte* était sans doute un cadeau visiblement excessif mais Charlotte l'adorait.

Warren jeta un autre coup d'œil rapide par-dessus son épaule. Il s'imaginait toujours que les gens étaient derrière les fenêtres des cabines sombres des bateaux à épier où il allait. La marina était trop fréquentée, même aux alentours de minuit. Et que se passerait-il s'il était surpris, cette nuit, quarante-huit heures après la mort de sa femme ? Sa réputation serait détruite. Et pire encore, ce Meredith serait sans cesse sur son dos. Ce gars cherchait à l'épingler pour le meurtre de Tamara. Aujourd'hui, il avait regardé Warren comme s'il était un insecte piégé. Il priait seulement pour que Lorraine Glover atteste son alibi. Elle n'avait pas paru trop consentante au téléphone quand il l'avait appelée juste après le départ de Meredith, mais Lorraine avait peur. Il avait menti à Meredith. Le riche mari de Lorraine n'avait jamais su qu'elle avait eu une liaison. Même si Lorraine corroborait son alibi, si Meredith découvrait qu'il avait une relation avec Charlotte Bishop, il aurait un motif pour le coincer.

Et il y avait eu cet assistant qui ne cessait d'observer cette maquette de bateau que Charlotte lui avait donnée. Warren se fichait pas mal de l'histoire de Port Ariel, mais il ne le lui avait pas dit. Il avait gardé la maquette au bureau. Un jour, Tamara était passée à l'improviste, l'avait vue, et avait voulu la ramener à la maison. Quand elle avait découvert les initiales, il avait juré ignorer ce qu'elles représentaient et elle n'avait pas insisté. Il se sentait mal dès qu'il la regardait posée sur la cheminée. Et aujourd'hui, cet assistant avait remarqué quelque chose.

Je n'aurais pas dû venir, pensa Warren d'un coup. À quoi pensait-il donc ? Bien sûr, il voulait voir Charlotte. Oui, il savait qu'elle avait besoin d'être rassurée, mais ce rendez-vous n'était pas très malin. Pourquoi l'avait-il laissée le manipuler ?

Il s'arrêta, paniqué. Il allait immédiatement rentrer chez lui. Charlotte serait furieuse mais il parviendrait à la calmer, d'une façon ou d'une autre, il lui ferait entendre raison et la convaincrait de ne plus appeler à la maison. Mais tout de suite, il fallait qu'il parte.

« Warren ! »

Charlotte était penchée par-dessus le flanc du bateau. Sa voix de soprano avait transpercé la nuit. Warren recula et lui fit signe de se taire. Il s'approcha.

« Salut, mon cœur », dit-il doucement. « Tu sais, je ne crois pas que ce soit... »

« Tu es en retard ! Je pensais que tu ne viendrais plus ! »

Elle parlait plus bas. Warren la regardait de près. Même dans la pénombre de la lune, il pouvait voir ses joues rouges. Elle avait bu. Il ne l'avait jamais vue boire plus d'un verre de vin. « J'ai juste dix minutes de retard, chérie », dit-il en murmurant presque. « Comme je le disais, je ne pense pas que ce soit une bonne idée. J'ai eu un entretien éprouvant avec le shérif Meredith aujourd'hui, et... »

« Meredith est un âne. »

Warren se crispa. « Toute la marina va t'entendre. »

« Monte à bord. » Elle lui tendit la main mais sa voix était d'acier. « S'il te plaît. »

Son cœur battait vite. Il pouvait rester là à argumenter avec Charlotte qui allait devenir de plus en plus furieuse et bruyante dans une minute ou grimper à bord et se cacher à l'intérieur. Il voulait être avec elle. De plus, il était un peu tard pour se soucier d'avoir été vu.

Cinq minutes plus tard, Charlotte lui versait une coupe de champagne. Elle avait déjà avalé la moitié de la bouteille. Elle insista pour trinquer à leur nouveau départ. L'estomac de Warren se serra. Sa femme, qui avait partagé six ans de sa vie, était morte. Comment pouvait-il être ici, avec sa maîtresse, à trinquer à sa vie future. Parce que, jusqu'à ces dernières semaines, son avenir ne ressemblait qu'à un désert sans fin ? Parce que l'idée de devoir endurer Tamara ne serait-ce qu'un an de plus lui était devenue insupportable ?

« Tu ne bois pas ? » dit Charlotte en le regardant de ses yeux mouchetés d'or scintillant. Elle portait un pantalon serré blanc et une chemise toute fine sans soutien-gorge. « C'est du bon champagne. Il ne faut pas le gaspiller. » Il prit une gorgée et elle sourit. « Très bien. Parle-moi de la visite de ce cher Nicolas Meredith. »

« Il est très soupçonneux. »

Les pupilles de Charlotte semblaient dilatées. « Est-il au courant pour nous ? » demanda-t-elle sévèrement.

« Non. »

« Tu es sûr ? »

« Oui. Il me l'aurait jeté à la figure s'il avait su. Mais il avait des questions au sujet de mon alibi. »

« Auxquelles tu as répondu et il était satisfait. »

« Oui, je pense. »

« Ça veut dire quoi, je pense ? »

« Ça veut dire oui. Point. » Il ne pouvait pas lui parler de Lorraine Glover. Il lui avait juré qu'il n'avait jamais eu de liaison avant elle. Il ne pouvait pas non plus lui parler de la grossesse de Tamara. Il lui avait aussi juré qu'il n'avait pas couché avec elle depuis plus d'un an. « Meredith avait un assistant qui observait la maquette du *Clémence* avec beaucoup d'intérêt. Un certain Hysell. »

« Ted Hysell ? Celui qu'on avait rencontré au Hearth ? »

Warren était affolé. « Je ne l'avais pas reconnu. »

« Ne t'inquiète pas. C'est un idiot. »

« Mais il nous a vus ensemble. »

« Oublie-le. Écoute, Warren, ce n'est pas le moment de perdre son sang-froid », dit-elle calmement, « bien que j'aurais préféré que le shérif Purdue soit encore là. C'était un très bon ami de Papa. De plus, il était bien trop paresseux pour entreprendre de grandes enquêtes. »

« Il aurait bien été obligé de faire quelque chose en cas de meurtre. »

« Rien de bien productif, je te l'assure. » Elle souriait. « Tu as l'air si malheureux. Bois, chéri. Tu te sentiras mieux. »

Deux coupes de champagne plus tard, il se sentait mieux en effet. Charlotte ouvrit une deuxième bouteille. Quand il protesta, elle insista qu'ils avaient tous les deux besoin de se détendre. Mais le champagne ne semblait pas la calmer — bien au contraire. Elle devenait de plus en plus excitée à chaque verre. Ce n'était pas la Charlotte que Warren connaissait. Il mit la prise d'alcool sur le compte de la nervosité. Elle ne voulait pas admettre qu'elle était inquiétée par le meurtre de Tamara, alors elle cachait son anxiété derrière l'alcool. Saoule ou non, elle était toujours aussi charmante. Charmante, délicieuse, complètement irrésistible.

Warren prit son visage entre ses mains. Il embrassa son front, ses paupières, son nez, ses joues rouges. « Je t'aime, Charlotte », dit-il rapidement. « Dieu que je t'aime. »

Elle miaula comme un chat satisfait, et l'embrassa brièvement sur la bouche. Puis elle fit descendre sa tête jusqu'à ce que sa bouche atteigne l'espace entre ses petits seins fermes. « Tu es un homme libre, maintenant », soupira-t-elle. « Fais-moi l'amour comme un homme libre. »

Ils avaient toujours fait l'amour dans la cabine principale sur le lit que Warren pensait appartenir à Max Bishop pour ses plaisirs personnels. Charlotte lui avait dit qu'avant son attaque, son père « s'entretenait » souvent avec des femmes dans cette cabine. Maintenant que le côté droit de Max était paralysé à 75 %, Charlotte s'était approprié cette pièce. Max était cloîtré à la maison avec cette pauvre Muriel qui avait subi ses nombreuses aventures. La spacieuse cabine appartenait maintenant à Charlotte. Et à lui.

À moi, pensait Warren au beau milieu de leurs ébats amoureux. Cette belle et excitante femme, cet onéreux mais fastueux yacht, tous ces privilèges que la fortune de Charlotte pouvait acheter. Tout. Cela ferait réfléchir son père. Le futur ne paraissait plus interminable et morne à Warren. Son futur ressemblait à une cité rayonnante à l'horizon. La Cité d'Émeraude, pensa-t-il, bien qu'il ait toujours détesté *Le Magicien d'Oz*. L'attachante Charlotte ressemblait à Dorothée parvenant à la Cité d'Émeraude.

Ils avaient fait l'amour deux fois puis s'étaient allongés, Warren sur le dos et Charlotte sur le ventre avait passé un bras sur sa poitrine. L'eau clapotait sur les flancs du *Charlotte*. Warren souriait en réalisant que, pour la première fois de sa vie, il se fichait d'être à bord d'un bateau. Les funérailles et tout ce qui devait être fait dans les quelques jours à venir ne lui semblaient plus insurmontables. Il en viendrait à bout parce qu'il savait que quelque chose de fabuleux l'attendait... Après la pluie...

Warren éclata de rire. Mais que lui arrivait-il ce soir ? Le Magicien d'Oz en tête. Il devait être saoul. Il se sentait jeune, en effervescence et insouciant. Et fatigué. Comme c'était tentant de ne penser qu'à se détendre sur de gros oreillers et se laisser partir. Mais ce serait un véritable désastre. Se réveiller à 8 heures du matin, à l'heure où toute la marina s'éveille. Il ne pouvait pas rester à bord pour le reste de la nuit. Il devait se réveiller dans son propre lit et se comporter tout au long de la journée comme les gens s'y attendaient. Il fallait qu'il parte.

« Charlotte », dit-il doucement. Pas de réponse. « Charlotte ? »

Elle respirait lourdement à ses côtés. Tout à l'heure, elle somnolait avec lui mais elle était maintenant profondément endormie. Trop de champagne. Il la secoua. Rien. Elle allait bien mais n'était sans doute pas capable de se lever, de s'habiller et de rentrer chez elle. Mais il n'avait pas à se faire de souci pour Charlotte. Elle passait souvent la nuit sur le yacht, alors sa famille ne s'inquiéterait pas de ne pas la voir le lendemain matin. Lui n'avait pas cette chance.

Il s'habilla à la faible lumière qu'ils avaient laissée allumée. En se regardant dans le miroir, il s'aperçut qu'il avait l'air horrible. Les yeux rouges, des cernes noirs et de grosses rides sur le front. Warren était d'habitude très attaché à son apparence, mais là, il était content d'avoir l'air en loques. Après tout, n'était-il pas supposé être un veuf effondré ?

Il jeta un dernier coup d'œil à Charlotte. Elle n'avait pas bougé. Migraine atroce demain matin, pensa-t-il. Peut-être cela l'empêcherait-il de passer trop d'appels imprudents chez lui.

Il quitta la chambre et monta jusqu'au magnifique saloon. Un saloon. Ce mot lui avait toujours paru absurde, lui remémorant des images d'une série Western des années cinquante. Miss Kitty cherchant insidieusement à flirter avec le Marshal Dillon. Peu importe, ces gens aimaient utiliser les termes adéquats, tels que saloon pour ce qu'on aurait pu appeler une salle de séjour, l'office de bord pour la cuisine ou bâbord et tribord pour gauche et droite. C'était insensé.

Il s'arrêta. Était-ce une ombre qui passait devant l'une des fenêtres en épiant le pont circulaire ? Il se précipita à la vitre et regarda dehors. Le pont était vide. Le bateau d'à côté était plus léger et se balançait alors que le *Charlotte* était presque immobile. Le clair de lune dansait sur l'eau. C'est tout ce qu'il avait pu remarquer alors qu'un gros nuage venait de cacher la lune. Il devenait paranoïaque et pensait que Meredith avait placé des hommes un peu partout. Il fallait qu'il arrête de bondir à la vue d'une ombre, au sens propre comme au figuré. Il devait paraître innocent. C'était essentiel.

Warren se remit en route. Dans vingt minutes il serait chez lui. Il n'était jamais impatient de rentrer, avant. Combien de fois s'était-il allongé sous l'une des couettes de Tamara, elle emmitouflée hermétiquement, physiquement aussi bien que mentalement. Et lui transpirant de panique à l'idée que ce serait comme cela pour le restant de ses jours ? Des centaines de fois. Mais à présent, son lit lui semblait être le lieu le plus sûr de la planète. Il devrait d'ailleurs y être, et voulait y être si le shérif Meredith venait à vérifier.

Warren traversa la salle à manger et monta sur le pont. L'air frais lui fit du bien. Son esprit se clarifiait. Même sa vue semblait s'améliorer. Au loin une petite cloche se mit à tinter dans la nuit. Plus près, il entendit craquer un pont.

Il se retourna, attentif, comme s'il s'attendait à ce que quelque chose de terrible lui arrive dans la nuit fraîche. Il lançait ses mains aveuglément et il avait l'impression que ses entrailles se déchiraient.

Il n'y eut presque aucun bruit au moment où le rasoir plongea dans son cou, déchirant la chair, et transperçant la trachée. Les battements de son cœur amplifièrent. Le sang écumait de la blessure et la douleur s'intensifiait comme un éclair. Alors qu'il fléchissait instinctivement, le rasoir tranchait le quart de son cou, lacérant muscles et veines. Il porta ses mains à la plaie en essayant vainement de stopper le flot incessant de son sang. Il voyait mais tout ce qu'il pouvait apercevoir n'était qu'une masse remuant devant lui.

Warren trébucha vers l'avant. La silhouette s'écarta sur le côté et il tomba sur le pont en bois en roulant sur le dos. Il maintenait toujours sa gorge, n'ouvrant la bouche que pour émettre de bruyants gargouillis. Il clignait des paupières. Quelqu'un se penchait au-dessus de lui mais il ne pouvait pas apercevoir son visage. Son agresseur n'était qu'une masse dans la nuit qui murmurait des mots qu'il ne comprenait pas.

Warren perdait connaissance. La silhouette se déplaça, disparaissant même à l'intérieur du yacht…

Vers Charlotte.

Et au loin la cloche d'un bateau sonnait calmement dans la fraîcheur de la nuit insouciante.

9

I

MARDI MATIN

Le soleil semblait briller de façon anormale, peut-être était-ce parce qu'elle n'avait pas beaucoup dormi la nuit dernière. Natalie mit ses lunettes de soleil pour conduire jusqu'au centre ville. Destination : Aux curiosités, la boutique de Lily.

Natalie n'avait pas mis les pieds dans la boutique de Lily depuis trois ans. L'été dernier, Lily l'avait rénovée, transformant l'indéfinissable construction en briques en un local impressionnant tout droit sorti d'un conte de Dickens. Une immense vitrine mettait en évidence, du trottoir, des berceaux anciens, des boîtes à musique, des carafes en cristal, deux des magnifiques couvre-lits de Tamara ainsi que certains bijoux. Quand elle ouvrit la porte vitrée vert foncé, une petite clochette retentit joyeusement comme pour annoncer l'arrivée d'un client.

Lily se tenait derrière le comptoir. Elle parlait à un jeune homme. Elle regarda au-dessus de lui et sourit à Natalie.

« Ton répondeur disait que tu serais là », dit Natalie. « Je ne pensais pas que tu travaillerais aujourd'hui. »

« Je suis juste venue pour ranger un arrivage. » Lily avait toujours ses cernes mauves autour des yeux et Natalie n'aimait pas sa pâleur, mais elle semblait avoir bien plus d'entrain que la veille. « Natalie, je voudrais te présenter Jeff… »

« Lindstrom », termina-t-il. « Je suis en vacances ici. Mme Peyton me conseillait quelques endroits à visiter. »

Natalie serra sa main tendue. « Natalie St. John. J'ai grandi ici. Je suis venue en visite. »

Jeff sourit largement. Ses cheveux blond foncé atteignaient le col de sa chemise en jean et ses dents saillantes étaient incroyablement blanches. Natalie ne lui donnait pas plus de trente ans.

La clochette de la porte retentit. Tout le monde leva les yeux alors que Nick Meredith entrait. Natalie sentit ses joues rougir. La pensée de leur dernière rencontre au Blue Lady lui donnait envie de fuir, embarrassée. S'il vous plaît, qu'il ne dise rien à propos de ce qui s'est passé, pensa Natalie ardemment. Mais il la regarda à peine. Son attention était toute dirigée vers Lily. « Bonjour, mademoiselle Peyton. Votre père m'a dit que je vous trouverais ici. »

« Qu'y a-t-il ? » demanda-t-elle anxieuse.

« Savez-vous où se trouve votre beau-frère ? »

« Warren ? » Lily était détachée. « Non. Pourquoi ? »

« Parce que j'ai besoin de lui parler le plus vite possible et que je n'arrive pas à le joindre. »

« Eh bien, je suis sûre qu'il traîne quelque part dans le coin. Même lui n'oserait pas quitter la ville avec l'enterrement demain. » Lily plissa les yeux. « Et pourquoi est-ce si important que vous lui parliez ? »

« J'ai juste deux ou trois questions à lui poser. » Le ton détendu de Meredith ne sonnait pas juste. « J'essaierai de le rappeler dans une heure. Merci, mademoiselle Peyton. »

La clochette retentit de nouveau, et une petite voix d'enfant cria fort : « Papa ! »

Les têtes se relevèrent. Une petite fille avec de longs cheveux auburn et des taches de rousseur s'élança joyeusement vers le shérif Meredith. Derrière elle se tenait une femme forte, les cheveux poivre et sel coupés court, de petits yeux noirs derrière une paire de lunettes à monture sombre.

« Paige », dit le shérif Meredith. « Je ne savais pas que Mme Collins et toi veniez faire les courses aujourd'hui. »

« J'avais complètement oublié que c'était l'anniversaire de ma sœur aujourd'hui », expliqua la femme. « Je ne pouvais pas laisser Paige toute seule à la maison et je devais absolument trouver un cadeau. J'espère que vous ne m'en voulez pas de l'avoir emmenée. J'ai essayé de vous joindre au bureau pour vous en parler mais vous n'y étiez pas. Si cela n'avait pas été aussi urgent, je ne l'aurais jamais fait sans votre permission. »

Natalie pensait qu'elle parlait comme si elle avait entraîné l'enfant dans une terrible expédition. Le shérif Meredith avait l'air plutôt amusé. « Vous n'avez pas besoin de décharge pour une balade en ville, madame Collins, à part si vous comptiez vous arrêter au bar pour manger un sandwich et boire une bière ce midi. »

« Oh non ! » lui assura sérieusement Mme Collins. « On va au McDonald. »

Natalie remarqua que l'enfant la regardait et lui sourit.

« Salut. »

« Salut. Je suis Paige Meredith. Êtes-vous Natalie St. John ? »

« En effet, c'est moi. » Natalie rit. « Comment le sais-tu ? »

« Jimmy Jenkins est mon meilleur ami. » Natalie releva un sourcil, interrogative. « Il a douze ans et des cheveux bruns comme vous. Il vous a rencontrée le jour où Mme Hunt s'est fait assassiner. »

« Paige ! » gronda Meredith. Il se dirigea vers Lily. « Voici la sœur de Mme Hunt. »

Le sourire radieux de Paige disparut. « Oh, mon Dieu, je suis désolée. »

« Ce n'est rien », murmura Lily. « Jimmy t'a-t-il décrit Natalie ? »

« Ouais. » Paige semblait soulagée que Lily ait changé de sujet. Elle se retourna vers Natalie. « Papa m'a dit que vous étiez vétérinaire. Est-ce que vous faites des visites à domicile ? »

« Des visites à domicile ? Pas d'ordinaire. Je ne pratique même pas dans la région. »

« Oh. » Paige exagérait la déception dans le ton de sa voix. « Je me fais tellement de soucis pour mon chat Ripley. »

Natalie vit le regard de Nick Meredith se durcir et elle se demandait pourquoi. « Qu'est-ce qui ne va pas avec Ripley ? »

« Il est gros », dit Meredith pour couper court.

« Il n'est pas gros » rétorqua Paige. « Mais il n'arrête pas de se gratter les oreilles. »

« Les acariens », dit Natalie, « peut-être est-il infecté. »

« Infecté ! » dit Paige comme s'il s'agissait d'un fléau. « Et puis… il boite. »

« Depuis quand ? » demanda Meredith.

« Depuis… ce matin. »

« As-tu regardé s'il y avait quelque chose entre les coussinets ? » demanda Natalie. « Il y a peut-être un petit caillou. »

« Je n'ai rien vu. Docteur St. John, Ripley n'aime pas son vétérinaire, le Dr Cavanaugh. Il est tout énervé et contrarié chaque fois qu'il le voit. La dernière fois, il a griffé le Dr Cavanaugh qui lui a crié dessus. Ripley n'en a pas mangé pendant deux jours. »

« C'est navrant. Mais il doit y avoir d'autres vétérinaires à Port Ariel. »

« Oui », dit fermement Meredith. « Le Dr Launders. »

« Papa. Il est vieux », déplora Paige. « Il bégaye et parle tout seul et, la dernière fois, il m'a appelée Ripley. Il pourrait se tromper de médicaments et faire mourir Ripley. Il dit aussi toujours que tous les animaux de compagnie ont tous la même chose — des vers ! »

« Tu sais, Paige, c'est très fréquent. » Natalie essayait de ne pas rire. L'enfant en rajoutait tellement qu'elle gagna son admiration par sa ténacité. « Enfin, si tu es si inquiète au sujet de Ripley, je serais ravie de passer le voir. »

Paige était aux anges. Meredith fulminait. « Docteur St. John, ça n'est vraiment pas nécessaire », dit-il. « Le chat va très bien… »

« C'est pas vrai », l'assaillit Paige.

« Et je sais que vous êtes ici de passage », continua Meredith. « On ne va quand même pas vous faire reprendre du service. »

« Cela ne me dérange pas, je vous assure. »

Paige évita le regard de son père. « Nous habitons au 312 Elmhurst… »

« Paige ! » Meredith respira profondément. « Le Dr St. John te fait le plaisir d'accepter de voir Ripley. Tu ne veux pas en plus qu'elle soit obligée de venir jusqu'à chez nous. »

« En fait, ce serait plus simple que de l'emmener jusqu'à chez moi », dit Natalie. « J'ai une chienne et je ne sais pas comment elle se comporte avec les chats. »

« Le chien qui a trouvé le corps de Mme Hunt ? » Les yeux de Paige — du même bleu intense que ceux de son père — se tournèrent vers Lily. « Je suis désolée. Je ne voulais pas… »

« C'est bon, poussin », dit Lily gentiment. « Ma sœur est morte. C'est ainsi. Alors tu n'as pas à t'inquiéter de ce que tu dis pour moi. »

La tension se relâchait. Même le shérif Meredith se détendait un peu. « J'ai du travail. » Il regarda Lily. « Si vous avez des nouvelles de votre beau-frère, vous me le direz ? »

Lily acquiesça. « Bien sûr, mais je serai sans doute la dernière personne qu'il appellera. »

Meredith se retourna vers Natalie. « Merci d'avoir accepté pour Ripley. Mais je reste persuadé que ce n'est pas nécessaire. »

« Je tiens à rassurer Paige. »

« Oui. Je suis sûr qu'elle se morfond de la condition dramatique dans laquelle se trouve Ripley. » Il lança un regard très explicite à sa fille qui prit un air solennel. « Je te verrai ce soir à la maison. »

« Oui, Papa », dit-elle obéissante. « Je t'aime. »

Meredith quitta la boutique en secouant la tête. Lily sourit à Jeff Lindstrom qui regardait Meredith avec attention. « Et voici notre shérif, Nicolas Meredith », dit-elle.

« Un gars impressionnant. »

« Qui n'a apparemment pas de temps à perdre avec les présentations. »

« Pas de problème. Il n'a aucune raison de s'intéresser à moi. Je ne suis qu'un pauvre touriste. » Il regarda Lily l'air abattu. « Mademoiselle Peyton, je suis sincèrement désolé pour votre sœur. Je ne savais pas. »

« Comment auriez-vous pu ? »

« J'ai lu le récit du meurtre dans les journaux mais je ne me doutais pas qu'il s'agissait de votre sœur. »

« Ma jumelle. »

« Mon Dieu, c'est horrible. » Il hésita. « Je suppose qu'ils n'ont aucune idée de qui… »

« Lui a tranché la gorge ? » La dureté des paroles de Lily alarma Natalie. « Non, bien que je ne sois pas sûre que le shérif Meredith ne soupçonne pas le mari de Tamara, Warren. Ce doit être pour cela qu'il tient tant à lui parler. »

Paige traînait autour du comptoir. Elle regardait les différents bijoux anciens sous verre. Et ne perdait pas une parole, pensait Natalie. Elle montra l'enfant à Lily du regard. « Qu'allez-vous visiter en premier ? » demanda-t-elle à Jeff.

« Sans doute le Musée nautique. » Son estomac fit un bruit sourd. « Ou peut-être vais-je aller déjeuner », cria-t-il. « Connaissez-vous un bon restaurant qui serve de copieux petits déjeuners ? »

« Chez Trudy, juste en bas de la rue. Ils font les meilleurs roulés à la cannelle du monde et ils remplissent les assiettes comme si vous vous apprêtiez à traverser le Yukon. »

« On dirait que c'est ce qu'il me faut. Eh bien, merci pour toutes ces informations. Et, une fois encore, je suis désolé pour votre sœur, mademoiselle Peyton. »

« Lily. »

« C'est Lily. » Il se retourna vers Natalie. « Heureux de vous avoir rencontrée, docteur St. John. »

« Et je suis Natalie. Pareillement, Jeff. Passez une bonne journée. »

Alors qu'il passait la porte, Paige quitta le comptoir pour rejoindre Mme Collins qui regardait une bouillotte en cuivre. « Je me demande si Nell l'aimerait ? » s'interrogea-t-elle tout haut. « Oh non, je ne crois pas. Son mari l'a quittée il y a un mois. Elle penserait que je remue le couteau dans la plaie. Un joli dé à coudre en céramique peut-être ? Non, elle penserait que je n'y ai pas mis le prix. Oh ! ce verre ciselé est magnifique… Mon Dieu, regarde le prix ! »

« Décisions, décisions », murmura Lily à Natalie.

« Il était mignon », dit Natalie.

« Jeff ? Oui. Dans d'autres circonstances, je l'aurais sans doute dragué mais je n'ai pas du tout envie de cela ce matin. »

« Cela reviendra, peut-être même avant qu'il ne quitte la ville. »

« Si tu ne me le piques pas avant. »

Natalie sourit. « On a l'air pitoyables. »

« Mais on l'est », dit Lily amèrement. « Alors, Natalie St. John, de quoi voulais-tu me parler ce matin ? »

« On n'a pas discuté de l'après-enterrement. Je suppose que tout le monde se rendra chez ton père. »

Lily soupira. « Oui. Et j'appréhende. Peut-être que cela réconforte certaines personnes de se retrouver avec une multitude de gens qui se gavent après les funérailles d'un de leurs proches, mais pour ma part je trouve cette coutume répugnante. »

« Je ne trouve pas cela génial non plus », dit Natalie. « Tu voudras de l'aide ? »

« Tu plaisantes. Avec Viveca Cosgrove aux commandes ? Elle avait déjà tout prévu, une heure après avoir su pour Tamara. »

« Viveca. Mais Mme Ebert ? »

« Oh, oublie qu'elle a été notre gouvernante depuis toujours et qu'elle a un goût impeccable. Viveca l'a mise de côté et Papa a laissé faire. Madame s'occupe de l'affaire tragique. Je l'ai entendue au téléphone s'arranger de tout. On aurait dit qu'elle préparait une fête. Je suis même étonnée qu'elle n'ait pas fait venir un groupe du club de country ou qu'elle n'ait pas organisé une tombola. J'ai dit à Papa que je trouvais cela de très mauvais goût. Il m'a répondu que je devrais être reconnaissante des efforts de Viveca. J'imagine ce que ma mère aurait pensé de tout cela. »

« Elle serait scandalisée. Est-ce qu'Alison viendra ? »

« Avec les trompettes. Même Papa n'en est pas ravi, mais Viveca lui a dit hier soir au téléphone que c'était important pour Alison. » Elle battait des paupières comme une enfant coupable et avait baissé d'un ton.

« Pendant qu'ils discutaient au téléphone, j'ai pris l'autre poste. »

« Lily ! »

« Oui, j'ai très honte de moi », dit Lily sans en avoir du tout l'air. « Viveca était remontée. Elle racontait qu'Alison était très perturbée quand elle lui avait demandé de ne pas assister aux funérailles et qu'elle était montée dans sa chambre en furie. Vers 1 h 30 ce matin, elle pensait avoir entendu la porte d'entrée se refermer doucement et quelqu'un était monté dans les escaliers. Viveca s'est levée et est allée voir dans la chambre d'Alison. Elle était dans son lit tout habillée. Viveca n'a pas voulu l'énerver en lui demandant si elle était sortie mais il semble bien que oui. » Lily fronça les sourcils. « Dis-moi. Où penses-tu qu'une personne comme Alison Cosgrove peut aller au milieu de la nuit ? »

II

Mme Collins avait parcouru tous les articles de la boutique. Elle prenait les objets les uns après les autres, les remettant en place après les avoir inspectés sous toutes les coutures. Elle hésita finalement pour une paire de chandeliers en laiton alors que Paige s'apprêtait à hurler d'impatience. Elle décida enfin de les acheter, les payant en billets de un et de cinq dollars. Son achat en main, elle quitta la boutique pour faire du lèche-vitrine et Paige se demandait comment on pouvait prendre plaisir à admirer les vitrines d'une quincaillerie et d'un magasin de fournitures de bureau. Elles arrivèrent finalement au McDonald où Mme Collins se plaignit de la terrible nourriture tout en ne laissant aucune bouchée de son Big Mac, de sa grande portion de frites ou de son chausson aux pommes.

Quand elles rentrèrent à la maison, Paige gravit les marches de l'escalier qui menait à sa chambre jusqu'au si précieux téléphone. Elle caressait Ripley en écoutant Mme Jenkins se préoccuper de sa santé et de celle de Mme Collins, pendant qu'un enfant hurlait frénétiquement en arrière-plan. Jimmy prit enfin le combiné.

« Tu peux parler en privé ? » demanda Paige.

« Ouais. Maman a emmené ma sœur dans sa chambre. Quoi de neuf ? »

« Ce matin, je suis allée à la boutique de la sœur de Mme Hunt. Elle s'appelle Lily Peyton. »

« Je la connais. Elle ressemble à Tamara. Elle m'avait dit de l'appeler Tamara et non Mme Hunt. Je l'aimais beaucoup. Elle me faisait toujours des cookies aux pépites de chocolat. »

Des cookies au chocolat, pensa Paige. Il faut tout de suite que j'apprenne à les faire. « J'y ai rencontré Natalie St. John. »

« Qui ? »

« La femme vétérinaire qui a pris le chien qui a trouvé le corps de Tamara. Je la trouve jolie. Vraiment jolie. »

Jimmy soupira. « Tu ne m'as appelé que pour me parler d'elle ? »

« Mais non » se fâcha Paige. « Quand on était dans la boutique, mon père est arrivé et il a demandé à Lily Peyton si elle savait où se trouvait son beau-frère. Ce doit être le mari de Tamara. »

« Bien sûr. Il s'appelle Warren mais je devais toujours l'appeler docteur Hunt. Mon père dit que c'est un prétentieux. »

« Mon père avait vraiment l'air de vouloir à tout prix lui parler. Tu habites de l'autre côté de sa rue. Il n'est pas chez lui ? »

« Non. Il était absent toute la matinée. »

« Comment le sais-tu ? »

« La porte du garage est ouverte. Il est vide. Et son journal du matin est toujours sous le porche. D'habitude, il le ramasse très tôt. » Il y eut un moment de silence. « Hé, je viens de me rappeler quelque chose. On n'a pas pu aller chez Ariel hier soir parce que ma sœur Ivy était malade. Tout le monde était réveillé, alors je ne pouvais pas dormir. J'ai regardé la télévision. Ivy est allée aux urgences. »

« Qu'est-ce qu'elle a ? »

« Une infection pulmonaire. Mais elle va s'en remettre. Peu importe, en regardant par la fenêtre, j'ai vu le Dr Hunt partir en voiture. C'était juste avant minuit. »

« Quand est-il rentré ? »

« Maman et Papa sont rentrés avec Ivy vers 1 heure. J'étais en train de regarder *L'Arme fatale 4*. Maman était folle. Elle trouve que c'est trop violent. Elle m'a envoyé au lit, mais avant d'y aller j'ai jeté un œil à la maison des Hunt. Il n'était pas rentré. »

Paige réfléchit, silencieuse pendant quelques secondes avant de dire : « Je pense que le Dr Hunt s'est absenté toute la nuit. Il faut que tu le dises à mon père. »

« Il ne me croira pas », dit Jimmy grognon.

« Il ne te croirait peut-être pas concernant la créature de la maison d'Ariel mais il te croira pour cela. »

« Paige, je ne sais pas. Ma mère me reproche déjà tout le temps d'épier. Elle m'appelle Tom le Voyeur. Elle va être folle. »

« Tu n'étais pas en train d'épier. Tu as juste remarqué. Mais enfin, ce type habite juste en face de chez toi. »

« Elle est tellement énervée à cause de Ivy aujourd'hui qu'elle ne ferait pas la différence et serait capable de me défendre de sortir. »

« Jimmy ? »

« Ouais ? »

« Eddie Salvatore le ferait. »

Le silence. Puis, d'une voix déterminée : « Tu as raison. Je ne dois pas me soucier d'être puni ou non. J'ai un devoir civique à accomplir. Je vais tout de suite appeler ton père. »

III

« Pourquoi n'es-tu pas au travail aujourd'hui, Maman ? »

Alison était assise à la table de la cuisine à émietter ses toasts en tout petits morceaux.

Viveca se servit une tasse de thé et s'assit. Ses cheveux blond miel tombaient en vagues souples sur ses épaules et, sans maquillage, sa peau était blanche mais lisse. « J'ai pris une semaine de congé pour préparer les funérailles. »

Alison jouait avec les morceaux de toast. « Je n'aime pas Lily. »

« Vraiment ? » demanda Viveca détendue. « Je pensais que si, après qu'elle nous a vendu la broche. »

« C'était la broche d'Ariel. Elle nous appartenait de toute façon, alors elle aurait même dû nous la donner. Mais ce n'est pas pour cela que je ne l'aime pas. Elle me regarde tout le temps comme si j'étais dingue. »

Viveca but son thé. « Je suis sûre que c'est ton imagination. »

« À t'entendre, on dirait que c'est toi qui me prends pour une folle maintenant », lâcha Alison.

« Bien sûr que non. Tu es trop émotive. Avale ton petit déjeuner. »

Alison lui lança un regard rebelle. « Je déteste le blé et je déteste le thé. Mme Krebbs le sait. Où est-elle ? »

« Elle a pris quelques jours de repos. Puisque je suis en congés, j'ai pensé qu'on pourrait passer du temps toutes les deux. »

« Pour quoi faire ? »

« Ce que tu veux. On pourrait juste se détendre et parler… »

« Warren avait une maîtresse », s'écria Alison.

La tasse de Viveca n'atteignit pas sa bouche. « De quoi parles-tu ? »

« Il avait une liaison. Tu sais ce qu'est une liaison. »

Viveca reposa sa tasse. « Comment sais-tu qu'il avait une liaison ? »

« J'ai mes sources. »

« Qui sont-elles ? »

« Je ne vais sûrement pas te le dire. Tu le sauras bien assez tôt. Et tu seras surprise. » Son sourire malicieux disparut. « Je pensais qu'il valait mieux que cela. Je pensais qu'il se préoccupait de moi. »

Viveca ne voulut soudain plus rien manger ni boire. Son estomac s'était subitement noué. « Chérie, tu n'as fait qu'écouter des rumeurs. »

« Ce ne sont pas des rumeurs. Je le sais. »

Viveca passa la langue sur ses lèvres sèches. « Fais-moi plaisir et ne répète jamais cela. C'est cruel. »

Alison haussa les épaules. « D'accord. Peu importe ce que tu dis. Tes désirs sont des ordres. Je vis pour te satisfaire. Mais tout le monde sera bientôt au courant. »

Alison repoussa son assiette et regarda par la fenêtre, en entourant une mèche de ses cheveux autour de son doigt.

Viveca fit un effort pour paraître calme et spontanée. « Chérie, tu es sortie la nuit dernière ? »

« Non. »

« Es-tu sûre ? »

« Non. Je suis dingue. Je ne suis sûre de rien. »

« Chérie, tu n'es pas dingue. Ne dis pas des choses pareilles. Mais tu sais que c'est dangereux de sortir la nuit. Après tout, Tamara Hunt a été assassinée. »

« Alors tu penses que je pourrais me faire tuer par le même meurtrier qu'elle ? »

« Oui. »

Alison fixa sa mère et poussa un éclat de rire strident.

IV

« Il faut que je parle au shérif. »

Ted Hysell esquissait nonchalamment ce qui était supposé être un cerf. En fait cela ressemblait plus à un Danois avec des bois. « Écoute, mon garçon… »

« Jimmy. Je m'appelle Jimmy Jenkins. Je vous l'ai déjà dit. »

Ted soupira. Il fallait qu'il parle à la standardiste concernant tous ces appels qu'elle lui transmettait. Elle trouvait sans doute cela marrant. Elle était un peu niaise et il ne l'aimait pas beaucoup. Elle n'aurait jamais manqué de respect de la sorte envers le shérif Meredith.

« OK, Jimmy. Le shérif Meredith est très occupé. Il ne prend que les appels urgents, pas ceux des enfants. »

Il entendait Jimmy s'énerver à l'autre bout du fil. « Ce n'est pas parce que je suis un enfant que je n'ai pas quelque chose d'important à dire. »

« J'en suis persuadé. »

« Arrêtez de vous moquer de moi. Écoutez, je suis un ami de Paige Meredith. »

« C'est au sujet de Paige ? »

« Qu'est-ce qui est au sujet de Paige ? » Hysell leva la tête vers Meredith qui émergeait par-dessus son bureau. « Qui est-ce ? »

« Un jeune garçon nommé Jimmy Jenkins qui dit qu'il a quelque chose d'important à vous dire et il ne veut parler qu'à vous. »

« Transférez-le dans mon bureau », dit Meredith.

Il va s'embêter avec cet enfant, pensa Hysell mécontent. Peut-être pensait-il que le garçon avait des informations sur Paige. Ou peut-être qu'il utilisait le nom de Paige comme excuse pour pouvoir parler au shérif. Oh et puis, ce n'était pas lui qui avait voulu lui passer cet appel. Meredith ne pourrait pas lui en vouloir de lui avoir fait perdre son temps.

Dès qu'il eut raccroché, le téléphone sonna de nouveau. Super. Il avait mal à la tête et il avait écourté son déjeuner pour s'occuper du vieux Harvey Coombs, qui s'était assis dans sa barque ce matin en hurlant qu'il avait une bombe. Harvey avait vraiment un penchant pour le bourbon et il réitérait ce genre de spectacle au moins trois fois par an. Il prétendait qu'il amusait beaucoup les touristes. Mais cela n'amusait pas du tout le département de police même si l'ancien shérif Purdue passait souvent l'éponge. Il n'en était pas de même de Meredith qui était heureux que Hysell ait arrêté Coombs. La femme d'Harvey avait prétendu qu'une nuit en prison lui ferait du bien et avait refusé de payer la caution avant le lendemain matin, laissant le vieux Coombs saoul geindre assis dans une cellule comme un enfant perdu.

Il était 3 heures à présent. Le mal de crâne de Hysell avait empiré, son estomac grondait et il se sentait mal pour Harvey même si ce gars était insupportable. La journée avait jusque-là été éprouvante.

Le téléphone se mit à sonner encore et il décrocha. Après avoir entendu son nom, la femme qui appelait fondit en larmes. « Oh, Ted. Je suis si contente de tomber sur vous. Je ne sais pas quoi faire… Ça n'est jamais arrivé avant… Je n'ai rien dit à Max pour le moment… »

Hysell aurait reconnu cette voix hésitante qui ne finissait pas ses phrases dans n'importe quelles circonstances. « Madame Bishop, respirez un bon coup et racontez-moi ce qui ne va pas. »

« C'est Charlotte, bien sûr ! » dit-elle comme si Hysell était idiot. « Elle n'est pas rentrée la nuit dernière ! »

Oh, Charlotte Bishop a découché, pensa Ted. Appelez la presse. « Quand l'avez-vous vue pour la dernière fois, madame Bishop ? »

« Vers 22 h 30 hier soir. Au dîner elle portait son pantalon gris et une jolie petite chemise en soie que je lui ai offerte à Noël. Ensuite, je l'ai vue qui partait dans l'allée. Je l'ai vue comme en plein jour… avec toutes ces lumières, vous savez. Elle portait un pantalon blanc et une chemise toute fine déboutonnée bien trop bas. J'ai frappé au carreau mais elle m'a ignorée. Elle est montée dans sa voiture de sport… Oh non, avant, un homme l'a approchée. »

« Quelqu'un que vous connaissez ? »

« Non. »

« Quelqu'un qu'elle connaissait ? »

« J'en suis sûre, Charlotte a beaucoup d'amis. Elle a toujours été très populaire. »

Ça, c'est sûr, pensa Hysell sarcastique. Miss Port Ariel Convivialité. « À quoi ressemblait ce type ? »

« Jeune. Environ votre âge. Cheveux blond foncé un peu longs à mon goût. En jean. Je ne comprends pas que les gens portent ce genre de vêtements. Paul Fiori en portait. J'ai toujours pensé que s'il voulait obtenir un rôle, il devait ressembler à une star de cinéma. Rock Hudson ne portait pas de jean. Bien sûr, il était drôle, si vous voyez ce que je veux dire... Décédé d'une mort atroce. Max dit qu'il n'a eu que ce qu'il méritait, mais j'étais désolée, lui qui était si mignon et tout... »

« Madame Bishop », dit fermement Hysell à l'une des rares personnes de la ville qui pouvaient parler plus que lui. « Le type était blond et portait un jean. Vous rappelez-vous autre chose à son sujet ? »

« Non. À part qu'il était grand et fin comme mon Billy. Vous vous souvenez de Billy. Un beau garçon... »

« Est-ce que ce gars avait l'air de menacer Charlotte ? »

« Eh bien, pas vraiment. Mais il est clair qu'elle n'avait pas envie de lui parler. Elle n'arrêtait pas de secouer la tête... Elle semblait fâchée. Charlotte peut être très irascible parfois. Elle tient cela de son père. Après qu'elle fut partie, le type en jean a traversé la rue. Il est monté dans une voiture blanche. Je ne connais pas les marques des voitures. Elle était simple, ni sportive, ni luxueuse... Juste comme il faut, vous comprenez... simple. » Elle dit plus fort : « Ted, j'ai peur qu'il l'ait suivie pour lui faire du mal ! »

« Ne vous inquiétez pas, madame Bishop. On va la retrouver. Je vous le promets. »

Muriel Bishop pleurait. « Merci, Ted. Vous avez toujours été un gentil garçon. Appelez-moi si vous avez des nouvelles. Je n'ai encore rien dit à Max », répéta-t-elle. « Il s'énerve tellement facilement depuis son infirmité. Mais s'il le découvre et qu'il s'aperçoit que je ne lui ai rien dit, il sera furieux après moi. Je ne sais pas quoi faire. La vie est si tordue. »

Elle raccrocha.

Charlotte n'était pas absente depuis vingt-quatre heures. Officiellement, il n'y avait rien que Hysell pût faire. Officieusement, il n'y avait rien qu'il ait eu envie de faire. Charlotte était sans doute avec quelqu'un. Avec Warren Hunt ? Non, ce serait trop, même pour Charlotte. La femme de ce type venait juste d'être tuée. Il était soupçonné, bien que Hysell ne fût pas sûr que Hunt réalisât la gravité de la situation. Il pensait sans doute être trop bien pour être accusé de meurtre.

Meredith sortit de son bureau. « Hysell, le môme Jenkins habite en face de chez Warren Hunt. Elle dit que Hunt a quitté la maison aux alentours de minuit et qu'il n'est pas rentré. »

Hysell se raidit. « Je viens juste d'avoir Muriel Bishop au téléphone, la mère de Charlotte. Elle dit que Charlotte est partie vers 22 h 30 et qu'elle n'est pas encore rentrée non plus. »

« Bien, bien. Quelle coïncidence ! »

« Vous pensez qu'ils sont partis tous les deux ? »

Meredith secoua la tête. « Ils ne peuvent pas être aussi bêtes. Non, il y a quelque chose qui cloche. Mme Bishop avait-elle une idée de l'endroit où allait Charlotte, hier ? »

« Je ne pense pas. Elle portait des vêtements que Mme Bishop ne semblait a priori pas aimer. Une espèce de chemise toute fine déboutonnée. Et il y avait un type devant la maison. Grand, fin, cheveux blond foncé, tout juste trente ans. Mme Bishop dit qu'ils se disputaient. Puis Charlotte a pris la voiture et le gars la sienne. »

« Quelle sorte de voiture ? »

« Aucune idée. Blanche et simple, suivant les dires de Mme Bishop. »

« Rappelez-la. Demandez-lui où Charlotte avait l'habitude d'aller pour se détendre. Demandez-lui aussi si elle avait déjà découché avant cette nuit. N'ayez surtout pas l'air de compromettre Charlotte. Cela pourrait faire hésiter Mme Bishop à vous répondre. »

« Sûrement. Je sais comment faire avec elle. »

« Faites cela vite. J'ai l'impression que le temps est important. »

Une demi-heure plus tard, ils se dirigeaient vers la marina. Muriel Bishop avait parlé de sa fille qui allait souvent passer la nuit sur le yacht mais rentrait vers midi. Il était impossible qu'elle y soit encore, avait insisté Muriel. Elle avait appelé le yacht mais personne n'avait répondu. Hysell lui avait assuré qu'ils n'étaient pas inquiets mais plutôt curieux. « Si vous voulez savoir la vérité, je pense que le shérif Meredith cherche un bon moyen de pouvoir visiter le *Charlotte*, avait-il dit en riant. C'est vraiment un bijou. »

« Je suppose », répondit Muriel sans enthousiasme. « Max et Charlotte pensent certainement comme vous. Pour ma part, je ne suis montée à bord que de rares fois... »

Meredith lâcha un long soupir alors qu'ils arrivaient près du *Charlotte*. « Voilà ce que j'appelle un beau joujou. »

Hysell se racla la gorge et se permit de dire : « Euh... par ici, les gens prennent la navigation de plaisance plutôt très au sérieux, shérif. »

« Alors je ne suis pas supposé parler de ce bateau comme d'un jouet ? »

« Eh bien, peut-être pas », dit Hysell, certain d'avoir offensé Meredith.

Miraculeusement, le shérif sourit. « Merci du tuyau. Je ne veux surtout pas me faire d'ennemis sans même savoir ce que j'ai fait ou dit de mal. »

Monsieur Expert de New York prenait-il finalement ce qu'il disait au sérieux ? se demanda Hysell. Dur à croire. Mais depuis leur visite chez Hunt, hier, Meredith le traitait différemment. Peut-être y avait-il de l'espoir.

« Aucun signe de vie », dit Meredith en regardant vers le bateau. « Allons voir à l'intérieur. »

Dès qu'ils furent sur le pont, une nuée de mouches s'envolèrent d'un cercle de sang séché d'au moins soixante centimètres de diamètre. Un chemin de sang noir descendait les escaliers menant au saloon. Warren Hunt était avachi sur la banquette beige, les yeux ouverts vitrifiés. Sa gorge tranchée bâillait. Sa tête pendait d'un côté et il avait des mouches plein le visage.

Pendant un instant, Ted pensa qu'il allait vomir. Dans la pièce principale, Charlotte Bishop gisait sur des draps de satin couverts de sang, sa jolie petite tête presque complètement détachée de son corps nu. Les mouches étaient partout, même autour des mots écrits sur le mur. TOMBEAU OUVERT.

Ted sortit de la chambre en courant pour rejoindre l'air frais avant de vider le maigre contenu de son estomac par-dessus le bord du magnifique *Charlotte*.

10

I

MARDI DANS LA NUIT

Nick Meredith avait l'impression d'avoir cent ans — choqué, dégoûté, désespéré, vidé émotionnellement aussi bien que physiquement. Il était venu à Port Ariel parce qu'il voulait mettre sa fille en sécurité dans un environnement sain. Sécurité ? Trois homicides avaient été commis en quarante-huit heures. Sain ? Trois personnes avaient presque été décapitées. Que penserait Meagan de cette nouvelle vie qu'il offrait à Paige ? Meagan dirait que rien n'est sûr dans la vie, à part que rien n'est sûr dans la vie. Elle serait compréhensive et calme. Lui était en colère et irrité. Paige n'en avait-elle pas suffisamment supporté ? Et lui ?

Il avait beaucoup de travail, mais à 18 heures il eut irrésistiblement envie de voir sa fille, d'entendre ses rires, de sentir des bras fins autour de son cou. Il n'y avait qu'elle qui puisse le réconforter dans ce genre de circonstances. Il voulait aussi s'assurer qu'elle était en parfaite sécurité. Il avait quelques doutes quant à la capacité de Mme Collins en matière de garde d'enfants.

Quand il arriva chez lui, il fut surpris de voir une Ford Couguar or dans l'allée. Il ne connaissait personne qui possédait de Ford Couguar. Était-il arrivé quelque chose ?

Nick entra comme un bolide et fut accueilli par des rires. Paige était assise par terre dans le salon avec une femme brune.

Natalie St. John. Elles observaient Ripley qui était allongé sur le dos et jouait avec une souris en caoutchouc. Nick réalisa qu'il retenait son souffle depuis tout ce temps et se relâcha.

« Il a vraiment l'air d'un chat malade », dit-il en souriant.

Paige se releva d'un bond et courut vers lui. « Salut, Papa. Natalie dit que… »

« Dr St. John », corrigea Nick.

« C'est moi qui lui ai demandé de m'appeler Natalie. » Il n'avait jamais remarqué que sa voix était un peu rauque. « Cela me rajeunit. »

« Bon, Natalie dit que Ripley a des acariens. Je te disais qu'il se grattait tout le temps les oreilles. »

« Et en ce qui concerne le terrible boitement que je n'ai jamais vu ? »

« C'est sans doute une contracture musculaire », dit Natalie. « Rien de bien méchant. »

« Et son poids ? » demanda Nick.

Natalie sourit. « Ripley pourrait se permettre de perdre deux kilos. »

« Il mange par anxiété », expliqua Paige.

« Et qu'est-ce qui peut bien inquiéter Ripley ? » demanda Nick en souriant.

« Tous ces meurtres. J'ai entendu dire qu'il y en avait deux de plus. »

Le sourire de Nick disparut. « Comment as-tu entendu parler de ça ? »

« Quelqu'un a appelé Mme Collins et elles en ont parlé pendant un long moment. Deux personnes se sont fait trancher la gorge sur un grand bateau ! L'une d'entre elles est le mari de Tamara Hunt. Il avait une liaison ! »

Nick serra les dents. Il était furieux que l'enfant détienne toutes ces informations. Il regarda Natalie qui secouait la tête de désolation. Apparemment, elle était d'accord avec lui. « As-tu attrapé l'assassin ? » demanda Paige inquiète.

« Pas encore, mais cela ne va pas tarder. Je ne veux pas que tu aies peur. »

« Je n'ai pas peur », dit Paige en toute loyauté, mais Nick ne la croyait pas. « Penses-tu que ce fou tue des personnes précises ou juste n'importe qui ? » demanda-t-elle.

« On ne le sait pas encore, mais il choisit certainement des personnes spéciales, des personnes précises », dit Nick mal à l'aise. « Je ne pense pas que tu aies à t'inquiéter. Elles étaient toutes adultes. »

« Ouais. Mais il pourrait décider de tuer des enfants. Surtout s'ils savent des choses importantes. »

Nick la regarda de plus près. « Sais-tu quelque chose d'important ? »

« Que pourrais-je donc savoir ? » À part l'endroit où se cache peut-être le tueur, pensa malheureusement Paige, mais elle ne pouvait rien dire à son père concernant la maison des Saunders. Elle aurait tant d'ennuis qu'elle ne serait plus jamais autorisée à sortir. Elle ne pourrait plus voir Jimmy non plus, et ça, elle ne pourrait pas le supporter. « C'est juste que j'aime les mystères », conclut-elle sans conviction.

« Je préférerais que tu restes en dehors de ce mystère-là », dit Nick fermement.

« Paige, Ripley gratte à nouveau ses oreilles », intervint Natalie. « Blaine avait des puces et des acariens, alors hier j'ai appelé la clinique où je travaille pour qu'ils m'envoient un traitement anti-puces et des gouttes contre les acariens. J'ai justement les gouttes dans mon sac. Je vais te montrer comment les mettre dans les oreilles de Ripley et tu pourras le faire jusqu'à ce qu'il soit guéri. »

« Vous croyez que j'en serai capable ? »

« J'en suis sûre. Viens essayer. »

Nick regarda Natalie avec reconnaissance pour avoir changé de sujet. Il fallait qu'il s'occupe de Mme Collins. Alors que Natalie et Paige s'affairaient sur Ripley qui était loin d'être coopératif, il entra dans la cuisine. La femme était assise à la table et buvait un café. Elle lui sourit vivement. « Shérif, je ne vous attendais pas si tôt. Je viens juste de mettre le rôti, les pommes de terre et les haricots verts au réfrigérateur. Je vais sortir une assiette et vous réchauffer cela au micro-ondes. »

« Avant que vous ne le fassiez, je dois vous parler. » La femme eut tout de suite l'air de savoir de quoi il en retournait. « Madame Collins, avez-vous parlé des meurtres à Paige cet après-midi ? »

La culpabilité la fit rougir. « Je suis tellement désolée. Une amie m'a appelée pour me raconter — son neveu travaille à la marina — et Paige a tout entendu. Mais il me semble qu'elle a aussi reçu un appel du petit Jenkins. Je suis sûre qu'il savait tout et qu'il lui en a raconté plus qu'elle n'a pu en entendre de ma conversation. Sa mère devrait l'avoir plus à l'œil. Je ne crois pas qu'il ait une bonne influence sur Paige. »

La femme essayait de reporter la culpabilité sur Jimmy, mais cela ne marcherait pas. « Madame Collins, vous auriez dû attendre d'être rentrée chez vous pour bavarder des meurtres avec votre amie. »

« C'est elle qui m'a appelée. »

« Vous auriez dû lui dire qu'il vous était impossible de parler pour le moment. »

« On n'a pratiquement rien dit. »

« Ma fille connaît presque tous les détails et elle m'a dit les avoir entendus de votre bouche. » Nick la regarda très sérieusement. « Madame Collins, Paige n'a que onze ans… »

« Et elle aurait entendu parler des meurtres tôt ou tard ! » s'indigna la femme.

« Le plus tard aurait été le mieux. Quand j'aurais été à la maison et aurais pu lui expliquer tout cela de mon point de vue. »

Mme Collins se raidit. « Je suppose que je suis virée ? »

« Non. Je souhaite juste que vous soyez plus attentive à vos propos en la présence de Paige. »

« J'ai élevé ma fille toute seule », se justifia-t-elle. « Je sais ce que je fais ! »

« J'en suis persuadé. » Nick prenait sur lui pour garder son calme. « Je veux juste que nous soyons d'accord sur ce point. »

« Nous le sommes. » Mme Collins se leva. « Puisque vous êtes là, je peux rentrer chez moi. »

« Je dois retourner travailler. J'ai besoin que vous restiez. »

« Rester ? ce soir ? » Elle secoua violemment la tête. « Je suis restée tard deux soirs de suite. Je ne peux pas toujours rester tard sans être prévenue. »

« Je suis désolé. La prochaine fois qu'une personne se fera assassiner, je demanderai au meurtrier de m'avertir quelques heures avant afin que je puisse m'arranger avec vous. »

Mme Collins le fixa froidement. « Ne soyez pas désagréable, shérif. Je fais du mieux que je peux. Quand j'ai pris ce travail, il n'était pas question d'horaires de nuit. Et si vous êtes si mécontent de moi, je ne reviendrai pas demain. »

Et je ferai quoi, moi ? pensa Nick. Il ne pouvait pas se séparer de cette femme sans avoir trouvé de solution de remplacement. Il fallait la caresser dans le sens du poil.

« Vous avez raison, madame Collins. J'ai eu une dure journée, mais cela ne me donne pas le droit de tout reporter sur vous. Veuillez accepter mes excuses. »

Elle hésita et Nick sentait qu'elle cherchait délibérément à l'agacer. « Eh bien, d'accord », dit-elle d'une petite voix offensée. « Mais je ne peux vraiment pas rester ce soir. C'est l'anniversaire de ma sœur. Je ne peux pas annuler. »

« Je comprends. » Je comprends que vous venez juste de m'amener à me sentir coupable alors que c'est vous qui étiez en tort, pensa Nick. Mais bon… « Je vais me débrouiller autrement pour Paige, ce soir. On vous verra demain matin. »

Mme Collins passa devant lui l'air martyrisé. Dans le salon, il l'entendit dire « Bonne nuit, Paige chérie. Fais de beaux rêves. On passera une merveilleuse journée, demain. »

Nick réintégra la pièce quand il eut entendu la porte d'entrée se fermer. Paige se tourna vers lui. « Comment peut-elle être aussi sensible ? »

« Ça me dépasse. Elle doit être d'humeur sensible. »

« Étrange humeur. Papa, j'ai mis les gouttes dans les oreilles de Ripley. »

« Elle s'en est très bien sortie malgré les protestations de Ripley », dit Natalie. « Un nouveau vétérinaire est né. »

« J'aimerais bien être véto ! » s'écria Paige. « Soit ça, soit inspecteur de police. »

« Je vote pour vétérinaire », dit Nick « C'est plus sûr. »

Natalie releva les sourcils. « Vous n'avez jamais eu à soigner un pitbull blessé de mauvaise humeur. »

« Je retire ce que je viens de dire. » Nick soupira. « Paige, je vais boire un café. Mais après il faudra que je retourne au bureau pour un moment. Je suis désolé, mais étant donné que Mme Collins est rentrée chez elle, il va falloir que je t'emmène avec moi. » Paige fit la tête. « Je croyais que tu aimais les bureaux de police. »

« C'est vrai. C'est juste que là-bas il n'y a qu'une vieille télé, toute petite et que *Jane Eyre* passe à 20 heures. J'adore *Jane Eyre.* »

« Moi aussi », dit Natalie.

Paige écarquilla les yeux. « C'est angoissant, n'est-ce pas, quand la folle de femme de M. Rochester descend du grenier pour regarder Jane dormir ? »

Natalie trembla théâtralement. « Et quand Jane revient et que M. Rochester a brûlé le manoir ? »

« Oh ouais ! Et ce pauvre M. Rochester est aveugle ! »

« Je vois que le fan club *Jane Eyre* de Port Ariel est là et bien vivant », se mit à rire Nick. « Je suis désolé, chérie, mais tu devras te contenter de la vieille télé toute petite. »

« Shérif Meredith, je peux rester avec Paige jusqu'à votre retour », dit Natalie.

« C'est Nick, et il n'en est pas question. Vous avez sans doute des choses à faire. »

« À vrai dire, non. J'aimerais rester à regarder *Jane Eyre* avec Paige. » Et lui qui se souvient de toi comme de celle qui a fait feu dans la salle de danse avec une arme portée illégalement, pensa Natalie. Très rassurant. Elle se sentit ridicule d'avoir suggéré qu'il lui laisse sa fille alors qu'un assassin courait les rues.

« Mais, bien sûr, je comprends que vous préfériez qu'elle reste avec vous », bégaya-t-elle. « Je ne voulais pas interférer… »

« J'adore la compagnie de Paige, mais je vais être très occupé », dit soudain Nick. « Si vous êtes sûre que cela ne vous dérange pas de rester, alors j'apprécierai et je suis sûr que Paige est de mon avis. Je ne veux surtout pas gâcher sa séance télé. »

« Super ! » s'exclama Paige.

Hallucinant, pensa Natalie. Peut-être ne la trouvait-il pas si cinglée.

« Je serai de retour vers 22 heures », promit Nick. « Verrouillez les portes. »

« Oh ! Papa, je le fais toujours », dit-elle. « Je vais faire du pop corn et préparer le Coca. Ou le 7-Up. Ou ce que vous voudrez, Natalie. »

« Super ! » Natalie regarda Nick. « Je m'occuperai bien d'elle. Allez travailler. Nous serons ici à nous lamenter sur les peines et les souffrances d'une héroïne du XIXe siècle et on en appréciera chaque minute. »

II

Il était 22 h 45. Il avait dit à Natalie qu'il serait de retour vers 22 heures. Est-ce qu'elle lui en voudrait ?

« Nick Meredith, tu agis comme si tu étais marié », dit-il tout fort. « Natalie n'est pas ta femme. Elle n'est qu'une vague connaissance. À qui tu n'aurais sans doute jamais dû faire confiance après le coup idiot du Blue Lady. Si elle t'en veut pour ce soir, tu n'auras qu'à plus jamais la revoir. »

Il espérait qu'elle ne lui en voudrait pas.

Quand il ouvrit la porte et entra, il la vit recroquevillée dans un coin du canapé, un énorme coussin entre les bras. Elle regardait *Street Life.* Ses sandales étaient par terre et ses longs cheveux bruns tressés maladroitement pendaient sur la droite de son visage.

« Natalie ? »

Elle sursauta puis sourit honteusement. « Je crois bien que j'étais en train de m'endormir. Le film a fini à 22 heures et Paige était épuisée. Ripley et elle sont en plein sommeil. »

Nick rit. « Je suppose que vous avez passé une sacrée soirée, toutes les deux. »

« Exactement. Avant le film, on a joué du piano. »

« Vous êtes parvenue à la faire jouer ? » demanda Nick.

« Oui. Elle dit qu'elle déteste les cours, mais je lui ai appris quelques chansons. Elle a du talent. »

Nick sourit. « Le piano et son talent lui viennent de sa mère. »

« Je crois qu'elle n'aime pas les cours parce que son professeur ne lui fait faire que du classique. Et ce n'est pas ce qu'elle préfère. Après cela, elle a sorti sa boîte à rythme et on a dansé et chanté des chansons qu'elle adore. C'est une vraie rockeuse qui s'ignore. »

« J'avais des doutes à ce sujet. »

« J'étais pareille à son âge. J'ai promis de lui donner quelques cours de guitare, si vous êtes d'accord. »

« Vous jouez de la guitare ? »

« Depuis bien plus jeune que Paige. »

« Des cours de guitare », dit Nick pensif. « Peut-être que cela stimulerait son intérêt pour la musique, plus que le piano. Je n'ai personnellement aucun talent mais je serais désolé de voir gâcher le sien, tout cela parce qu'elle ne pratique pas l'instrument qu'il lui faut. »

« Ce n'est pas l'instrument — c'est le genre de musique. *La Lettre à Élise* ne l'inspire pas », lui dit Natalie. « Elle préfère les choses plus modernes. Mais bon, après notre concert, on a joué à la coiffeuse. Elle s'entraîne sur les nattes. »

Nick sourit. « À en juger par l'allure de vos cheveux, elle a besoin de continuer l'entraînement. »

« Ne lui dites surtout pas ça. Elle m'a confié que c'était la natte la mieux réussie qu'elle ait jamais faite. »

« Mon Dieu. »

« Elle s'améliorera. » Natalie se mit à détresser les longues mèches brillantes de ses cheveux. « Pendant le film on a mangé au moins deux kilos de pop corn. Après, elle avait décidé de rester éveillée jusqu'à votre retour mais ses paupières se fermaient toutes seules. Elle ne se réveillera pas de bonne heure, demain. »

Nick parut embarrassé. « Était-elle toujours effrayée par les meurtres ? »

« Elle n'en a pas reparlé. Mais je suis sûre qu'elle n'est pas rassurée. »

Natalie se leva. Elle portait un jean délavé et un tee-shirt vert pâle. « Vous avez l'air fatigué », dit-elle en enfilant ses sandales.

« Tellement fatigué que je ne pourrais pas dormir. »

« Je vous suggérerais bien un verre. Mais l'alcool endort pour vous réveiller au milieu de la nuit. Je peux vous préparer du lait chaud ? »

« J'adorerais un lait chaud, mais après la soirée que vous a fait passer ma fille, je ne peux… »

« Mais si », dit-elle rapidement. « Le lait arrive, mais à une condition. »

« Et laquelle ? »

« Vous avez votre lait, et moi j'obtiens des informations. »

« Au sujet des meurtres ? »

« Oui. » S'apercevant de sa réticence, Natalie ajouta : « Shérif Meredith — Nick — je connaissais toutes ces personnes. Tamara était une amie très proche. Warren était son mari. Et tout cela s'est produit pas très loin de chez moi. »

Il sourit. « OK. Vous avez droit à quelques informations. Mais laissez-moi le temps de décompresser. »

Nick suivit Natalie à la cuisine et sortit des tasses du placard pendant qu'elle prenait le lait. « Asseyez-vous avant de tomber », ordonna-t-elle en plaçant les tasses pleines dans le micro-ondes. « Voulez-vous de la cannelle dans votre lait ? »

« Je n'ai jamais goûté, mais ça peut être bon. J'ai l'impression de vivre dangereusement ce soir. »

Elle sourit. « Je pensais que vous étiez téméraire. »

Après avoir bu une gorgée de son lait à la cannelle, il dit : « Mais c'est génial. J'ai vraiment manqué quelque chose pendant trente-six ans. »

« C'est ma mère qui préparait le lait comme cela. » Elle se mit soudain à rire. « Un jour, elle avait lu un article débile qui prétendait que la noix de muscade avait les mêmes effets que le LSD, alors elle a couru en acheter, en a mis dans son lait qu'elle a avalé d'un trait. Elle avait l'air tellement déçue que cela ne lui fasse aucun effet. »

Nick ouvrit de grands yeux.

« Il faut que je vous parle de Kira. » Natalie poursuivit. « Je n'ai jamais eu le droit de l'appeler Maman — juste Kira. Ses parents habitaient San Francisco. Ils étaient artistes, très populaires et très bohémiens. Leur fils Peter était droit comme la justice. Mon père et lui se sont connus à la fac de médecine. Contrairement à Peter, Kira était encore moins conventionnelle que ses parents. Mon père et elle n'avaient absolument rien en commun. Je me demande encore pourquoi elle l'a épousé et m'a eue. Peut-être n'étions-nous qu'une expérience pour elle. Peu importe, quand j'ai eu six ans, elle est partie. Elle devait venir me chercher à l'école. Mais elle n'est pas venue. C'est la mère de Lily qui m'a ramenée. La maison était vide, il ne restait que le chien. Trois heures après, quand mon père est rentré de l'hôpital, il a trouvé un petit mot dans la chambre qui disait qu'elle était désolée mais qu'elle devait trouver son moi intérieur ou quelque chose du genre. Elle précisait que tout irait bien pour elle et qu'on aurait prochainement de ses nouvelles. Prochainement, ce fut six mois. Elle était en Californie. Elle avait rejoint une communauté. Mais je crois que c'était une secte. »

Natalie lança à Nick un sourire insouciant mais il y décela la douleur. « Elle continue à déambuler de groupe en groupe et d'homme en homme. J'entends parler d'elle environ deux fois dans l'année. Je ne l'ai pas revue depuis mes vingt et un ans. Elle était venue à Columbus pour me demander d'arrêter mes études vétérinaires. Elle pensait que c'était vulgaire et que je devais persister dans la musique. Je l'ai ignorée. »

« C'est triste », dit Nick et il se sentit bête. La jeune femme venait de lui ouvrir son cœur et tout ce qu'il trouvait à dire était « c'est triste ». Il fit une autre tentative. « À New York, j'ai rencontré des tas de cas de négligences et de désertions parentales. Je m'y étais même habitué. Cela me paraissait incroyable quand je pensais à ma propre mère. Il a eu sept enfants. Elle ne croyait pas aux contraceptifs. Mon père avait deux emplois, ma mère était serveuse, mais malgré tout ils étaient très attentifs. Elle n'avait pas beaucoup de temps libre mais il nous était consacré. Et ma femme, Meagan… C'était une mère géniale. Une merveilleuse et tendre mère. J'aurais voulu qu'elle voie Paige grandir », conclut-il en sentant sa gorge se nouer. Il prit une gorgée de lait mais ne pouvait pas l'avaler.

« Paige a eu de la chance », dit Natalie doucement.

Nick acquiesça et finit par avaler. « Meagan est morte il y a deux ans. C'est pour cela que nous avons quitté New York. »

Natalie le regardait, attendant plus de détails. Mais il n'avait jamais parlé de la mort de Meagan depuis lors. Quelques personnes de Port Ariel savaient qu'il était veuf. Mais il n'avait jamais raconté à personne comment cela était arrivé.

Natalie baissa les yeux et dit : « C'est dur pour une petite fille de ne plus avoir de maman… »

« Meagan a été assassinée. » La soudaineté de cette déclaration surprit Nick lui-même. Natalie leva les yeux et les mots commencèrent à jaillir de sa bouche. « Elle préparait sa maîtrise d'anglais à l'université de New York et était presque au bout. Un soir, en rentrant à la maison, je l'ai trouvée euphorique. Son examen général s'était très bien passé et elle voulait fêter cela au champagne. J'ai proposé de descendre au magasin de spiritueux. Mais elle a préféré y aller parce que j'avais l'air exténué. »

Il baissa les yeux, les rides creusaient son front. « Alors qu'elle était en train de payer le champagne, deux punks sont entrés, armés. Le serveur a voulu jouer au héros en attrapant le revolver du patron sous le comptoir. » Il respira profondément. « Mais les punks ont tiré les premiers. Deux personnes ont été légèrement blessées. Le serveur a pris une balle dans la tête et est mort sur le coup. Ils ont eu Meagan dans l'abdomen et dans le cou — la carotide. Elle a survécu quatre heures. »

« Nick. Je suis tellement navrée. »

« Si seulement j'étais allé moi-même acheter ce champagne. Au lieu de cela, j'étais assis, pieds nus, à la maison en train de regarder la télévision pendant que ma femme… »

« Vous ne pouviez pas savoir ce qui allait se passer », l'interrompit fermement Natalie. « Ce n'était sans doute pas la première fois qu'elle allait dans cette boutique. C'était le hasard. Vous ne pouvez pas contrôler le monde. »

« Quel dommage ! »

« C'est peut-être dommage mais c'est un fait. » Natalie ajouta, hésitante : « Paige n'a pas du tout parlé de ce qui est arrivé à sa mère. »

« Elle n'en parle jamais et cela m'inquiète. Je ne veux pas qu'elle s'étende sur le sujet mais elle n'en discute pas. Et je sais qu'elle y pense constamment. Elles étaient si proches. Elle adorait sa mère », dit Nick déchiré. « Pendant les cinq mois qui ont suivi la mort de Meagan, j'étais dans le brouillard, furieux puis effondré d'une minute à l'autre. C'est à ce moment que cette étrange mèche de mes cheveux est devenue blanche. »

Il s'arrêta pour reprendre sa respiration. « Puis la sœur de Meagan, Jane, a sous-entendu qu'elle voulait demander la garde de Paige. Cela m'a rendu fou. J'étais seul avec un métier à risques. Pas le genre de père idéal, et le mari de Jane a des relations influentes dans le milieu judiciaire new-yorkais. Alors je me suis repris et j'ai décidé d'éloigner Paige de New York, des souvenirs, de la menace de Jane, et des dangers de la ville car, s'il advenait que je la perde aussi… »

Nick se força à sourire. « J'ai commencé à chercher du boulot dans de petites villes. Une de mes connaissances qui passe ses vacances ici m'a parlé de Port Ariel. Je suis venu et j'ai vu que je pouvais intégrer le département de police. Cela semblait miraculeux, même si j'avais dû travailler pour le shérif Purdue. Puis il y a eu les élections. J'ai participé et, à ma grande surprise, je les ai remportées. Je pensais que c'était gagné. J'étais shérif dans une merveilleuse petite ville. J'avais un foyer pour ma fille dans un havre de paix, enfin je croyais. »

« Port Ariel est habituellement un havre de paix. »

« Je suppose que c'était trop de chance de pouvoir emménager ici pour y devenir shérif, maintenant l'enfer se déchaîne. Les gens attendent des réponses. »

« Et vous allez leur en donner. »

Ses yeux bleu sombre reflétaient l'angoisse et la cicatrice de son front était toute blanche comparée au reste de sa peau bronzée. « Vous y croyez vraiment ? »

« Oui », dit Natalie sincèrement. « Ne commencez pas à douter de vous. »

Nick étudia les contours de son visage, sa peau fine, et le regard intensément noir de ses yeux légèrement bridés. Elle n'était pas seulement jolie, elle semblait calme, intelligente et pleine de bon sens. Il se sentait soudain sidéré d'avoir pu lui parler non seulement du meurtre de sa femme mais aussi de son inquiétude vis-à-vis de la sécurité de sa fille et du refus de Paige à parler de sa mère défunte. Natalie était restée assise avec son verre de lait à la cannelle, sa douce voix cassée, ses manières simples et avait exorcisé ses souvenirs les plus tristes et ses plus grandes frayeurs. « Je suis un vrai boute-en-train, n'est-ce pas ? » demanda-t-il amer.

« Vous êtes fatigué et inquiet. » Elle souriait. « Vous êtes humain. »

« Je ne pense pas que les habitants de Port Ariel aient envie d'un shérif humain pour le moment. Ils veulent un superhéros. »

« Peut-on les blâmer ? Ils ont peur. »

« Vous n'avez pas l'air d'avoir peur, même après votre visite au Blue Lady. »

Natalie se mit à rougir. « Est-il possible qu'on oublie cet épouvantable manque de bon sens ? Je ne suis pas si bête habituellement. Et pour vos annales, je suis tout aussi effrayée que les autres. »

« Et vous êtes aussi pleine d'interrogations au sujet des meurtres. »

« Ce n'est peut-être pas le moment de vous poser ce genre de questions. »

« Parce que j'ai l'air de quelqu'un qui va tomber en ruine d'ici peu ? Ça n'arrivera pas. Ça n'arrive jamais. Et cela m'aiderait à extérioriser tout cela. À vrai dire, j'ai aussi quelques questions à vous poser. »

Natalie leva les sourcils. « Donnant donnant ? Vous croyez toujours mes déclarations malgré l'épisode du Blue Lady ? »

« Personne n'est parfait. » Nick sourit. « Pas même moi. »

« Je suis heureuse de voir que vous savez pardonner. OK. Que voulez-vous savoir ? »

Il se pencha en avant. « Saviez-vous que Charlotte Bishop et Warren Hunt étaient ensemble ? »

Elle secoua la tête. « Lily ne peut — ne pouvait — pas le voir. Je pense qu'elle le soupçonnait d'avoir une liaison, mais elle n'a jamais parlé de quiconque en particulier. Honnêtement, j'ai été étonnée d'apprendre pour lui et Charlotte. »

« Pourquoi ? »

« Warren était un bel homme, un vrai professionnel, mais Charlotte était belle et riche et tout fraîchement sortie d'un mariage à une grande star splendide de la télé. Warren Hunt paraissait un peu ordinaire à ses côtés. »

« Je pensais la même chose. Au sujet de Warren qui semblait un peu ennuyeux par rapport à ce à quoi elle était habituée, pas au sujet de la splendeur de Paul Fiori. » Elle lui fit une grimace. « Alors vous ne savez pas du tout depuis combien de temps ils se voyaient ? »

« Certainement pas pendant que Charlotte était en Californie. Cela a dû se produire après son retour à Port Ariel, il y a quelques mois. »

« Vous pensez que Lily était au courant ? »

« Non, sinon elle m'en aurait parlé. »

« Vous en êtes certaine ? Peut-être voulait-elle rester discrète. »

« Lily n'est pas discrète, surtout avec moi », dit Natalie ironiquement. « C'est à mon tour, maintenant. Est-ce que Warren et Charlotte ont été tués de la même façon que Tamara ? »

« Oui. Gorges tranchées. Il semblerait pour le moment que la même arme ait été utilisée. Un rasoir à longue lame. On a trouvé Warren dans la salle de séjour ou peu importe le nom que l'on donne à cette pièce sur un bateau, bien qu'il ait été tué sur le pont. Charlotte était dans la chambre. » Il s'interrompit. « Sur le mur, on a écrit "Sépulcre béant" avec du sang. »

Natalie prit une courte respiration. « "Leur gosier est un sépulcre béant." La citation biblique qu'a dite la femme au téléphone et au pavillon de danse. »

« Vous savez de quelle partie de la Bible c'est extrait ? »

« Je ne suis pas une érudite de la Bible, mais elle m'a parlé de l'épître aux Romains. Elle m'a même indiqué le chapitre, mais je ne m'en souviens pas. Je voulais jeter un œil à la maison, mais je n'ai pas retrouvé la Bible de Papa. Je ne sais même pas s'il en a un jour possédé une. Il n'a jamais été très pratiquant. En avez-vous une ? »

Nick quitta la table. Quelques minutes plus tard, il revint avec une grande Bible qu'il tendit à Natalie. Quand elle l'ouvrit, elle tomba sur une liste de dates de naissance et de dates de décès écrites de différentes couleurs. La dernière était celle de Meagan Marie Lincoln Meredith. Elle tourna rapidement les pages pour arriver à l'épître aux Romains. Elle parcourut les pages et s'exclama au bout de deux minutes : « Voilà, c'est ici ! »

« Vous avez été rapide. »

« C'est au chapitre 3. En italique. Rien que cela. C'est pas bon signe. »

« Lisez-le-moi. Je suis si fatigué que je vois flou. »

Natalie se mit à lire, doucement et clairement :

« Il n'est pas de juste, pas un seul,
il n'en est pas de sensé,

pas un qui recherche Dieu.
Tous ils sont dévoyés, ensemble pervertis ;
il n'en est pas qui fasse le bien,
non, pas un seul.
Leur gosier est un sépulcre béant,
leur langue trame la ruse.
Un venin d'aspic est sous leurs lèvres,
la malédiction et l'aigreur emplissent leur bouche.
Agiles sont leurs pieds à verser le sang ;
ruine et misère sont sur leurs chemins.
Le chemin de la paix, ils ne l'ont pas connu,
nulle crainte de Dieu devant leurs yeux. »

Nick soupira. « Eh bien, c'est plutôt gai. »

Natalie s'assombrit. « La référence au gosier étant un sépulcre ouvert est claire puisque toutes les victimes ont eu la gorge tranchée. Mais qu'en est-il pour "leur langue trame la ruse" ? Warren et Charlotte étaient fourbes, mais Tamara ? Elle était sans aucun doute la personne la plus honnête que j'aie rencontrée. »

« Il est dit qu'aucun ne recherche Dieu. Cela pourrait vouloir dire qu'aucune des victimes n'était croyante. »

« Je ne sais pas ce qu'il en est de Warren ou de Charlotte mais Tamara était une fervente catholique. "Ruine et misère sont sur leurs chemins", "Il n'en est pas qui fasse le bien". On pourrait dire cela de Warren et Charlotte mais pas de Tamara. Nick, aucune de ces citations ne s'applique à Tam. »

« Je suppose que cela aurait été trop simple de trouver le mobile des crimes si facilement. »

« Peut-être n'a-t-il pas de mobile. »

« J'ai toujours pensé que l'expression "crime sans mobile" était stupide », dit Nick. « Aucun meurtrier ne tue sans mobile. Pas même les tueurs en série. Ils ont leurs raisons, même si elles sont souvent incompréhensibles pour la plupart. »

Natalie s'était tue un moment. « Mais vous ne pensez pas que ce soit l'œuvre d'un tueur en série. »

« Non », dit Nick lentement. « Je ne suis même pas sûr que ces trois meurtres aient été commis par la même personne. »

« Mais vous disiez qu'ils avaient été tués de la même manière. »

« Oui. Mais Warren et Charlotte ont été assassinés plus violemment. On a découvert plusieurs coups de couteau à côté de la blessure de leur gorge. Pas sur Tamara. »

« Alors vous croyez qu'il y a deux assassins ? »

« C'est possible. » Il s'arrêta. « J'ai une autre question pour vous. Lily et son père n'aimaient pas Warren. »

« Ce n'est pas une question. »

« Non. » Il s'interrompit. « Je ne devrais sans doute pas vous dire cela, mais l'alibi de Warren pour la nuit du meurtre de Tamara ne collait pas. Il prétendait être dans un bar avec une femme. Elle a corroboré ses dires, mais elle semblait très nerveuse. On aurait dit qu'elle avait répété son histoire. Elle a aussi fait l'erreur de donner trop de détails. L'un de ces détails était le nom du bar. J'ai vérifié. Le propriétaire est mort la nuit où Warren était supposé y être. C'est pour cela que je voulais le voir ce matin. »

Le visage de Natalie était figé. « Vous pensez qu'il aurait pu tuer Tamara ? »

« En considérant sa liaison avec Charlotte et son manque d'alibi, oui. »

« Mais cela n'explique pas son assassinat ? » Les lèvres de Natalie s'entrouvraient au fur et à mesure qu'elle réfléchissait. « Vous croyez que Warren a tué Tamara, que Lily et Oliver le soupçonnaient et que l'un d'entre eux l'a assassiné ? » Elle secoua la tête. « Non. Résolument non. Je connais Lily depuis toujours. Elle n'est pas si douce que Tamara l'était mais elle ne ferait de mal à personne intentionnellement. »

« Et Oliver ? »

« Non. Il n'est pas capable de meurtre. Il ne pourrait pas... »

Les yeux de Nick se rétrécirent. « Vous ne semblez pas aussi sûre que pour Lily. »

« Je ne le connais pas si bien. En fait, je ne le connais pas du tout. Il est plutôt froid et guindé. Je ne me souviens pas avoir jamais eu de vraie conversation avec lui, même si j'étais une amie de ses filles. »

« Et ces filles avaient sans doute le même timbre de voix. Surtout au téléphone. »

« Vous pensez au coup de fil que j'ai reçu après avoir trouvé le corps de Tamara. Nick, Lily était chez son père quand j'ai reçu cet appel. Je vous ai dit que j'avais essayé d'obtenir le numéro de la personne appelant mais qu'elle était sur liste rouge. Le numéro du père de Lily ne l'est pas. »

« Il se peut qu'il ait plusieurs lignes, Natalie. Nombreux sont ceux qui en ont plusieurs avec les fax et Internet. »

« Lily ne passerait jamais ce genre d'appel pas plus qu'elle ne se promènerait autour du pavillon de danse du Blue Lady pour me faire peur. Quelle en serait la raison ? »

« Peut-être a-t-elle tout de suite su qui avait tué sa sœur et programmé sa vengeance. Elle pense que vous la connaissez tellement bien que vous pourriez la démasquer et elle essaie de vous effrayer pour que vous repartiez à Columbus. »

« C'est vraiment tordu. De plus, qu'en est-il de la personne au téléphone qui a dit "leur gosier est un sépulcre béant", des mots "sépulcre béant" écrits sur le mur de la chambre de Charlotte et de la note trouvée près du corps de Tamara ? C'est bien la même personne qui utilise les mêmes mots. »

« Vraiment ? Lily a vu cette note et sait que vous l'avez vue. Entre-temps, vous avez reçu l'appel téléphonique, alors que je leur avais déjà dit que je pensais qu'elle avait été laissée sur place par le tueur. En vous répétant ces mots, elle effaçait ses traces en vous amenant à la conclusion que vous avez faite — c'est la même personne qui a laissé la note, qui vous a appelée, qui était cachée au Blue Lady et qui a tué Warren et Charlotte. »

Natalie le regardait en avalant ces hypothèses et réalisait qu'elles n'étaient pas complètement absurdes. Mais elle ne pouvait pas les accepter. « Nick, tout cela semble plausible à vos yeux, mais cela devient insensé dès qu'on connaît Lily. Elle n'est pas capable de meurtre. »

« Une peine intense et un choc émotionnel peuvent vous rendre capable de choses inimaginables. »

« Pas de meurtre. Pas Lily. »

« Si vous pensiez que Lily aurait pu tuer Warren et Charlotte, me le diriez-vous ? »

Natalie regarda ses mains. Elles étaient fines avec de longs doigts et ses ongles courts n'étaient pas vernis. La perle de sa bague semblait rayonner. Tamara a toujours adoré cette bague.

Le regard de Natalie remonta vers Nick. « Si je pensais que quelqu'un ait commis un meurtre prémédité de sang-froid — même si c'était Lily par vengeance pour Tamara —, je vous le dirais. Il le faudrait. Je ne pourrais pas laisser quelqu'un d'aussi dangereux dans la nature. »

Nick inclina la tête. « Bien. Vous connaissez toutes les personnes impliquées dans cette affaire. J'aime à croire que je peux compter sur vous pour obtenir certains détails. »

« Cela me gêne un peu. Tous ces gens sont mes amis. »

« L'un d'entre eux est peut-être un assassin. Peut-être pas Lily. Peut-être est-ce Oliver, et Lily ne fait que prêter sa voix. »

« C'est tout aussi grave. » Le visage de Natalie restait obstiné. « Tomber sur des informations est une chose. Mais je ne jouerai pas les espionnes. »

« Je ne vous demande pas d'espionner », dit Nick sincèrement. « Je ne vous demande pas de me révéler la vie privée de ces gens si cela n'a aucun rapport avec les meurtres. Je ne vous demanderai aucune information, j'ai seulement besoin d'aide. »

« Vous ? L'inspecteur de la grande ville ? »

« S'il vous plaît, ne m'affublez pas de ce genre de stéréotype. Les gens de cette ville m'ont élu shérif puis ils semblaient réticents parce que je venais de New York. Je ne comprends pas. »

« Ils vous ont élu parce qu'ils étaient persuadés que vous étiez plus compétent et aviez plus d'expérience que n'importe lequel des autres candidats. Mais, en même temps, nombreux sont ceux qui sont intimidés. Et puis il y a ceux qui, comme

Max Bishop, étaient habitués à prendre eux-mêmes les décisions avec le shérif Purdue. Je ne crois pas que ce gars ait jamais pu faire un pas sans en référer à Bishop. »

« Je sais tout de Purdue. Je sais aussi que certaines personnes pensent que je sors trop vite de mes gonds. Et j'admets que parfois je suis un peu têtu. Mais, Natalie, ce département était une vraie pagaille. Il fallait que je remette les choses en place et que je donne certains ordres. » Il sourit. « Cependant, le fait que je vienne de la police de New York ne veut pas dire que je suis infaillible. Je connais juste certaines techniques d'investigation, et je connais bien mon boulot mais je ne suis pas médium. » Il poursuivit. « On a affaire à trois meurtres atrocement étranges en moins de trois jours. Et je crains qu'il y en ait d'autres. C'est la raison pour laquelle j'ai besoin de toutes les informations que je peux récolter. Ne pouvez-vous pas comprendre sans monter sur vos grands chevaux en pensant que je ne tiens qu'à persécuter vos amis ? »

Elle tourna sa bague autour de son doigt, en mordant sa lèvre inférieure et en fixant le sel et le poivre qui se trouvaient sur la table. « Vous avez raison », dit-elle à contrecœur. « Je connais ces gens bien mieux que vous et je ne peux pas nier qu'il y ait un lien entre les meurtres. Dans ce cas, peut-être puis-je vous aider un peu. » Elle leva ses yeux noirs. « Alors je garderai les yeux et les oreilles ouverts mais seulement au nom de la justice. » Elle grimaça.

« Mon Dieu, j'ai l'air d'une sainte ! »

« À vos yeux seulement. »

« J'en doute », dit-elle en fronçant les sourcils. « J'ai des problèmes avec le sentiment de culpabilité, mais si j'ai accepté de vous donner des informations, il me semble que je devrais parler de quelqu'un d'autre. Alison Cosgrove. Elle est la fille de Viveca. Viveca fréquente Oliver depuis environ deux ans. Alison a vingt et un ou vingt-deux ans et elle est très perturbée. Elle est sous soins psychiatriques depuis des années. Ces derniers temps, elle voyait Warren professionnellement, mais Lily pense qu'Alison faisait une fixation sur lui. »

« Croyez-vous qu'elle ait raison ? »

« Lily est très perspicace et je fais confiance à son jugement. Si elle prétend qu'Alison avait quelque chose pour Warren, je suis sûre que c'est vrai. Tout à l'heure j'étais en train d'échafauder des hypothèses sur tout cela et... »

Elle parut gênée. « Continuez », l'encouragea Nick.

« OK. Mais c'est vous le professionnel. Je ne veux pas avoir l'air bête. Mais je me demandais si Alison aurait pu tuer Tamara parce qu'elle était un obstacle entre elle et Warren. Ensuite, elle aurait pu découvrir que Warren était intéressé non pas par elle mais par Charlotte. Peut-être l'a-t-elle suivi et les a vus sur le bateau. » Nick la fixait et elle se sentit rougir. « Ça vous paraît stupide... »

« Ça me semble parfaitement raisonné, en particulier si cette Alison est perturbée comme vous dites. Pourquoi n'est-elle pas à l'hôpital ? »

« Elle y entre et en ressort régulièrement depuis l'âge de cinq ans. Elle était également sous de fortes doses médicamenteuses jusqu'il y a peu de temps. »

« Et pourquoi plus maintenant ? »

« Parce que Warren était psychanalyste et qu'il n'avait pas le droit de délivrer d'ordonnances. »

« Alors pourquoi est-ce qu'Alison continuait à le voir ? »

« Lily m'a raconté que c'est elle qui avait insisté pour être sa patiente. »

Nick se redressa sur sa chaise et regarda au plafond. « Eh bien, je suis maudit. Vous venez d'ajouter une épine à ce dossier. »

« J'ai l'impression de n'avoir fait que diffamer. »

« Vous m'avez seulement présenté une théorie en toute confidentialité. Vous n'avez fait qu'exposer des faits et je ne vais certainement pas faire une descente chez Alison Cosgrove, même si je vais sans doute la surveiller dorénavant. La pensez-vous capable d'imiter la voix de Tamara ? »

« Je ne suis pas sûre. La voix d'Alison est plus aiguë et plus enfantine que celle de Tam, mais cela ne veut pas dire qu'elle ne pourrait pas la changer. Elle a suffisamment entendu la voix de Tam pour être capable de l'imiter. Celle de Lily également. Elles n'étaient pas si différentes. » Elle sourit. « Et voilà que je viens d'impliquer deux personnes. »

« Vous n'avez impliqué personne. » Nick lança à Natalie un franc regard intense. « Je sais que vous n'êtes pas médisante. Vous m'avez dit tout cela parce que vous sentiez que vous le deviez. Cela vous donne une valeur inestimable à mes yeux. »

Et ce n'est pas tout, avait presque envie de dire Nick mais bien sûr il ne pouvait pas. Il n'était même pas certain de le penser. Il était exténué et avait besoin d'être rassuré. Elle était belle et gentille et futée. Mais il la connaissait à peine. Utilise ton cerveau, Nick, se rappela-t-il à l'ordre. Reste sensé.

« Une autre petite chose », dit-il rapidement. « Mme Bishop dit qu'avant que Charlotte ne quitte la maison la nuit dernière, elle a été abordée par un jeune homme mince aux cheveux blond foncé. Cela vous fait-il penser à quelqu'un ? »

Natalie haussa les épaules. « Cela pourrait être beaucoup de monde. Personne ne me vient à l'esprit. »

« Et le type qui était dans la boutique de Lily Peyton hier matin ? »

« Maintenant que vous le dites. Il disait s'appeler Jeff Lindstrom. »

« Il fait quoi ? »

« Je n'en ai aucune idée. Il a dit être en vacances. »

« Il réside ici ? »

« Je ne sais pas. Il se dirigeait chez Trudy pour le petit déjeuner. Peut-être a-t-il engagé la conversation avec quelqu'un là-bas. »

Nick sourit. « Vous êtes une mine d'informations. »

« Ceci n'est qu'une de mes nombreuses qualités. » Natalie se leva d'un bond. « Je dois rentrer maintenant. Mon père se comporte toujours comme si j'avais quinze ans et il va sans doute appeler pour avoir de mes nouvelles, ce qui serait plutôt embarrassant. »

« Un père attentif reste un père attentif. »

« C'est ce qu'il n'arrête pas de me répéter. Mais j'espère que vous donnerez un peu plus de lest à Paige quand elle sera adulte. »

« J'essaierai. Mais je ne pense pas que j'y arriverai. »

Elle rit. « Dites à Paige que j'ai passé un très agréable moment avec elle. »

« Je n'y manquerai pas et je vous remercie d'être restée. »

« Je suppose que je vous verrai à l'enterrement. J'ai lu quelque part que la police se rendait aux enterrements des victimes de meurtre afin de voir si l'assassin était là à frémir de plaisir. »

« Le problème, c'est que même s'ils frémissent ils ne le montrent pas. Natalie, je préférerais que Lily ne connaisse pas la vraie raison de ma présence aux funérailles. »

« Je n'aurai pas à le lui dire. Elle est déjà au courant. Elle ne viendra pas non plus vers vous pour parler de l'affaire. Elle ne se mettra pas dans votre chemin. Pour Alison, c'est une autre histoire. »

« Elle sera là ? »

« Viveca a dit qu'elle le voulait. Et Alison obtient toujours ce qu'elle veut. Il se peut qu'elle reste assise comme un roc et se conduise correctement. Ou il se peut qu'elle fasse une scène et qu'on soit obligé de la raccompagner. Ou elle peut très bien se transformer en Lois Lane et venir vous interviewer. »

« Oh, mon Dieu », gémit Nick. « J'opte pour le roc. »

« N'y comptez pas trop. »

Il la suivit jusqu'à la porte d'entrée. Il voulait dire quelque chose d'intelligent, mais la seule chose qu'il réussit à sortir fut : « Vous êtes certaine de pouvoir rentrer après tout le lait que vous avez bu ? »

« Je pense. Je n'ai pas mis de noix de muscade dedans, souvenez-vous. »

« De la noix de muscade. Il faudra que j'essaie. » Eh bien, t'as certainement dû l'impressionner avec tes reparties pleines d'esprit, pensa-t-il découragé. Cependant, alors qu'elle se dirigeait vers sa voiture, une autre réplique lui vint : « Vous pensez vraiment que Paul Fiori est splendide ? »

Elle se retourna, ses cheveux dansaient par-dessus ses épaules, et lui fit un clin d'œil. « Absolument irrésistible. »

Il secoua la tête. « Je le savais. Trop de lait. »

III

« Dis-moi encore comment c'était, Warren et Charlotte. Non attends, je veux voir ça. »

Ted Hysell soupira et se remit à regarder la télé. Eddie Salvatore était accoudé à une table, ses yeux marron éclairant son visage anguleux. « Alors tu prétends ne rien savoir de ce meurtre, c'est bien ça, Pic à glace ? »

Un molosse en sueur, plein d'acné et couvert de cicatrices dont les gros bras sortaient d'un polo sans manche baissait les yeux, fourbe. « Ouais, mec. »

« J'adore cette série ! » s'écria Dee. « Paul Fiori est la perfection incarnée ! »

« Il est bien dans le rôle de Salvatore », accorda Ted loin du même enthousiasme.

« Ouais ? » demanda Salvatore. « Ouais ? C'est bien ce que tu es en train de me dire, Pic à glace ? » Pic à glace transpirait de plus en plus et il fuyait Salvatore du regard. « Parce que moi je vais te dire quelque chose. » Salvatore bondit de sa chaise et prit le géant par le cou. Il lui fit traverser la pièce en le jetant contre le mur. « Je vais te parler de la petite fille qu'on a retrouvée dans la rue. Elle portait une jolie robe bleue retroussée jusqu'au torse par l'animal qui l'a violée sans répit avant de lui serrer le cou jusqu'à ce que son visage devienne aussi bleu que la couleur de sa robe et je vais te parler de sa mère qui a dû endurer cette vision pour finalement nous dire : "Oui, c'est mon enfant." Chaque fois qu'elle voudra dormir, cette maman verra le visage bleui de son enfant et ses yeux exorbités… »

Le coéquipier de Salvatore — bien intentionné mais nettement moins bon — restait respectueusement en arrière, admirant le dieu exécuteur de la loi qu'était Salvatore. « Tu vas me dire, Pic à glace ? » Il frappa la grosse tête de l'homme contre le mur. « Parce que j'ai une intuition, Pic à glace. J'ai l'intuition que tu n'as rien à voir avec le viol et l'étranglement de cette petite fille, mais il faut que tu craches la vérité, tu m'entends ? Parce que si tu ne craches pas la vérité, je vais te frapper jusqu'à ce que ta tête devienne un gros melon tout mou et que ton cerveau s'écoule par tes oreilles… »

« C'était Snipe la bécasse ! » cria Pic à glace, en postillonnant, accablé par la rage débordante de Salvatore. « C'était Snipe la bécasse, je le jure ! »

« C'était génial ! » Dee prit une gorgée de bière de sa canette, acceptant maintenant de discuter parce que Salvatore n'était pas dans la scène qui suivait. « C'est comme ça que tu obtiens des aveux, Ted ? »

La terreur des salles d'interrogatoire, c'est moi, pensa Ted lugubre. « Cela arrive que ce soit plutôt rude. »

« Comme quand ? »

« Je ne me souviens pas de toutes les fois. » Ted sirota sa bière en réfléchissant. « Tu te souviens de ce vieil homme qu'on avait retrouvé flottant sur le lac il y a deux ans de ça, une balle dans le cœur ? On tenait le dernier type à l'avoir vu… »

« Ah ouais ? » demanda Dee intéressée.

Et le shérif Purdue avait conduit l'interrogatoire, à moitié ivre, sans se soucier de son droit à appeler son avocat. Il lui avait arraché des aveux que le juge avait qualifiés d'irrecevables. Le type était parti libre adressant à Ted un sourire qu'il n'oublierait jamais. « C'était plutôt moche », dit-il sans conviction. « Mais je ne suis pas supposé te raconter les détails. »

« Oh zut. » Dee semblait savoir qu'il voulait l'impressionner. « Parle-moi de Warren Hunt et de Charlotte Bishop. »

Il devait se rattraper de l'avoir déçue par son dernier récit. « Leurs gorges étaient tranchées. » Il s'interrompit pour donner de l'effet. « Charlotte était presque complètement décapitée. »

« J'aurais aimé les voir ! Avoir un vrai frisson en les voyant mutilés comme des porcs. »

Ted la regarda. « Mon Dieu, Dee. »

Elle jeta sa tête en arrière et se mit à rire. « Je plaisante. Tu devrais voir ta tête ! »

« Taisez-vous en bas ! » La voix de la mère de Dee jaillit du palier sombre à l'étage et résonna dans la salle de séjour. « Et éteignez-moi cette télé. L'électricité, ça coûte cher. »

« Tu devrais éteindre ton matelas chauffant et ta climatisation », grogna Dee sauvagement.

« Elle est capricieuse ce soir ? »

« Capricieuse ? C'est un mot de ta mère ? C'est une peste à longueur de journée maintenant. Non pas qu'elle n'ait jamais été facile à vivre. Avoir été abandonnée par deux maris successifs ne l'a pas mise dans de très bonnes dispositions, mais mes frères et moi n'y pouvions rien. »

« Ils ne viennent plus souvent dans le coin, n'est-ce pas ? »

Dee rougit. « Plus du tout. »

Plus maintenant qu'elle avait été virée de l'hôpital d'où elle volait occasionnellement des médicaments que ses frères revendaient, pensa Ted. Il avait toujours dit à tout le monde que les charges qui pesaient sur elle étaient fausses. Mais ce n'était pas vrai et son avis était mitigé quant à ses vols. Elle avait enfreint la loi, mais ses frères étaient des paumés dont les enfants avaient faim. Elle avait toujours nié les allégations d'Andrew St. John, même à Ted. Elle ne lui avait raconté la vérité qu'une seule fois, une nuit où, particulièrement ivre, elle avait reçu un appel de l'une de ses nièces qui s'était enfuie de chez elle. La jeune fille avait seize ans et elle avait peur qu'elle finisse sur le trottoir. Il n'y avait aucun doute sur l'affection qu'elle portait à ces enfants, mais ce qui était fait était fait et elle avait eu de la chance que l'hôpital ait été plus préoccupé par la mauvaise presse que par l'envie de la poursuivre. Elle aurait sinon fini en prison.

Après avoir perdu son boulot, Dee aurait quitté la ville si sa mère n'avait pas eu son cancer du poumon. Elle vivait donc chez elle gratuitement en compensation des soins qu'elle lui apportait. Elle gagnait suffisamment pour vivre en faisant de la dactylographie. Elle faisait également le repassage de quelques personnes, bien que Ted ne fût pas censé le savoir. Et il lui envoyait souvent des clients sans qu'elle le sache.

Dee espérait qu'il allait l'épouser. Elle n'en avait jamais rien dit mais c'était évident. Elle était attirante. Elle vivait aussi la vie comme une revanche et deviendrait sans doute drastique à quarante ans. C'est ce que sa mère n'arrêtait pas de lui dire. Bien sûr, à cinquante-sept ans, Rhonda Hysell avait l'air d'en avoir vingt de plus avec ses longs vêtements difformes sombres et ses tout aussi longs cheveux qui n'avaient jamais vu le coiffeur. Puis il y avait son travail à la paroisse, ses attaques répétées contre la poussière et la moisissure, sa guerre ininterrompue contre les larves, les insectes et tous les autres parasites du jardin. Et elle voulait pour lui une femme qui soit comme elle. Au lieu de cela, son fils préférait Dee Fisher, une buveuse invétérée, et athée de surcroît. Cependant, le pire des péchés de Dee aux yeux de Rhonda Hysell semblait être son tatouage criard.

Ted gloussa en y pensant. « Quoi ? » demanda Dee.

« Montre-moi ton tatouage. »

« Quoi ? Mais pourquoi ? »

« Je veux juste le voir. »

« Tu es étrange ce soir », dit-elle conciliante en relevant sa manche. Une rose rouge tout éclose s'étalait sur environ huit centimètres de son biceps. « Tu le détestes, n'est-ce pas ? »

« Non. J'ai décidé que je l'aimais bien. »

« Vraiment ? » Dee avait l'air surprise mais ravie. « Peut-être que je m'en ferai faire un autre. »

« Laisse-moi deviner. Un gros cœur avec Maman écrit à l'intérieur ? »

« Jamais de la vie. Je pensais à un papillon. » Elle s'interrompit. « Sur la joue droite. »

« Ta joue droite ! » Ted secoua la tête violemment. « Oh non, Dee. Ce serait horrible. Pourquoi voudrais-tu te défigurer comme ça ? »

Elle hurla de rire. « Ma fesse droite. Mon cul, grand crétin ! »

Ted la regarda un moment. Puis il se mit à rire avec elle. Mme Fisher réclama le calme, en déclamant un vocabulaire étonnamment vulgaire qui fit repartir Dee et Ted dans un nouveau fou rire. Ils s'effondrèrent l'un sur l'autre, pleurant de rire.

« Bon Dieu, je m'amuse vraiment bien avec toi », avoua Dee.

« Autant qu'avec Eugène ? » demanda Ted en le regrettant aussitôt. La main du fantôme d'Eugène Farley semblait être passée devant le visage de Dee en emportant toute sa bonne humeur. « Eugène était différent. » Sa voix devenait toujours bizarre et plate quand elle parlait de son précédent amant.

Dans ce genre de moment, quand Ted sentait la jalousie l'envahir, il était tenté de raconter toute la vérité à Dee à propos de Farley. Mais cela lui ferait trop de mal. Il ne pouvait lui apprendre comment un jour, au tribunal, il s'était retrouvé assis à côté de lui pendant une suspension d'audience. Il n'avait jamais adressé la parole à Farley et fut surpris quand celui-ci lui demanda soudain : « Vous avez remarqué la jeune brunette assise tous les jours dans la salle d'audience ? Celle qui porte toujours un tailleur bleu marine ? »

« Ouais », avait répondu Ted. Il avait remarqué ses longues jambes dès le premier jour.

« Je la fréquentais avant. Elle a bon cœur. »

Ted ne savait pas quoi dire. Il ne connaissait rien au sujet de son cœur. Il avait juste remarqué ses jambes.

« C'est la première femme célibataire que j'ai rencontrée en arrivant à Port Ariel », continua Farley. « Elle était amoureuse de moi. J'ai apprécié sa compagnie un moment, mais elle était trop vulgaire. J'ai honte de l'avoir traitée comme je l'ai fait, mais pourtant elle est là, tous les jours, pleine d'amour quand elle me regarde. »

« Si cela vous gêne, c'est peut-être qu'elle représentait plus que vous ne le croyiez à vos yeux », spécula Ted embarrassé.

Le profil parfait d'Eugène Farley était resté calme en considérant les mots de Ted. Puis il secoua la tête et dit : « Non, elle ne représentait presque rien pour moi. Je suis juste désolé de ne pas avoir été plus sympa avec elle. » Il regarda Ted. « Vous savez, il y a un équilibre naturel dans le plan des choses. Peut-être ai-je tous ces ennuis pour payer le prix de mon indifférence envers cette jeune femme. »

Non, tu payes pour les extorsions que tu as commises, espèce de merde stupide, pensa Ted avec dédain.

Il n'avait absolument aucune sympathie pour Eugène Farley. Ce type avait tout — le physique, le raffinement, une éducation impressionnante, un super-boulot —, tout ce que Ted désirait si désespérément et qu'il n'aurait jamais. Farley aurait pu avoir quelqu'un comme Tamara Peyton. Peut-être même Charlotte Bishop. Et il a tout foutu en l'air en escroquant de l'argent à Max Bishop pour récupérer Viveca Cosgrove, une femme plus vieille que lui et avide d'argent. Ted ne la trouvait même pas jolie — elle était trop apprêtée, trop rigide, trop parfaite. On aurait dit un mannequin de grands magasins. Max avait engagé cette grosse société d'expertise comptable de Cleveland et ils avaient tout de suite épinglé Farley. Oliver Peyton avait fait un travail de merde en défendant Farley — même Ted s'était rendu compte qu'il n'avait même pas essayé. Il avait été condamné. Puis, comme la mauviette qu'il était, il s'était suicidé. Et Dee était là à se morfondre à ses côtés.

Voler Max Bishop. Quelle erreur !

Max Bishop. Oliver Peyton. Quel était le nom de cette société comptable de Cleveland qui avait démasqué Farley ? Martin, Goldstein et Hunt. Richard Hunt, le père de Warren.

« Qu'est-ce qui ne va pas ? » demanda Dee soudainement. « Tu ressembles à quelqu'un à qui on aurait donné une décharge. Au moins trois cent cinquante joules. »

« Il faut que j'appelle Meredith », dit Ted. « Maintenant. »

11

I

MERCREDI MATIN

« Ruth Meadows semble gentille », dit Natalie l'air de rien. « Et c'est sérieux entre vous ? »

Andrew St. John posa sa tasse de café, énervé. « Sérieux ? T'as du culot de me demander cela. »

« Je pense que c'est une question parfaitement appropriée. » Natalie prit une petite bouchée de sa tartine et se mit à la mâcher calmement. « Après tout, si les rôles étaient inversés, tu me poserais exactement la même question. »

« Mais c'est différent. »

« Pas du tout » grimaça Natalie. « Et puis de toute façon, le fait que tu ne veuilles rien me dire répond déjà à ma question. »

« Certainement pas », dit Andrew sérieusement. « Je connais à peine cette femme. »

« T'entends ça, Blaine ? » La chienne releva la tête de son bol. « Il connaît à peine cette femme. »

« C'est vrai. Et bien que cela ne te regarde pas, je suis sorti trois fois avec elle et elle m'a invité une fois pour dîner chez elle. »

« Et c'est tout ? »

« Oui, c'est tout, curieuse. »

« Je suis déçue. »

« Désolé. »

« Pas besoin. Il est encore temps. »

Andrew la regarda sévèrement. « Ma très chère fille, Ruth est une femme très raffinée mais je n'ai aucune envie de changer mon mode de vie. »

« C'est ce que tu dis pour le moment. Qui sait ? Dans trois ou quatre mois… »

« Et entre toi et Kenny », l'interrompit Andrew, « que se passe-t-il ? »

« Rien. »

« Balivernes. »

Natalie gloussa. « Papa, il n'y a que les personnages de romans qui disent "balivernes". »

« Et moi. Ne change pas de sujet. Toi et Kenny ? »

Natalie rajouta de la gelée sur sa tartine. « On s'est disputé. »

« Ça, j'avais deviné. À quel propos ? »

« Je n'ai vraiment pas envie d'en parler. »

« Une autre femme. Il t'a trahie. » Il s'arrêta. « Ne sois pas surprise. La première fois que je l'ai vu, j'ai su que c'était ce genre de gars. »

« Ce genre de gars ? Tu généralises injustement. »

« Non, je l'ai vu regarder toutes les femmes qui passaient dès que tu avais le dos tourné. Je n'ai jamais apprécié votre relation. Et encore moins le fait que tu habites avec lui, et c'est sans doute pour cela que tu l'as fait. »

« Mais non ! » s'énerva Natalie. « Je l'aimais. Je l'aime. »

« Natalie, tu n'aimes pas cet homme. Ne retourne pas avec lui. »

« Ne me dis pas ce que je dois faire ! »

Andrew leva les bras au ciel. « Excuse-moi. Tu es trop vieille pour écouter les ordres de ton père. Je peux tout au plus donner de petits conseils. » Il posa sa serviette sur la table. « Je vais à l'hôpital. »

Natalie respira profondément en essayant de se calmer. « Journée excitante ? »

« Appendicectomie et ablation de la vésicule. »

« Ça m'a l'air super. Tamara sera visible entre 6 et 8 heures. Tu te seras libéré, n'est-ce pas ? »

« Je pourrai y être vers 7 heures. » Il emmena son assiette à l'évier et jeta un morceau de bacon à Blaine. « Je déteste ces recueillements. »

« Moi aussi. Mais c'est la tradition. Le cercueil sera fermé, bien sûr. »

Andrew secoua la tête. « Mon Dieu, cette pauvre fille. » Il regarda Natalie. « Tu es restée tard chez le shérif hier soir. »

« Sa gouvernante a dû partir, alors je suis restée pour garder Paige parce qu'il devait travailler tard. Un double homicide remplit ses journées. »

« D'abord Tamara, puis Warren. »

« Sans oublier Charlotte. »

« Je lui ai retiré les amygdales quand elle avait dix ans. C'était une petite fille exécrable. »

« Elle était devenue une grande fille exécrable. À part pour Warren, apparemment. »

« Est-ce que le shérif a une idée sur le tueur ? »

« Non », dit-elle en se souvenant que Nick avait dit que Lily ou Oliver aurait pu tuer Warren pensant qu'il avait tué Tamara. « Mais, bien sûr, je ne lui ai pas parlé très longtemps à son retour », ajouta-t-elle.

« Hum. »

« Quoi, hum ? »

« Rien. Je pensais seulement que c'était très prévenant de ta part d'être restée pour faire du baby-sitting. »

« J'étais allée là-bas pour examiner le chat de Paige. Puis il y a eu cette histoire avec sa gouvernante et comme c'est une enfant très mignonne... Papa, ça veut dire quoi ce petit sourire ? »

« Rien, à part que Nick Meredith est célibataire et mignon. Je pense que c'est un bon shérif. Et un jeune homme probablement très bien... »

« Papa. »

« Tu me l'as toi-même dit, chérie, il y a toujours de l'espoir. »

II

Andrew venait juste de partir quand le téléphone sonna.

« Bonjour, Nat. Tu te sens mieux par rapport à tout cela ? »

Kenny Davis. Avec tout ce qui s'était produit, elle avait à peine pensé à lui ces deux derniers jours. En fait, plus qu'« à peine », il valait mieux dire « moins que continuellement ».

« Par "me sentir mieux", je suppose que tu me demandes si je ne suis plus fâchée. Eh bien, si. »

« Rentre à la maison. Nous pourrons en discuter. »

« Je ne pense pas que nous puissions en discuter, Kenny. Tu as couché avec une autre femme et ce n'était pas la première fois. »

« Je ne nie pas ce que j'ai fait. Ce sont des raisons pour lesquelles je l'ai fait dont je veux parler. »

« On en a déjà parlé. Tu m'as dit que tu avais paniqué face à notre engagement mutuel. »

« Mais c'est fini maintenant. »

À sa grande surprise Natalie se mit à rire. « Cela t'a pris moins d'une semaine pour venir à bout de cette frayeur insurmontable ? Kenny, ne me prends pas pour une idiote. »

« Mais j'ai beaucoup réfléchi depuis que tu es partie, Nat. Tu me manques et je ne peux pas imaginer ma vie sans toi. »

« Et qu'arrivera-t-il quand je serai rentrée depuis un petit moment et que je ne te manquerai plus ? Hein ? »

« Tu ne me laisses aucune chance. »

« Kenny, je t'ai dit que j'avais besoin de temps pour réfléchir. Du temps, cela ne veut pas dire cinq jours… »

« Six. »

« Si tu veux, six. Peu importe. De plus, il s'est passé beaucoup de choses ici. »

« J'ai lu dans le journal quelque chose à propos du meurtre d'une Tamara Hunt à Port Ariel. Tu la connaissais ? »

« Si je la connaissais ? » Natalie sortit de ses gonds. « Kenny, c'est la sœur de Lily. Tu as rencontré Lily. »

« Hé, ne te mets pas en colère parce que je n'ai pas reconnu le nom de femme mariée de la sœur de quelqu'un que j'ai rencontré une fois. »

« Tu rends tout cela si pathétique. » Une rage folle la prit. « Lily est ma meilleure amie. Tamara était sa jumelle. Je les connais depuis l'enfance et je t'ai tellement souvent parlé d'elles depuis qu'on se connaît, mais tu ne t'en souviens même pas. Tu ne m'écoutais même pas. »

« Bien sûr que je t'écoutais. C'est juste que j'ai du mal avec les noms. »

« Encore un mensonge. »

« Pourquoi es-tu si remontée ? »

Elle soupira. « Je te répète que j'ai besoin de temps. Vu ce que tu as fait, je pensais que tu pouvais attendre un peu. Au lieu de cela, tu as appelé deux fois en moins d'une semaine. Je n'ai pas envie de parler maintenant. »

« OK, je comprends. » Il s'arrêta pour reprendre. « Il te reste une semaine de vacances. Ensuite tu rentreras à la maison et on parlera. »

À la maison. La maison, c'était l'appartement qu'elle partageait avec Kenny. Était-il possible qu'elle y retourne et qu'ils reprennent le cours de leur histoire là où ils s'étaient séparés ?

J'en suis partie en voyant Kenny au lit avec une autre femme, pensa Natalie après avoir raccroché. Et il veut que je retourne à la maison.

Elle commençait à avoir mal à la tête. Le stress. Elle ne pourrait pas recommencer avec Kenny. Elle mit en route le répondeur, il prendrait les appels.

La sonnette de la porte retentit. Natalie soupira. Quoi encore ? Au moins, cela ne pouvait pas être Kenny.

Elle ouvrit la porte. Ruth Meadows se tenait debout. Elle tenait un plat à tarte recouvert d'un papier d'aluminium et souriait. « Comme je ne pouvais pas dormir la nuit dernière, j'ai préparé quelques tartes. Votre père m'a un jour dit que sa préférée était aux cerises, alors je lui en ai apporté une. »

« C'est très gentil de votre part ! » Natalie était vraiment ravie. « Je n'ai pas mangé de tarte aux cerises depuis des années. » Elle recula. « Entrez. Papa n'est pas là. »

« Oh, je savais qu'il n'y serait pas », dit Ruth. « Dois-je la mettre à la cuisine ? »

« Oui, s'il vous plaît. »

Elle suivit Ruth dans la cuisine. Ruth ouvrit un tiroir, prit un torchon, le posa sur le plan de travail et y plaça la tarte. « Elle est encore chaude et je ne voulais pas abîmer le formica. Ces motifs de feuilles dans ces tons automnaux sont si jolis. »

« Papa a fait refaire la cuisine l'année dernière. Rien n'avait été changé depuis la construction de la maison il y a trente ans et j'ai été surprise de la rénovation. »

« Votre père n'est heureux que quand il est occupé. Quand il est venu dîner à la maison, il a immédiatement décrété que la palissade de ma terrasse n'était pas assez costaude et il a planifié de la changer. Je lui ai alors dit que je pouvais engager un bricoleur, mais il a insisté. »

« Comme vous dites, il est plus heureux quand il est occupé. » Natalie sourit. « Et il vous aime bien. »

Les joues de Ruth devinrent toutes rouges. « Vous le croyez vraiment ? » Puis elle se mit à rire. « Mon Dieu, on dirait une enfant. »

« Eh bien, je ne devrais pas proposer de café à une enfant, mais je viens d'en faire, est-ce que vous en voulez ? »

« S'il vous plaît. Je déteste quand je ne peux pas dormir la nuit. Je me lève et je fais tout ce qui me passe par la tête. Le jour suivant, je suis si fatiguée que je pourrais avaler de la caféine pure. »

« Le café arrive tout de suite. Du lait ? du sucre ? »

« Juste du lait. J'ai laissé tomber le sucre il y a quelques années avec quelques kilos. »

Natalie regarda le corps svelte de Ruth revêtu aujourd'hui d'un pantalon clair assorti à ses yeux et d'un haut blanc à col en V. À son cou pendaient une chaîne et un camée.

Ruth s'aperçut que Natalie le regardait et prit le pendentif entre ses doigts. « C'est un cadeau de mon mari, Walter, pour l'un de nos anniversaires de mariage. Il est mort il y a quatre ans. D'un cancer. »

« Je suis désolée. »

Ruth prit la tasse de café que lui offrait Natalie. « Cela a été une très longue maladie. Nous étions en Virginie, juste à la sortie du district de Columbia. Walter était fonctionnaire. Après sa mort, je suis restée un peu, mais je n'ai bientôt plus pu supporter notre maison et notre vie d'avant. »

« Pourquoi avez-vous décidé de venir à Port Ariel ? »

« Walter et moi avions fait le tour des lacs dans les années soixante peu de temps après notre mariage. Nous avions séjourné quelques jours ici. J'avais beaucoup aimé. Comme par hasard nous avions une chambre dans ce joli hôtel, le Blue Lady. Quel malheur qu'il ait brûlé. »

« Mais le pavillon de danse tient toujours debout. »

« Mais il est fermé et très peu sûr, selon Andrew. J'adorerais le revoir, mais je ne prendrais pas ce risque même si je savais qu'ils ne l'avaient pas condamné. En plus, j'ai entendu parler de ces meurtres horribles qui eurent lieu dans l'hôtel quelques années après ma lune de miel. C'était terrifiant ! » Elle se mit à trembler. « Vous ne me feriez plus approcher cet endroit aujourd'hui. »

Un passé effrayant et une construction précaire ne m'ont pas empêchée d'aller là-bas en pleine nuit, pensa Natalie gênée. Ni une folle prétendant être une femme morte.

« Peu importe », poursuivit Ruth. « Je suis revenue en touriste après la mort de Walter et j'ai brusquement décidé d'emménager ici il y a cinq mois. »

« Alors vous commencez tout juste à connaître la ville. »

« Oui. Je me suis fait quelques amis grâce à la paroisse et à la ligne SOS Suicide — c'est comme cela que j'avais rencontré Tamara, vous savez —, mais je dois avouer que je n'ai pas encore déballé tous mes cartons. » Elles étaient assises à la table de la cuisine et Ruth regardait par la baie vitrée. « Quelle vue magnifique ! »

« Oui, bien qu'aujourd'hui ce soit couvert. Le lac est triste. »

Ruth sourit, hésitante. « Quelques semaines après avoir emménagé, je suis allée faire une promenade sur les rives du lac. C'était en février et le temps était abominable. Le lac était si grand, tout gris et abandonné que je me suis sentie toute déprimée. La nuit qui a suivi, j'étais prête à repartir d'où je venais. Puis, le lendemain, le soleil est sorti et je savais définitivement que j'appartenais à cet endroit. »

Blaine entra dans la cuisine. Ruth sourit et tendit sa main vers la chienne. « Et voici la jolie jeune fille ! Tu te sens chez toi ici, hein ? » La chienne lui lécha la main et haleta joyeusement. Ruth regarda Natalie. « J'ai lu votre annonce dans le journal. Quelqu'un vous a-t-il appelée à son sujet ? »

« Non. Heureusement. »

« Vous voulez la garder, n'est-ce pas ? »

« Oui. »

« Votre père m'a dit que vous habitiez en copropriété. Est-ce qu'ils acceptent les animaux domestiques ? »

Natalie n'y avait jamais pensé. Les animaux n'étaient pas admis chez Kenny, et elle n'avait aucune intention d'abandonner Blaine si ce n'était à ses vrais propriétaires. Si je tenais véritablement à retourner à l'appartement, j'aurais sans doute pensé au chien, se dit-elle.

« Je déménage », dit-elle brusquement.

« Je ne savais pas. Comptez-vous acheter une maison ? »

« Je ne suis pas encore sûre. » Natalie prit une gorgée de son café. « Mon père vous a sans doute parlé de ma relation amoureuse. »

« Eh non, ma chérie, il ne m'en a rien dit », répondit Ruth doucement. « Il a dit que vous fréquentiez un médecin de la clinique vétérinaire et j'ai eu l'impression qu'Andrew ne l'aimait pas beaucoup mais il n'en a jamais beaucoup parlé. »

« Oh », dit Natalie surprise.

« Ce sont vos affaires, ma chérie. Andrew respecte votre vie privée. »

Alors, comme cela, il avait à redire concernant tous les aspects de sa vie, mais apparemment il n'avait jamais fait part de ses désapprobations à tout le monde. Elle avait toujours pensé le contraire, sûre que rien de ce qu'elle pouvait lui dire ne restait dans la confidence. Elle n'avait pas été très juste, pensa-t-elle, surtout que lui ne lui avait jamais rien raconté de personnel sur les gens qu'il connaissait.

Le téléphone sonna de nouveau. « Le répondeur va se déclencher », dit Natalie. Elle et Ruth restèrent assises silencieuses dans la cuisine quand la voix de Kenny se mit à flotter.

« Nat, c'est encore moi. Je n'aime pas la façon dont nous avons conclu tout à l'heure. Il faut qu'on en reparle. Si tu es là, décroche. » Natalie restait parfaitement calme. « Bien, rappelle-moi plus tard. Je reste à la maison. Je t'aime. »

Les regards des deux femmes se croisèrent. « La raison de ma venue ici. »

« Je me doutais bien. L'amour peut être merveilleux. Mais aussi très douloureux. »

« Ces derniers temps étaient plus douloureux qu'heureux. » Sa migraine empirait. Elle se massa le cou.

« Migraine due au stress. »

« Je crains que oui. »

Ruth lui sourit gentiment. « Et j'ai sauté sur vous avant même que vous ayez eu le temps de vous habiller. Pourquoi ne prendriez-vous pas deux aspirines et une douche chaude ? Vous vous sentirez bien mieux. Je vais vous laisser. »

« Oh, ne partez pas », dit Natalie, soudain anxieuse à l'idée de rester seule avec les appels de Kenny en tête. « J'aimerais encore discuter avec vous. Je vais faire vite sous la douche. »

« Eh bien, si vous êtes sûre de vouloir me voir rester… »

« Oui. »

« Alors prenez tout votre temps sous la douche. Je vais me servir une autre tasse de café. »

Natalie se rendit dans la petite salle de bainss qui jouxtait sa chambre. Elle laissa l'eau chaude couler sur les muscles tendus de sa nuque pendant au moins cinq minutes. Elle était en train de rincer son shampoing quand Ruth frappa à la porte de la salle de bains.

« Natalie ! »

Elle coupa l'eau. « Oui ? »

« Votre amie Lily vient d'appeler. Elle veut vous voir et dit que c'est urgent. »

Deux minutes plus tard, Natalie se tenait dans le hall, habillée d'une vieille robe en éponge qu'elle avait trouvée dans le fond de son armoire et d'une serviette sur ses cheveux humides. « J'étais sur la terrasse avec Blaine », raconta Ruth. « Le téléphone a sonné deux fois et je savais que le répondeur se mettrait en marche. Lily a laissé son message. Quand j'ai entendu le mot "urgent", j'ai accouru mais bien sûr elle avait déjà raccroché. »

La lumière du répondeur clignotait deux fois. Natalie appuya sur le bouton de marche. Le premier message était celui de Kenny. Le second celui d'une jeune femme à bout de souffle. « Natalie. C'est Lily. Tu es là ? Je suis chez Tamara. Retrouve-moi là-bas. C'est urgent. »

« Doux Jésus, cela sonne plutôt pressé », dit Ruth.

« Oui. Elle n'a même pas attendu de savoir si quelqu'un avait entendu son appel. Je ferais mieux de me dépêcher. »

Ruth fronça les sourcils. « Vous pensez que c'est prudent pour vous d'aller chez Tamara ? »

« Prudent ? »

« Oui. Deux personnes qui habitaient dans cette maison se sont fait assassiner et Lily n'a même pas dit de quoi il s'agissait. »

« Tamara et Warren ne se sont pas fait tuer dans la maison et Lily ne m'aurait pas demandé de venir dans un endroit dangereux. »

Ruth avait l'air préoccupée. « Je ne suis pas certaine que votre père accepterait que vous y alliez. »

« Papa voudrait que je reste assise devant la télé. Mais Lily a besoin de moi, Ruth, je dois y aller. »

« Je vois que je ne peux pas vous en empêcher », dit-elle tristement. « Cependant, je vous demande d'être prudente. Avec tous ces meurtres, personne n'est à l'abri. » Elle s'arrêta. « J'aimerais que vous y pensiez à deux fois. Une jolie fille comme vous déambulant toute seule dans les alentours. Tout peut arriver. Le monde n'est plus sûr… »

Ruth continua à maugréer jusqu'à ce que Natalie lui mette son sac dans les mains en la jetant presque dehors. Puis elle retourna à sa chambre, enfila un jean et un tee-shirt, passa un peigne à larges dents dans ses cheveux mouillés avant de les attacher en arrière avec une barrette. Elle prit son sac à dos et se dirigea vers la porte d'entrée.

Blaine était assise dans le hall et la regardait attentive. « Je suis désolée, ma fille. Je t'avais promis une balade ce matin mais j'ai un contretemps. » Elle ouvrit la porte, surprise par l'air frais. Le ciel gris était couvert. Elle prit sa veste en toile sur le portemanteau. Puis elle regarda Blaine à nouveau.

« Je ne sais pas pourquoi Lily veut me voir chez Tamara », dit-elle. « Tu vas peut-être plus m'embarrasser qu'autre chose, mais j'ai un sentiment bizarre… » La chienne se mit à tournoyer alors que Natalie prenait sa laisse. « Je n'ai pas trop envie de sortir seule. C'est ton jour de chance. »

Blaine s'assit sagement sur le siège avant, regardant avec intérêt tout ce qui lui passait devant les yeux. Elle laissa l'empreinte de son museau sur les fenêtres. Natalie alluma la radio et caressa la tête de la chienne alors qu'un morceau de Linda Ronstadt, *Blue Bayou*, passait sur les ondes.

Quand elle arriva chez Tamara, elle fut surprise de voir l'allée vide. Pas de Corvette rouge. Peut-être Lily avait été retardée ou avait-elle été obligée de partir soudainement. Blaine sauta hors de la voiture derrière Natalie qui tenait sa laisse bien que la chienne n'eût pas l'air d'avoir envie de s'éloigner. Elles gravirent les marches du porche. Pas de mot sur la porte. Ayant l'impression d'être un cambrioleur, Natalie tourna la poignée. Verrouillée. Elle se dirigea vers le côté et regarda par la fenêtre, dans la salle de séjour. Un livre était ouvert sur un coin de table comme si on venait juste de l'y avoir déposé et qu'on allait le reprendre dans une minute. Il y a seulement une semaine, Tamara et Warren habitaient encore dans cette maison, pensa Natalie. Ils dormaient, mangeaient, discutaient, et aujourd'hui tous les deux sont morts. Pas seulement morts — assassinés, égorgés.

Bientôt, de nouvelles personnes habiteraient ici. Leurs meubles, leurs photos, leurs vêtements remplaceraient ceux des Hunt. Mais l'essence de Tamara et de Warren serait toujours dans les parages. Personne n'oubliera jamais ce qui leur est arrivé.

Natalie descendit du porche et fit le tour de la maison. À Columbus, les jonquilles et les tulipes avaient déjà disparu alors qu'il restait encore quelques-unes de ces fleurs dans les massifs de Tamara. Les coquelicots et les impatiens commençaient tout juste à sortir. Sur la terrasse se trouvait une table en verre avec un parasol. Les couvre-sièges verts et blancs étaient assortis à ceux de la balancelle, plus loin un barbecue à gaz plutôt cher. Des feuilles, tombées lors de l'orage la nuit où Tamara s'était fait tuer, gisaient sur la terrasse. Si elle avait toujours été en vie, toutes ces feuilles auraient été ramassées le lendemain avant midi. Chère Tam, si méticuleuse.

Tam. Sur le répondeur, Lily avait dit Tamara, mais Natalie ne se souvenait pas avoir jamais entendu Lily appeler sa sœur autrement que Tam. Soit ma mémoire me fait défaut, soit c'est Lily qui était vraiment contrariée, pensa Natalie. Que pouvait-il bien se passer ?

Elle regarda par-dessus la pelouse en direction de Hyacinth Lane. On ne voyait du chemin qu'une centaine de mètres, le reste étant caché par les arbres et la vigne. Elle leva les yeux au ciel.

Des vautours.

« Oh, mon Dieu ! » cria-t-elle, l'image du visage ravagé de Tamara resurgissant dans son esprit. « Lily ! »

Natalie courut le long du chemin. Elle lâcha la laisse de Blaine mais la chienne courait à ses côtés sans hésitation. La dernière fois que Natalie avait été sur cette route, Blaine courait devant pour l'emmener à l'endroit où se trouvait le corps de Tamara. Aujourd'hui, si la chienne se mettait à courir au loin en aboyant, Natalie s'évanouirait.

La poussière et les gravillons crissaient sous ses Reebok. Elle perdit vite sa respiration. Avant, elle courait tous les matins mais avait abandonné cette activité plusieurs mois auparavant. Blaine s'éloigna puis revint vers Natalie, comme si elle sentait qu'elle avait besoin d'un compagnon.

Natalie s'évertuait à garder les yeux sur la route mais elle ne pouvait s'empêcher de regarder vers le ciel. Les horribles oiseaux tournoyaient. Au moins n'étaient-ils pas encore en train de se rassasier.

La nausée et le manque de souffle l'obligèrent à ralentir. Elle était proche à présent. Mais proche de quoi ? Oh, s'il vous plaît, faites que ce ne soit pas Lily, pria-t-elle.

Elle aperçut une forme gris clair au milieu du chemin. Une forme gris clair avec une longue queue qui ressemblait à celle des rats. Un opossum mort.

Natalie s'arrêta brusquement et sa vue se brouilla. Elle se pencha en avant, les mains sur les genoux et respira profondément et doucement. Elle avait cru qu'elle allait s'évanouir de peur. Maintenant elle pensait qu'elle allait s'évanouir de soulagement.

Blaine aboya et se rapprocha. Natalie releva la tête. Un homme se tenait devant elles, regardant Blaine avec prudence.

« Je venais juste voir si vous alliez bien », dit-il.

Cette voix lui était familière. Natalie essuya la sueur qui coulait le long de son front et cligna des yeux. Il était grand, fin. Ses cheveux blond foncé tombaient sur son col de chemise. C'était le type qu'elle avait rencontré à la boutique de Lily.

« Jeff Lindstrom ? »

Il sourit. « Vous vous souvenez. » Il regarda Blaine. « Dites à Lassie que je suis inoffensif. » Natalie n'était pas sûre que cela soit vrai même si la chienne avait des tendances surprotectrices, mais elle se souvint que la nuit où Charlotte Bishop avait été tuée, elle avait été vue se disputant avec un homme qui ressemblait à Jeff. Alors elle ne toucha pas la chienne, en espérant que Blaine garderait sa position défensive. « Que faites-vous ici ? »

« J'admire le paysage. Quelqu'un m'a parlé de la maison des Saunders. Je dois avouer que j'ai été déçu. On m'avait dit que l'endroit était un petit peu délabré mais c'est une ruine. »

« Mes amies et moi y allions souvent quand nous étions enfants. À l'époque, c'était délabré. Je ne l'ai pas vu depuis des années. »

« Vous et vos amies ? » Il lança ce sourire que Natalie avait trouvé sincère la première fois. Maintenant, il semblait plus calculé. « Était-ce Lily et Tamara Peyton ? »

« Eh bien, oui. Comment le savez-vous ? »

« Quand j'étais à la boutique, j'aurais parié que vous étiez de très bonnes amies, Lily et vous. Tamara était sa jumelle. Simple déduction. » Ce sourire. « C'est vraiment terrible l'histoire de Tamara. Certaines personnes de la ville m'ont raconté des détails du meurtre. C'est sur ce chemin qu'elle a été retrouvée, n'est-ce pas ? »

« Oui. »

« Par Lily et vous. » Elle acquiesça. « Quelle horreur. Et qui aurait voulu tuer une charmante jeune femme comme Tamara, selon vous ? »

« C'est ce que la police se demande. »

« Et puis ensuite son mari et cette Mlle Bishop. Ils devaient être amants. Croyez-vous que Tamara était au courant ? »

« Je n'en ai aucune idée », fit Natalie légèrement. Son inquiétude montait. Il posait trop de questions, et la regardait de façon trop intensive. « Il faut vraiment que je m'en aille. »

« Pourquoi couriez-vous ? Vous aviez l'air d'être morte de trouille. »

« Vraiment ? » Elle se força à sourire. « C'était de la fatigue, pas de la peur. Je n'avais pas couru depuis longtemps. »

« Cela ne m'a pas semblé être un simple jogging. Racontez-moi. Qu'est-ce qui ne va pas ? »

Vous m'exaspérez, voilà ce qui ne va pas, pensa Natalie. « Il n'y a rien qui n'aille pas bien. J'ai juste couru trop rapidement et pendant trop longtemps et je commençais à me sentir mal. Cela va mieux maintenant. »

« Vous n'en avez pas l'air. » Il se rapprocha d'un pas. « Vous êtes très blanche. »

Blaine grogna lentement. Jeff ne fit pas attention à elle. Il fixait toujours Natalie.

« Je vais bien. » Fais demi-tour et va-t'en, se dit-elle. Mais une autre partie d'elle-même lui disait de ne surtout pas tourner le dos à ce type. Cela lui serait trop facile de t'agripper et d'enfoncer calmement un couteau dans ta gorge. « Avez-vous conduit jusqu'ici ? Je n'ai pas vu de voiture. »

« Je me suis garé là-bas. » Il montrait vaguement la fin de la rue de Tamara. « Cela fait des heures que je traîne dans le coin. »

« Vous devez être prêt à repartir, alors. Marchez avec nous. »

« Ne vouliez-vous pas voir la maison des Saunders ? Après toutes ces années ? »

Non ! cria-t-elle intérieurement. Devait-elle tenter sa chance et se retourner ? Il ne semblait pas du tout intimidé par la chienne et elle ne pouvait pas rester là toute la vie.

« Salut. Comment ça va ? »

Une voix d'enfant. Jeff regarda par-dessus Natalie. Elle tourna la tête. Un garçon brun arrivait vers eux à vélo. « Salut ! » lui lança-t-elle joyeusement comme si elle le connaissait. Il lui semblait familier. N'était-ce pas le garçon qui traînait dans le coin le jour où elle a retrouvé le corps de Tamara ?

« Je vous ai vue sortir de la route, Natalie », dit-il en s'arrêtant à ses côtés. « Vous avez amené Blaine. Salut, ma fille. »

Natalie ? Blaine ? Comment connaissait-il ces noms ? « Elle est bien plus belle que la première fois que tu l'as vue, n'est-ce pas ? » demanda Natalie.

« Ça, c'est sûr. » Il regarda Jeff. « Je suis Jimmy Jenkins. Je vis dans la grande maison bleue, en face chez les Hunt. »

« Jeff Lindstrom. » Voix tendue. Sourire crispé. « Heureux de te connaître, Jimmy. »

« Vous habitez dans le coin ? »

« Non. Je fais du tourisme. Natalie et moi allions rentrer. Tu allais à la maison des Saunders ? »

Jimmy secoua la tête. « Je me fiche de cette vieille maison. Je suis juste sorti pour voir Natalie et Blaine. Je vais marcher avec vous. »

Dieu t'en soit reconnaissant, pensa Natalie. Jimmy lui sourit. Il savait que quelque chose n'allait pas et il était venu pour la sauver. Elle avait envie de lui sauter au cou.

Quand ils eurent atteint la route pavée, Jeff leur fit un signe d'au revoir et il se dirigea vers l'est. Natalie regarda Jimmy. « Merci. »

Il haussa les épaules. « Ce n'est rien. Je l'ai vu traîner dans les environs à regarder la maison des Hunt. Puis il est allé sur Hyacinth Lane. Vous êtes arrivée et je vous ai vue courir. J'ai pensé que quelque chose n'allait pas. »

« Je devais retrouver Lily ici. Comme elle ne venait pas, j'ai pris peur. J'ai vu les vautours et… j'ai repensé à Tamara, mais en fait il ne s'agissait que d'un opossum mort. »

« Je suis resté dans le coin toute la journée et je n'ai pas vu Lily. »

Natalie fronça les sourcils. « Tu n'aurais pas pu la manquer ? »

Il refit cette grimace. Dans quelques années, il deviendrait un bourreau des cœurs. « À la façon dont elle conduit sa Corvette ? Je n'aurais pas pu louper le crissement de ses pneus dans l'allée. »

« Je ne comprends pas », murmura Natalie. Puis : « Jimmy, comment connais-tu mon nom et celui de la chienne ? »

« C'est Paige Meredith qui me l'a dit. On est amis. »

« Ah, je vois. » Natalie se souvint de Paige mentionnant un certain « Jimmy » pendant quatre ou cinq minutes hier. Elle avait a priori le béguin pour lui. « Je suis très contente que tu m'aies suivie. »

« Il le fallait. Ce type a quelque chose de bizarre. » Jimmy baissa les yeux et fronça les sourcils. « Je crois que j'ai vu quelque chose tomber de sa poche. Là. »

Il désigna quelque chose du doigt. Natalie se pencha pour ramasser l'objet. Cela brillait malgré le temps couvert.

« C'est quoi ? » demanda Jimmy.

« Une boucle d'oreille en argent avec une améthyste », dit Natalie tout doucement. « Elle appartient à Tamara. »

« Vous êtes sûre ? »

« Oui. Je les lui avais offertes pour son anniversaire. » Natalie demanda doucement : « Est-il possible qu'il l'ait juste trouvée sur Hyacinth Lane ? »

« Peut-être. » Jimmy la regarda l'air grave. « Ou alors il l'a sur lui depuis la nuit où Tamara a été assassinée ? »

12

I

MERCREDI APRÈS-MIDI

La Corvette rouge était devant l'appartement de Lily. Natalie frappa à la porte, Blaine à ses côtés. Une minute plus tard, Lily apparut. Elle portait un peignoir, ses yeux étaient rouges et gonflés. « Natalie », dit-elle d'une voix morne. « Je ne savais pas que tu allais venir. »

« Je peux faire entrer la chienne ? »

« Bien sûr. J'adore les chiens. » Elle ferma la porte. Les rideaux étaient tirés. Le seul éclairage de la pièce provenait de la télévision allumée. Une série sans le son. « Tu veux boire quelque chose ? Jus de fruit ? Soda ? Café ? »

« Du vin. »

Natalie releva un sourcil en ébauchant un sourire en coin. « Il est tout juste midi, Natalie St. John. Que dirait votre père ? »

« La même chose que s'il était 10 heures du soir. » Elle prit une voix grave : « Ma fille adorée, l'alcool n'est pas bon pour toi. »

« Et tu n'es pas d'accord », dit Lily en sortant une bouteille de vin du réfrigérateur.

« Pour le moment, c'est exactement ce dont j'ai besoin. J'ai eu une matinée plutôt éprouvante, grâce à toi. »

« Grâce à moi ? » Lily versa le vin dans un verre, puis mit de l'eau dans un bol qu'elle posa par terre. Blaine but bruyamment. « Et qu'est-ce que j'ai fait ? »

« Tu m'as appelée », dit Natalie en retournant dans le salon pour s'asseoir dans le canapé.

« Je ne t'ai pas appelée ce matin. »

« Lily. Ta voix est sur mon répondeur. Tu as dit quelque chose du genre "Natalie, c'est Lily. Je suis chez Tamara. Rejoins-moi. C'est urgent." »

Lily la fixa un moment. « Natalie, je ne t'ai pas appelée. Et je ne me souviens pas avoir jamais utilisé le mot urgent. Et pourquoi aurais-je été chez Tam ? Pourquoi aurais-je voulu que tu m'y rejoignes ? À quelle heure, cet appel ? »

« Vers 10 heures. »

« Et on dirait ma voix ? »

« Oui. Mais plus rapide et à bout de souffle. »

« Alors, ce n'était pas exactement ma voix. »

« Eh bien, non. » Natalie s'arrêta. « Et tu as dit Tamara au lieu de Tam. »

« Je n'ai rien dit du tout. Ce n'était pas moi. Tu ne me crois pas ? »

« Si, mais je ne comprends pas pourquoi quelqu'un voulait que j'aille chez Tam. »

« Tu y es allée ? »

Natalie acquiesça. « Tu n'y étais pas, alors j'ai fait le tour des environs. Puis je... » Natalie hésita. Elle ne voulait pas parler des vautours à Lily. « J'ai pensé que tu avais peut-être descendu Hyacinth Lane jusqu'à la maison des Saunders. Sur mon chemin, j'ai rencontré Jeff Lindstrom. »

« Jeff Lindstrom ? » Lily semblait interrogative.

« Le type qui était dans ta boutique hier matin. Lily, il était bizarre. »

« Il n'avait pas l'air bizarre à la boutique. »

« Aujourd'hui on aurait dit une autre personne. Il m'a posé des tas de questions sur Tamara, Warren et Charlotte. »

Lily ferma les yeux. « Je suppose que c'est le sujet de conversation numéro un. »

« C'était pas les questions de quelqu'un de curieux. Il était si pressant. Il me regardait fixement dans les yeux tout en se rapprochant. Il m'a demandé si Tamara savait que Warren avait une liaison avec Charlotte. »

« Le fils de pute. » Les yeux fatigués de Lily fondirent en larmes.

« Ma pauvre sœur était finalement enceinte et Warren baisait avec Charlotte Bishop. »

« Enceinte ? » répéta Natalie. « Tu ne me l'avais pas dit. »

« Le shérif Meredith nous a prévenus, Papa et moi, après l'autopsie. Elle était enceinte de huit semaines. Et tu sais à quel point Tam voulait cet enfant. »

« Oui. » Natalie se rapprocha et lui prit la main. « Lily, je suis tellement désolée. Je sais que cela n'est pas d'une grande utilité. »

« Il n'y a rien qui soit utile. Tam est partie. Le bébé est parti. » Lily sanglotait. « Oh, mon Dieu. »

« Lily… »

Elle leva la main. « Non. Ne dis rien. Il faut que je me reprenne. Hier j'étais plus forte jusqu'à ce que je sache pour le bébé. Il faut que je sois forte. Il y a la veillée ce soir et l'enterrement demain. » Elle respira profondément. « Dis-m'en plus sur Jeff. »

« Eh bien, il m'a très clairement mise mal à l'aise avec toutes ses questions. Je lui ai dit que je devais partir mais il ne bougeait pas. Je commençais à avoir peur, quand Jimmy Jenkins est arrivé en trombe sur son vélo. Après son départ, Jimmy m'a raconté que Jeff avait traîné autour de la maison de Tam. »

« Quelles sont ses intentions d'après toi ? »

« Je ne sais pas. Je vais appeler Nick Meredith cet après-midi et lui demander de surveiller ce type. »

« Bonne idée, même s'il n'est pas le meurtrier de Tam. »

« Tu n'en sais rien. »

« Oh si, je le sais », dit Lily sûre d'elle. « C'est Warren qui a tué Tam. Je le sais. »

« En laissant ce mot au sujet des sépulcres ? » dit Natalie en faisant attention de rester vague au sujet de la citation. Elle n'avait pas parlé à Lily du coup de fil anonyme, ni de la voix au

Blue Lady. D'après ce que savait Lily, Natalie n'avait que très brièvement vu la citation, sur le mot taché de sang.

« Pourquoi Warren aurait-il fait cela ? »

Lily semblait plus animée. « Il a laissé ce mot pour égarer la police, pour qu'ils croient qu'un fou a tué ma sœur. Il était psychanalyste. C'est le genre de chose à laquelle il aurait pu penser. »

Natalie se ravisa. Elle n'aimait pas Warren, mais elle savait qu'il était extrêmement brillant. S'il avait été capable de tuer Tamara pour s'en débarrasser, ce meurtre aurait été parfaitement ficelé. Il avait menti au sujet de son alibi pour la nuit du crime. Il était même parvenu à contraindre quelqu'un de corroborer cet alibi. Mais pourquoi l'avait-il inventé ? Parce qu'il n'en avait pas et savait qu'il serait le suspect numéro un ? Ou tout simplement parce qu'il était coupable ?

« Si Warren a tué Tamara, alors qui a tué Warren et Charlotte ? » demanda Natalie calmement alors que la haine dans le regard de Lily lui faisait peur.

« Je ne sais pas. Je m'en fiche. Si j'avais su ce que Warren était en train de faire à ma sœur… »

« Tu l'aurais tué toi-même ? »

Lily cligna des yeux et son expression se refroidit. « Tu crois maintenant que je suis un assassin ? Natalie, j'aurais eu envie de le tuer. Mais il y a un fossé entre avoir envie et le faire. »

Pour la première fois dans toute l'histoire de leur amitié, Natalie avait des doutes sur Lily. Elle détestait ce sentiment. L'aurait-elle eu si Nick Meredith n'avait pas sous-entendu que Lily aurait pu tuer Warren et Charlotte ? Lily la regardait interrogative et elle réalisa qu'elle ne lui avait pas répondu.

« Je comprends ce que tu ressens pour Warren », dit Natalie rapidement. Puis elle repensa à l'autre meurtrier potentiel dont elle avait parlé à Nick. « Et comment se porte Alison maintenant que son amoureux est mort ? »

« La nuit dernière, elle tournait en rond comme si elle était en transe », dit Lily. Son visage s'assombrit. « Le père de Warren, Richard Hunt, est passé. Depuis que tu l'as vu au mariage, il a maintenant une femme très jeune. Il y avait aussi son plus jeune fils, Bruce. Richard avait déjà bu deux ou trois verres avant de venir, puis il s'est accroché au brandy de Papa. Il était furieux après Warren parce qu'il s'était fait tuer. »

« On dit que la rage fait partie du deuil. »

« Il ne s'agissait pas de cette sorte de rage. Il n'arrêtait pas de dire que tout cela ressemblait bien à Warren — aucun bon sens. Il se demandait ce qu'il pouvait bien faire avec cette Bishop ? Si nous étions au courant ? Si nous savions que Warren était un véritable idiot ? Il criait furieusement après tout le monde. Alison s'est mise à pleurer. Son corps tremblait. Viveca est partie avec elle. Dès qu'elles furent parties, Richard nous a dit qu'Alison avait l'air d'être dingue. Sa femme lui a demandé de se taire mais il a juste continué à boire et à hurler encore plus fort que Warren était un idiot. »

« Je me souviens de Richard Hunt au mariage de Tam. Je l'avais trouvé détestable. »

« Comme tout le monde. Heureusement qu'on ne l'a pas souvent vu et qu'on ne le reverra plus jamais après quand tout ce bazar sera éclairci. Même si je détestais profondément Warren, je comprends pourquoi il est devenu ce qu'il était. »

« Il a sans doute démoli Alison pour le reste de la soirée », dit Natalie, ramenant rapidement la conversation là où elle voulait en venir. « Tu crois que son état a empiré ? »

Le regard de Lily s'égara un moment. « Oui. Je n'y avais jamais vraiment pensé avant, mais je la trouve différente d'avant, quand Papa et Viveca ont commencé à se fréquenter. »

« La crois-tu capable de violence ? »

« Violence ? Eh bien, je l'ai déjà vue piquer quelques crises plutôt déroutantes. Elle est plus forte qu'elle n'y paraît et elle a un tempérament colérique. Elle traîne dehors la nuit et je sais que Viveca est très inquiète à son sujet. »

« Alison est instable. Et elle était très amoureuse de Warren. » Elle s'arrêta. « Lily, Alison voyait sans doute Tamara comme une rivale. »

Lily écarquilla les yeux. « Crois-tu que ce soit Alison qui ait tué ma sœur ? »

« Peut-être. Et pour Warren — sa rivale hors de sa route, elle pensait sans doute qu'il se tournerait vers elle. Mais il ne l'a pas fait bien sûr. Il a couru directement vers Charlotte. »

« C'est vrai, n'est-ce pas ? Deux nuits après le meurtre de sa femme, il était dans les bras de sa maîtresse. »

Lily paraissait loin et détachée. Était-ce parce qu'elle était profondément choquée de penser qu'Alison avait tué Warren ? Ou était-ce parce qu'elle savait pertinemment qu'elle ne l'avait pas fait.

II

Natalie n'avait emporté aucun vêtement convenable pour un enterrement. Comment aurait-elle pu deviner que deux semaines de visite auraient inclus le meurtre de l'une de ses plus proches amies ? Elle ne connaissait personne qui s'était fait assassiner. Mais peu importe la façon dont elle était morte, les rituels funéraires seraient observés pour Tamara.

Natalie n'avait jamais beaucoup aimé faire les magasins et quand elle essaya des vêtements dans la boutique locale un peu vieillotte, elle ne put réprimer ses larmes. Lily n'achetait jamais de vêtement à Port Ariel, mais Tamara le faisait. Dans quelques mois, elle aurait été là, à essayer des vêtements de grossesse. Elle aurait été si heureuse.

Finalement, Natalie choisit une robe sans manches noire pour la soirée de recueillement et un ensemble bleu marine pour les funérailles. Elle savait qu'elle ne porterait tout cela qu'une seule fois à cause de la relation entre ces vêtements et la mort de Tam.

Quand elle revint à la maison, il lui semblait avoir couru un marathon. La dispute au téléphone avec Kenny, la rencontre alarmante avec Jeff Lindstrom, la visite chez Lily et son expédition shopping, tout cela avait eu lieu avant 3 heures de l'après-midi. Et pour couronner le tout, sa tête lui faisait encore terriblement mal. Elle reprit deux aspirines et monta dans sa chambre, se mit en sous-vêtements et sous les couvertures. Elle s'endormit sans demander son reste.

« Tu passes me voir ce soir ? » demanda Tamara. Elle était assise dans un rocking-chair en osier, enveloppée d'un peignoir léger. Sur une petite table à ses côtés, une lampe Tiffany faisait rayonner de jolies couleurs sur son profil parfait. Puis la lumière s'amplifia, et Tamara tourna son visage vers Natalie. Sa peau était balafrée, ensanglantée et ses orbites étaient vides. « Regarde ce qui m'est arrivé, Natalie », dit-elle tristement. « Regarde ce qui m'est arrivé. »

Natalie se redressa d'un bond dans le lit. Son cœur battait la chamade, elle étouffa un cri. Inquiète, Blaine grimpa sur le lit pour lui lécher le visage. Natalie lui caressa la tête. « Ça va, ça va », murmura-t-elle. « Ce n'était qu'un cauchemar. »

Elle balança ses pieds hors du lit et jeta un œil à la pendule. 17 h 15. Dans moins de deux heures avait lieu la veillée mortuaire pour Tamara.

Si Kenny était là, il essaierait de me réconforter, pensa-t-elle. Il dirait que Tamara avait eu une merveilleuse vie durant ses vingt-neuf années. Il expliquerait que chacun voit venir son heure et que son heure était simplement arrivée et qu'il ne fallait pas se morfondre sur ce que le destin avait décidé.

Il me rendrait folle, pensa Natalie soudainement. Kenny ne voulait jamais voir le mauvais côté des choses. Il n'en avait jamais eu besoin. Jamais rien de grave ne lui était arrivé. Il en avait été autrement pour elle. Aucun discours n'avait pu effacer le fait que sa mère soit un jour partie loin d'elle pour ne revenir que rarement. Elle avait dû affronter la douleur de cette perte très jeune et, même si cette expérience avait été pénible, elle lui avait permis de s'interroger sur des choses plus profondes que Kenny avait esquivées.

Un peu secouée par cette idée, elle prit machinalement une autre douche rapide et s'habilla pour la veillée, mit un peu de poudre et de blush sur son visage et du rouge à ses lèvres pour cacher sa pâleur. La robe noire la fit paraître plus austère. Elle regarda rapidement sa montre et mit une fine paire de boucles d'oreilles filigranées à sa parure. Filigrane argent. Elle avait offert des boucles d'oreilles filigranées pendantes à Tamara et l'une d'elles était tombée de la poche de Jeff Lindstrom. Tam les portait-elle le soir où elle avait été assassinée ? Elle devait parler au plus vite de cette boucle d'oreille et de Jeff Lindstrom à Nick Meredith. Elle espérait le voir à la veillée.

À 7 heures moins le quart, elle arrivait devant le funérarium Lerry. Le parking était plein. Natalie ouvrit l'une des deux portes extérieures et avança sur un tapis vert foncé incroyablement épais. La musique lugubre d'un orgue résonnait dans toutes les pièces. Un homme grand, à la chevelure grise épaisse, descendit vers elle affichant un air de circonstance. « Léonard Lerry », dit-il en murmurant. « Je suis le propriétaire. »

« Je sais, Léonard. Je suis Natalie St. John. »

Il la regarda de plus près et rougit. « Natalie ! Je ne t'avais pas reconnue. »

« Cela fait si longtemps. »

« Oui. Depuis la mort de Grace Peyton. » Son air mélancolique s'accentua. « Oh, mon Dieu, c'est tellement horrible. Chère Tamara. Une jeune femme si raffinée. Lily et Oliver sont complètement anéantis. »

Une petite femme grassouillette apparut à ses côtés. Léonard et Loretta Lerry avaient toujours fait penser à Natalie à ce fameux couple anglais, Jack Sprat et sa femme, lui ne pouvait pas manger de gras et elle ne pouvait pas manger de maigre. « Natalie ! Charmante enfant ! » Léonard se raidit au son aigu de la voix de sa femme. « Comme tu es mince ! »

Natalie aurait aimé pouvoir en dire autant à Loretta. Mais sa jupe noire serrait énormément son gros derrière et les plis énormes de son chemisier rose lui donnaient l'air d'un pigeon boulant. Elle avait teint ses cheveux gris couleur cuivre et les avait relevés en une espèce de serpentin trop laqué et rigide. « Que penses-tu de mes cheveux ? » demanda-t-elle en les touchant.

Léonard vint au secours de Natalie en disant doucement : « Chérie, je ne pense pas que ce soit le moment de discuter cheveux. »

Loretta lui sourit. « Lenny a raison comme toujours. J'ai la finesse d'un rhinocéros. Va signer le registre de condoléances, Natalie. Puis je te montrerai tes fleurs. Ce ne sont pas les plus grandes mais ce sont les plus jolies ! »

Léonard rougit à nouveau. Loretta conduisit Natalie jusqu'au registre en laissant planer l'odeur de son parfum — Opium —, puis elle la mena vers la « salle de recueillement ». Des bougies étincelaient de partout. « Les voici ! » dit Loretta gaiement alors qu'elles arrivaient devant une couronne de glaïeuls et d'orchidées. « La seule couronne de ce genre ! Le maire a fait envoyer un arbuste ridiculement petit — j'en étais gênée — et le gouverneur trois douzaines de roses ! »

« Oliver Peyton est un bon ami du gouverneur. »

« Oui. Il n'y a que des œillets sur la couronne de la famille. J'ai été surprise. Cela ne fait pas bonne impression. Je m'y serais attendue de la part de Warren, mais Oliver ? »

« Je crois que l'œillet était la fleur préférée de Tamara. »

« Tout de même… » dit Loretta. Puis elle fronça les sourcils. « Il est évident que je ne dirais jamais de mal de Warren même si je me fichais pas mal de lui. Pour Charlotte, c'est autre chose. J'adore Muriel Bishop. C'est l'une des plus adorables femmes de la terre même si elle est un peu effacée. Mais cette fille ! Une vraie pourriture. J'ai prévenu Muriel toutes ces années : "Muriel, tu pourris ta fille !" Mais elle me répondait toujours avec ce sourire : "Elle n'écoute que Max." Max ! Voilà un exemple ! Pas étonnant que Charlotte ait été si insupportable. Nous prendrons tout de même bien soin d'elle. Penses-tu que Paul Fiori vienne aux obsèques ? Ce serait excitant ! Le cercueil de Charlotte sera ouvert, pas comme celui de la pauvre Tamara. Je vais te dire, Natalie. Quand ils ont amené Tamara ici, je l'ai regardée et j'ai couru hors de la pièce en pleurant ! »

« Loretta ! » Léonard se tenait derrière sa femme, rouge jusqu'à la racine de ses cheveux argentés. « Chérie, j'aurais besoin de ton aide avec ces gens. »

Loretta fit un clin d'œil à Natalie. « Il veut juste que j'arrête de bavasser, mais je sais que toi et moi, on se comprend. » Natalie se demandait bien ce qui pouvait lui faire dire cela, quoique, en dépit de sa langue infatigable, elle ait toujours bien aimé Loretta Lerry. « Tu ressembles tellement à ton père, Natalie », dit Loretta. « Dieu merci, tu lui ressembles à lui et pas à ta mère. »

Léonard devint fuschia, on aurait dit qu'il allait s'évanouir. Cela fit même rire Natalie, stupéfaite que quelqu'un d'aussi posé, entrepreneur de pompes funèbres de surcroît, ait un jour épousé la si peu discrète Loretta. La réponse ne pouvait être que l'amour, se dit-elle. Une sacrée dose d'amour. Loretta emporta son odeur d'Opium ailleurs et Léonard revint vers la porte. Natalie se demandait s'il avait toujours marché de cette façon lugubre, ou si, dans sa jeunesse, il s'y était entraîné sachant qu'il reprendrait un jour l'affaire familiale.

« Je pensais qu'elle ne partirait jamais. »

Lily se tenait à ses côtés. Elle portait une robe bleu foncé à manches longues et elle avait ramené ses cheveux sur sa nuque. Elle avait maigri et, sans maquillage ni bijoux, elle avait perdu tout son éclat. Il n'y avait même plus d'étincelles dans ses yeux noisette. Natalie sentit une vague de pitié qui fit tomber tous les doutes qu'elle avait eus plus tôt dans la journée à propos de sa meilleure amie.

« Loretta ne mâche jamais ses mots », dit Natalie. « Mais elle est pleine de bonnes intentions. »

« C'est un cœur. Sans tact mais adorable. Elle n'aime pas la couronne que j'ai choisie pour recouvrir le cercueil, mais Tam adorait les œillets blancs et roses. Simple et sans prétention. » Elle roula les yeux. « On dirait Warren parlant de vin. »

« Non, Warren aurait utilisé des mots comme piquant, impertinent, impressionnant, excitant. » Lily sourit retrouvant pour un moment son habituel air espiègle. « Où est ton père ? » demanda Natalie.

« Il s'est trouvé mal quand on est arrivé. Viveca l'a conduit dans une autre pièce et j'ai été évincée. »

Sa voix était pleine d'amertume. Natalie avait d'abord pensé que Lily avait tant de ressentiments pour Viveca parce qu'elle était très différente de sa mère. Maintenant elle se demandait si Lily n'était pas tout simplement jalouse de l'importance que Viveca avait prise auprès de son père. Lily aimait les responsabilités. Elle aurait aimé s'occuper de son père et de sa sœur. Mais Tam n'était plus là et Oliver avait trouvé refuge auprès de Viveca, qui ferait tout ce qu'elle pourrait pour le manipuler. Et cela semblait marcher. Il dépendait d'elle de plus en plus chaque jour. Natalie savait qu'une telle chose n'arriverait jamais à son père. Andrew St. John ne laisserait jamais personne prendre sa vie en main.

« S'il te plaît, dis-moi qu'Alison n'est pas là », murmura Natalie.

Lily secoua la tête. « J'aurais aimé te faire plaisir. Elle est couverte de noir. Et, quand je dis couverte, je veux dire couverte. Elle est arrivée avec une mantille noire sur la tête. On dirait qu'elle sort du XIXe siècle. »

« Ariel Saunders ? »

« Exactement. Elle joue un rôle. »

Natalie baissa la voix jusqu'au murmure. « As-tu remarqué quelque chose qui laisse supposer qu'elle pourrait être responsable de la mort de Tam ? »

Les yeux de Lily noircirent de colère à cette idée, mais elle hésita. « Je ne peux honnêtement rien dire. Elle ne se comporte pas en coupable, mais elle est de toute façon tellement bizarre tout le temps qu'on ne peut pas savoir. Je garde cependant un œil sur elle. J'espère que tu le feras aussi, quand elle sera sortie de sa retraite avec Viveca et mon père. Je ferais bien de faire un peu le tour. Il semble que l'on m'ait collé cette terrible cérémonie sur les bras. »

« Je vois les Keaton arriver. Je m'en occupe. Elle va se mettre à raconter la mort de toute sa famille depuis les vingt dernières années. »

« Comme si on n'avait pas déjà entendu tout cela. Et voici Miss Ginsler. Quand tu penses qu'elle enseigne toujours en CE 1. J'étais persuadée qu'elle avait déjà quatre-vingts ans quand on était dans sa classe. »

Natalie grimaça. « Elle est dans une boucle atemporelle. Elle a toujours eu quatre-vingts ans. Et c'est une ronchon. Elle ne pouvait pas me voir. Un jour, elle a envoyé un mot à la maison pour dire que je finirais en prison avant d'avoir passé mon bac. »

« Et tu lui as donné raison en libérant toutes les grenouilles du laboratoire quand on était au lycée. » Lily sourit. « Je m'occupe d'elle. Après, je sors Papa avec ou sans Viveca. »

Une demi-heure plus tard, le visage pâle d'Oliver Peyton se mêlait tristement à quelques personnes présentes. Loretta avait éloigné Viveca pour lui montrer les fleurs. Alison était assise, telle une sculpture de glace à quelques centimètres du cercueil. Elle le fixait gravement comme si elle s'attendait à ce que le couvercle s'ouvre avec fracas et que Tamara en surgisse vivante. Était-ce son imagination ou la culpabilité qui la rendait si vigilante ? C'est la question que se posait Natalie.

Le shérif Meredith entra. Il portait son uniforme et il était le plus grand homme de la pièce. Les voix se turent. Les gens le regardaient. Alison se crispa. Les lèvres de Viveca s'entrouvrirent d'angoisse, ou de surprise. Natalie se dirigea vers lui. « Vous avez médusé l'assistance. »

« C'est ce que je vois. » Il regarda autour de lui. « Qu'est-ce qui ne va pas ? Il m'est poussé des cornes ? Ou des crocs ? »

« Des tas de gens se sentent coupables auprès de la police même s'ils n'ont jamais enfreint la loi de leur vie. Je ne crois pas qu'on puisse dire cela de toutes les personnes qui sont ici. Regardez, avez-vous vu quelqu'un de soupçonnable ? »

Il sourit largement et joua le jeu. « Jusque-là, tout le monde me semble avoir quelque chose à cacher. Avez-vous remarqué quelque chose ? »

« Malheureusement non. Excepté Alison. C'est la personne assise au premier rang avec les cheveux blonds et des kilomètres de vêtements noirs. Elle se comporte vraiment bizarrement, mais comme me l'a fait remarquer Lily, elle se comporte toujours bizarrement. J'ai cru que Oliver Peyton allait rester cloîtré tout le long de la cérémonie mais Lily l'a fait sortir. »

« Y a-t-il un membre de la famille de Warren ? »

« J'ai cru apercevoir sa belle-mère, mais je n'ai pas vu son père. Apparemment, il n'est venu à Port Ariel que pour voir ce qu'il pouvait découvrir sur la mort de Warren. C'est un rustre qui ne se montrera pas ce soir, mais il n'a de toute façon aucune notion des bonnes manières. Il n'a a priori aucune caractéristique du stéréotype du comptable timide et calme. »

« Qui est cette très belle femme blonde qui n'arrête pas de surveiller Alison ? »

« Sa mère, Viveca. Je suis persuadée qu'elle est heureuse qu'Alison ne pique pas de crise, mais le côté statue est tout aussi inquiétant. »

Un sentiment de réserve traversa le regard de Nick. « Je devrais aller présenter mes condoléances aux Peyton. »

« Oui. Ils sont tous les deux en train de vous observer. »

« Je reviens tout de suite. »

Ni Lily ni Oliver ne souriaient au shérif. Natalie savait que Lily n'avait rien à faire de lui — elle aimait le comportement familial du shérif Purdue. Oliver Peyton aimait bien Purdue parce que c'était une marionnette. Mais Nick Meredith n'était le pantin de personne.

Loretta suivit Nick du regard alors qu'il rejoignait Natalie. « Y a-t-il un endroit où l'on puisse discuter ? » demanda-t-il soudain. « En privé ? »

Loretta le surprit. « Shérif Meredith ! » Elle sourit si largement qu'on pouvait voir toutes ses dents. « J'avais hâte de vous rencontrer. Loretta Lerry. J'ai voté pour vous ! »

« Merci », dit Nick embarrassé.

« Loretta, est-ce que la pièce du fond est libre ? » demanda Natalie.

« Besoin de fumer ? »

« Je ne fume pas », dit Natalie, avant de s'en vouloir d'avoir manqué cette excuse idéale. « Il faut que je m'asseye. Mes chaussures sont trop petites et j'ai mal aux pieds. »

« Par ici », répondit Loretta en se retournant, surprise de voir Nick Meredith les suivre. « Vos pieds vous font-ils également souffrir ? »

« Oh, je pensais que vous aviez peut-être du café par là. J'ai quitté la maison depuis 5 heures ce matin. »

« Oh, pauvre petit ! » s'exclama Loretta à haute voix. Les gens le regardaient à nouveau. « Bien sûr que nous avons du café. Et aussi des beignets et des gâteaux. C'était mon idée, les pâtisseries. Léonard n'approuvait pas mais je lui ai dit : "Léonard, les gens ont besoin d'un peu de remontant pour traverser des épreuves comme celle-ci." Et on n'a reçu que des compliments depuis. J'ai de bonnes idées parfois. J'ai juste quelques difficultés à décider Léonard à être de mon avis. Eh bien nous y voilà. Café, collation et la liberté de fumer. »

« Merci, Loretta », dit Natalie alors qu'elle s'attardait sur le pas de la porte. « Nous ne resterons pas longtemps. »

« Prenez tout le temps nécessaire. » Loretta lui fit un clin d'œil exagéré, montrant ainsi à Natalie qu'elle savait qu'elle souhaitait rester seule avec le jeune veuf. Natalie sentit ses joues rougir. Loretta la marieuse. Elle pensait naturellement à une histoire romantique. « Détendez-vous tous les deux. Tout est sous contrôle, et cet endroit est vraiment très intime. »

Elle fit un signe d'adieu et descendit jusqu'au hall en courant, sans doute pour avertir Léonard qu'il y avait quelque chose entre Natalie et le shérif Meredith. On n'y pouvait rien et cela n'avait pas beaucoup d'importance, se dit Natalie, en espérant que Nick n'avait pas remarqué les regards insinuants de Loretta comme elle.

Nick était déjà en train de se servir du café de la grande cruche. Natalie pensa qu'elle allait monter au plafond si elle en prenait. Elle avait les nerfs à vif.

« OK. De quoi s'agit-il ? » demanda-t-elle. « Ne me dites pas que quelqu'un d'autre s'est fait assassiner. »

Il la regarda, surpris. « Non. Désolé de vous avoir effrayée. Je voulais juste vous parler. Hysell a une théorie intéressante sur le rapport entre les meurtres. »

« Hysell ? Ted Hysell ? »

« Oui. N'ayez pas l'air si choqué. Il a plus de cordes à son arc que je ne pensais. »

Natalie haussa les épaules. « On va de surprise en surprise. Et quelle est sa théorie ? »

« Vous vous souvenez d'Eugène Farley ? »

Natalie respira profondément. « Il fréquentait Viveca Cosgrove qui fréquentait mon père avant lui. »

« Vraiment ? » Nick secoua la tête. « Je ne le savais pas. »

« J'ai été heureuse quand Viveca a cessé de voir Papa. Depuis la mort de son mari, elle est passée dans les mains de tous les hommes. J'avais peur qu'il s'attache vraiment à elle et qu'elle le laisse tomber, mais je ne pense pas qu'il n'ait jamais trop rien ressenti de sérieux pour elle. » Elle fronça les sourcils. « Mais votre question concernait Farley, pas Viveca. Farley était chef comptable chez Bishop. Il a extorqué des fonds. Il a été jugé coupable. Et juste après le procès, il s'est tiré une balle et est mort. »

Nick s'assit sur une chaise pliante et prit une gorgée de son café, sans rien dire. Natalie attendait, puis dit impatiemment : « Je ne vois pas bien le rapport ingénieux de Hysell. »

Nick la regarda. « Pensez-y. Oliver Peyton était l'avocat de Farley et il a perdu l'affaire. Max Bishop possède la société que Farley a escroquée. Il aurait pu virer Farley et laisser tomber, mais il l'a poursuivi. Aujourd'hui, on a la fille Peyton, le fils Hunt et la fille Bishop qui se font assassiner. »

« Ce sont tous des enfants de personnes impliquées dans l'affaire Farley », dit lentement Natalie.

« Exact. »

« Mon Dieu. » Natalie s'assit sur une chaise à côté de lui. « Ce ne peut pas être cela le rapport. C'est trop tiré par les cheveux. »

« Vous diriez que cette connexion entre les victimes n'est qu'une coïncidence ? »

C'est la même chose, pensa Natalie un instant. « Mais, Nick, ces trois personnes avaient plus en commun que le fait d'être les enfants de personnes qui connaissaient Eugène Farley. Ils faisaient partie d'un triangle amoureux. »

« Dans ce genre de cas, il n'y a qu'une ou deux victimes. S'il y en a une troisième, c'est un suicidé. Aucun d'entre eux ne s'est suicidé. » Le cerveau de Natalie bouillait de pensées et son regard s'éloignait. « Aujourd'hui, j'ai appelé Constance Farley, la mère d'Eugène », poursuivit Nick. « Son mari est mort quelques semaines après Eugène. Elle habitait à Columbus au moment des décès, mais il y a six mois, elle a emménagé à Knoxville, Tennessee. Je l'ai appris par Ted qui fréquente une femme qui était avec Farley autrefois. »

« Seigneur, mais quelle petite ville incestueuse ! »

Nick grimaça. « Je n'irai pas jusqu'à dire incestueuse, mais j'ai du mal à m'habituer à toutes ces relations amoureuses. Malgré tout, j'aime bien. Cela rend les informations plus accessibles. »

« Pas besoin de payer d'indic quand tout le monde connaît tout sur tout le monde. Alors, qu'avez-vous demandé à Mme Farley ? Si elle était venue à Port Ariel pour trancher quelques gorges ? »

« Je l'ai joué plus finement, mais elle a très bien compris. Elle avait l'air désorientée, mais elle m'a assuré n'avoir pas quitté Knoxville depuis des mois. Elle a juré ne rien savoir à propos des meurtres et ne rien vouloir savoir. Elle a dit : "Je veux qu'on me laisse tranquille." »

« Et vous l'avez laissée tranquille. »

« Je n'ai pas insisté, mais j'ai appelé la police de Knoxville et leur ai raconté l'histoire. Ils sont très coopératifs là-bas. Deux heures plus tard, ils me rappelaient en ayant interrogé les voisins de Mme Farley. Il semblerait qu'elle ne soit jamais partie, ne serait-ce qu'une journée, depuis qu'elle a emménagé il y a six mois. »

« Les voisins l'ont vue tous les jours ? »

« Ouais. Elle a un chien et le promène par tous les temps. »

« Et aux moments où ils ne pouvaient pas la voir ? Elle aurait très bien pu venir la nuit. »

« Il y a environ seize heures de route entre Knoxville et ici. »

« Elle aurait pu prendre l'avion. »

« J'y ai pensé. Mais la police de Knoxville m'a aussi affirmé qu'elle n'avait pas de permis de conduire, donc elle ne peut pas louer de voiture. Il aurait fallu qu'elle atterrisse à Cleveland pour prendre un vol navette jusqu'à Port Ariel. Les horaires ne correspondent pas. Elle n'aurait pas pu quitter Knoxville à la nuit et être de retour au petit matin. »

« Vous êtes méticuleux », dit Natalie en tapotant ses doigts sur sa tasse. « Alors Constance Farley n'est pas revenue pour tuer à Port Ariel ? »

« Il semblerait que non, et la police de Knoxville a trouvé l'idée un peu légère. J'en ai ri avec eux, mais je me sentais plutôt bête de l'avoir suggéré. En le disant, cela semble bête mais je ne peux pas ignorer le lien entre les parents des victimes et Eugène Farley, tout comme je déteste vous mettre en tête que Lily ou son père auraient quelque chose à voir avec le double homicide. » Il s'arrêta. « Vous avez l'air mal à l'aise. Que se passe-t-il ? »

« Ce matin, on m'a encore joué un mauvais tour. » Elle raconta à Nick l'épisode de la femme qui l'avait appelée prétendant être Lily et la rencontre avec Jeff Lindstrom. « Vous allez me demander si la voix sur le répondeur ressemblait à celle de Lily », dit-elle. « J'ai sauvegardé le message et je l'ai réécouté deux fois. Elle est très proche, mais ce n'est pas la voix de Lily. L'intonation et le rythme sont bons mais pas la clarté. »

« Est-ce qu'elle ressemblait à la voix au Blue Lady ? »

« Oui, mais en plus essoufflée. »

« Alors vous êtes allée là où cette voix vous a dit d'aller et vous êtes tombée sur Lindstrom, qui traînait là depuis des heures et qui vous a posé un tas de questions en semblant vouloir vous menacer. Peut-être est-il plus impliqué dans tout cela que nous l'avons cru. »

« Vous croyez qu'il pourrait être l'assassin ? Quel lien a-t-il avec Tam, Warren ou Charlotte ? »

« Peut-être Charlotte est-elle la clé. Peut-être y avait-il quelque chose entre eux avant son retour ici. »

« Elle aurait jeté Jeff pour Warren ? OK, cela expliquerait le meurtre de Charlotte et de Warren, mais Tam ? »

« Je n'en sais rien. Je lance juste des hypothèses en l'air. »

« Et qu'en est-il des appels anonymes et de l'incident du Blue Lady ? »

Le visage de Nick était devenu fatigué et sinistre. « La voix du téléphone et celle du Blue Lady ressemblaient à celle de Tamara. Cela n'aurait pas pu être celle de Lindstrom, à moins qu'il l'ait modifiée à l'aide d'un ordinateur. »

« Je ne sais pas comment ça fonctionne. »

« C'est assez simple d'utilisation. Ou il aurait pu faire appeler quelqu'un pour lui. Combien de temps avez-vous marché sur le rivage avant d'aller au Blue Lady ? »

« Environ vingt minutes. »

« Si Lindstrom était en train de vous observer, il avait tout le temps nécessaire pour appeler quelqu'un avec un portable et lui demander de venir au pavillon. »

« Comment savait-il que j'irais au Blue Lady ? »

« Il a pu vous y conduire — en faisant quelque chose pour attirer le chien qui l'aurait suivi en espérant que vous en fassiez autant. Diable, il savait peut-être que vous aviez l'habitude d'y aller et que vous n'auriez pas peur. »

« Comment aurait-il pu savoir cela ? »

« Il l'aurait appris de la femme qui donne les coups de fil pour lui, quelqu'un qu'il fréquente et qui vous connaît. »

« Nick, il n'est pas en ville depuis assez longtemps pour pouvoir fréquenter quelqu'un. »

« On ne sait pas si c'est la première fois qu'il vient dans cette ville, Natalie. »

« Je suppose que vous avez raison. Et puis il y a la boucle d'oreille. »

« Vous êtes sûre qu'elle appartenait à Tamara ? »

« Si ce n'est pas la sienne, c'est exactement la même et quelles sont les chances pour que cela arrive ? Il y a deux ans que j'ai offert des boucles d'oreilles à Lily et Tamara pour leur anniversaire. Pour Lily, c'était des améthystes modernes taillées en biseau. Celles de Tam étaient filigranées à l'ancienne. » Elle fouilla dans sa poche et en sortit la boucle emballée dans un mouchoir. « La fermeture est perdue. Et puis, Jimmy l'a prise, alors il ne doit pas y avoir d'empreintes utilisables. »

« On ne sait jamais », dit Nick en tenant le bijou par l'axe. La petite améthyste brillait à la lumière. « Je vérifierai si Tamara n'avait qu'une boucle d'oreille. Certains tueurs gardent des trophées de leurs victimes, vous savez. »

« Cela expliquerait pourquoi il se trimbalait avec. »

Nick se leva. « Je crois que je vais avoir une petite conversation avec M. Lindstrom. » Il posa son gobelet en polystyrène à côté de la cruche de café. « Je vous appellerai demain pour vous dire ce que j'ai trouvé. Il faut aussi que je parle à Viveca Cosgrove et Oliver Peyton. »

« Pourquoi ? »

« Farley a volé l'argent parce qu'il voulait que Viveca revienne avec lui, Peyton était son avocat. Ils ont tous les deux des filles qui doivent être prudentes. »

« Vous pensez vraiment que cette personne pourrait s'en prendre à Alison ou Lily ? »

« Oui, je crois. » Il s'arrêta. « Natalie, Farley n'est pas mort sur le coup. On l'a emmené à l'hôpital. Il est mort alors que votre père était en train de l'opérer. Opération ratée suivant les dires de certains. » Il la regarda longuement et intensément. « Andrew St. John a également une fille. »

III

Andrew et Ruth arrivèrent quelques minutes après le départ de Nick. Andrew avait le regard hagard, ce qui signifiait qu'il avait fait plusieurs interventions. Ruth était rayonnante et très élégante, vêtue de vert foncé et parée de perles.

« Je suis désolé de mon retard », dit Andrew à Natalie. « La journée a été plus dure que je ne m'y attendais. »

« Ne t'en fais pas. Même Oliver s'est montré tardivement. »

« Il me semble avoir vu le shérif sur le parking », dit Ruth. « Est-ce qu'il a appris quelque chose au sujet des meurtres ? »

« Je ne crois pas », dit vaguement Natalie. Ce n'était sûrement pas le moment de raconter la théorie de Ted Hysell concernant le lien entre les victimes. « Il est passé par courtoisie. Il viendra sans doute aux obsèques également. Va dire quelques mots à Lily, Papa. Elle est mal en point. »

Andrew avait eu beau dénigrer Lily toutes ces années, ce soir il était plein d'attentions délicates. Oliver ne s'était pas détendu et il regardait Andrew comme s'il ne l'avait jamais rencontré auparavant.

Viveca accourut. Natalie se crispa mais Andrew ne parut rien ressentir du tout. Viveca avait ensorcelé Eugène Farley et Oliver Peyton mais, a priori, elle n'avait que peu d'effet sur Andrew St. John. Il lui présenta Ruth, et Natalie sourit intérieurement en voyant les yeux bleus de Viveca scruter rapidement Ruth pour faire le calcul du prix de ce qu'elle portait et se demander si ses perles étaient vraies. Ruth avait sans doute dix ans de plus que Viveca, mais elle tenait sa place dans le monde de l'élégance. Elle s'adressa doucement à la famille, calme et sereine. Cette femme a de la classe, pensa Natalie. Elle semblait aussi s'être déjà fait pas mal d'amis depuis son arrivée à Port Ariel, à en juger par la décontraction avec laquelle elle s'entretenait avec plusieurs personnes.

La veillée se termina officiellement à 9 heures. Quelques traînards restèrent pour discuter d'à peu près tout sauf du meurtre. « Je vais ramener Ruth », dit Andrew à Natalie.

« D'accord. Je reste pour aider Lily… »

« Absolument pas. » Lily venait d'apparaître devant elle. « Tu as l'air exténuée, Nat. Rentre, s'il te plaît. Je me sens vidée et je dois encore surmonter les funérailles de demain. J'aurai vraiment besoin de toi à ce moment-là, alors tu ferais mieux d'aller te reposer maintenant. »

Natalie argumenta timidement, puis céda. Lily avait raison. Elle était fatiguée, et demain serait une journée longue et déprimante. Il fallait qu'elle détende ses muscles tendus dans un bon bain chaud et qu'elle essaie de dormir sans cauchemarder, espérait-elle.

Andrew avait conduit Ruth, qui lui demanda de passer chez lui pour récupérer les lunettes de soleil qu'elle avait oubliées quand elle était venue ce matin. Natalie suivait le couple dans sa voiture, et dix minutes plus tard, Blaine faisait la fête à tout ce petit monde, en remuant la queue. Natalie avait l'impression que ce chien avait toujours fait partie de sa vie.

Elle proposa à Ruth de rester pour manger une part de tarte et boire un café. Ils s'installèrent tous dans la salle de séjour éclairée de quelques lampes qui retardaient la pénombre.

« Que de gens ! » dit Ruth. « Tamara avait vraiment beaucoup d'amis. »

« La plupart étaient des amis de Lily et d'Oliver », expliqua Natalie. « Tamara était très solitaire. »

Ruth sourit. « C'est ce qu'on m'a raconté. Je suis allée Aux curiosités et y ai rencontré Lily. Elle a l'air très extravertie et on voit qu'elle aime s'amuser. »

« Ça, c'est une évidence », intervint Andrew. « J'aurais voulu que Natalie soit plus proche de Tamara que de Lily. Tamara aurait calmé son esprit rebelle. »

« Parce que tu n'y es pas parvenu ? » rétorqua Ruth sarcastiquement. « Honnêtement, je trouve les jeunes femmes pleines d'ardeur très charmantes. J'en étais une. Maintenant, je suis plutôt rangée et ennuyeuse. »

« Tu n'es pas ennuyeuse », déclara Andrew.

« La paroisse et mon chat. Je suis ennuyeuse, comme la plupart des personnes de mon âge. » Excepté ma mère, pensa Natalie. « J'ai appris par les rumeurs du coin que Tamara vivait comme si elle avait le double de son âge, mais tout le monde s'accorde à dire qu'elle avait le cœur sur la main. » Ruth soupira. « C'est une telle honte qu'elle soit morte ! »

Natalie sentait les larmes lui monter aux yeux. Elle cligna furieusement des paupières et se leva. « Café ou... » Sa voix se cassa et elle réprima un sanglot. « Oh ! »

Ruth se leva et s'approcha d'elle. « Natalie, vous êtes lessivée. » Elle la prit par les épaules alors qu'Andrew la regardait avec appréhension. Il n'avait jamais su résoudre les problèmes émotionnels. Après le départ de Kira, Natalie versait fréquemment des torrents de larmes. Andrew tentait toujours de la consoler maladroitement et cela n'avait pas beaucoup d'effets. Natalie se sentait tellement mal de la peine que cela provoquait chez lui qu'elle avait appris à garder ses larmes pour les moments où elle était seule. Elle avait fini par les enfouir complètement, enfonçant sa peine bien profondément au fond d'elle et en la recouvrant de haine. Andrew savait gérer la colère mais pas la souffrance.

« Je suis désolée », piailla Natalie alors que sa gorge était nouée. « C'est trop bête... »

« Vous êtes exténuée et énervée », dit Ruth. « Vous devriez aller dormir. »

Andrew regardait Natalie attentivement comme s'il s'attendait à ce qu'elle se mette à bondir et à hurler. « Tu veux une pilule pour dormir, trésor ? »

« Non. C'est Kira qui avait le goût des antidépresseurs, pas moi. » C'est mieux, pensa-t-elle avec satisfaction. Andrew semblait soulagé que sa fille lance des remarques cuisantes plutôt que de rester plantée au milieu du salon en pleurnichant. « Je vais débarrasser la table... »

« Non, je le ferai », dit Ruth en se dirigeant vers la cuisine. « Allez, au lit. Et faites de beaux rêves dorés. »

« Je n'ai jamais entendu parler de rêves dorés, mais je vais essayer. » Natalie parvint à esquisser un sourire. « Bonne nuit, Papa. »

« Bonne nuit, ma chérie. As-tu assez de couvertures ? »

On était en juin, et même si on avait été en janvier et que le blizzard ait hurlé sur le lac Érié, Andrew n'était pas du genre à se soucier des parures de lit. Elle devait l'avoir sacrément décontenancé. Natalie tenta de ne pas montrer son amusement. « C'est parfait, Papa. Viens, Blaine. C'est l'heure de dormir. »

La chienne, obéissante, la suivit jusqu'à sa chambre. Natalie ferma la porte pour ne pas entendre les murmures d'Andrew et de Ruth. Elle quitta immédiatement ses hauts talons et s'assit devant sa coiffeuse. Elle était affreuse, les yeux cernés et la peau blanche. Elle retira ses boucles d'oreilles et essuya son rouge à lèvres. Ce soir, elle ne mettrait pas de cette crème nettoyante terriblement chère que la vendeuse du magasin de beauté l'avait forcée à acheter en lui disant qu'elle ne pourrait plus vivre sans. Mais à quoi pensait-elle en achetant ces produits hors de prix ? Kenny. Elle avait envie de toujours paraître vingt et un ans pour Kenny.

Dégoûtée d'elle-même, elle se leva rapidement et enleva sa robe noire disgracieuse. Elle dégrafait son soutien-gorge quand Blaine bondit soudain sur le rebord de la fenêtre et se mit à gratter. « Non, non, Blaine, les griffes des chiens ne sont pas bonnes pour la tapisserie. »

Blaine l'ignorait. Elle reniflait les rideaux et regardait par la fenêtre en lâchant un lent grognement.

Natalie resta silencieuse un moment, s'apercevant que les longs poils noirs de l'épine dorsale du chien s'étaient redressés et que son regard était devenu menaçant. Il y avait quelqu'un dehors.

Sans réfléchir, Natalie se couvrit de son kimono en soie, non par pudeur mais par peur, comme si ce fin tissu pouvait la protéger. Elle éteignit la lumière et s'approcha de la fenêtre. Elle regarda par le trou qu'avait fait Blaine dans les rideaux et vit…

Rien.

Elle scruta dans la nuit. L'éclairage en forme de carrosse monté sur un poteau sur le côté de la maison éclairait faiblement le jardin de rocailles qu'Andrew avait réalisé pour Kira il y avait trente ans. Quelques anémones, crocus et jacinthes robustes résistaient à la fraîcheur de la nuit. À côté de la rocaille, un saule pleureur.

Le saule pleureur. Avait-elle vu quelque chose bouger ? Blaine grogna à nouveau, se penchant en avant jusqu'à ce que son museau touche la vitre. Le cœur de Natalie se mit à battre plus fort. La chienne avait sûrement vu un animal qui grimpait à l'arbre. Elle avait vu Blaine repérer un écureuil sur une branche hier. La chienne avait eu l'air intéressée mais pas particulièrement surexcitée. Natalie ne pensait pas qu'un animal ait pu provoquer la tension actuelle de la chienne.

Elle scrutait, le souffle coupé. Elle avait hérité de la bonne vision de son père. Plus de dix à chaque œil. S'il y avait quelque chose ou quelqu'un dehors, elle le verrait.

Là. La lueur d'une cigarette. Un petit arc de lumière qui monte, la lueur de la cendre incandescente au moment de l'inhalation et un petit arc de lumière qui descend. Le voyeur était calme et réfléchi. Depuis combien de temps était-il là ? Que voulait-il ?

Natalie s'éloigna de la fenêtre, effrayant Blaine qui aboya fortement. Le bout rouge de la cigarette s'éloigna de l'arbre. Natalie se précipita sur le téléphone de sa table de chevet, appela la police, et déclara ce qu'elle avait vu. Un assistant, sûr de lui, lui répondit de ne pas s'inquiéter tant que personne n'essayait de pénétrer dans la maison. « Le shérif Meredith est-il là ? » demanda-t-elle.

« Non, m'dame, mais il n'est pas utile de déranger le shérif pour un ado qui mate une jeune femme en train de se déshabiller. »

La rage envahit soudain Natalie. « Est-ce que Ted Hysell est de service ? »

« Écoutez, mademoiselle… »

« Est-il là ? » insista-t-elle.

« Il n'est pas de service mais il est passé… »

« Laissez-moi lui parler. »

« Ce n'est pas nécessaire… »

« Passez-le-moi ! » Un temps précieux était en train de s'écouler. « Dites-lui que c'est Natalie St. John. »

L'assistant soupira violemment et cria : « Hé, Hysell, une hystérique du nom de St. John veut te parler ! »

À peine une seconde plus tard, Ted demandait : « Natalie ? Qu'est-ce qui ne va pas ? » Elle lui parla du voyeur le plus brièvement possible. « J'arrive tout de suite », dit-il en raccrochant.

Natalie noua son kimono et courut dans le salon. Son père et Ruth n'étaient plus là. Elle courut à la porte d'entrée pour s'assurer qu'elle était verrouillée, puis retourna dans sa chambre, sauta dans un jean, un sweat-shirt et ses Reebok.

Une fois habillée, elle redescendit au salon et alluma toutes les lumières puis s'assit dans le rocking-chair Boston. Blaine s'installa à ses côtés, vérifiant sans cesse son état d'anxiété. Natalie n'avait jamais été apeurée dans cette maison. Triste. En colère. Ennuyée. Mais jamais apeurée. Mais trois personnes avaient été sauvagement assassinées à Port Ariel la semaine dernière. Trois victimes qui étaient les enfants de trois personnes liées à Eugène Farley, tout juste comme son père l'était. Et à présent, quelqu'un était dans le parc à épier sa maison.

Elle se balança plus vite. Mais que pouvait bien faire Ted ? S'était-il moqué d'elle ? Lui et l'autre assistant avaient-ils ri ensemble de sa panique après qu'il eut raccroché ? Peut-être devait-elle appeler Nick Meredith. Oui, c'est ce qu'elle aurait dû faire tout de suite.

Natalie se leva. Elle marchait vers le téléphone quand elle entendit du bruit, dehors. Elle courut à la fenêtre. Il y avait deux hommes avec des torches qui discutaient. Ils firent le tour de la maison puis frappèrent à la porte d'entrée. Elle avait vu un uniforme. Elle ouvrit la porte. « Ted ! Depuis combien de temps êtes-vous là ? »

« Environ cinq minutes. Pas de gyrophare. Pas de sirène. Je ne voulais pas effrayer cette vermine, mais il n'y a aucun signe de vie. »

« Ted, il y avait quelqu'un sous le saule pleureur. »

« Je savais bien qu'il était là. On a trouvé deux mégots de cigarette et un paquet de Marlboro chiffonné. J'ai ramassé le paquet pour les empreintes. »

Natalie sourit. « Vous ne pouvez pas savoir comme je suis contente que vous me preniez au sérieux. Le shérif Meredith m'a parlé de votre théorie sur le rapport entre les victimes. »

« Ah bon ? Je pensais qu'il l'avait écartée. »

« Eh bien non. Il a même parlé à Constance Farley aujourd'hui. Il ne vous l'a pas dit ? »

« Je suis en repos. »

Ce qui expliquait son jean et ses bottes. L'autre agent de police était en uniforme. « Je suis sûre qu'il vous en parlera demain. Il ne croit pas qu'elle est suspecte. »

Ted parut déçu. « Je pensais tenir quelque chose. »

« Je crois que vous tenez quelque chose, en dépit de l'alibi de Constance. Et le shérif le pense aussi. » Elle hésita. « Il respecte vos compétences. »

Le visage entier de l'homme s'emplit de joie et de surprise. « Ah oui ? »

« Oui. Il me l'a dit. » Elle ne savait pas quoi ajouter. Elle en avait sans doute déjà plus dit que Nick n'aurait aimé, mais Ted semblait avoir besoin de réconfort. « Voulez-vous entrer prendre un café avec votre collègue ? »

« Non, non merci », dit Ted pressé. « Je dois rentrer faire mon rapport. Vous êtes seule ? »

« Temporairement. Papa ne devrait pas tarder. »

« Je demanderai à quelqu'un de passer toutes les heures de toute façon. Bonne nuit, Natalie. Assurez-vous de bien verrouiller cette porte. »

Oh, sans aucun doute, pensa Natalie en refermant la porte derrière Ted. Elle était persuadée que le voyeur était déjà venu avant cette nuit et qu'il reviendrait.

13

I

JEUDI MATIN

Natalie se réveilla avec une appréhension qu'elle ne comprenait pas. Elle ouvrit les yeux et regarda le réveil. 5 h 55. Elle se glissa hors du lit et regarda le ciel par la fenêtre. Une onde bleu clair chassait le rideau noir de la nuit. Les oiseaux gazouillaient et chantaient. Il allait faire beau.

Un super temps pour un enterrement.

Natalie ferma les yeux. Comment allait-elle traverser cette journée ? Elle respira profondément. Aussi pénible que ce jour serait pour elle, il serait encore pire pour Lily. Pour Oliver aussi, mais il avait Viveca. En fait, il semblait qu'il s'était éloigné de Lily pour trouver force et consolation auprès de Viveca. Natalie trouvait cela cruel pour Lily, mais elle n'avait pas le droit de le juger en ces circonstances. Malgré tout, cette situation était étrange. Oliver avait toujours été si proche de Lily — plus proche que de Tamara, bien plus proche que de sa délicate femme si effacée, Grace. Natalie ne pouvait quand même pas demander à Lily ce qui s'était passé entre eux. Peut-être la situation s'arrangerait-elle d'elle-même après les obsèques.

Un museau froid et humide la toucha et elle sursauta. Blaine. Natalie sourit et caressa la chienne. « Il est tôt, mais je ne peux pas me rendormir. Je crois que c'est l'heure du café et de la gamelle pour les chiens », dit-elle.

Quand elle entra dans la cuisine, Andrew était déjà assis à table avec une tasse de café et une tartine devant lui. « Quoi ? Une tartine ? Où est passé ton habituel petit déjeuner de boxeur professionnel ? » demanda Natalie. « Qu'est-ce qui ne va pas ? »

« Ce qui ne va pas ? On a reçu la visite d'un rôdeur cette nuit et tu n'as pas cru bon de m'en parler », dit-il froidement.

« Comment le sais-tu ? »

« Je ne pouvais pas dormir. Quand j'ai vu la patrouille de police pour la deuxième fois mon esprit aiguisé s'est douté qu'il y avait quelque chose. J'ai arrêté la voiture et leur ai demandé. »

Natalie servit calmement le café. « Je ne voulais pas t'inquiéter. »

« M'inquiéter ? Natalie, tu sembles oublier qui est le parent ici. »

« Et tu sembles oublier que j'ai vingt-neuf ans et pas neuf. » Elle ferma et les yeux et respira un bon coup. « Papa, je t'en aurais parlé ce matin. Hier soir, tu avais l'air si fatigué que je n'ai pas voulu perturber ton sommeil, en sachant surtout que la police ferait des rondes. Est-ce si terrible ? »

Andrew but une gorgée de café puis leva les yeux sur elle. « Je suppose que non. En théorie. »

« OK. Laissons tomber. » Andrew paraissait toujours en rage mais elle ne voulait pas de dispute. « L'enterrement est à 2 heures. »

« Je sais. J'emmène Ruth. Tu y vas avec nous ? »

« Non. Il se peut que Lily ait besoin de moi après, alors j'ai besoin de ma voiture. »

« Comme tu voudras. » Natalie savait qu'il était toujours en colère. Il se leva, jeta le reste de son café dans l'évier et se traîna hors de la cuisine. Natalie soupira. Le mauvais début d'une mauvaise journée. C'était à prévoir.

Son père partit faire ses visites vers 7 h 30. Natalie appela Lily pour voir si elle avait besoin de quoi que ce soit. « Quelqu'un sur qui me reposer » répondit plaintivement Lily. « Mon père agit comme s'il était le seul à souffrir. »

« Certaines personnes ne sont pas capables de reconnaître la peine des autres » suggéra Natalie.

« Surtout quand Viveca l'encourage à ignorer le reste du monde. »

La haine de Lily envers Viveca serait sans doute un problème si Oliver décidait un jour de l'épouser. Il fallait qu'elle dise quelque chose de réconfortant mais rien ne lui vint à l'esprit. Lily n'aurait de toute façon pas écouté. « Tu penses à Viveca un jour comme aujourd'hui », dit-elle. « Tu devrais te préoccuper des funérailles. »

« Au moins, Warren ne sera pas là. Je devrais être reconnaissante de cette petite clémence. » Elle s'arrêta. « J'entends ta désapprobation à l'autre bout du fil. »

« Je sais que tu n'aimais pas Warren, mais tout de même... il est mort. »

« Et même s'il n'a pas tué ma sœur, il l'a trahie. Te rends-tu compte de ce que cela aurait pu faire à ma sœur ? À ma sœur enceinte ? Le bâtard ! »

Ce bâtard assassiné quelques heures après que tu eus appris que ta sœur était enceinte, pensa Natalie. Les paroles de Nick lui revinrent. « Un choc ou une peine profonde peuvent vous faire faire des choses inimaginables. »

« Natalie, tu es toujours là ? »

La sonnette de la porte retentit. Merci, mon Dieu, pensa Natalie, alors que la culpabilité l'envahissait d'avoir pu envisager que Lily pût être l'assassin. « Lily, il y a quelqu'un à la porte. J'arriverai un peu en avance à l'église et je resterai avec toi, après. »

« C'est gentil. Et je suis désolée d'être pénible aujourd'hui. »

« Ne t'inquiète pas pour cela. » La sonnette retentit à nouveau. « Je dois y aller. À plus tard. »

Elle espérait que la virulence de Lily diminuerait d'ici l'enterrement. Le père de Warren serait sans doute là et même s'il n'était pas très tendre envers son fils, il n'avait pas besoin que Lily le démolisse toutes les cinq minutes. Et elle ne voulait pas non plus que Nick puisse entendre toute cette rancœur. S'il la soupçonnait vraiment du meurtre de Warren, son tempérament pourrait faire empirer la situation.

Natalie avait l'esprit complètement ailleurs en ouvrant la porte. Elle cligna deux fois des paupières, aveuglée par la clarté, avant de reconnaître cette silhouette grande et mince. « Nick », dit-elle platement.

Et son cœur battait d'enthousiasme à l'idée de cette visite inattendue.

Natalie sourit. « Je ne voulais pas être impolie. J'avais l'enterrement de Tamara en tête. »

« Et vous n'avez pas beaucoup dormi à cause de ce rôdeur. »

« Vous avez vu Ted. »

« Oui. Mais j'aurais aimé que vous m'appeliez cette nuit. »

« Vous n'étiez pas en service, et ce n'était qu'un voyeur. »

Nick prit son air sceptique. « Vous n'êtes pas le genre de femme à ameuter la cavalerie pour un voyeur. »

« C'est vrai. Après que vous m'avez raconté cette histoire de liens entre les victimes, j'ai paniqué en voyant ce gars épier la maison. »

« L'avez-vous bien vu ? »

« Non. En fait je n'ai vu que la cigarette qui se consumait. »

« Dans ce cas, comment êtes-vous sûre qu'il s'agisse d'un homme ? »

Natalie le fixa un moment. « La hauteur de la cigarette, bien qu'elle ait pu être dans les mains d'une grande femme. »

« Ted dit qu'ils ont trouvé deux mégots. Cela devait faire un moment qu'il vous surveillait. »

« Je n'étais dans ma chambre que depuis quelques minutes. »

« Sa malchance fut que Blaine ait donné l'alerte avant qu'il ne puisse en voir plus. » Elle le regarda de plus près. « Ted m'a donné tous les détails. »

« Papa a aussi obtenu les détails plus tard dans la nuit quand il a arrêté la voiture de police qui patrouillait. Je voulais l'épargner jusqu'au matin. Maintenant, il est furieux après moi et il ne sait même pas que je suis peut-être sur la liste du tueur. »

Les sourcils de Nick se rejoignirent. « Il faut le mettre au courant, Natalie. »

« Je le ferai. »

« Si vous ne le faites pas, c'est moi qui m'en chargerai. »

Cette réflexion l'énerva. « C'est mon affaire. »

« Pas si vous vous faites tuer. Cela deviendra mon affaire et les affaires marchent trop bien en ce moment. »

Natalie se sentait légèrement fautive. « Je ferai attention à moi. »

« J'ai comme l'impression que votre idée de "faire attention" et la mienne sont complètement différentes. Je ne veux pas qu'il vous arrive quoi que ce soit », dit-il avec ferveur, avant d'ajouter après coup : « Ni à Lily, ni à Alison. »

« Qui était le rôdeur d'hier, d'après vous ? »

« Jeff Lindstrom. Trudy au restaurant m'a dit qu'il était descendu à l'hôtel Lakeview. J'ai vérifié hier soir mais il n'était pas là. J'y suis repassé tôt ce matin. Pas de Lindstrom, pas de voiture. Mais il n'a pas réglé sa note. »

« Alors où est-il allé après être parti d'ici ? »

Nick haussa les épaules. « Il a peut-être pensé qu'il serait le premier suspect après que vous l'avez vu près de chez Tamara et il a décidé de rester discret. »

« Il ne va pas pouvoir se cacher toute sa vie. »

« Non, mais il peut quitter la ville. »

« Oh, génial. Ne pouvez-vous pas découvrir où il est ? »

« Je pourrais faire vérifier sa chambre pour les empreintes. Mais sans preuves, je ne peux obtenir aucun mandat. »

« C'est une chambre d'hôtel. »

« Louée à son nom, ce qui signifie qu'elle est temporairement à lui. Natalie, on n'est pas à la télévision. Les choses ne viennent pas d'elles-mêmes. »

Elle remarquait pour la première fois qu'il avait quelques taches de rousseur sous ses yeux bleu foncé et des rides de fatigue autour de la bouche. Elle remarquait également que, malgré la fatigue, il était plutôt agréable à regarder dans le genre homme robuste sans fioritures. Pas précisément le modèle type de l'homme idéal mais carrément attirant.

« Pourquoi est-ce que tous les gens de cette ville me dévisagent ? » demanda Nick gentiment exaspéré.

Natalie sentit le rouge monter à ses joues. Elle se sentit soudain comme quand elle avait quinze ans et qu'elle avait eu un coup de cœur pour Hart Sullivan qui en avait dix-sept. Un coup de cœur ? Le sang lui monta encore plus aux joues.

« Natalie, vous allez bien ? Vous êtes toute rouge. »

Elle cligna des paupières. Elle avala sa salive et fit un semblant de sourire. « Je vais bien. Je suis juste un peu tendue aujourd'hui. »

« Ça, c'est certain. » Il paraissait plein d'attention. Natalie eut honte. Tamara allait être enterrée aujourd'hui et elle était en train de mater le petit nouveau qui venait d'arriver en ville. Et en plus, il l'avait surprise. « Je serai aux obsèques », dit-il.

« Je pensais bien que vous iriez », rétorqua Natalie pour reprendre son sang-froid. « Vous cherchez toujours des suspects potentiels ? »

« Malheureusement, oui. Il faut aussi que je parle à Viveca Cosgrove et à Oliver Peyton. »

« Et vous pensez que les obsèques sont le moment idéal pour faire cela ? »

« Non, mais ils se sont tous les deux arrangés pour ne pas me rencontrer », dit-il.

« Ce doit être agaçant. »

« Agaçant ? Ça me met en rage. Il ne s'agit pas d'un jeu. »

« Oliver et Viveca ne réalisent pas que Lily et Alison puissent être en danger. »

Nick rompit l'air de sa main. « Et alors ? Je suis le shérif, nom de Dieu. J'essaie de résoudre trois meurtres, dont celui de la fille de Peyton. Cette Cosgrove est supposée être amoureuse de lui et se soucier de Tamara. Je ne devrais pas avoir à leur courir après. Ils devraient être impatients de pouvoir m'aider de n'importe quelle manière au lieu d'agir comme si j'étais un fouineur parasite. »

Natalie le regardait avec compassion. « Ils sont tous les deux très prétentieux. »

« Eh bien, ils peuvent descendre de leurs trônes volontairement ou c'est moi qui les ferai descendre. J'en ai marre des gens comme Oliver Peyton ou Max Bishop. »

« Max Bishop ne veut pas non plus vous parler ? »

« Je rectifie. Il me verra. Il a appelé hier pour dire que je ne faisais pas mon boulot correctement. Son corps est peut-être handicapé mais ses cordes vocales fonctionnent parfaitement bien. Il prétendait que Purdue aurait résolu tout cela en vingt-quatre heures. »

« Purdue n'aurait même pas su quoi faire si le coupable était venu le voir en avouant », dit Natalie avec mépris. « Le vrai travail de policier l'effrayait tant qu'il le conduisait toujours vers le tiroir de son bureau où il gardait secrètement une bouteille qui lui permettait de se sentir un peu plus courageux. Nick, il faut que vous compreniez que Oliver Peyton, Viveca Cosgrove et Max Bishop sont les gros poissons d'une petite ville appelée Port Ariel et que Purdue était leur pantin. Ne laissez aucun d'eux vous marcher dessus parce que vous essayez de vous adapter. Vous ne vous fondrez pas dans le paysage comme Purdue l'a fait et beaucoup de gens de cette ville en rendent grâce au ciel. »

Nick se détendit légèrement et sourit. « Merci, coach. »

« Je n'étais pas en train de prêcher. »

« J'avais besoin d'un sermon. Vous avez raison. Je ne peux pas laisser ces gens prendre le dessus. Si je le fais, je ne pourrai plus penser librement. »

« Et moi je veux que vous ayez les idées aussi claires que possible, parce que, sans vous, ce meurtrier va s'envoler dans la nature. » Natalie frissonna. « Et je sais qu'il va encore tuer. Je le sens. »

II

Natalie ne se souvenait pas avoir jamais assisté à un enterrement aussi long. Lily était blanche comme une morte. Oliver était assis, le visage glacé, ses cheveux poivre et sel plaqués, raffiné dans son costume gris foncé, même s'il paraissait avoir perdu cinq kilos : le costume était trop ample au niveau des épaules. À côté de lui, Viveca posait dans son tailleur splendide, des diamants aux oreilles. Alison était affalée sur le banc, le regard dans le vide, et les doigts entortillés dans ses cheveux. Viveca lui prit la main pour gentiment arrêter ce mouvement de nervosité.

Lily lançait à Viveca et Alison des regards haineux, désapprouvant clairement leur présence au milieu de la famille alors que les oncles, tantes et cousins étaient relégués sur des bancs plus éloignés. Le père de Warren n'était pas venu, mais sa jeune femme, nerveuse, était là aux côtés du frère pataud de Warren qui semblait somnoler.

Natalie rejoignit son père et Ruth. Chaque fois qu'Andrew s'agenouillait, ses genoux craquaient et il rougissait. Ruth lui souriait en signe de réconfort. Natalie se demandait si c'était sérieux entre eux. Ils ne se voyaient pas depuis longtemps et Andrew avait juré qu'il ne la connaissait pas bien, mais ils semblaient si proches. Son père avait été seul trop longtemps.

Tout d'un coup elle s'aperçut qu'elle était en train de penser à tout sauf à la cérémonie. C'était fait exprès. Sinon, elle allait se mettre à pleurer et elle ne voulait pas faire de scène. Natalie avait appris il y a longtemps à cacher ses larmes. Elle ferait de même aujourd'hui.

La messe se termina enfin. Alors qu'ils quittaient l'église, Ruth lâcha un petit cri et fit tomber son sac. Alarmée, Natalie se baissa pour le ramasser pendant qu'Andrew attrapait fermement le bras de Ruth. « Que se passe-t-il ? » murmura-t-il.

« Je… Je ne sais pas. Tout est devenu noir d'un seul coup. » Ruth parvint à esquisser un petit sourire bien que son visage fût couvert de sueur. « Je vais bien. »

« Certainement pas. » Ils venaient d'atteindre les portes de l'église. « Natalie, je ramène Ruth. »

« Oh, non », protesta Ruth. « Il faut que tu ailles au cimetière... »

« Non », dit Andrew catégorique. « Je veux te ramener chez toi, boire quelque chose et discuter calmement. »

« Andrew... »

« Ce n'est pas la peine de discuter avec lui », dit Natalie.

« Cela ne t'a jamais arrêtée », rétorqua sérieusement Andrew. Ruth sourit. « Allez, Ruth. Tu es toute pâle et tes mains tremblent. Ce doit être une crise d'hypoglycémie à cause de la faim. » Ou peut-être était-ce cette messe qui lui rappelait les funérailles de son mari, pensa Natalie. Son père la regarda. « On se voit plus tard, chérie. »

Et ils se dirigèrent vers la voiture d'Andrew. Natalie les observait. Un joli couple. L'intérêt d'Andrew pour Ruth était évident. Il prendrait soin d'elle, même si cette crise n'avait rien de sérieux.

En retournant à sa voiture, elle vit Nick Meredith courir vers une voiture bleu clair. Il portait un costume mais elle savait qu'il était en fonction et que quelque chose ne tournait pas rond. Elle resta debout près de sa voiture, les doigts sur la poignée, regardant Nick sortir du parking en tournant rapidement à droite dans la rue encombrée. Qui poursuivait-il ? Ce devait être quelqu'un qu'il avait remarqué à l'église.

III

Si Nick n'avait pas tourné à ce moment précis, il manquait Lindstrom, la tête baissée, se faufilant hors de l'église. Il essayait de se mélanger aux autres. Mais il a échoué. Le temps que Nick se fraye un chemin parmi la foule, Lindstrom avait déjà rejoint sa Chevrolet Cavalier blanche. Il regardait tout autour de lui et croisa le regard de Nick. Leurs yeux restèrent fixes un long moment avant que Lindstrom ne balance ses longues jambes à l'intérieur de la voiture et appuie sur les gaz. Nick se mit à courir. Il avait déjà démarré son moteur quand Lindstrom quitta le parking du Sacré-Cœur.

Nick avait laissé sa voiture ouverte. En montant dedans, il aperçut Natalie St. John qui le regardait immobile. Ses longs cheveux bruns volaient au vent et ses yeux étaient pleins de curiosité. Il ne savait pas si elle avait pu voir Lindstrom — sans doute pas — mais elle se doutait que quelque chose n'allait pas. Pas le temps d'expliquer. L'arrestation de Lindstrom serait une explication suffisante. Cette vermine n'avait sûrement pas assassiné trois personnes mais il avait effrayé Natalie sur Hyacinth Lane et l'avait épiée par la fenêtre de sa chambre.

Il l'avait épiée, tapi dans un coin à l'attendre. Le pied de Nick s'alourdit sur l'accélérateur. Ce salaud n'allait pas lui échapper.

Il y avait une voiture entre la sienne et celle de Lindstrom. L'homme d'un certain âge devant Nick prenait son temps à bord de sa vieille Cadillac qui fumait noire. À chaque fois que Nick essayait de la doubler, la voiture se resserrait à gauche. Nick klaxonna pour le prévenir qu'il voulait passer. Le vieux lui fit un doigt d'honneur. Surpris et furieux, Nick contrôla la circulation dans le sens inverse, puis surgit aux côtés de la Cadillac. Le type lui fit un autre doigt d'honneur et se mit à klaxonner. Nick prit sur lui pour ne pas lui rendre son geste obscène mais il ne put s'empêcher de klaxonner lui aussi. Il aurait voulu foutre ce type en l'air, mais il devait se concentrer sur Lindstrom qui s'échappait.

La Chevrolet Cavalier doubla un pick-up entrant presque en collision avec la voiture qui arrivait en face. Nick se rapprocha du pick-up, dont la benne était chargée d'un canapé, d'un siège, d'une table de toilette, d'un matelas sale et d'une douzaine de cartons. Le conducteur méritait un PV. Rien n'était attaché correctement dans la benne et tout pouvait s'envoler d'un moment à l'autre.

Et c'est exactement ce qui se produisit. Nick s'était rapproché en attendant que la circulation lui permette de doubler quand un carton s'envola. Il l'avait vu arriver et se raidit avant même qu'il n'ait touché son pare-brise. Oreillers, draps, serviettes et sous-vêtements submergèrent sa voiture. Il dévia à droite, sa roue avant roulant dans la poussière et envoyant des graviers partout. Il redressa vers la chaussée, et releva le numéro de plaque du pick-up. Le conducteur recevrait dès demain sa citation à comparaître.

D'autres débris, plus petits, volèrent encore du camion alors que Nick serrait à gauche et accélérait. Quand il fut au niveau de la vitre avant du conducteur, il vit une face ronde, l'air décontracté qui dandinait de la tête en chantant. On pouvait entendre une chanson de Garth Brooks provenir du véhicule. Le chauffeur regarda Nick hagard.

« Il y a des choses qui s'envolent de votre camion ! » cria Nick. Le gars acquiesça et lui sourit. « Rangez-vous ! » Il lui sourit à nouveau en lui faisant le signe OK avec le pouce en l'air. Qu'est-ce que cela pouvait bien vouloir dire ? Nick sortit sa plaque de la poche de sa veste et lui montra. « Écoute, trou du cul, il y a des choses qui s'envolent de ton camion ! » hurla-t-il aussi fort qu'il put. « Range-toi ! »

Le sourire benêt du type s'effaça. Il regarda dans son rétro. Puis il ralentit et sortit de la route en laissant une traînée d'affaires personnelles derrière lui. Nick n'avait pas le temps de plaisanter avec lui. Mais où étaient les voitures de patrouille quand on en avait besoin ?

La Chevrolet de Lindstrom roulait au moins vingt kilomètres/heure au-dessus de la limitation. Il doubla une autre voiture et prit encore plus de vitesse. « Merde ! » bredouilla Nick alors que la circulation se densifiait. Il n'aurait plus cette vermine maintenant. Si les flics des séries télé ne manquaient pas une occasion de course-poursuite, dans les corps de la police réelle on se préoccupait un peu plus du trafic routier. Le danger de tuer un innocent était trop grand.

Puis la Chevrolet se mit à zigzaguer sur la route et se déporta violemment sur la droite, un peu penchée. « Crevaison ! » cria Nick joyeusement. La voiture ralentit et se mit sur le bas-côté. Deux voitures passèrent devant elle avant que Nick ne mette son clignotant pour se garer juste derrière. Il sortit de sa voiture en même temps que Lindstrom s'extrayait de la sienne. Lindstrom lança à Nick un regard incertain, puis lui dit naïvement : « Merci de vous arrêter pour m'aider. Je n'ai jamais été très habile pour changer les roues. »

« Vous savez très bien que je ne me suis pas arrêté pour votre foutu pneu crevé. »

Le sourire de Lindstrom disparut. Il tentait de garder son air naïf. « Hé, mais c'est quoi, votre problème ? »

« Mon problème, c'est que je suis le shérif et que je suis à votre poursuite depuis que vous avez quitté l'église. »

« Je ne savais pas que vous étiez le shérif ! » Il jeta un œil sur la Dodge de Nick. « Ce n'est pas un véhicule de police. Je vous ai pris pour un fou qui tentait de me faire sortir de la route. »

Il mentait. Il avait déjà rencontré Nick à la boutique de Lily. Puis à l'église il avait croisé le regard de Nick avant de sauter dans sa voiture et de partir aussi vite qu'il pouvait. Mais Nick n'avait pas de preuves, alors il devait laisser tomber. « Pourquoi étiez-vous à l'enterrement de Tamara Hunt ? »

« Je... euh... simple curiosité. » Nick le regarda durement. « OK, je sais que ça a l'air idiot, mais écoutez-moi. Je suis reporter au *Star* de Cincinnati. Je suis en congés, alors je suis venu jusqu'ici pour élucider ces crimes. J'ai toujours rêvé d'écrire un livre racontant une vraie histoire criminelle comme dans *Si tu m'aimais vraiment*. Vous connaissez ? »

« Ann Rule. »

« Hé, vous lisez ! » Jeff sourit.

« Depuis le primaire. »

« Ce n'est pas ce que j'ai voulu dire », se reprit rapidement Jeff. « Je voulais juste dire... eh bien, peut-être n'avez-vous pas le temps de lire. »

« Je me fous de ce que vous pensiez. Alors, comme ça, vous voulez écrire un livre. C'est pour cela que vous posez tant de questions sur Tamara et Warren Hunt et sur Charlotte Bishop ? »

« Oui. »

« C'est aussi pour cela que vous avez acculé Natalie St. John sur un chemin désert et lui avez foutu la trouille ? »

« Je ne l'ai pas acculée », dit Jeff énervé. « Je l'ai rencontrée par hasard. Il faisait jour. Vous a-t-elle dit que j'avais tenté de lui faire du mal ou quoi ? »

« Non, mais elle m'a dit qu'elle avait eu beaucoup de mal à se débarrasser de vous. »

« C'est juste que je parle de trop. Hé, c'est une belle femme, n'est-ce pas ? » Nick le regarda froidement. « Écoutez, je ne voulais pas l'effrayer. Je n'ai fait que lui parler. »

« Vous posiez beaucoup trop de questions. » Il s'arrêta. « Et que faisiez-vous avec la boucle d'oreille de Tamara Hunt ? »

« Une boucle d'oreille ? Je ne vois pas du tout de quoi vous parlez. »

« Elle est tombée de votre poche pendant que vous *discutiez* avec Natalie. Où l'avez-vous eue ? »

« Oh, la boucle d'oreille. Je l'ai trouvée. Sur ce chemin. »

« Et vous êtes qui, un sans-abri déguisé ? Vous collectionnez toutes les choses que vous trouvez ? »

Jeff lui lança un regard furibond. « Non, shérif. Honnêtement, je pensais bien qu'elle pouvait avoir appartenu à Tamara. J'allais vous l'apporter. »

« Ah oui ? »

« Oui. »

« Mais quand vous vous êtes aperçu qu'elle n'était plus dans votre poche, vous ne m'avez pas pour autant appelé pour me dire : "Shérif, j'ai trouvé une boucle d'oreille sur Hyacinth Lane qui pourrait être celle de Tamara, mais je l'ai perdue et elle doit traîner dans le coin." »

« Et qu'est-ce que cela aurait apporté de plus ? »

« Si vous êtes si passionné de vraies histoires criminelles, vous auriez dû savoir qu'on aurait pu retirer des informations de cette boucle d'oreille. Je ne pense pas que vous ayez jamais eu l'intention de la ramener à la police. »

« Pensez ce que vous voulez », se fâcha Jeff.

« Avez-vous parlé à Charlotte Bishop le soir de sa mort ? »

« Quoi ? »

« Vous m'avez très bien entendu, Lindstrom. »

« Non, je ne lui ai pas parlé. »

« Sa mère dit avoir vu Charlotte avec quelqu'un correspondant à votre signalement au moment même où elle a quitté la maison cette nuit-là. »

Jeff leva les mains au ciel, désarmé. « Je ne connaissais pas Charlotte Bishop. »

« Ce n'est pas ce que je vous ai demandé. »

« Pourquoi lui aurais-je parlé ? »

« Votre livre. »

« Qu'avait-elle à voir avec mon livre ? Elle n'avait pas été assassinée au moment où je suis supposé lui avoir parlé. Je ne sais pas ce que tout cela signifie, mais… » Lindstrom semblait vouloir partir dans un long discours, puis il se reprit. Il avait remarqué la grimace agacée de Nick. « Shérif, ce livre compte beaucoup pour moi. Je suis désolé que vous n'ayez pas apprécié que je pose toutes ces questions à Natalie St. John. Je suis désolé de ne pas avoir mentionné la boucle d'oreille. Je suis un débutant. » Son sourire. « Mais ne pouvez-vous pas être indulgent ? Pourquoi ne pas m'intégrer à l'enquête ? Quand le livre sortira, vous serez cité en évidence dans les remerciements. Je vous le promets. »

« Je me fous de votre livre », dit Nick froidement. « Restez en dehors de ma route. »

Le sourire de Jeff disparut. « Je n'avais pas l'intention de vous déranger, mais vous ne pouvez pas m'empêcher de poser des questions et de fouiller un peu de mon côté. »

« Je vous ai prévenu. » Nick le regardait, menaçant. « Si vous ignorez ce que je vous dis, je vous ferai arrêter pour entrave au bon déroulement de l'enquête. »

« J'ai des droits », dit Jeff alors que Nick reprenait le chemin de sa voiture.

« C'est ce que vous vous direz quand vous serez assis dans le noir de votre petite cellule en compagnie de notre concitoyen le moins civilisé qui vous regardera comme si vous étiez de la viande fraîche. »

IV

Heureusement la cérémonie au cimetière fut brève. Lily et son père jetèrent des fleurs sur le cercueil. Lily vint ensuite directement vers Natalie. « Tu viens à la maison avec moi, n'est-ce pas ? » demanda-t-elle presque désespérée.

« Bien sûr, je te l'ai dit. »

« Je sais. Mais c'est juste que je me sens si… Oh, je ne sais pas. Triste. Perturbée. Amère. Je viens de perdre ma sœur et mon père. »

« Mais tu n'as pas perdu ton père. »

« Pas physiquement. Mais cette satanée Viveca et sa tarée de fille… »

« En parlant de ton père, il vient de jeter un œil par ici de façon pas très sympathique. »

« Je suppose que c'est parce que je représente mal l'unité familiale. »

« Lily, tu ne crois que tu es un peu dure avec lui ? »

Les yeux noisette de Lily étincelèrent. « Non, s'il te plaît, pas de sermon. C'est d'une amie dont j'ai besoin, pas d'une… d'une… »

« J'ai compris. » Natalie mit ses lunettes de soleil. « Je te retrouve chez toi et sans sermon, c'est promis. »

Quinze minutes plus tard, elle arrivait chez les Peyton. Les voitures étaient alignées de part et d'autre de la maison dans la magnifique rue. Natalie se demandait combien de ces gens connaissaient réellement Tamara et combien d'entre eux n'étaient là que parce que leur relation avec Oliver Peyton leur permettait de franchir la porte pour assouvir leur soif de curiosité. À l'intérieur, elle ne reconnut que très peu de monde et dut admettre que, malheureusement, la plupart des invités n'étaient là que par curiosité. Pilleurs de tombe. Mais peut-être n'était-elle pas impartiale. Peut-être, certains d'entre eux étaient-ils des amis que Tam s'était faits par le biais de Warren. Cependant, elle en doutait. Elle n'avait jamais entendu Tamara parler de réceptions ou de soirées dans lesquelles elle était allée avec Warren. Il semblerait qu'il ait toujours laissé sa jolie femme timide à la maison. Natalie ne doutait pas non plus qu'il ait souvent été infidèle. Combien de femmes comme Charlotte Bishop avaient traversé sa vie ?

Elle s'était mise en colère toute seule à peine arrivée à la porte d'entrée. Cela n'avait pas de sens de se remémorer toutes les fois que Warren avait fait un faux pas. C'était exactement comme cela que Lily se torturait et pourquoi ? Cela ne ramènerait pas Tamara. Et Warren venait de payer ses torts au prix fort. Quelqu'un avait équilibré la situation.

Quelqu'un avait équilibré la situation. Cette phrase résonnait dans la tête de Natalie. Quelqu'un essayait-il de rééquilibrer la situation pour Eugène Farley en tuant les enfants des personnes impliquées dans sa chute ? Ou bien Warren était-il mort parce que quelqu'un pensait qu'il avait tué Tamara ? Qui serait à ce point passionné pour venger la mort de Tam ? Oliver ou Lily ?

« Natalie, Dieu merci tu es là ! » Lily se tenait sur le pas de la porte, anxieuse. Ses cheveux blonds s'étaient échappés de leur ruban. « Je ne pourrai jamais m'en sortir sans toi. »

Natalie avala sa salive. Elle ne put même pas sourire alors que dix secondes auparavant elle venait de soupçonner sa meilleure amie d'avoir tué Warren. De l'avoir égorgé. Avec Charlotte.

« Nat, qu'est-ce qui ne va pas ? » Lily lui tendit les longs doigts de sa main. « Tu sembles… de glace. »

« Cette journée est funeste. » Quelle réponse originale, pensa-t-elle. « J'ai besoin d'un verre. »

« Tu es au bon endroit. J'ai l'impression d'être au bal Black and White du célèbre Truman Capote. Viveca s'est surpassée. »

Quand Natalie pénétra à l'intérieur, elle dut reconnaître que Lily avait raison. L'affliction relative à toute réception de ce genre n'avait pas place ici. Au contraire, des serveurs déambulaient avec des plateaux d'amuse-gueules. Des bouquets de fleurs éclatantes étaient disposés çà et là. Des bougies étaient allumées et la musique de fond était très forte. Le séjour était transformé en bar. Natalie en avait presque le vertige.

« Lily, c'est bien la valse extraite de "Die Fledermaus" ?

« Oui. Je m'attends à voir des gens danser d'une minute à l'autre. Soit ça ou alors le prochain morceau sera le "Boléro". Je ne sais pas à quoi pense Papa. Ni même s'il pense. Il doit savoir que Tam aurait détesté ça. Et que ma mère est en train de se retourner dans sa tombe ! »

Natalie secoua la tête. « Tu as raison. Je ne comprends pas. Viveca a pourtant bon goût d'habitude. »

Lily apporta un autre son de cloche. « D'après ce que j'ai entendu dire, elle aurait fait la même chose pour son mari. Son ex-amant Eugène Farley n'a pas eu droit au même sort. »

Natalie tressaillit en entendant le nom de Farley. Elle ne voulait pas parler de lui, mais Lily venait de lui donner une occasion en or. Elle réfréna ses émotions. « Tu connaissais Eugène ? »

« Oui, un peu. »

« Parle-moi de lui. »

Lily la regarda stupéfaite. « Es-tu en train d'essayer de me changer les idées ? » Natalie lui sourit, énigmatique. « Bon, peu importe. Voyons voir. Il était extrêmement mignon. Attirant et mignon. Il est venu une fois à la boutique juste après avoir emménagé en ville. Il disait vouloir trouver quelque chose pour sa mère. Il a acheté un pendentif en camée. Il était sympathique et faisait plus jeune que son âge. Il a aussi beaucoup parlé de sa mère. Et puis, la deuxième fois qu'il est venu, il voulait un bijou.

Je lui ai demandé si c'était pour sa mère mais il m'a répondu que c'était pour quelqu'un de plus jeune. Il avait même rougi en le disant. J'avais entendu dire qu'il voyait Dee Fisher. Je ne pensais rien avoir qui ait pu lui plaire à elle. Il a choisi une broche ancienne en grenat sertie en or dix-huit carats. Elle était plutôt chère. Je me souviens qu'il a payé par carte bleue. Je sais maintenant qu'elle était pour Viveca »

« Tu l'aimais bien ? »

« Il était bien. Trop timide et trop conventionnel à mon goût. Tu sais bien comme je suis toujours prête pour les types qui vous brisent dangereusement le cœur. » Elle fit une pause. « J'espère que Viveca n'a pas brisé le cœur de ton père ? »

« Je crois qu'elle ne l'a pas beaucoup impressionné et ce doit être pour cela qu'elle est partie. Elle s'est peut-être tournée vers Eugène parce qu'elle n'obtenait pas les résultats voulus avec Papa. Il est très prudent avec les femmes depuis Kira. Je suis même surprise qu'il l'ait fréquentée. »

Lily haussa les épaules. « Il s'amusait peut-être ou voulait montrer à la communauté qu'il n'était pas devenu un vieux misogyne étrange. À ce propos, comment cela se passe-t-il entre lui et sa nouvelle amie ? »

« Je n'ai encore obtenu aucune information au sujet de cette relation. Papa est encore plus secret que d'habitude. Ruth a l'air très sympa. »

« Tu l'aimes bien ? »

« Oui. Et je ne veux pas que Papa reste seul, mais il a gâché tellement de relations sérieuses que je n'ai pas beaucoup d'espoir. »

Lily sourit, machiavélique. « Eh bien, si les choses tournent mal entre eux, je veux Ruth pour Papa. »

Natalie leva les yeux. Viveca se tenait juste derrière Lily. Elle leva un sourcil parfaitement dessiné et s'éloigna, la tête haute. Était-elle blessée par ce qu'elle venait d'entendre ou s'était-elle juste sentie bafouée ? « Lily, Viveca a entendu ce que tu viens de dire », murmura Natalie.

« Et alors ? Elle sait parfaitement que je ne l'aime pas. »

La porte d'entrée s'ouvrit à nouveau. Nick Meredith entra. « Pas possible », dit Lily. « Voilà de l'agitation. »

Natalie s'excusa et se dirigea droit vers Nick. Il avait les joues rouges, et le regard agité. « Pourquoi avez-vous quitté l'église aussi vite ? » demanda-t-elle d'emblée.

« Rien ne vous échappe, n'est-ce pas ? »

« Je remarque assez facilement les voitures qui s'enfuient à toute allure après un enterrement. C'était quoi ? »

Nick baissa d'un ton. « J'ai vu Lindstrom. »

« Aux obsèques ? » laissa-t-elle échapper.

« Ce n'est pas la peine d'en référer à la pièce entière », dit Nick. « Oui, aux obsèques. Je l'ai vu partir. »

« Les meurtriers viennent aux enterrements. »

« Ne vous emballez pas avec ces clichés de séries criminelles. Il arrive parfois qu'ils y viennent. »

« Quelle autre raison aurait-il eu de venir ? » demanda Natalie. « Il ne connaissait pas Tamara. Et quelle excuse vous a-t-il donnée ? » Elle fit une pause. « Vous l'avez eu, n'est-ce pas ? »

« Oui. Il dit vouloir écrire un livre au sujet des assassinats. Vous savez — des vrais meurtres. »

« Et vous le croyez ? »

« Il a prétendu être reporter pour *Cincinnati Star*. J'ai vérifié. Il était effectivement l'un de leurs reporters jusqu'à il y a trois semaines environ. Le rédacteur en chef m'a dit qu'il était parti et même s'il n'était pas très bavard, j'ai cru comprendre qu'il l'avait viré. »

« Alors il a menti. Et à propos de la boucle d'oreille ? »

« Il dit l'avoir trouvée sur le chemin. Il pensait bien qu'elle était à Tamara et voulait me l'amener, mais quand il est rentré, il ne l'avait plus. Et il n'a jamais eu l'intention de vous faire peur sur ce chemin. Il était seulement curieux. Il s'est un peu laissé aller parce qu'il vous trouve jolie et qu'il ne voulait pas que la conversation se termine. »

« Mon apparence n'a aucun rapport avec sa façon d'agir, Nick. »

« Sans doute pas. Non pas que je veuille sous-estimer votre apparence. »

« Je ne cherchais pas de compliment. »

« Je sais. Si c'était le cas, je ne vous en aurais pas fait. »

Natalie grimaça. « Mon Dieu, vous êtes coriace, vous. »

« Dur comme un clou, très chère. »

« Et qu'en est-il de Mme Bishop qui pense l'avoir vu discuter avec Charlotte ? »

« Mme Bishop n'a jamais dit qu'elle avait vu Lindstrom. Elle a juste donné un vague signalement qui lui ressemble. Il dit bien sûr qu'il ne connaissait pas Charlotte et qu'elle n'était d'aucun intérêt pour lui à ce moment-là. »

« Et pourquoi cela ? »

« Parce qu'elle était encore vivante. Et puis, après toutes ces conneries, il a eu le culot de me demander s'il pouvait faire partie de l'enquête. Il m'a promis des remerciements dans son livre. »

« Et votre cœur d'acier a fondu. »

« J'étais de la pâte à modeler entre ses doigts. »

« La vérité, s'il vous plaît. »

« Je lui ai dit que s'il ne se tenait pas à l'écart, je devrais l'arrêter. »

« Vous croyez que cela lui a fait peur ? »

« Eh non ! Il sait que je ne peux pas l'empêcher de questionner les gens, et jusqu'à présent il n'a rien fait de plus. »

« Jusqu'à présent ? »

« J'ai rencontré des centaines de personnes comme lui, Natalie. C'est un pervers, mais il sait suffisamment se contrôler pour pouvoir mentir sans sourciller même sous pression. Je ne lui fais pas confiance. »

« Vous ne faites pas confiance à qui ? »

Natalie et Nick levèrent les yeux vers Alison. Ils avaient tous les deux été si surpris par son visage souriant qu'ils ouvrirent de grands yeux. « Le chat a mangé votre langue ? » demanda-t-elle, rusée. « Vous aimez les chats ? Moi, oui. »

« J'ai un chat », dit Nick surpris par le son enthousiaste de sa propre voix. Il avait l'impression de s'adresser à une enfant. « Il s'appelle Ripley. »

Alison fronça les sourcils. « Et pourquoi Ripley ? »

« Ce ne devait pas être son nom, mais ma fille a vu le film *Alien*. Cela lui a fait peur mais elle aimait beaucoup l'actrice principale qui s'appelait Ripley. »

Alison le regarda comme s'il avait perdu l'esprit. « C'est Sigourney Weaver qui jouait le rôle de Ripley. Ripley est une femme. Vous savez ça ? » Nick rougit alors que le ton de la voix d'Alison augmentait. « Votre chat mâle porte un nom de femme ! »

« Ma fille aime ce nom », murmura-t-il. « Je ne suis pas sûr qu'elle s'intéresse beaucoup au sexe. »

Alison se pencha vers lui et lui dit discrètement : « Toutes les filles pensent au sexe. »

« Ma fille n'a que onze ans », rétorqua Nick durement.

« Loin derrière l'âge de l'innocence », ricana Alison. Elle fit un clin d'œil à Natalie. « Pas vrai ? »

Natalie était sans voix. « Je suppose que cela dépend de la fille. »

« Eh bien, avec une mère comme la mienne... » Alison roula les yeux. « Hé, quelle est la différence entre une pute et une courtisane ? »

« Une... quoi ? » lança Nick.

« C-O-U-R-T-I-S-A-N-E. » Alison épela le mot à haute voix. « Alors, personne ne sait ? »

« Je... eh bien... » Natalie rêvait d'un autre verre corsé. Nick avait l'air de vouloir sauter par la fenêtre. Alison les fixait de son regard innocent d'enfant de douze ans, les yeux furtifs. « Parlons d'autre chose », parvint finalement à dire Natalie. « Tu dis que tu aimes les chats. Et les chiens ? Moi, j'ai un chien. »

« J'adore les animaux, mais ma mère ne veut pas que j'en aie. Je suis au courant pour votre chien. C'est celui qui est resté près de Tamara quand elle est morte. Je ne suis pas censée le savoir. »

Elle les regarda tous les deux prudemment. « Peu importe, je sais plein de choses que je ne devrais pas savoir. »

« Alison chérie, je te cherchais. » Viveca apparut aux côtés de sa fille et plaça ses mains sur ses frêles épaules. « As-tu mangé quelque chose ? »

Alison parut perdre tout son oxygène. « Je n'ai pas faim. »

« Impossible. Il y a du très bon foie gras... »

« Je n'ai pas faim », dit Alison entre ses dents. « Tu veux que je mange pour que je me taise. »

« Chérie, ce n'est pas vrai... »

Alison grogna et s'enfuit. Viveca regarda Nick, Natalie haussa les épaules, et rit nerveusement avant de s'élancer derrière sa fille.

« Mon Dieu », murmura Nick.

« On ne s'ennuie jamais dans le coin. Mon père a fréquenté Viveca. Alison aurait pu être ma sœur par alliance. »

« Et qu'est-ce qui vous a sauvée ? »

« Viveca a laissé tomber Papa pour Eugène Farley, puis Eugène pour Oliver. Je pense qu'elle va épouser Oliver. Lily sera folle de rage. Elle la déteste. »

Nick fronça les sourcils. « Parlez-moi de son mari. »

« Le père d'Alison s'appelait Damon Cosgrove. » Nick écarquilla les yeux. « Oui, l'écrivain. Deux best-sellers applaudis des critiques. Puis ce pauvre gus est venu à Port Ariel dans la maison de sa tante et il a rencontré Viveca. Ils se sont mariés, ont eu Alison et il n'a plus jamais publié d'autre livre. Même pas une nouvelle. »

« Et pourquoi ça ? »

« Je ne sais pas. Peut-être faisait-il partie de ces auteurs qui n'ont qu'un ou deux livres en eux. Ou alors il s'est senti accablé par Viveca. Je crois qu'elle avait dix ans de moins que lui mais elle était déjà une femme intimidante, comme disait ma grand-mère St. John. Damon est mort alors qu'Alison n'avait que cinq ou six ans. Il a été électrocuté devant ses yeux. »

Nick était abattu à l'idée d'une Paige de cinq ans devant un spectacle si effroyable. « Viveca reporte complètement les problèmes d'Alison sur cet accident », poursuivit Natalie. « Mais j'ai entendu dire qu'elle n'était pas une enfant très équilibrée avant cela. » Elle respira profondément. « Et maintenant je me sens coupable d'avoir commméré, mais je me réconforte en me disant que plus vous en saurez sur nous, plus vite vous retrouverez l'assassin. »

« C'est vrai que plus j'en sais, mieux c'est, surtout qu'Alison est directement impliquée soit en tant que victime, soit en tant que suspect. »

Try to Remember des Fantasticks était la musique qui passait à ce moment. Nick regarda autour de lui partagé entre l'embarras et l'amusement. « Une idée de Viveca », dit Natalie. « Elle pense que nous montons un spectacle pour Broadway. »

« Tout cela n'est qu'une farce », ronchonna Nick. « Et plus je perds de temps à attendre que cela cesse, plus je vous mets en danger Lily, Alison et vous. Je veux parler à Oliver et Viveca, maintenant. »

« Maintenant ? Vous ne pouvez pas attendre que ce soit fini ? »

« Cela peut durer des heures. Viveca est là-bas à surveiller Alison. Trouvez-moi Peyton, Natalie. Dites-lui que je veux le voir avec Viveca. »

Natalie ne connaissait pas très bien Nick mais elle savait quand il ne plaisantait pas. Elle savait aussi que cela ne servait à rien de discuter avec lui quand il était décidé.

« Monsieur Peyton, le shérif souhaiterait vous parler », dit-elle doucement quand elle eut repéré Oliver près du maire.

Oliver se recula comme si elle était un moucheron. « Je suis occupé. Je lui parlerai plus tard. »

« Il veut vous parler maintenant. »

Les lèvres d'Oliver se crispèrent. « Écoutez, jeune fille, je ne veux pas paraître incorrect mais quand je dis plus tard, c'est plus tard. »

« Monsieur Peyton, c'est important. »

Oliver Peyton la regarda froidement en colère. Puis Lily dit d'une voix inflexible : « Si Natalie te dit que c'est important que tu parles au shérif, alors c'est important. » Elle sourit poliment au maire. « Je suis sûre que vous comprenez. »

« Bien sûr », dit-il. « Allez-y, Oliver. »

Oliver marcha aux côtés de sa fille, furieux. « As-tu perdu la tête ? » se fâcha-t-il. « Je ne réponds pas aux ordres du shérif Meredith ni à ceux de Natalie St. John ! »

« S'il te plaît, épargne-moi ta scène d'arrogance », dit Lily blasée. « Tu ne me fais pas peur comme tu faisais peur à Tam et tu ne fais sans doute pas peur à Meredith non plus. Lui et Viveca t'attendent dans ton bureau. »

« Viveca ! » Oliver explosa. « Mais qu'a-t-elle à voir avec tout cela ? Lily, je sais que tu ne l'aimes pas mais si tu as parlé à tes amis pour l'intimider… »

« Personne n'intimide Viveca, Papa. » Lily ouvrit la porte du bureau. « Voici notre grand timide. Je vous laisse seuls. »

« Lily, j'aimerais que vous et Natalie restiez », dit Nick. « Fermez la porte s'il vous plaît. »

« Ma fille… » commença Viveca.

« Votre fille ira très bien pendant ces quelques minutes, madame Cosgrove », dit Nick. « Je ne veux pas qu'elle entende ce que j'ai à vous dire. »

« Entendre quoi ? » demanda Viveca. « Qu'est-ce qu'elle ne peut pas entendre ? » Elle se pencha vers Oliver et agrippa son bras, apeurée et sans défense. Natalie échangeait des regards avec Lily. Quelle comédienne ! Viveca Cosgrove pourrait préparer et guider une armée à la bataille. « Oliver ? » implora-t-elle tremblante.

« Tout cela est ridicule » s'écria Oliver. « Vous êtes en train d'affoler Mme Cosgrove. De quoi s'agit-il ? »

« Si vous vous calmez, vous saurez bientôt tous de quoi il s'agit », dit Nick répréhensif. « Je crois voir un possible lien entre les meurtres. » Puis il expliqua calmement l'histoire d'Eugène Farley et comment Viveca et Oliver avaient joué un rôle dans le drame de sa mort. « C'est pourquoi vous devez être particulièrement attentifs à la sécurité de Lily et d'Alison. »

Viveca et Oliver le fixèrent un moment puis Natalie vit les couleurs s'envoler du visage d'Oliver. Même ses lèvres pâlissaient. Il parut malade et toucha son bras gauche. Pendant un instant, elle avait cru qu'il faisait une attaque.

Viveca ne portait aucune attention à son soi-disant grand amour. Elle avait, elle aussi, pâli mais elle argumenta. « Je trouve votre théorie complètement absurde, shérif Meredith. Je n'ai jamais rien fait de mal à Eugène. » Nick la dévisagea. « Oh, on s'est vu à une époque et cela n'a pas marché, mais à part cela... »

« À part cela, il a escroqué la société Bishop de deux cent mille dollars juste pour vous récupérer », lâcha Lily.

« Ce n'était pas de ma faute ! » rétorqua Viveca furieuse. « Je ne lui ai pas demandé de le faire. Et le pauvre Oliver qui l'a défendu. »

« Et qui a perdu l'affaire », dit Nick.

« Et ce n'était pas non plus de sa faute ! » s'écria Viveca. « Il est grotesque de nous tenir pour responsables de la mort d'Eugène Farley. »

Nick la regarda froidement. « Madame Cosgrove, je ne vous tiens pas responsable de la mort de Farley. Mais je crois que quelqu'un d'autre est en train de le faire. »

« Je ne comprends pas. Oliver, pourquoi ne dis-tu rien ? »

« Peut-être parce qu'il a peur. » La porte était ouverte et Alison était là, debout, adressant un regard furibond à Oliver. « Pourquoi ne leur dis-tu pas ce que je sais ? »

« Je... Je ne vois pas de quoi tu veux parler. » Peyton bégayait.

« Alison, retourne dans l'autre pièce ! » ordonna Viveca.

« Non. » Elle regarda Nick. « Les gens de cette ville ont été odieux avec Eugène. Il était merveilleux — mignon et délicat et attentionné, et ils l'ont tué. » Des larmes coulaient le long de ses joues. « Ils l'ont tous tué ! »

« Alison, tu ne sais même pas de quoi tu parles », dit Viveca de la voix la plus cruelle que Natalie ait jamais entendue. Puis elle dirigea son regard vers Nick. « Si vous cherchez quelqu'un que la mort d'Eugène a rendu amère, voyez Dee Fisher. C'est l'infirmière sans scrupules qu'il voyait quand il est arrivé ici. Elle a volé des médicaments à l'hôpital. Elle a même accusé le Dr St. John de négligence, proclamant qu'il avait laissé mourir Eugène sur la table d'opération. Elle est folle ! Elle était obsédée par Eugène. Elle m'avait menacée quand je le voyais en me disant que je paierais pour le lui avoir pris ! Elle est folle, je vous le dis ! »

« Oui, vous l'avez dit deux fois », dit Nick doucement. « Et je suis au courant de la possible participation de Dee Fisher dans tout cela. Mais je ne suis pas en train de vous parler de mes suspects. Je suis juste en train de vous avertir, vous et M. Peyton, du danger que courent Alison et Lily. »

« Et Natalie ? » questionna Viveca.

« Natalie aussi. Elle le sait. Et son père le saura bientôt. Pour le moment, je tente de vous parler de votre fille. »

Viveca regarda Alison, qui se tenait toujours sur le pas de la porte qu'elle tapotait de nervosité. « Chérie, va dans l'autre pièce. »

« Non. » Ses yeux se noircirent. « Vous êtes tous en train de vous couvrir pour Eugène ! »

« À quel propos ? » demanda Nick.

« Aucun ! » Viveca avait presque crié. « Elle ne sait rien ! Laissez-la tranquille. »

« Je sais tout ! » hurla Alison. « Vous avez tous tué Eugène et vous allez tous payer ! »

Son corps était tout raide. Viveca se précipita vers elle, alors qu'elle commençait à trembler et que ses accusations n'étaient plus que des balbutiements. Ses bras fouettaient l'air. Viveca tentait en vain de la contrôler. Elle regarda Oliver, désemparée, qui restait assis comme une pierre. Nick prit les choses en main, entourant la jeune fille de ses bras robustes. Elle continua malgré tout à se tortiller avec un tonus incroyable.

« J'appelle les Urgences », dit Lily.

« Je ne veux pas qu'elle aille à l'hôpital ! » se lamenta Viveca. « Tout le monde en ville sera au courant. Les rumeurs... »

« Oh, pour l'amour du ciel, Viveca ! » éclata Lily avant de foncer vers le téléphone.

« Non ! » cria Alison. « Pas l'hôpital. Plutôt mourir ! »

Elle attrapa un vase en verre, le brisa et tenta d'atteindre ses poignets. Nick retira le morceau de verre de sa main alors qu'Alison continuait à hurler.

« Elle le pense vraiment », cria Viveca. « Elle se fera du mal. Je dois la ramener à la maison. »

« Elle a besoin d'un médecin », insista Nick.

« Pas l'hôpital… »

« Viveca, laisserez-vous mon père l'examiner ? » intervint Natalie.

« Andrew ? » Viveca fronça les sourcils puis regarda Alison. « Chérie, tu veux bien que le Dr St. John te voie ? Tu l'aimes bien. »

Alison cessa lentement de hurler. « Johnny ? Il était gentil avec moi. »

« Oui, chérie, Johnny a toujours été gentil avec toi. » « Johnny ? » Natalie était abasourdie. « Si on rentre, tu le laisseras te donner quelque chose pour que tu te sentes mieux ? S'il te plaît ? » pria Viveca.

Alison respirait difficilement. « Oui. OK. Mais seulement Johnny. Tu m'entends ? Seulement Johnny. Et pas ici. Je veux partir d'ici. Je veux rentrer à la maison ! »

Natalie prit le téléphone de Lily. Personne ne décrochait et elle était inquiète. Puis elle pensa à Ruth. Elle trouva son numéro dans l'annuaire et Ruth lui passa son père. Aussi brièvement que possible, elle lui expliqua qu'Alison avait besoin de lui et qu'elle serait chez Viveca. « Je pars immédiatement », avait-il dit en raccrochant.

Alison regarda Nick irritée. « Je ne supporte pas d'être touchée par un homme que je ne connais pas. Lâchez-moi ! »

Il la libéra et elle s'effondra. Lily s'approcha pour l'aider. Avec difficulté, elle passa un bras par-dessus son épaule et ses yeux devinrent vitreux. Mentalement, elle ne serait plus pour longtemps parmi eux.

Trois minutes plus tard, Nick et Natalie se tenaient seuls debout dans la pièce. Lily était partie aider Viveca avec Alison qui s'était mise à crier à intervalles réguliers. Elles la conduisaient jusqu'à la voiture de Viveca. Oliver les avait suivies en chancelant. Cette scène horrible avait glacé Natalie jusqu'aux os. Elle regarda Nick. « Mais mon Dieu, qu'est-ce que tout cela voulait dire ? »

« Je ne sais pas », dit Nick lentement. « Mais je crains que si Alison n'est pas notre assassin, elle vienne de signer son propre arrêt de mort. »

14

I

LA NUIT DE JEUDI

Nick sonna une deuxième fois à la porte. Une lampe était allumée dans le salon et une autre dans une pièce à l'étage. Il entendait le bruit sourd de la télévision. Il regarda sa montre. 21 h 30. Trop tôt pour être déjà couchée. Il leva la main pour sonner à nouveau quand la porte s'ouvrit enfin. Le visage d'une femme aux cheveux blancs en bigoudis lui lança un regard furibond. « Ouais ? C'est pour quoi ? »

« Madame Fisher ? »

« Que se passe-t-il si c'est moi ? »

« Je suis Nick Meredith, le shérif, et… »

« Je le savais ! Qu'est-ce qu'elle a encore fait ? » questionna la femme violemment. « Comme si je n'avais pas assez de soucis comme ça ! »

« Madame, je me demandais si je pouvais entrer pour vous parler. »

« Vous pouvez parler d'ici, sur le porche. »

Les moustiques et les mites tournoyaient dans la lumière du porche juste au-dessus du visage de Nick. De plus, la femme semblait malade et pas très solide sur ses jambes. Il fallait qu'elle s'assoie. « S'il vous plaît, madame, je crois que ce serait plus confortable à l'intérieur… »

Elle se mit à tousser violemment. Il s'approcha d'elle, ne sachant pas quoi faire, à part lui taper dans le dos, mais elle gifla sa main. « L'air du soir », dit-elle.

« Vous voulez un médecin ? »

« J'en ai ma claque des médecins. Carte. »

« Comment ? »

« Montrez-moi votre carte et je vous laisse entrer. »

Nick lui montra sa plaque et sa carte. Elle acquiesça et le fit entrer. Elle tenait d'une main sa robe de chambre en flanelle autour de son corps décharné et toussait dans l'autre. Nick resta debout inquiet et complètement désemparé. « Madame Fisher… »

Elle lui fit signe de se taire. Il la regarda incertain alors qu'elle toussait encore pendant une bonne minute avant de se calmer en se raclant la gorge et en avalant sa salive plusieurs fois. Elle claqua finalement la porte d'entrée et le conduisit vers la salle de séjour. « Vous pouvez vous asseoir mais je n'éteindrai pas la télé », annonça-t-elle d'une voix discordante et décidée. « C'est mon programme préféré. Une rediffusion de la série *The Mary Tyler Moore Show.* Cette chaîne ne passe que des rediffusions. Je n'aime pas les séries actuelles. Elles n'ont aucun sens. Et en ce qui vous concerne ? »

« Ce que j'aime regarder à la télé ? »

« Non ! Ce que vous êtes venu faire ici. C'est au sujet de Dee, n'est-ce pas ? »

« Oui, madame Fisher. »

La femme était assise dans un fauteuil miteux juste en face de la télé. Nick allait s'asseoir sur le canapé en skaï quand elle aboya : « Stop ! » Il s'arrêta dans son élan. « Pendant que vous êtes debout, allez me chercher une bière. Je bois à la canette. Pas la peine de salir des verres si ce n'est pas utile. Prenez-en une aussi. Je me fiche que vous soyez en service. Je ne le dirai à personne. »

« Je ne suis pas en service et j'apprécierais une bière. »

« Ouais, peu importe », répondit Mme Fisher absente, absorbée par le personnage de Mary Richards en train de se lamenter. « M. Grant ! » Nick se dirigea vers la cuisine en lino pleine de babioles pendues partout où il y avait de la place. La dernière clayette du réfrigérateur était tout entière réservée à la bière bon marché. Nick prit deux canettes et retourna vers le salon. Mme Fisher prit la sienne sans même le regarder. « Merci. Comme je dis toujours, rien ne vaut une bière fraîche avant d'aller au lit. »

« Oui, j'aime bien prendre une bière de temps en temps dans la soirée. »

Nick ne savait pas trop pourquoi il prenait cette voix pédante, et Mme Fisher lui lança un regard suspicieux derrière ses lunettes à double foyer. Pour rattraper le coup, il but une grosse gorgée de sa bière et dit en soupirant bruyamment : « Dieu que c'est bon ! » C'était encore pire. Mme Fisher le fusilla d'un regard douteux. Jusque-là, il avait mal commencé avec elle. Il valait mieux continuer franchement plutôt que de la lui jouer. Sinon, elle allait le jeter dehors.

« Madame Fisher, votre fille Dee habite ici, n'est-ce pas ? »

«Vous le savez déjà, sinon vous ne seriez pas là. Qu'a-t-elle fait ? »

« Rien. » Mme Fisher émit un son digne d'un rot ou d'un grognement de réprobation. « Je vous dis la vérité, madame. »

« Si elle n'a rien fait, pourquoi êtes-vous là à me déranger pendant ma série ? »

« Je suis désolé pour l'heure. Dee n'est pas là, n'est-ce pas ? »

« Qu'est-ce qui vous fait croire ça ? »

« Parce que je sais que vous n'allez pas bien et c'est vous qui êtes venue ouvrir. »

Mme Fisher se mordit les lèvres. « Pas bien. C'est la meilleure. Un cancer du poumon. Je suis mourante. Il me reste maximum quatre mois à vivre. »

« Je suis désolé. »

« Mon docteur me gueule dessus parce que j'ai fumé toutes ces années. Eh bien, je vais vous dire la même chose qu'à lui. Ces cigarettes ont été la seule joie de ma vie. Elles et la bière. »

« Et pas votre famille ? »

« J'ai eu deux maris qui sont partis. Me laissant seule avec trois enfants en bas âge, Dee étant la plus jeune de ces trois démons. J'ai tout essayé avec eux, mais aucun n'est devenu autre chose que de la vermine. »

« Dee est infirmière. Elle s'occupe de vous. »

« Pour le gîte et le couvert. Mais je ne suis pas dupe. C'est la seule raison pour laquelle elle reste, même si elle essaie parfois d'être gentille en me disant qu'elle apprécie ce par quoi je suis passée pour elle. Mais ce sont des conneries ! »

« En êtes-vous sûre, madame Fisher ? »

« Oui, j'en suis sûre, monsieur le policier qui vient chez moi boire ma bière, qui interrompt mon programme télé et qui ne sait absolument rien de ma vie ! » Elle resta fixée à l'écran un long moment, puis se détendit alors que Ted Baxter bégayait : « Je jure qu'il est drôle ! »

« Cette série est un classique », dit Nick dans le vague. Il l'avait perdue en l'énervant. Peut-être parviendrait-il à la récupérer en se servant de la série. « Qui préférez-vous ? Mary ou Rhoda ? »

« Mary ! Rhoda porte des vêtements criards et a toujours des foulards ridicules sur la tête. » Elle le regarda. « Pourquoi, vous préférez Rhoda, vous ? » Cela ressemblait plus à une accusation qu'à une question.

« Oh, non. » En réalité, quand il était jeune il préférait Rhoda. Elle était plus amusante. « Mary est si… »

« Parfaite. » Mme Fisher souriait d'approbation. « J'aurais aimé que Dee devienne comme elle, mais Dee est de la mauvaise graine comme son père. »

« De la mauvaise graine ? »

« Allez, ne me dites pas que vous n'êtes pas au courant du vol de médicaments à l'hôpital. Seigneur, j'ai eu tellement honte quand elle s'est fait prendre ! Tout le monde l'a su. Et puis elle s'est mise à divaguer sur le docteur St. John. Tout cela parce que c'est lui qui l'a démasquée. » Puis elle ajouta légèrement, plus doucement : « Elle avait perdu la tête à cause de la mort de ce garçon, Farley. »

« Eugène Farley ? »

« Ouais. Je l'ai rencontré une fois. Beau comme un dieu. Des manières comme vous n'en avez jamais vu. Il me traitait comme une vraie dame. Il avait beaucoup de classe. » Elle secoua sa tête casquée de bigoudis. « Je savais qu'il ne resterait pas avec Dee. Elle n'était pas de son monde. Et je n'ai pas cessé de le lui répéter. »

Je suppose que cela a dû donner un coup à son ego, songea Nick avec compassion pour Dee.

« Quand il l'a jetée, j'ai cru qu'elle allait devenir folle. » Mme Fisher poursuivit : « À me faire peur, car j'étais déjà malade et si Dee tombait en morceaux, il n'y aurait plus eu personne pour s'occuper de moi. Cela m'a valu quelques nuits blanches, je peux vous le dire. »

Parce que vous vous préoccupiez de vous et non pas de votre fille, pensa Nick indigné. Si Paige était un jour au bord de la dépression, la dernière chose à laquelle aurait pensé sa mère c'était bien à son propre bien-être. Il se força pour paraître courtois. « Mais tout a bien fini et Dee s'occupe bien de vous. »

« Bien ? ah ! »

« Ce n'est pas le cas ? »

« Si c'était le cas, est-ce que je serais assise là toute seule en pleine nuit ? Elle sort toujours très tard. »

« Avec Hysell ? »

« Qui ? Oh, cet agent de police. Il ne l'épousera pas non plus. Je le lui ai dit. Mais elle n'est pas avec lui. Je le sais parce qu'il a appelé il y a moins d'une demi-heure. Il a déjà appelé quand elle était sortie. »

« Vous ne savez pas où elle va, la nuit ? »

« Non. Elle trouve des prétextes mais je sais toujours quand elle ment. »

« Et depuis combien de temps ça dure ? »

« Une semaine. Peut-être deux. Elle a eu plein de conversations secrètes au téléphone aussi et pas avec ce policier. »

« Alors avec qui ? »

Mme Fisher haussa les épaules. « Aucune idée. » Elle montra la télévision. « Voilà Rhoda avec son foulard. Elle peut pas se regarder dans une glace ? Elle s'rend pas compte à quel point elle est ridicule ? »

Et vous, vous ne savez pas que c'est une série télé qui a plus de trente ans, et que c'est un personnage ? pensa Nick. Quel crédit donner à tout ce qu'elle venait de dire si elle n'était pas capable de faire la différence entre la fiction et la réalité ? « Madame Fisher, pensez-vous que votre fille sorte la nuit pour voir un homme ? »

« Comment le saurais-je ? Mais c'est le genre de choses dégoûtantes qu'elle serait capable de faire. Commencer à fréquenter quelqu'un de responsable comme ce policier et le trahir quand il a le dos tourné. » Son visage était crispé et elle eut une autre quinte de toux. Nick se leva nerveusement alors qu'elle commençait à convulser. On aurait dit qu'elle allait cracher ses poumons.

« Madame Fisher, laissez-moi appeler les Urgences. »

« Non ! » étouffa-t-elle. « Je regarde ma série ! »

« Vous devenez bleue ! J'appelle les Urgences. »

Ses yeux remplis de larmes semblaient énormes au travers de ses doubles foyers. « Vous n'en ferez rien sinon je leur dirai que vous êtes entré ici de force, pour me violer ! » grogna-t-elle entre deux toux. « Ils me croiront, un jeune type comme vous rôdant la nuit, et moi toute seule et peu habillée ! »

Mon Dieu, pensa Nick. Mais qu'avait-il fait à cette ville ? Alison lui avait demandé de ne pas la toucher et maintenant Mme Fisher avec ses bigoudis et sa robe de chambre en flanelle le menaçait de crier au viol. Sa quinte se calmait. « Très bien, madame », dit-il d'une voix calme. « Je me faisais du souci pour vous. Je ne voulais pas vous nuire. »

« Vous m'énervez. »

« J'en suis navré. Je vais vous laisser. »

« Très bien », dit-elle cinglante. « Vous avez une cigarette ? »

Nick la regarda, halluciné. « Non. Je ne fume pas. »

« Eh bien, tant pis. » Elle soupira sur l'injustice de la vie. « Même si vous en aviez eu une, vous me l'auriez sûrement pas donnée, alors aucune différence. » Nick la regardait en silence. « Très bien. Monsieur le policier, avant que vous partiez, allez au moins me chercher une bière. »

Obéissant, Nick lui apporta une canette de cette bière bon marché et la décapsula. Quand il la déposa dans la main aux veines apparentes, elle ne leva même pas les yeux. Elle souriait joyeusement au monde imaginaire de sa télévision.

II

Paige était suspendue à la plus basse branche du chêne et se laissa tomber. « Tu grimpes de mieux en mieux », dit Jimmy.

Paige rougit avec embarras, à cause du compliment et à cause du souvenir de la première fois où elle avait essayé et était tombée sur la tête aux pieds de Jimmy en se mettant à pleurer. « Merci. C'est quoi, ton urgence ? »

« On retourne à la maison des Saunders pour faire des photos du tueur. J'ai le Polaroid de mon père. » Il le lui montra fièrement.

« Tu veux y aller cette nuit ? »

« Bien sûr. On ne peut pas attendre. Il pourrait tuer d'autres gens. »

« Eh bien, ouais, mais… »

« Mais quoi ? » demanda Jimmy impatient. « La voiture de ton père n'est pas là, alors tu n'as pas à te préoccuper de lui. »

« Il a appelé pour dire qu'il serait en retard. Mme Collins était ulcérée. Elle ne lui en a rien dit mais elle a appelé l'une de ses amies pour se plaindre qu'elle ne pouvait pas passer sa vie ici à cause de son travail à l'église. Ils ont un nouveau pasteur et il y a ce grand dîner qu'ils organisent pour lui… »

« Je me fous de la fête de l'église ! » Jimmy tourna la tête. « Oh, génial », soupira-t-il alors que les phares d'une voiture se dirigeaient dans la cour. « Baisse-toi ! »

Ils atterrirent tous les deux dans la poussière. « C'est mon père », murmura Paige. « Il va aller directement dans ma chambre pour vérifier si j'y suis. »

« Alors grimpe à l'arbre et mets-toi au lit. Je t'attends ici. »

« Et si je ne redescends pas, tu iras tout seul ? »

« Il faudra que j'y réfléchisse », dit Jimmy sérieusement. À vrai dire, il n'avait aucune envie de retourner seul à la maison des Saunders, mais il n'allait pas l'admettre. « Dépêche-toi. Ton père entre dans la maison. »

Paige sauta, attrapa une grosse branche, et commença à grimper. Elle avait fait du chemin depuis la première fois, pensa Jimmy fièrement comme s'il avait quelque chose à voir avec ses progrès. Il s'assit dans l'ombre d'un arbre pour attendre.

Paige enjambait le rebord de la fenêtre quand elle entendit son père exploser. « Ripley, merde ! »

Elle traversa sa chambre et descendit dans le hall. « Qu'est-ce qui se passe, Papa ? »

Nick se massait la nuque alors que Ripley était assis à mi-hauteur des escaliers, ses yeux verts à l'affût.

« Ton foutu chat a sauté sur moi de la rampe d'escalier. »

« Papa, ce n'est pas un foutu chat, et Maman disait que tu ne devais pas dire ce genre de chose devant moi. » Elle se précipita vers Ripley et le caressa. « Tu l'as vexé. »

« Il m'a griffé le dos. »

« Il est désolé mais c'est son jeu favori. »

Nick regarda le magnifique petit visage de sa fille chagrinée et il fondit. « OK, je suis désolé d'avoir hurlé. Mais j'aimerais bien qu'il se trouve un autre jeu. »

« On y pensera », lui assura Paige sincèrement.

Mme Collins était près de la porte. « Je suppose que je peux partir, shérif. Il est très tard… » Elle allait commencer à se plaindre mais le visage furieux de Nick la refroidit immédiatement. « À demain, Paige. »

« Ouais, au revoir », répondit vaguement Paige alors que son père fermait la porte derrière la femme. « Tu as l'air terriblement fatigué, Papa. Tu vas au lit ? »

« Il n'est même pas 10 heures. » Nick plissa les yeux. « Pourquoi veux-tu tant que cela m'écarter de la circulation ? »

« Ce n'était qu'une question. »

« Ouais, bien sûr. » Nick passa à nouveau la main sur sa nuque. « Je reste. Il y a des choses auxquelles j'ai besoin de réfléchir. Par contre, il est temps pour toi de te mettre en pyjama. Je monte te voir dans un moment. En attendant, déshabille-toi. »

Super, pensa Paige tristement. Et combien de temps allait durer ce « moment » ? Paige monta les escaliers, Ripley dans les bras. Peu après 11 heures, Nick vint faire à sa fille endormie un bisou de bonne nuit alors que Jimmy Jenkins, sorti silencieusement de l'ombre, pédalait vers le chemin de la maison.

Il n'y aurait pas d'expédition à la maison des Saunders cette nuit.

III

À la clinique, Natalie avait souvent des journées de dix-huit heures qui incluaient trois ou quatre interventions. Et, même après ce genre de marathon, elle ne se sentait pas aussi fatiguée qu'elle l'était après avoir avec Lily salué les derniers invités, fini de nettoyer la cuisine, encouragé le silencieux Oliver à quitter la chaîne hi-fi pour aller au lit, et préparé une carafe de cocktail — gin, vodka, vermouth — pour emporter dans la grande véranda démodée à l'arrière de la maison.

Elles retirèrent leurs chaussures et se relaxèrent sur les chaises longues quelque peu vieillottes. « C'est le seul endroit de la maison que Viveca n'a pas touché », dit Lily, en remuant ses orteils. « Je me souviens du jour où Maman a ramené ces meubles pour la véranda. Un ensemble de dix pièces ! Elle était horrifiée de cette extravagance, mais en même temps cela l'excitait.

C'était peu de temps avant qu'on ait diagnostiqué sa sclérose en plaques. » Lily prit une longue respiration avant d'ajouter violemment : « Je ne laisserai jamais Viveca se débarrasser de ces objets, même si pour cela je devais les empiler dans mon appartement. »

« Je suis sûre que Viveca ne les jetterait pas si elle savait à quel point ces meubles comptent pour toi. »

Lily la regarda longuement. « Je t'ai demandé de n'être ni gentille, ni raisonnable. »

« J'ai juste voulu essayer. » Natalie but une gorgée de son gin-vermouth glacé. « OK. Si jamais elle ose essayer de les jeter, je te promets de venir et de me ficeler à cette chaise longue. Si elle va aux ordures, moi aussi. Qu'en penses-tu ? »

Lily se mit à rire. « J'apprécie ta hardiesse mais ce serait vain. Viveca vous remorquerait toutes les deux. Elle ne t'aime pas plus qu'elle ne m'aime. »

« Est-ce qu'elle apprécie au moins une femme, à part Alison ? »

« Je crois qu'elle aimait bien Tam. »

« Vraiment ? Est-ce qu'elle savait que Tam ne l'aimait pas ? »

« Je n'en sais rien. Tam était toujours polie. Trop polie. Viveca avait commencé à la malmener. J'aurais voulu que Tam ne soit pas si gentille. Si elle avait eu plus de caractère, elle aurait quitté Warren et ne serait pas morte. »

Natalie se crispa légèrement mais s'efforça de paraître naturelle. « Je pensais que tu pensais que c'était peut-être Alison qui avait tué Tam. »

« Si elle l'a fait, c'était à cause de Warren. Mais Papa n'envisagera même pas qu'elle puisse être coupable. Il reste persuadé que c'est Warren qui l'a assassinée. »

Natalie laissa le silence s'installer un moment alors qu'elle et Lily buvaient leur verre en regardant les lucioles scintiller sur la pelouse. « Que penses-tu qu'Alison sous-entendait quand elle a dit qu'elle savait des choses ? » demanda finalement Natalie.

« Rien. Alison est dingue. »

« Mais ton père avait l'air si contrarié. »

Lily lui lança un regard froid. « Bien sûr qu'il l'était ! Il est effondré à cause de Tam. Et le jour de ses funérailles, voilà Alison qui fait une scène, en essayant de se tuer ! »

« Sa tentative de suicide n'était rien d'autre qu'un mélodrame. »

« Certainement. Mais elle aurait pu se blesser et elle est la fille de Viveca, et mon père aime Viveca, bien que je ne saurai jamais pourquoi, et… » Lily se frotta les yeux avec le revers de sa main, comme une enfant. « Le meurtrier de Tam a fait quelque chose à Papa, Natalie. Je veux dire, bien sûr, il est anéanti par la peine mais en plus il est complètement différent. Je ne peux expliquer pourquoi. Mais il ne sera jamais plus le même. »

« Personne ne sort indemne d'une telle tragédie. »

« Tu ne comprends pas ce que je veux dire. »

Mais Natalie comprenait parfaitement. Tamara n'était pas morte dans un accident de voiture ou d'une maladie. Elle avait été sauvagement assassinée, provoquant un changement radical chez Oliver Peyton. Était-il maintenant capable de meurtre ? Était-ce ce que Lily essayait de lui dire ?

Lily essuya d'autres larmes. Natalie pensait que si elle la poussait plus loin, elle allait s'effondrer. « J'espère que tu ne vas pas travailler demain, Lily. »

« Si. Je ne supporte pas d'être assise toute seule toute la journée. »

« On pourrait faire quelque chose ensemble. »

« Il faut que je retourne à la boutique, Natalie. J'ai besoin de ma routine. »

« Tu as l'air exténuée, mais je ne discuterai pas avec toi. Le travail est souvent le meilleur remède pour beaucoup de gens. » Lily ne répondit pas. Elle avait visiblement l'esprit ailleurs. « Je crois que je vais rentrer. Je suis fatiguée. »

Lily sourit péniblement. « Merci de m'avoir aidée aujourd'hui à traverser tout cela. »

« On est amies. Je serai toujours là pour toi. »

Natalie laissa Lily assise dans la véranda avec un deuxième cocktail. Quand elle monta en voiture, elle réalisa que, malgré la fatigue, elle n'avait aucune envie de rentrer chez elle pour revivre cette journée aux côtés de son père. Elle avait envie de conduire.

La nuit était fraîche mais elle gardait l'atmosphère étouffante de l'été. Natalie baissa les vitres et mit la musique en marche en traversant les rues silencieuses de Port Ariel. En hiver, les rues du centre ville étaient désertes la nuit. En été, de nombreuses boutiques restaient ouvertes tard et les touristes animaient les trottoirs. Elle en remarqua trois debout devant la vitrine de Lily. Un peu plus bas, quelques personnes entraient chez Trudy, sans doute des gens du coin, pensa Natalie. Les touristes sont plus attirés par les restaurants chics de la rive, bien que la nourriture n'y soit ni meilleure, ni plus copieuse.

Après un moment, elle regarda la pendule de sa voiture et fut étonnée d'avoir tourné en rond pendant quarante-cinq minutes. Quelqu'un allait sûrement appeler la police pour signaler un véhicule qui n'arrêtait pas de passer et de repasser. En plus, elle commençait à être vraiment fatiguée.

Sur le chemin du retour, Natalie passa devant le Blue Lady. Elle ralentit, regardant le grand pavillon sombre. « Je ne veux plus jamais être seule, Natalie. » Elle se souvenait de cette voix étrange et désincarnée qui disait, menaçante : « Je veux que tu me rejoignes. »

Elle se mit à trembler. Qui pouvait s'être caché dans le pavillon pour la menacer en imitant la voix de Tamara ? Cela ne pouvait assurément pas être Jeff Lindstrom. À moins qu'il ait reçu l'aide de quelqu'un. Mais de qui ? Cette voix si légère et séduisante. Elle avait déjà pensé à Alison. Sa voix avait le même timbre que celle de Tam et elle avait passé suffisamment de temps avec elle pour savoir comment l'imiter. Qui d'autre ? Dee Fisher, que son père avait accusée de vol et que Viveca avait présentée comme suspecte potentielle ? Natalie se souvenait vaguement de Dee à l'époque du lycée. Elle était toujours revêche et désagréable. Natalie ne lui avait que très rarement adressé la parole et elle ne savait pas du tout à quoi ressemblait sa voix. Peut-être pouvait-elle imiter celle de Tamara.

Et puis bien sûr, il y avait Lily. Qui mieux que sa jumelle aurait pu imiter la voix de Tam ? Mais c'était impossible. Pourquoi donc Lily aurait-elle voulu lui faire peur ?

Elle secoua la tête comme pour en sortir la confusion et s'engagea dans l'allée. Elle était vide et la porte de garage ouverte montrait qu'il était également vide. Son père n'était pas là. Plus tôt, il avait appelé chez Lily pour dire qu'il venait de donner un léger sédatif à Alison. Elle dormait. Il n'était déjà plus chez Viveca, avait alors pensé Natalie. Peut-être chez Ruth. Elle sourit en pensant aux explications que lui donnerait son père pour avoir découché. Elle ne lui rendrait pas la tâche facile demain matin. Elle lui poserait plein de questions et exigerait des réponses, en renversant les tables. Elle imaginait déjà son visage rouge, cherchant ses mots puis bouillonnant, outragé.

Natalie descendit de voiture et marcha jusqu'à la porte d'entrée, respirant profondément l'air provenant du lac. En regardant par-dessus son épaule, elle aperçut la lune qui se reflétait presque parfaitement dans l'eau calme. En fait, la nuit semblait bizarrement calme, presque sans souffle, comme si quelque chose allait se produire. Natalie sentit le froid emplir sa poitrine et les muscles de sa nuque se raidir. Quelque chose ne tournait pas rond.

Ridicule. Ce n'est pas le Blue Lady. C'est ta maison. Elle était simplement fatiguée et son imagination débordait. Pourtant, elle s'énerva après ses clés en cherchant celle qui voudrait bien ouvrir la serrure. Elle regarda à nouveau par-dessus son épaule. Une longue bande de pelouse descendait jusqu'à l'eau argentée par la lune. Personne sur la rive. Ni lumière ni bruits ne provenaient de la maison de Harvey Coombs qui se trouvait à une centaine de mètres. Rien d'étrange, mais maintenant elle avait peur. C'était comme si quelque chose la regardait dans le noir, affamé.

Affamé ? Où avait-elle été chercher ce mot ?

Des gouttes de sueur perlaient sur son front alors qu'elle ouvrait la porte précipitamment. « Blaine ? » appela-t-elle, inquiète. La chienne venait toujours lui faire la fête habituellement. Il n'y avait aucun signe d'elle. « Blaine ! » Elle pénétra rapidement à l'intérieur, claqua la porte et la verrouilla.

« Enferme le monstre dehors », murmura-t-elle le souffle coupé, puis elle ferma les yeux. Mais que racontait-elle ? On aurait dit une enfant. Elle avait les mains moites et son cœur battait la chamade.

Ses doigts froids trouvèrent finalement l'interrupteur de l'entrée. Elle alluma en haletant. À ses pieds se trouvait la robe noire qu'elle portait le soir de la veillée funèbre, déchirée. À côté, une petite tache rouge. Elle se pencha, la toucha et renifla ses doigts. L'odeur cuivrée du sang.

« Blaine ! » appela-t-elle fortement, se redressant, les jambes tremblantes. « Blaine, où es-tu ? »

Une traînée de taches rouges traversait le hall vers les chambres. Natalie fit encore quelques pas hésitants. Sa chaussure percuta un cadre à photo brisé. Elle le ramassa. La vitre était en morceaux. À l'intérieur du cadre, il restait quelques bouts déchirés de la photo d'elle avec sa chienne Clytemnestre qui se trouvait sur le bureau de son père depuis plus de vingt ans. Sur cette photo, ses yeux avaient été enlevés. Comme Tamara, pensa-t-elle avec horreur.

Une voix calme et lointaine lui disait de se retourner et de quitter la maison immédiatement. La voix de la raison. Mais elle suivit les taches de sang comme hypnotisée, certaine qu'elles la mèneraient à Blaine. La chienne était-elle grièvement blessée ? Était-elle morte ?

La douleur envahit Natalie à l'idée que la si gentille chienne aux yeux ambre pouvait gésir inerte égorgée. La rage suivit la peine, furieuse contre la personne qui avait pu venir ici et blesser…

Elle s'arrêta net sur le pas de la porte de sa chambre, le regard rivé sur sa coiffeuse. Quatre grosses bougies renvoyaient une lueur jaune à travers la pièce.

Sur le lit, son kimono de soie était étendu sans un pli, la ceinture fermée par un nœud soigné. Au-dessus du col se trouvait un crâne humain aux yeux caves, une rose rouge entre les dents jaunies crispées.

15

I

Natalie resta paralysée par la peur pour ce qui lui parut une éternité. Puis elle revint à la réalité. Elle alluma la lumière de sa chambre, éteignit les bougies et appela la police. Puis elle sortit sa valise et l'ouvrit, en retira le revolver qu'elle avait promis à Nick de ne pas utiliser, et partit à la recherche de Blaine.

Elle se sentait bizarrement calme alors qu'elle descendait doucement jusqu'à l'entrée, traversait la salle à manger puis le salon en allumant toutes les lampes qui se trouvaient sur son passage. Quand elle arriva à la porte-fenêtre qui menait à la terrasse, elle alluma les lumières extérieures et prit enfin sa respiration.

Blaine était attachée au lampadaire métallique. Elle portait une muselière et tremblait toute recroquevillée de peur.

Natalie se couvrit la main avec un morceau de son blouson pour ne pas effacer les empreintes et ouvrit la porte vitrée. Elle se précipita vers la chienne, lui retira la muselière qui était beaucoup trop serrée. Elle s'accroupit et lui murmura des mots de réconfort pendant que sa main experte parcourait le reste de son corps à la recherche d'éventuelles blessures. Blaine eut un mouvement de recul quand Natalie toucha son flanc gauche. Elle ne pensait pas qu'elle ait une côte cassée, mais c'était peut-être une fêlure ou une contusion. La chienne ne s'était sans doute pas laissé faire si facilement, même s'il n'y avait pas de sang autour de sa gueule. Apparemment, elle n'avait mordu personne.

« Je suis désolée », dit Natalie tout doucement. « Si seulement tu pouvais me dire qui a fait ça ! »

Blaine se mit à tirer d'un coup sec pour regarder par-dessus l'épaule de Natalie. Natalie empoigna son arme et toujours accroupie, se retourna et visa.

« Natalie ! » cria Andrew St. John glacé de peur. « Mon Dieu, mais que se passe-t-il ici ? »

Natalie baissa son arme. « Quelqu'un est entré dans la maison. »

Andrew regarda le revolver. « Où as-tu trouvé ça ? »

« Je l'ai depuis quelques mois. Ne t'inquiète pas, je sais comment m'en servir. »

« C'est justement ce qui me fait peur. Tu tiens ce satané truc comme si c'était une seconde nature. Natalie, je déteste les armes. Tu sais quels dégâts peut provoquer une balle dans un corps ? »

« Oui. Je sais aussi quels dégâts peuvent provoquer les longues lames d'un rasoir. On a égorgé trois personnes récemment. Et je ne vais sûrement pas m'excuser d'être armée. » Andrew ne lâchait pas l'arme des yeux. « J'ai appelé la police. »

« Oui, c'était la meilleure chose à faire. Il y a du sang dans le hall d'entrée. Rentre au chaud. » Il ne faisait pas froid mais Andrew avait l'air plutôt abasourdi. Du sang dans le hall, sa fille qui le braque avec un 38. C'était sans doute trop, pensa Natalie. Il pointa le revolver du menton. « Débarrasse-toi de ce truc ou tu pourrais avoir des ennuis avec la police. »

Elle avait déjà eu des ennuis à cause de cette arme, mais elle ne pouvait pas parler à son père de la nuit où Nick l'avait trouvée au Blue Lady. « Je ne vais pas la ranger. J'ai un permis », dit Natalie indifférente. « Et je ne suis pas sûre que quelqu'un ne soit pas encore dans la maison. »

Son père devint blême. « Toujours dans la maison ? »

« Je n'ai pas vérifié toutes les pièces, Papa. Je suis juste allée dans ma chambre et après j'ai cherché Blaine. »

« C'était plutôt bête de ta part. Tu aurais dû faire le tour de toute la maison quand tu as vu le bazar qu'il y avait dans l'entrée. »

« Papa, avant même de rentrer, j'avais l'impression d'être épiée. Harvey et sa femme ne sont pas chez eux. Si j'avais crié, personne ne m'aurait entendue. Je suis rentrée aussi vite que j'ai pu et j'ai verrouillé la porte derrière moi. Quand j'ai vu les dégâts dans la maison, je suis allée chercher mon arme. »

« Tu es allée chercher ton arme. Grand Dieu ! »

« Papa, pour le moment, je pense que le fait que j'aie une arme ou pas n'est pas vraiment le problème. » Natalie se releva. « Quelqu'un s'est introduit dans la maison. »

« Je n'aurais jamais dû te laisser seule. »

« Étais-tu avec Alison pendant tout ce temps ? »

« Non. Je lui ai donné un sédatif et je l'ai laissée une fois endormie. Puis je suis retourné à l'hôpital pour voir quelques-uns de mes patients. » Il s'arrêta.

« Le sang dans le hall, les vêtements lacérés et la photo. Y a-t-il d'autres dégâts ? »

« Eh bien, il y a un crâne avec une fleur entre les dents sur mon lit. »

« Un crâne ? Un vrai crâne ? Un crâne humain ? »

« Il est humain et je suis presque sûre que c'est un vrai. »

« Natalie, comment peux-tu rester aussi calme ? » explosa finalement Andrew. « Qu'est-ce qui ne va pas avec toi ? »

« Tout va très bien. Tu te sentirais mieux si j'étais là debout à hurler à m'en dessouder la tête ? »

Andrew secoua doucement la tête. « Je ne te comprendrai jamais, même si je vivais pendant cent ans. » Une voiture s'engageait dans l'allée. Il regarda par la fenêtre. « Ce n'est pas la police. Il n'y a pas de gyrophare. »

« Je leur ai demandé de venir sans sirène et sans gyrophare. Ça ne sert à rien d'ameuter tout le voisinage. »

« Natalie, tu réagis comme si tout cela t'arrivait tous les jours. »

« Je réagis toujours à contrecoup, Papa », dit-elle gentiment. « Dans une demi-heure, je tremblerai comme une feuille. » Andrew semblait soulagé d'entendre cette réponse qui lui paraissait normale. « Tu devrais aller ouvrir à la police. »

Natalie conduisit Blaine à l'intérieur et regarda la police entrer. Elle fut soulagée de voir Nick et Hysell qui le suivait de près. Nick semblait serein mais Hysell tremblait presque d'excitation. « Des petits ennuis, docteur St. John ? » demanda calmement Nick.

« Des vêtements et des photos déchirés et quelque chose qui ressemble à du sang dans l'entrée. »

« Et une création très artistique dans ma chambre », dit Natalie. « Je n'ai touché à rien à part les interrupteurs. Je n'ai pas vérifié si toutes les portes et fenêtres étaient verrouillées, mais elles le sont habituellement. La porte-fenêtre de la terrasse ne l'était pas, mais le visiteur avait mis Blaine dehors et il n'a pas dû la refermer à clé. J'avais couvert ma main pour l'ouvrir. »

Nick la regarda d'un air approbateur. « Il semblerait que vous sachiez comment réagir dans ce genre de situation. Soucieuse de n'effacer aucun indice. »

« Je regarde beaucoup ces séries télévisées que vous n'aimez pas. »

Nick jeta un œil vers la chienne. « Le chien va bien ? »

« Oui. Elle était attachée au lampadaire de la terrasse et muselée. Elle est apeurée mais il n'y a pas de blessure sérieuse. »

« Avec quelle violence est-elle capable de réagir si un intrus se permet d'entrer ? »

Natalie haussa les épaules. « Je n'en sais rien. Je ne l'ai pas depuis très longtemps. Elle est légèrement blessée — elle a reçu un coup sur le flanc gauche. Je ne pense pas qu'il y ait de fracture, et je ne crois pas qu'elle ait mordu qui que ce soit. »

« Shérif, venez voir par ici. » Hysell appelait depuis la chambre de Natalie. Nick disparut. Ils murmuraient. Puis Natalie entendit le clic de l'appareil photo omniprésent de Hysell. L'œuvre sera immortalisée. Était-ce ce que recherchait celui qui était venu ?

Natalie et son père étaient assis silencieux dans le séjour. Il n'y avait eu aucun dégât dans cette pièce. Blaine tremblait encore un peu mais elle se calmait progressivement. Ils entendaient Nick et Hysell passer de pièce en pièce, fouillant, vérifiant les fenêtres. Puis ils revinrent enfin. « Toutes les fenêtres sont fermées et verrouillées sauf la petite de la salle de bains. Il y a de la poussière dans les rainures du bâti », dit Nick. « Personne n'est passé par là. Natalie, vous m'avez dit que la porte-fenêtre n'était pas verrouillée. Vous la fermez habituellement quand vous sortez ? »

« Toujours », dit Andrew.

« Docteur St. John, qui d'autre possède les clés de cette maison ? »

Andrew réfléchissait. « Les clés ? Eh bien, Natalie en a un jeu bien sûr. Et j'en garde un dans mon bureau, à l'hôpital. »

« Votre bureau est-il toujours fermé à clés ? »

« Non. La journée, il reste ouvert. »

« Même si vous êtes en intervention ? »

« Oui. Mais il y a une secrétaire dans un bureau plus loin. Mme Rosen. On se la partage avec Ralph Harkins. »

« Comme secrétaire ? » interrompit Hysell.

Les lèvres de Nick se crispèrent d'énervement. « Bien sûr, en tant que secrétaire », dit Andrew indigné. « Quoi d'autre ? »

« Je ne sais pas. Comme infirmière ou autre chose. »

« Elle n'est pas infirmière. »

« Eh bien, je pensais... »

« Est-ce que quelqu'un d'autre possède une clé ? » intervint Nick.

« Voyons voir... » Andrew fronçait ses sourcils. « Harvey Coombs. »

« Harvey Coombs ! » Hysell explosa. « Vous faites confiance au vieux Harvey en lui laissant vos clés ? »

Andrew le figea de ses yeux gris acier. « Harvey est mon ami depuis trente ans. Il a des problèmes depuis quelque temps, mais cela n'a pas toujours été le cas. »

« Je vois », dit Ted à haute voix, avant de murmurer : « Mais quand même, je ne lui laisserais pas les clés de chez moi. »

Nick reprit les choses en main. « Il faudra que nous parlions à M. Coombs. »

« Il n'a rien à voir là-dedans », protesta Andrew.

« J'en suis persuadé, mais je veux m'assurer qu'il a toujours les clés », dit Nick. « Il aurait pu les perdre ou les prêter à quelqu'un. »

« Il ne les aurait pas prêtées. » Andrew s'interrompit. « Par contre, il aurait pu les perdre. Il les a depuis plus de vingt ans. »

« Alors, il les aurait perdues il y a cinq ou dix ans et elles viendraient juste de tomber entre les mains d'un tueur ? » demanda Hysell.

« Un tueur ! » explosa Andrew. « Pourquoi pensez-vous que la personne qui a fait ça est un tueur ? »

« À cause de votre lien avec Eugène Farley et parce que Natalie est votre fille », expliqua Ted naturellement.

Andrew regarda Nick de ses yeux gris perçants. « Au nom du ciel, de quoi cet homme est-il en train de parler ? »

« Natalie ne vous a rien dit ? »

« Shérif, ma fille a toujours cette fâcheuse tendance à oublier de me dire les choses. Pourquoi ne me racontez-vous pas tout ça vous-même ? »

Ted allait s'effondrer s'il racontait cette histoire, mais Nick reprit la parole, pour décrire les grandes lignes de la théorie Farley clairement et calmement. Quand il eut fini, Andrew se mit à arpenter le salon, la tête baissée. Il les regarda enfin et leur dit : « Et alors, que faites-vous pour protéger Lily, Alison et Natalie ? »

Natalie était surprise. Elle pensait que son père allait tout d'abord déclamer que cette théorie était absurde, puis qu'il allait lui demander pourquoi elle ne lui en avait pas parlé plus tôt. Apparemment, elle ne le comprenait pas plus qu'il ne la comprenait.

« Pour le moment, je n'ai fait que prévenir Mme Cosgrove et M. Peyton et Lily », dit-il. « Nous n'avons pas les moyens suffisants pour mettre trois personnes en protection rapprochée. Bien sûr, Alison reste chez elle la plupart du temps. Je crois qu'une femme de ménage est avec elle pendant la journée. »

« Oui », dit Andrew. « En dépit de sa condition mentale, elle ne court probablement pas le même danger que Lily Peyton ou ma fille. »

« Merci, Papa », dit Natalie sèchement.

« C'est vrai. Tu as toujours été têtue et insouciante. »

« C'est de mieux en mieux. » Natalie regarda Nick. « Je vous ai dit que je serai prudente. Et je suis sûre que Lily le sera aussi. Maintenant qu'en est-il du désordre de la maison ? »

« Je vais appeler une équipe technique. Avez-vous touché à quoi que ce soit ? »

« Non. Je sais que c'est vraiment du sang dans l'entrée, mais je ne sais pas s'il est humain ou animal. Et je crois que le crâne sur mon lit est un vrai, bien que je me demande où on a bien pu se procurer ce genre de chose. »

« Ça ne peut pas être un vrai. Pas s'il n'y a pas eu de pillage de tombe à Port Ariel. »

« Étant donné tout ce qui se passe en ce moment, je n'en suis pas si sûre », dit Natalie amèrement.

Le téléphone retentit. Andrew décrocha, le visage moins tendu. Puis il se crispa à nouveau. « Bien sûr qu'elle n'est pas là. Je t'aurais appelée. » Il s'arrêta et regarda Nick Meredith. « C'est Viveca Cosgrove. Alison a disparu depuis plus de deux heures. »

II

« Je croyais que vous lui aviez donné un sédatif », dit Nick.

« C'est ce que j'ai fait. Mais il ne devait pas être assez fort. Elle a cessé tout traitement depuis plus d'un an, alors j'ai pensé que sa tolérance aux produits avait diminué. Je lui ai injecté une petite dose d'Activan et elle s'est endormie rapidement. » Il secoua la tête. « Trop rapidement. Elle simulait. L'injection l'a sans aucun doute calmée mais elle ne l'a pas mise K.-O. »

Nick parla à Viveca puis il appela le quartier général pour envoyer deux hommes à la recherche d'Alison. « Croyez-vous qu'elle ait pu pénétrer chez vous ? » demanda-t-il à Andrew.

« Alison ? Pourquoi ? Je pensais que vous étiez inquiet à son sujet, pas qu'elle était suspecte. »

« Les deux », dit Nick. « Quelqu'un a-t-il une idée de l'endroit où cette fille a pu aller ? »

Natalie leva les mains. « Je ne la connais pas beaucoup. Papa ? »

Andrew avait recommencé à faire les cent pas. « Je ne la connais pas beaucoup, non plus. Elle a toujours été timide avec moi. Mais elle semblait aller beaucoup mieux quand j'étais avec Viveca que maintenant. Elle était sous traitement — un traitement dont elle avait absolument besoin. Je me demande pourquoi Viveca l'a envoyée chez Warren Hunt. Oh, mon Dieu, c'est ma faute. J'aurais dû lui donner une dose plus forte d'Activan. »

« Non. Sa mère aurait dû la surveiller de plus près », dit Nick fermement. « Cependant, le manque de surveillance de Viveca n'est pas notre problème. Retrouver Alison, si. Si c'est elle qui a fait cela dans votre maison, Dieu seul sait ce qu'elle est capable de faire cette nuit. Et si ce n'est pas elle, elle est quelque part en train de déambuler, sous l'emprise de l'injection. La parfaite cible pour un tueur. »

III

Andrew insista pour qu'on ne laisse pas Viveca seule chez elle. « Oui, mais Oliver n'est certainement pas en mesure de faire du baby-sitting », dit Natalie. « Et ce n'est pas la peine de proposer Lily. » Andrew était troublé. « Vas-y, Papa. Je sais que tu en as envie. »

« Je ne peux pas te laisser seule. »

« Tout ira très bien. Les techniciens vont bientôt arriver pour rechercher les indices. »

« Et quand ils auront terminé, tu seras à nouveau toute seule dans une maison qui a déjà été visitée ce soir. On va ensemble chez Viveca. »

« C'est sans moi. Je ne serai d'aucune utilité. En plus, elle ne m'aime pas. »

« Tu ne l'aimes pas. C'est pour cela que tu ne veux pas y aller. » Andrew la regarda, déterminé. « Mais ce n'est pas le moment de t'abandonner à ton antagonisme infantile envers cette femme. Tu collectionnes les égocentriques insensibles comme Kenny Davis. Ne peux-tu pas pour une fois avoir un peu de compassion pour cette femme affolée par la disparition de sa fille complètement déséquilibrée ? »

« Tu ne trouves pas que tu y vas un peu fort ? » demanda Natalie irritée.

« Peut-être. Mais c'est la vérité. »

Natalie voulait se mettre en colère parce que son père l'avait traitée de gamine et qu'il avait critiqué sa relation avec Kenny, mais elle ne le pouvait pas parce qu'elle savait qu'il avait raison. Peu importent les torts qu'avait Viveca, une chose était sûre, elle aimait sa fille.

Elle se leva. « Blaine, viens. On va en visite. »

Andrew secoua la tête. « Viveca n'aime pas les chiens. »

« Je ne vais nulle part sans elle, pas après ce qui lui est arrivé tout à l'heure. » Elle regarda son père durement. « Ce sera toutes les deux ou pas du tout. »

Il soutint son regard un moment et se mit à sourire. « Tu cèdes, mais tu ne romps pas. Tu es comme ma mère. »

« Grand-mère ? » Natalie était surprise. « Mais tu ne m'as jamais dit cela. »

« Je suis énigmatique. Je ne dis pas toujours ce que je pense. Cela fait partie de mon charme. » Il lui fit un clin d'œil. « Va chercher la laisse de Blaine, espèce d'entêtée, et partons. »

Les techniciens de la police arrivaient au moment où ils s'en allaient. Andrew leur donna le numéro de Viveca et leur demanda de tout bien verrouiller en partant. « Et assurez-vous de tout verrouiller correctement, d'accord ? » dit-il.

L'un des hommes le regarda, de pierre. « Nous sommes de la police. Bien sûr que nous allons tout verrouiller. »

« Tout verrouiller ne change rien, Papa », dit Natalie dans la voiture. « Après tout, celui ou celle qui est venu a utilisé une clé. »

« Une clé qu'il faut retrouver », répondit Andrew.

Comme s'y attendait Natalie, Viveca s'était mise dans tous ses états. « Où peut-elle être ? » n'arrêtait-elle pas de demander à Natalie et à Andrew. « Où mon bébé est-il allé ? »

« Tu dois avoir plus d'idées que nous à ce sujet », dit Andrew gentiment. « Calme-toi et réfléchis. »

« Je ne peux pas réfléchir avec ce chien qui me regarde ! »

« C'est stupide », rétorqua Natalie. « Blaine ne vous dérange pas du tout. »

« Andrew ? » Plaintive. « Est-ce que ce chien est obligé d'être là ? »

« Oublie le chien, Viveca », dit calmement Andrew. « Pense aux endroits où Alison aurait pu se rendre. Est-ce qu'elle aime aller quelque part en particulier ? »

Viveca s'assit sur le tabouret du piano, en massant la petite ride qu'elle avait entre les sourcils. « Elle affectionne quelques endroits. La jolie petite librairie Alcove. Le magasin de musique Lawson. Aux curiosités. »

« Tous ces endroits sont fermés à cette heure », dit Natalie. « En plus, je ne crois pas qu'elle se soit enfuie pour aller faire les magasins. »

Les yeux de Viveca étincelèrent. « Ne soyez pas sarcastique ! »

« Je ne voulais pas être sarcastique. Quels sont les autres endroits qu'elle aime ? »

« Ils ne sont pas nombreux. Il y a ce petit restaurant au bord du lac. Son père l'y avait emmenée le jour où… » Ses yeux se remplirent de larmes. « Je ne me souviens plus de son nom. C'est presque de mauvais goût… »

« La Lanterne », proposa Andrew. « Il a fermé l'été dernier. »

« Oh. Je ne vois rien d'autre. » Elle regardait autour d'elle, désemparée.

« Et la bibliothèque ? » suggéra Natalie. « Je crois qu'elle est encore ouverte. Y va-t-elle de temps en temps ? »

« Non. Elle dit que cet endroit est froid et inamical. »

« A-t-elle des amies ? » demanda Andrew.

« Non. Elle n'avait qu'Eugène. Elle est tombée malade après son suicide. »

De la même voix attentionnée, Andrew dit : « Viveca, elle était malade bien longtemps avant la mort d'Eugène Farley... »

« Crois-tu que je ne le sais pas ? Elle est malade depuis près de vingt ans ! Son père est mort devant ses yeux et je n'étais pas là ! Je n'étais pas là ! Oh, mon Dieu ! »

Pendant que Viveca partait en un torrent de larmes de peine et de culpabilité en se blottissant contre l'épaule d'Andrew, Natalie monta à l'étage avec Blaine. Elles marchaient lentement dans le couloir jusqu'à ce qu'elles atteignent une pièce que Natalie savait être la chambre d'Alison. À l'intérieur, la chienne avançait doucement, reniflant le couvre-lit, la collection d'animaux en peluche, un fin chandail fait au crochet roulé en boule sur un siège recouvert de chintz. Elle ne réagissait pas de manière inhabituelle.

Après quelques minutes, Natalie savait parfaitement que ce n'était pas Alison qui était entrée dans leur maison et avait terrifié cette chienne.

16

I

VENDREDI MATIN

« Je ne l'ai pas vu depuis hier après-midi », dit le jeune réceptionniste de l'hôtel Lakeview.

« Quelle heure ? » demanda Nick.

« Je ne sais pas. Environ 1 heure. » Le visage acnéique du garçon semblait en pleine réflexion. « Ouais, 1 heure. Le facteur était là. Lindstrom est venu pour me signaler que la machine à glaçons ne fonctionnait pas. Ces appareils de merde ne fonctionnent que la moitié du temps. Peu importe, il portait un costume. Je lui ai dit : “Hé, vous allez à un enterrement ?” et il a répondu : “À vrai dire, oui.” »

Jeff Lindstrom partait pour l'enterrement de Tamara, pensa Nick. « Et vous ne l'avez pas vu revenir ? »

« Non. Je vous l'ai déjà dit. »

« Vous travaillez jusqu'à quelle heure ? »

« Minuit. » Il lança à Nick un long regard blessé. « Mon vieux est mort il y a deux ans. L'hôtel ne marche pas très bien, alors en été ma mère m'a fait faire l'esclave. Mais n'êtes-vous pas déjà venu parce que vous le cherchiez ? »

« Oui, mais il n'était pas là. Lui avez-vous beaucoup parlé ? »

« Si on peut dire. Il passe son temps à poser des questions. » Il rit. « Comme vous. »

« Des questions à quel sujet ? »

« Les meurtres. La seule chose excitante qui se soit produite ici depuis des années. Et aussi il voulait savoir des choses sur quelques personnes que je ne connais pas bien. »

« Quelles personnes ? »

« La sœur de la femme Hunt. Celle qui a la boutique dans le centre. Je la connais pas. La fille du docteur — quelque chose St. John. »

« Natalie. »

« Ouais. Je la connais pas non plus, mais je connais son vieux. Il m'a enlevé la rate après l'accident de voiture dans lequel mon père a été tué. C'est lui qui conduisait », s'empressa-t-il d'ajouter. « Et Alison quelque chose et ce type Farley qui s'est tué. Ça aussi, c'était quelque chose d'excitant dans le coin. La seule chose jusqu'à ce qu'il y ait ces meurtres. Peu importe, une fois il m'a demandé un truc qui me concernait, mais il cherchait juste à être poli. Il croit que je n'ai pas remarqué. »

« Vous ne l'aimez pas. »

« Il sourit de trop. Maman le trouve charmant. » Il leva les yeux au ciel. « Vous savez, c'est le genre de mec que les femmes trouvent charmant. »

« Lindstrom aurait-il pu rentrer sans que vous le voyiez ? »

« Eh ! c'est pas le Hyatt ici. C'est juste un petit hôtel désert. Je vois toutes les voitures de ce bureau. Et je n'ai jamais vu la sienne. Et la chambre est restée dans le noir toute la soirée. »

« On dirait que vous avez vos clients à l'œil. »

« Pas trop sur la télé, la nuit dernière. Normal, tout ce qu'il y a ici, c'est un écran trente-trois centimètres minable. J'ai hâte d'acheter un de ces trucs haute définition. Je prendrai un grand écran, peut-être un cent seize centimètres. Avec un système son surround explosif. »

« Cela doit bien payer ici. »

Le réceptionniste railla. « Ouais, dans mes rêves. Non, je ne passerai pas ma vie dans ce trou. Je me dégotterai un de ces boulots bien payés en informatique. »

« Vous vous y connaissez en ordinateurs ? »

« Je suis dingue de tous ces jeux, et je suis tout le temps sur le Net. »

Le prodige habituel, pensa Nick avec amusement. Il ne faut pas qu'il s'attende à pouvoir s'offrir ce grand écran prochainement. « Pour combien de temps Lindstrom a-t-il pris sa chambre ? »

« Elle était payée jusqu'à midi aujourd'hui. »

« Aujourd'hui ! » répéta Nick. « Midi ? Il est 11 h 45. »

« Ouais. » Le réceptionniste le regardait de près en remarquant son agitation. « C'est quoi, le truc ? »

« Le truc, c'est que si la chambre n'est plus payée, je n'ai pas besoin de mandat pour la fouiller. »

« Ah ouais ? Cool ! Je vais chercher la clé. »

« Pas maintenant. J'attends jusqu'à midi. Si je trouve quoi que ce soit d'accablant, je ne veux pas que cela n'ait aucune valeur au tribunal parce que je serais entré quinze minutes trop tôt dans la chambre. »

« Des preuves accablantes ? » demanda le garçon impressionné. « Hé, il a fait quoi, ce type ? »

« Peut-être rien. Je ne peux pas en parler. » Le réceptionniste parut déçu jusqu'à ce que Nick ajoute : « Mais si cela doit aller jusqu'au tribunal, j'aurai sans doute besoin de votre témoignage, prouvant que je ne suis pas entré avant midi. Vous êtes mon témoin. »

« Moi, un témoin ? Cool ! »

Vingt minutes plus tard, Nick pénétrait dans la chambre 11 de l'hôtel Lakeview. « Vous voulez que je fasse le guet ? » demanda le réceptionniste anxieux.

« Faire le guet ? Pourquoi ? »

« Je sais pas. Peut-être que Lindstrom va revenir armé. Je pourrais vous protéger. »

Nick regarda l'adolescent épais comme un roseau, son torse frêle couvert d'un tee-shirt de Kiss. Lindstrom faisait quelques centimètres et au moins dix kilos de plus que ce gosse. « Ta mère veut que tu sois au comptoir, mais continue à jeter un œil dans cette chambre depuis ton bureau », dit Nick avec diplomatie. « Si Lindstrom arrive, tu accours. »

« OK ! » dit le garçon content. « Je ne vous laisserai pas tomber. »

Un autre Jimmy Jenkins, pensa Nick. « Tu regardes *Street Life* ? » lui demanda-t-il.

« Je n'en rate jamais aucun. Eddie Salvatore est cool. »

« Ouais. Allez, retourne à ton comptoir. Merci de m'avoir laissé entrer. »

Nick sourit alors que l'enfant disparaissait à grands pas. Avait-il un jour été si jeune et si impatient ? Avait-il été si stupide ? La réponse était oui.

La chambre de Jeff Lindstrom ne montrait pas que l'homme avait décidé d'en partir. Jeans, chemises en toile et tee-shirts traînaient sur les deux fauteuils qui entouraient une table ronde devant la fenêtre. Il y avait des papiers sur la table. Des journaux et des photos, réalisa Nick en s'en approchant. Des polaroids. La maison coloniale d'Oliver Peyton. La propriété des Hunt. L'habitation de pierre d'Andrew St. John. Nick s'attarda sur cette dernière. La photo montrait bien le saule pleureur où ils avaient retrouvé les mégots de cigarettes et le paquet de Marlboro la nuit où Natalie avait vu un voyeur. Nick sentait que la colère le reprenait et il poursuivit. La maison à deux étages de Viveca Cosgrove. Il fronça les sourcils en la regardant de plus près. Un visage pâle était debout devant une fenêtre du deuxième étage. Elle avait des cheveux blonds qui descendaient jusqu'à la ceinture et faisait face à l'appareil en souriant. Elle était nue.

Nick se souvint des paroles d'Alison concernant le sexe après l'enterrement de Tamara et Natalie disait qu'elle faisait une fixation sur Warren. En plus de tous les problèmes qu'elle avait déjà, Alison était-elle nymphomane ? se demanda Nick. Il passa à la photo suivante. Une prise d'un appartement d'un complexe dans le centre ville. Il savait que Lily Peyton y habitait. La suivante était une grande maison en ruine apparaissant derrière un manteau de lierres et d'arbustes trop grands. Il savait de quel endroit il s'agissait mais il n'arrivait pas à s'en souvenir. Une photo de jour du pavillon de danse du Blue Lady. Il était plus minable le jour que la nuit. Et, enfin, une photo de Natalie dans le patio avec le chien. Un tuyau d'arrosage était à ses côtés et ses longs cheveux soyeux pendaient derrière ses épaules alors qu'elle essuyait le chien avec une serviette. Une femme plus âgée la regardait du pas de la porte.

À côté des photos se trouvaient une loupe, une canette de Coca vide, un annuaire téléphonique et un cendrier avec trois mégots de Marlboro. Le même genre de reste que sous le saule pleureur. Aucun doute, c'est Lindstrom qui était là à épier Natalie dans sa chambre. Était-ce aussi lui qui était entré à l'intérieur, avait lacéré la robe de Natalie et laissé le crâne sur son lit ? Et si oui, pourquoi ? Était-il en train de faire monter la sauce pour le livre qu'il prétendait écrire ?

Nick errait dans la chambre à la recherche de choses intéressantes. Quelques produits de toilette dans la salle de bains. Un exemplaire de *Si tu m'aimais vraiment* sur le lit. Peut-être que ce type était sérieux quand il disait vouloir écrire le livre d'une vraie histoire criminelle comme celle-ci. Un bloc-notes sur la table de chevet avec la plupart des feuilles déchirées. Celles qui restaient étaient vierges.

Il jeta un œil dans une valise ouverte. Des sous-vêtements et des chaussettes. Un *Penthouse*. À côté de la valise, une sacoche. Heureusement, elle était ouverte. À l'intérieur, il y avait deux chemises pleines de coupures de journaux. La plus fine contenait des articles sur les récents meurtres de Port Ariel. L'autre, ceux de l'affaire Eugène Farley, l'arrestation, le jugement et le suicide.

Sous les chemises, un carnet d'adresses. Nick le parcourut hâtivement. Apparemment, ce type n'avait pas beaucoup d'amis. La plupart des pages étaient vides. Puis, à la lettre F, une adresse lui sauta au visage : 224 Dobbin Street, Knoxville, KY. Knoxville ? Et le nom au-dessus de l'adresse ? Tante Constance. Constance Farley habitait à Knoxville.

« C'est pas vrai », murmura Nick. « Eugène Farley était le cousin de Jeff Lindstrom. »

II

« Le type qui a refait la déco de la cuisine l'été dernier jure avoir rendu son jeu de clés », lui dit Andrew. « Le problème, c'est que je ne le retrouve pas. »

« Te souviens-tu qu'il te les ait rendues ? » demanda Natalie.

« Non. Mais j'étais très occupé à l'époque. J'avais beaucoup de travail à l'hôpital, et ici c'était le bazar avec les travaux. Je ne me rappelle pas. »

« OK. Allons parler à Harvey avant que la police ne le fasse. Je crains qu'il ne dise pas la vérité à des policiers. »

Midi venait juste de sonner et Harvey Coombs ouvrit la porte un gin tonic à la main. « Andrew ! » mugit-il. « Et Natalie ! Mon Dieu, tu as grandi depuis la dernière fois. »

« Absurde, Harvey », dit Andrew. « Tu l'as vue l'année dernière et elle a cette taille depuis une décennie. » Harvey se mit à réfléchir. Natalie ne savait pas s'il essayait de se souvenir de la dernière fois où il l'avait vue ou s'il se demandait combien d'années faisait une décennie. « On peut entrer ? »

« Mais oui, bien sûr. Ma femme est chez l'épicier. Ou au club d'aérobic. Ou au club de jardinage. Je crois qu'elle s'invente des endroits où aller pour s'éloigner de moi. » Ils suivirent Harvey dans un salon ensoleillé, un morceau de Dean Martin passait sur la chaîne. Natalie se souvint d'un seul coup que Harvey chantait constamment des chansons de lui, et quand elle était enfant, il lui avait appris *That's Amore.* « Vous aimez toujours Dean, Natalie ? » lui demanda-t-il.

« Bien sûr. Une voix si douce. »

« Un autre natif de l'Ohio, vous savez. On était au lycée ensemble. »

« Harvey, Dean Martin a au moins vingt ans de plus que toi », lui renvoya Andrew agacé.

« Oh, alors ce doit être quelqu'un d'autre », dit Harvey vaguement, puis soudain : « Je vous sers quelque chose à boire ? On a des boissons sans alcool pour les plus jeunes. »

Natalie supposa que la « plus jeune », c'était elle. « Non, merci, Harvey », dit-elle. « Il faut que l'on vous parle. »

« Bien. Je me sens seul et il n'y a rien de mieux que la présence d'une jolie fille pour éclairer ma journée. Asseyez-vous sur le canapé. Que puis-je faire pour vous ? »

« On a eu des problèmes à la maison la nuit dernière », dit Andrew. « Quelqu'un est entré. »

Harvey baissa ses lunettes et ses yeux rougis s'agrandirent. « Mon Dieu, c'est horrible ! Ont-ils volé quelque chose ? »

« Non. Ils ont juste déchiré quelques trucs. »

« Des intrus dans les maisons ! » dit Harvey. « Ici, à Port Ariel. On n'est plus en sécurité nulle part, aujourd'hui ! » Il vida son verre pour apaiser cet outrage. « La police les a eus ? »

Natalie secoua la tête. « Avez-vous entendu quelque chose ? »

« On était partis dîner chez ma fille. Celle qui est mariée au révérend baptiste. Gentil garçon mais sec comme la poussière. Tout comme la soirée. Pas d'alcool bien sûr, et j'ai eu droit à un sermon concernant la boisson. Peu importe, on est parti vers 6 heures d'ici et sommes revenus un peu avant 22 heures. À cause du sermon. Et d'une dernière prière interminable pour moi. Ça a été l'une des soirées les plus longues de ma vie. C'est pour cela que je me souviens de l'heure. Diable, j'aurais aimé être à la maison. J'aurais flingué ces salauds ! »

« Alors je suis heureux que tu n'aies pas été là », dit Andrew. « On n'aurait pas voulu que tu sois poursuivi pour meurtre. Le truc intéressant, c'est qu'il n'y a eu aucune effraction. Quelqu'un avait les clés. »

« Fils de pute ! » s'exclama Harvey, en se dirigeant dans la cuisine. « Et comment ont-ils eu vos clés ? » Natalie entendit le bruit de glaçons qu'on mettait dans un verre. « Perdues quelque part ? »

« C'est ce que je voulais te demander » cria Andrew. « Il y a longtemps, je t'avais donné un jeu de clés. Les as-tu toujours ? »

Harvey revint dans le salon. « Tu crois que je suis allé chez toi ? »

« Mon Dieu, non, Harvey. Je cherche juste à mettre la main sur toutes les clés. »

« Oh. » Harvey s'assit. La lumière du soleil tomba sur son visage rougeaud et flasque et Natalie eut de la peine en se rappelant comme il était beau autrefois. « Certainement, j'ai tes clés. Et heureusement. Le réparateur du câble en a eu besoin il y a quelques jours. »

« Réparateur du câble ? » répéta Andrew. « Mais le câble fonctionne très bien. »

« Eh bien oui, puisqu'il l'a réparé. » Harvey rit. « Petit malin. »

« Est-ce que quelqu'un prétendant être un réparateur du câble est venu vous demander les clés ? » demanda Natalie en comprenant ce qu'Harvey n'avait pas saisi.

« Non. Il n'est pas venu ici. Je l'ai vu devant chez vous. J'y suis allé pour voir ce qui se passait et... » Harvey prit une autre gorgée « ... et il a dit qu'il était censé venir mais qu'il n'y avait personne, alors je lui ai dit "je suppose que c'est le câble qui est mal branché", et j'avais raison ! »

Super, pensa Natalie. Harvey avait donné à un intrus potentiel une bonne excuse pour pénétrer dans la maison. « À quoi ressemblait-il ? »

« Ressembler ? Je ne sais pas. Moyen. Ma taille. Environ trente ans. Les cheveux clairs. »

« Combien de temps a-t-il gardé les clés ? » demanda Andrew.

« Environ une heure, je crois. »

« Tu crois ? »

« Hé, je n'avais pas de chronomètre, Andrew. Mais qu'est-ce que ça a de si important de toute façon ? »

Andrew demanda calmement : « Tu peux aller me chercher les clés ? »

Harvey se rendit compte qu'il avait fait une erreur et balança, clairement sur la défensive : « Bien sûr ! Je m'en fous ! » Il posa violemment son verre sur le coin d'une table, éclaboussant sa main de gin. « J'en veux pas de tes foutues clés. Je voulais juste te rendre service. »

Il disparut dans la cuisine à nouveau, grognant et blasphémant. Il ouvrait et refermait les tiroirs bruyamment. Puis ce fut le tour des portes de placards. Natalie et Andrew échangèrent des regards. Finalement, Harvey revint dans le salon et dit faiblement : « Je ne remets pas la main dessus pour le moment. »

Andrew soupira. « Harvey, te souviens-tu si ce jeune homme t'a bien ramené les clés ? »

« Mais oui ! Enfin, à vrai dire… pas vraiment. » Il était tout penaud. « Je crois que je me suis endormi alors qu'il était là-bas. »

« Il ne les a jamais rendues », dit Andrew platement.

Les épaules de Harvey s'affaissèrent. Il avait l'air vieux, décomposé et complètement démoralisé. « J'ai merdé, Andrew. Je suis désolé. »

« Ne t'en fais pas, vieux frère », dit Andrew rapidement. « Je crois que j'ai moi aussi perdu l'une de ces clés. »

Alors deux trousseaux de clés manquaient à l'appel, pensa Natalie. Ce qui signifiait que n'importe qui pouvait accéder à la maison.

III

VENDREDI APRÈS-MIDI

Nick composa le numéro de téléphone de Constance Farley et se rassit dans son fauteuil. Elle décrocha à la troisième sonnerie.

« Madame Farley, c'est à nouveau le shérif Meredith de Port Ariel. »

« Mon Dieu », siffla-t-elle. « Qu'est-ce qu'il y a encore ? »

« Avez-vous un neveu du nom de Jeff Lindstrom ? »

Un court silence. « Malheureusement, oui. Le fils de ma sœur. Que voulez-vous savoir ? »

« Il est à Port Ariel. »

« Lui avez-vous parlé ? » demanda-t-elle anxieuse. « Vous a-t-il parlé de moi ? »

« Je lui ai parlé mais il n'a jamais mentionné votre relation familiale. »

« Oh. » Elle soupira. « Shérif, je ne comprends pas. S'il ne vous a pas parlé de moi, alors pourquoi m'appelez-vous à son sujet ? »

« J'ai trouvé votre numéro dans son carnet d'adresses. »

« Carnet d'adresses ? »

« Oui. Laissez-moi vous expliquer. Lindstrom traîne dans le coin depuis environ une semaine. Il pose des tas de questions concernant les meurtres. Honnêtement, il ennuie tout le monde et je lui ai demandé de se calmer. »

« C'est un garçon terrible », avoua Constance. « Arriviste. Sans scrupules. Je crois qu'il est un peu dingue. »

« Dingue ? Comment ça dingue ? »

« Il s'est passé des choses au cours des années, des choses dont ma sœur n'aimerait pas que je parle. Mais il est terrible, je vous le dis. »

Au moins n'avait-il pas à se soucier d'offenser cette femme, pensait Nick. « Il a prétendu faire des recherches pour l'écriture d'un livre. »

« Un livre ? Je ne suis pas du tout au courant de ça. »

« Peu importe, j'ai besoin de lui parler à nouveau et il semble qu'il ait disparu et… »

« Disparu ? Que voulez-vous dire par disparu ? Il a quitté la ville ? »

« Si c'est le cas, il est parti sans ses bagages. Il n'est pas revenu à l'hôtel depuis hier après-midi. C'est là que j'ai trouvé son carnet d'adresses. »

« Oh, eh bien, je ne vois pas ce que cela a à voir avec moi. »

« Comme votre numéro est dans son carnet, je pensais que vous étiez en contact avec lui. Que vous sauriez où il pourrait être. »

Il n'avait pas appelé pour savoir où se trouvait Lindstrom. Il avait appelé pour en savoir plus sur leur relation. Toutes les victimes étaient liées à Eugène Farley. Il avait tout d'abord soupçonné Constance Farley, mais ses voisins avaient confirmé qu'elle n'avait jamais quitté Knoxville. Maintenant, il découvre que son neveu est en ville et qu'il semble traquer les victimes potentielles. Cette femme avait-elle envoyé Lindstrom pour faire son sale boulot ? Cela voudrait dire qu'ils sont tous les deux dingues. Elle dit qu'il est dingue. Seraient-ils tous les deux aussi dingues ? Improbable, mais pas impossible.

« Je ne sais pas pourquoi vous croyez que je sais où est ce garçon » répondit Constance. Sa voix tremblait un peu comme si elle contenait sa colère. « Je ne savais même pas qu'il était à Port Ariel. Je ne suis pas du tout proche de lui. Et franchement, shérif, vos appels commencent vraiment à me fatiguer. Ma vie n'a pas été facile au cours des deux dernières années, mais j'essaie de m'accrocher. Je m'en sortais pas mal et vous avez commencé avec ce… ce harcèlement ! »

« Je ne voulais pas vous harceler, madame Farley. »

« Vraiment ? Vous avez fait interroger mes voisins par la police ! Quelle humiliation ! »

« Je suis désolé. »

« Vous pouvez l'être », dit-elle, des larmes plein la voix. « Je ne sais pas pourquoi Jeffrey est là, mais croyez-moi, c'est une personne terrible. Ne lui parlez pas. Ne lui donnez aucune information. »

« Je n'ai aucune intention de lui fournir des informations à propos de cette enquête. »

« Ni sur Eugène. »

« Madame Farley, je ne connaissais même pas Eugène. Je n'habitais même pas Port Ariel quand il… est mort. »

« Je vois. Je ne veux pas paraître mégère, mais je suis si fatiguée, si nerveuse et voilà qu'il cause des problèmes… »

« Madame Farley, calmez-vous », dit Nick gentiment. « Je m'occupe de Lindstrom. »

« Qu'allez-vous lui faire ? »

« Le reconduire aux limites de la ville. »

« Bien ! »

Nick avait tenté d'ajouter une pointe d'humour. Cette femme pensait-elle vraiment qu'il avait le pouvoir de jeter quelqu'un hors de la ville ? « Je suis sûr que je vais rapidement le retrouver », dit-il plus sérieusement. « Toutes les personnes impliquées dans cette affaire savent qu'elles ne doivent pas lui parler. »

« Non, ne lui parlez pas. »

Elle était inflexible sur le fait que personne ne devait parler à Lindstrom. Qu'avait-elle peur qu'il dise ? « Il ne restera pas longtemps un problème, madame Farley. »

Nick aurait voulu croire à cette dernière phrase. Il raccrocha et se frotta les yeux. Pas assez de sommeil depuis le début de cette pagaille. Même quand il dormait, il ne dormait pas vraiment. Il rêvait de Meagan allongée blanche et fragile sur un lit d'hôpital, raccordée à des machines qui bipaient et clignotaient jusqu'à ce que son souffle s'éteigne complètement. La nuit dernière, il avait rêvé que Natalie était assise à une table dans une salle sombre. Une grosse boule à facettes scintillait au plafond et un groupe jouait de la musique. Il avait marché jusqu'à sa table pour l'inviter à danser. Elle avait souri tristement, avait baissé le col de son chandail en dentelles pour lui montrer son cou. « Je suis désolée », avait-elle dit. « J'adore cette chanson, mais vous voyez, quelqu'un m'a tranché la gorge. »

« Shérif ? »

« Ciel ! » avait crié Nick sortant de son demi-sommeil et de l'horrible rêve sur Natalie. « Qu'est-ce qu'il y a, Hysell ? »

« Un gosse de l'hôtel Lakeview insiste pour vous parler. Je lui ai dit que vous étiez occupé mais il ne veut pas me transmettre son information soi-disant capitale. »

« OK, Ted. C'est un gentil garçon, juste un peu trop emphatique. Je le prends. »

Il prit le combiné. Une voix en ébullition lui dit : « Hé, shérif, c'est Wade Hanley du Lakeview. »

Il n'avait même pas saisi le nom du garçon ce matin. « Alors Wade, Lindstrom est revenu ? »

« Non. Je ne l'ai pas vu. »

« Qu'avais-tu à me dire que tu ne pouvais pas divulguer à l'agent Hysell ? »

« Quelque chose dont je me suis souvenu il y a quelques minutes. Je ne pensais pas que Lindstrom était là la nuit dernière, mais j'ai vu une femme quitter sa chambre vers 10 heures, alors il devait y être. »

« Une femme ? Quelqu'un que tu connais ? »

« Ouais. C'est pour cela que je n'ai pas voulu en parler à Hysell. Je me souviens d'elle quand j'étais à l'hôpital. Cette femme c'était Dee Fisher. J'ai cru comprendre qu'elle était la petite amie de Hysell. Ou du moins, elle l'était. Ils ont rompu ? »

« Pas que je sache », répondit Nick intéressé. « Que peux-tu me dire d'autre à propos de cette visite ? »

« Rien. Je l'ai juste vue aller de la chambre à sa voiture. Elle était seule. Elle avait l'air horrible — effrayée ou en colère, enfin quelque chose n'allait pas. Elle était toute remontée. »

« Est-elle revenue aujourd'hui ? »

« Non. »

Nick se souvint avoir dit à Natalie que ce n'était peut-être pas la première fois que Lindstrom venait à Port Ariel. Que si une femme passait ces appels pour lui, ce devait être quelqu'un qu'il connaissait ici. « J'ai une autre question pour toi, Wade. Est-ce que Lindstrom était déjà venu à l'hôtel avant ? »

« Il faut que j'y réfléchisse. Vous savez, quand il y a de l'école, je ne travaille pas autant, alors forcément je suis moins au courant. Je ne me souviens pas spécialement de lui, mais… »

« Mais ? » l'interrompit Nick.

« Mais il me semble plutôt familier. La première fois qu'il est venu au bureau, j'ai cru que je l'avais déjà rencontré. »

« Repenses-y. Et merci, Wade. Tu m'as été d'une grande aide. »

« Hé, j'adore tout ce mystère. Je vais rester éveillé toute la nuit pour voir si Lindstrom revient. »

Hysell entra dans le bureau alors que Nick venait de raccrocher, encore perplexe de ce nouveau rebondissement. « Je sais que vous ne pensez rien de bon de notre équipe technique, shérif, mais ils ont fait du bon boulot à la maison des St. John. » Ted jeta un rapport sur le bureau de Nick. « Pas d'empreintes, exceptées celles de Natalie, du docteur, de la femme qu'il fréquente et de la femme de ménage qui vient une fois par semaine. Je suppose que St. John ne doit pas beaucoup recevoir. Le sang dans le hall, c'est du sang de vache. Un peu clair. Comme si on avait versé le sang d'une barquette de viande. Rien de très méchant. Par contre, pour le crâne, c'est autre chose. »

Ted prit l'une de ses poses dramatiques que Nick détestait tant. Un jour il allait craquer, dégainer et lui tirer dessus. Puis il serait arrêté et envoyé dans sa propre prison. Jusque-là, il s'efforçait de sourire placidement en posant la question tant attendue. « Qu'en est-il du crâne, Hysell ? »

« Il est humain. Mâle. » Ted se pencha par-dessus le bureau, parcourut les pages du rapport et montra du doigt la photo du crâne. « D'après le rapport de l'expert médical, il a environ cinquante ans. »

« Est-ce le crâne d'un homme de cinquante ans ou un crâne vieux de cinquante ans ? »

« Heu ? Il n'a pas précisé. Il n'y a aucun grain de poussière dessus. Il trouve que c'est un beau spécimen — presque aseptisé. Ce sont ses mots. »

« Intéressant. »

« Intéressant ? C'est tout ? Shérif, c'est la tête de quelqu'un », dit Ted solennellement.

« Comme la plupart des crânes humains. »

« Ouais, mais d'habitude on ne les retrouve pas n'importe où. Qui l'a déterré d'après vous ? »

« Je ne crois pas qu'on l'ait déterré. » Nick tenait la photo du crâne sous la lampe et la regardait de près. « Hélas, pauvre Yorick !… Je l'ai connu Horatio ! C'était un garçon d'une verve infinie, d'une fantaisie exquise. »

Après un moment, Ted dit avec précaution : « Shérif, vous pensez que vous savez qui était cette personne ? Un mec nommé Yorick ? »

Nick éclata de rire. Ted eut un mouvement de recul, blessé. « Désolé, Ted, je suis si fatigué que je délire. C'était une petite citation d'une tragédie de Shakespeare que je connais. »

« Oh, Shakespeare », dit Ted dédaigneux. « Je ne l'ai jamais beaucoup aimé. Il met trop de temps à dire les choses. Je veux dire : pourquoi ne dit-il pas les choses clairement plutôt que de tourner autour du pot ? À mon avis, il était payé au mot. »

« Alors vous ne lisez jamais de sonnets de Shakespeare à Dee ? »

Ted se détendit et sourit. « Elle me poursuivrait dans toute la pièce en me donnant des coups de pied, si j'essayais ce genre de truc. En plus, je ne connais qu'un seul poème. J'ai dû l'apprendre quand j'étais au lycée et je n'ai jamais pu l'oublier. »

Ted fit sonner ce poème comme s'il avait un vieux rhume dont il ne pouvait pas se défaire. « Ce poème n'est pas très romantique. Il vaudrait mieux des fleurs et des bonbons. »

« Ouais. Je devrais plutôt essayer les fleurs », dit Ted mécontent. « Peut-être aimera-t-elle les fleurs. »

Nick le regarda attentif. Alors comme ça, Ted commençait à voir une ombre au tableau. Était-il au courant pour Jeff Lindstrom ?

IV

« Il est où ton père, ce soir ? » demanda Jimmy.

« Dehors, à chercher cette fille. Alison quelque chose. Mme Collins était au téléphone et elle disait qu'Alison était folle comme un oiseau. J'ai cherché dans l'encyclopédie mais je n'ai rien trouvé au sujet d'oiseaux fous. »

« Je t'ai déjà dit que tu lisais trop et qui s'intéresse aux oiseaux de toute façon ? » Jimmy tenait le Polaroid. « J'ai ramené l'appareil photo de mon père. C'est la soirée idéale pour aller à la maison des Saunders et prendre une photo du tueur. »

Paige donnait des coups de pied avec la pointe de ses tennis dans un tas de mauvaises herbes. « C'est un peu tôt. »

« Ouais. Mais il n'a pas fait très beau aujourd'hui. Il fait nuit plus tôt que d'habitude. En plus, ton père est parti et Mme Collins va passer des heures au téléphone à parler de cette folle, Alison. C'est le moment idéal. » Il s'interrompit. « À moins que tu n'aies trop peur. »

Les yeux bleus de Paige s'enflammèrent. « Je t'ai déjà dit que je n'avais pas peur ! »

« Ma mère dit toujours que les actes parlent plus que les mots. Si tu as peur, tu peux rester ici et je te raconterai comment j'ai pris la photo du tueur. Ce ne sera pas si excitant que si tu y étais allée… »

« J'ai le sentiment que je vais me faire prendre. »

« Tu as toujours le sentiment que tu vas te faire prendre et ça n'arrive jamais. » Jimmy passa la bandoulière de l'appareil autour de son cou et grimpa sur son vélo. « Tu viens oui ou non ? »

Paige regarda le ciel triste couleur étain. Mme Collins avait prédit de la pluie toute la journée et elle n'était jamais venue. Les heures s'étaient écoulées monotones et sans fin. Elle s'était ennuyée. Elle avait envie de faire plaisir à Jimmy. Prendre une photo de ce tueur fou était la chance de sa vie.

« OK, je viens », soupira Paige.

Elle monta sur son vélo et pédala derrière Jimmy. En passant devant la fenêtre de la cuisine, elle vit Mme Collins, assise à la table en train de s'agiter au téléphone. Je ne lui manquerai pas, pensa-t-elle.

V

Andrew avait été rappelé à l'hôpital pour une urgence à 18 heures. Il ne voulait pas laisser Natalie seule et lui avait proposé de venir avec lui. « Papa, l'intervention peut durer des heures », avait-elle dit. « Je n'ai pas envie de passer toute la soirée assise dans ton bureau. Je serai mieux ici. » Il avait argumenté en disant que les serrures n'avaient pas encore été changées mais avait finalement cédé en voyant qu'elle était déterminée à ne pas l'accompagner.

Elle était maintenant en train de débarrasser l'assiette dans laquelle elle avait mangé son dîner très élaboré composé de fromage grillé sur une tranche de pain et de chips. Blaine était assise à ses côtés, regardant tour à tour Natalie et le paquet de viande séchée posé sur le plan de travail. « Tu as déjà mangé, alors deux petits morceaux de viande séchée pour le dessert et c'est tout », dit Natalie en sachant pertinemment que Blaine ingurgiterait encore au moins deux de ces morceaux de viande plus quelques gros biscuits avant d'aller dormir. Elle avait besoin de prendre entre deux et cinq kilos avant de retrouver son poids normal.

Après avoir régalé la chienne, Natalie alla au salon et alluma la télévision. Kenny avait la fâcheuse habitude de l'énerver en zappant de programme en programme. Maintenant, elle faisait la même chose. Cinquante chaînes et elle ne trouvait rien d'intéressant. Elle était trop agitée pour pouvoir se concentrer.

Le téléphone sonna. C'était Nick qui l'appelait pour lui dire que Jeff Lindstrom était le neveu de Constance Farley, mais que personne ne l'avait vu depuis qu'il l'avait poursuivi à la sortie de l'église il y avait plus de seize heures. Alison avait disparu depuis le même laps de temps. Espérons que ce n'était qu'une coïncidence. « Je vais travailler toute la nuit », dit-il fatigué. « Mme Collins est électrique. »

« Et Paige sera bien entendu ravie de passer sa soirée avec elle », fit remarquer Natalie. « J'ai une idée. Votre fille ne se couche pas tôt d'ordinaire ? »

« Que si on l'y force. Et je ne me fais pas trop de soucis à ce sujet puisque ce sont les vacances d'été. Je suppose que c'est un tort. »

« On ne m'a jamais obligée à aller au lit à une heure fixe. »

« Et vous avez vu ce que vous êtes devenue », dit Nick tristement.

« Que vous êtes drôle, shérif. Peu importe, j'ai promis à Paige un cours de guitare. Puisque je suis toute seule et qu'elle s'ennuie à coup sûr, je pourrais le lui donner ce soir ? »

« Elle va adorer. Et je serai rassuré de vous savoir avec elle. Avec tout ce qui se passe… »

« L'union fait la force », termina Natalie à sa place.

Après qu'ils eurent raccroché, elle appela chez Nick mais la ligne était occupée. Elle réessaya dix minutes plus tard. Toujours occupée. Sans doute par Mme Collins. Elle décida donc de prendre sa guitare et d'y aller.

Blaine la regardait fouiller dans le placard à la recherche de sa toute première guitare — une Yamaha classique. Kira la lui avait offerte pour ses six ans. Elle était folle de joie, à tel point que non seulement elle s'entraînait à longueur de journée mais en plus elle dormait avec. Son talent et son acharnement avaient ravi Kira. « Ouais, ça l'a tellement ravie qu'elle s'est envolée six mois après », murmura Natalie, avant de se forcer à sortir sa mère de son esprit. Elle gribouilla un mot pour son père et attrapa un manteau. Blaine la suivit jusqu'à la porte, la fixant avec des yeux tristes. « Je n'ai aucune idée de la façon dont toi et Ripley le chat vous allez vous entendre, mais on le saura bientôt. En plus, je n'aime pas du tout l'idée de te laisser à nouveau seule dans cette maison. »

Blaine se releva immédiatement en voyant sa laisse et trottina gaiement jusqu'à la voiture. Natalie avait le sentiment de toujours avoir eu ce chien et Blaine agissait comme si Natalie était sa maîtresse depuis toujours. Mais, demain, quelqu'un pouvait très bien appeler pour la réclamer, se souvint Natalie. Accepterait-elle de la rendre ? S'il s'agissait de propriétaires aimants qui la cherchaient partout, elle n'aurait pas le choix.

Par contre, si elle s'apercevait que la chienne avait été abandonnée…

« Si tu as été abandonnée, la personne qui a fait cela n'appellera pas », dit Natalie alors qu'elles arrivaient chez les Meredith. Blaine redressa la tête comme si elle comprenait chacune de ses paroles. « Et si tu t'étais égarée d'un foyer affectueux, je ne crois pas que tu m'aurais acceptée si facilement. » Elle soupira. « Tu es un mystère, Blaine, un de plus parmi tous ceux du moment dont j'ai appris qu'il valait mieux les lire que les vivre. »

Les lumières étaient allumées au rez-de-chaussée et dans une pièce à l'étage de la maison à deux niveaux. Natalie savait que cet endroit était resté vide trois ans avant que Nick ne l'achète. Le précédent propriétaire en demandait un prix déraisonnable qu'il refusa de négocier, jusqu'à ce que ses affaires tournent mal et qu'il ait eu besoin d'argent. Nick avait fait quelques réparations et avait ajouté une bonne couche de peinture blanche sur les murs, mais il y avait encore du travail avec les arbustes et les jardinières. Cela pourrait être un projet pour elle et Paige cet été.

Natalie s'arrêta brusquement sur le trottoir qui menait au porche. Un projet pour l'été ? Elle avait un boulot à Columbus qu'il lui fallait reprendre la semaine prochaine. Elle avait aussi une relation amoureuse à éclaircir. Après tout, malgré ce qui s'était passé entre elle et Kenny, il était quand même plus important qu'une gamine précoce ou que son attirant, dominateur, drôle et forcené père. N'est-ce pas ?

Assez de ces idées ridicules de projet d'été, se dit-elle fermement. Elle marcha, déterminée, jusqu'à la porte, sonna, et regarda autour d'elle. Deux fauteuils de jardin en plastique vert et un pot de géraniums délabré. Dans une ville où les gens adoraient décorer fièrement leur porche, on ne décernerait sûrement aucun prix à Nick. La maison avait l'air d'une aire de repos, comme si personne ne comptait y rester. Ou peut-être ne manquait-il que la touche personnelle d'une personne qui la considère vraiment comme son foyer ?

Natalie levait la main pour sonner à nouveau quand le visage rond de Mme Collins apparut à travers les rideaux transparents. Elle regarda Natalie étonnée, qui lui sourit de manière encourageante.

« Je viens en paix », avait-elle envie de crier. Mme Collins cligna des yeux deux ou trois fois puis s'éloigna de la fenêtre. Enfin, la porte s'ouvrit.

« Bonjour. Vous vous souvenez de moi ? Natalie St. John. Je suis restée avec Paige l'autre soir. »

« Je me souviens de vous », lâcha la femme. Elle devait sans doute aussi se souvenir que Nick l'avait houspillée pour avoir discuté des meurtres de Warren et de Charlotte devant Paige. Elle regarda Blaine, puis la guitare. « Vous vouliez quelque chose ? »

« J'ai promis à Paige un cours de guitare. Le shérif Meredith a dit que ce soir serait parfait. » Elle s'arrêta. « Il a aussi dit que je pouvais venir avec mon chien. » Elle mentait, mais elle était sûre que la femme ne l'aurait pas laissée entrer.

« Eh bien, puisque c'est vu avec le shérif. J'essaie de faire très attention à Paige. Je la traite comme si elle était ma propre fille, mais ma fille était plus obéissante. Moins culottée. Paige est née à New York, vous savez. »

Apparemment, Mme Collins pensait que naître à New York avait donné à Paige un trait de caractère qu'elle n'appréciait pas. Natalie et Blaine entrèrent. La femme continuait à les regarder de façon inhospitalière. « Paige est là, n'est-ce pas ? » demanda Natalie.

« Bien sûr qu'elle est là ! » explosa Mme Collins. « Où pourrait-elle bien être ? Il fait nuit ! »

« Je pensais qu'elle aurait pu aller dormir chez une amie. »

« Avec un assassin en liberté ? » demanda Mme Collins. « En plus, elle n'a pas d'amis convenables. Que ce jeune voyou de Jenkins. Sa mère devrait faire plus attention à lui et le shérif devrait interdire à Paige de le fréquenter. Si elle était ma fille… »

« Elle est en haut ? » l'interrompit Natalie pour arrêter ce flot de paroles regrettables.

« Oui. Dans sa chambre. »

« Je monte alors. Deuxième porte à gauche, c'est ça ? »

Elle grimpa les marches quatre à quatre, Blaine derrière elle. Elle n'aurait pas dû venir, pensa-t-elle. Sa visite avait l'air de vraiment déranger Mme Collins et même si Paige n'avait pas d'heure pour aller au lit, elle devait commencer à être fatiguée maintenant. Un cours de guitare pourrait la déranger. Elle n'avait pensé qu'à elle en venant, pas à ce qui était le mieux pour Paige. Elle n'était peut-être pas meilleure que Kira pour materner.

Natalie frappa doucement à la porte de la chambre. Sans réponse. Elle frappa à nouveau. Rien. L'enfant dormait-elle déjà ?

Elle tourna la poignée doucement et ouvrit la porte. Une petite lampe brillait dans le noir, c'est la lumière que Natalie avait vue du dehors. Une couette fleurie recouvrait une petite forme dont les cheveux auburn dépassaient sur l'oreiller. Une paire d'yeux verts les fixait du haut d'une commode. Ripley.

Quelque chose ne collait pas. Nick n'avait-il pas dit que sa fille se couchait tard ? Et Paige ne lui avait-elle pas appris que Ripley dormait toujours dans son lit avec elle. Peut-être que le chat sort du lit une fois Paige endormie et qu'elle ne s'en est jamais rendu compte. Ou peut-être était-il effrayé par Blaine et qu'il avait sauté pour être en sécurité en hauteur. Mais il n'avait pas l'air d'avoir peur. Et les cheveux roux sur l'oreiller avaient la couleur métallique de faux cheveux. Elle s'avança et retira la couette.

Mme Collins l'avait suivie à l'étage. « Une poupée ! » Elle avait hurlé comme si elle avait découvert un corps. Ripley se raidit, ramenant sa queue pour couvrir ses pattes. Natalie alla à la fenêtre, qui était ouverte. À moins d'une longueur de bras se trouvait une branche robuste du chêne. « On dirait que Paige s'est enfuie. »

« Oh, mon Dieu ! Oh, Seigneur ! Oh, grâce divine ! Seigneur aidez-moi ! » Mme Collins bêlait. « Ce n'est pas de ma faute ! Ce n'est pas de ma faute ! Ce n'est pas de ma faute ! »

« Vous étiez supposée faire attention à elle », dit Natalie sèchement, agacée par cette femme qui se souciait plus d'elle-même que de l'enfant perdue. « Depuis combien de temps est-elle partie ? »

« Je n'en ai aucune idée. » Elle croisa le regard insistant de Natalie. « Je ne peux pas avoir tout le temps les yeux sur elle ! »

« Surtout si vous passez votre temps au téléphone. »

« Je n'étais pas au téléphone ! »

« J'ai essayé d'appeler deux fois avant de venir. La ligne était occupée et ce n'était apparemment pas par Paige puisqu'elle n'était déjà plus là. Bon, quand l'avez-vous vue pour la dernière fois ? »

Mme Collins lui envoya un regard enragé avant que ses yeux ne s'emplissent de larmes. « Vous avez raison. Je suis restée beaucoup trop longtemps au téléphone. Mais je ne pensais pas qu'elle aurait pu faire une chose pareille. »

« Je comprends », dit Natalie d'un ton un peu plus doux. Il était important d'apaiser cette femme pour qu'elle puisse se concentrer sur l'essentiel. « Calmez-vous et rappelez-vous quand vous l'avez vue. »

Mme Collins respira profondément. « D'accord. Voyons. Nous avons dîné vers 6 heures. Elle est montée un peu dans sa chambre puis en est redescendue pour regarder la télévision. Je ne me souviens pas quoi. Puis elle est remontée. Ce devait être vers 7 heures et demie.

Natalie regarda sa montre. « Il est 20 h 48. Cela fait plus d'une heure de battement. Mais je suis sûre qu'elle n'est pas partie avant qu'il fasse presque nuit. Le temps a été couvert aujourd'hui et il a fait nuit plus tôt que d'habitude... » Mme Collins acquiesçait vigoureusement de la tête. « Vous avez une idée d'où elle aurait pu aller ? »

« Chez les Jenkins ? »

Elles cherchèrent le numéro et appelèrent. Beth Jenkins dit désemparée à Natalie qu'elle n'avait pas vu Paige depuis des jours. Jimmy est-il à la maison ? avait demandé Natalie. Beth avait envoyé son mari le chercher. Cela avait duré cinq minutes en comptant les « Jimmy, où te caches-tu, bordel ? ». Un autre enfant pleurait en arrière-plan. Jimmy est introuvable, avait finalement dit Beth. C'était l'été et il traînait souvent dans le coin, mais elle était sûre qu'il ne serait pas avec une fille la nuit tombée. Jimmy n'était pas un enfant pervers. Était-ce ce que le shérif pensait de lui ?

Natalie la rassura en lui disant que le shérif Meredith aimait bien Jimmy, qu'elle-même aimait bien Jimmy, que Jimmy était un garçon très bien. Natalie grimaçait parce qu'elle perdait plus de temps à la réconforter qu'à collecter des informations. Quand elle eut raccroché, elle regarda à nouveau l'heure. 9 heures. Bien trop tard pour que Paige traîne dans la nature sans être accompagnée d'un adulte. « Je vais à sa recherche », dit-elle à Mme Collins. « Vous appelez Nick et vous lui racontez qu'elle est partie. »

La femme se mit à trembler. « Oh, non ! Je ne crois pas qu'il faille lui dire maintenant. Elle peut revenir d'une minute à l'autre. »

« Ou elle pourrait ne pas rentrer de la nuit. Et que fera le shérif si personne ne lui dit que sa fille a disparu ? » demanda sévèrement Natalie. « Vous devez l'appeler. Maintenant ! »

La femme soupira, mal à l'aise, et se dirigea vers le téléphone de la chambre comme si elle allait à la guillotine. Natalie jeta un œil dans la chambre de Paige, ramassa une chaussette de dessous le lit. Mme Collins était en train de demander timidement à parler au shérif quand Natalie quittait la chambre, une chaussette dans une main et la laisse de la chienne dans l'autre.

Natalie s'assit dans sa voiture, les mains sur le volant. Pensive, elle regardait droit devant elle. « Où peut bien aller une gamine de onze ans un soir d'été ? » demanda-t-elle à Blaine. « Lily et moi, on allait marcher sur la plage et s'asseoir dans le Blue Lady. Un endroit immense et désert. On trouvait cela très téméraire. » Mais le Blue Lady était à cinq kilomètres de la maison des Meredith. Une sacrée distance à parcourir à pied ou à vélo. Et Paige était probablement avec Jimmy. Et comme elle était nouvelle en ville, il l'avait sûrement emmenée dans un de ses endroits à lui. Mais où ?

Natalie ferma les yeux pour se concentrer. Où habite Jimmy ? En face de chez Tamara. Natalie se souvint du soir où elle avait regardé *Jane Eyre* avec Paige. « Jimmy pense que la maison des Saunders est immense », disait-elle. « Mais ce n'est rien comparé à Thornfield Hall. » À côté de la maison de Tam, il y a Hyacinth Lane, qui aboutit à la maison des Saunders. Paige avait vu cette maison et Jimmy l'y avait guidée.

« Je viens d'avoir une idée de génie », dit-elle au chien en mettant le contact. « Prête pour une expédition vers tes anciens quartiers ? »

Blaine haletait. Sans doute un oui à son idée géniale. La seule idée qu'elle ait eue.

Natalie prit un raccourci pour aller à Hyacinth Lane, qui raccourcissait la route d'un kilomètre et qu'elle était sûre que Jimmy connaissait. Elle tourna dans le chemin, sans regarder les fenêtres noires de la maison de Tam. Trop déprimant. À mi-chemin sur Hyacinth Lane, les racines et les nids-de-poule menaçaient de faire quitter la route à la voiture. Elle s'arrêta. « On fera le reste à pied, et à pattes, Blaine. » Elle ouvrit le vide-poches et en sortit une lampe torche. Ensuite elle prit la petite chaussette et la fit renifler à Blaine. « OK, ma fille, montre-moi que tu es une bonne détective », dit Natalie. « Trouve Paige. »

Elle retira sa laisse et ouvrit la porte de la voiture. Blaine sauta à l'extérieur, et courut quelques pas en direction de la maison des Saunders avant de se retourner vers Natalie comme pour lui dire : « Allez, viens ! » Natalie la suivit, en faisant attention de rester calme et silencieuse pour ne pas perturber la chienne. Déçue, Natalie s'aperçut que Blaine ne reniflait pas le sol. Elle agissait presque comme si c'était une balade ordinaire. Tout cela était peut-être inutile. Elle ne savait peut-être pas chercher. Ou peut-être que Paige n'était pas venue sur Hyacinth Lane.

Natalie rattrapa Blaine et lui fit à nouveau sentir la chaussette. Elle renifla. Elle regarda aux alentours. Et continua sa route calmement. Puis, tout à coup, elle pencha la tête, le museau sur une feuille. Ses oreilles étaient redressées et elle se mit à courir.

Natalie prit son rythme. Le temps couvert du jour persistait, et assombrissait encore plus la nuit. La lune faible renvoyait une sombre lumière sur les bords du chemin envahis de chèvrefeuilles et de rosiers en fleur. La fraîcheur tombait sur ses épaules et elle aurait aimé avoir pensé à prendre un pull alors que le vent du lac chuchotait dans les feuilles des arbres.

Mais ce chuchotement n'était pas le seul bruit dans la nuit. Natalie ralentit, comme si ses oreilles se redressaient comme celles de Blaine. De la musique. Et pas le genre de musique lente et envoûtante qui conviendrait à l'obscurité du soir. De la musique rock lourde et forte. Les guitares électriques transperçaient les ténèbres et deux voix masculines puissantes lançaient un avertissement dans la nuit :

Ne ferme jamais les yeux,
Il t'attend…

« Mais qu'est-ce que c'est que ça ? » murmura-t-elle en entendant la musique s'élever et résonner dans les bois. Deux oiseaux s'envolèrent en tandem, sortis du sommeil, et quelque chose s'agitait dans les buissons à sa droite. Elle regarda le bas-côté, s'attendant à voir surgir un animal devant elle. Au contraire, le bruit se dirigea dans la direction opposée alors qu'elle venait de repérer quelque chose dans le clair de lune. Elle se rapprocha. Deux bicyclettes. Son intuition était bonne. Paige et Jimmy étaient venus à la maison des Saunders — la maison d'où provenait cette musique rock.

Sa respiration était rapide et profonde alors qu'elle courait en ne quittant pas le chemin des yeux pour éviter de se prendre les pieds dans un trou et de se tordre la cheville. La chienne traçait devant avec aisance. Natalie essayait de trouver des explications logiques à la musique, mais rien ne lui venait en tête, à part deux visages — Paige et Jimmy, avec les yeux brillants, passionnés et curieux. Peut-être trop curieux. Peut-être même mortellement curieux.

Non. Elle ne devait pas penser à cela. Elle devait se concentrer sur sa respiration, sur son allure.

Un cri strident lui glaça le sang. Elle plongea en avant, toute son énergie concentrée sur sa chute. Puis elle vit deux silhouettes sur le chemin. Blaine se dandinait joyeusement autour d'elles. Elle entendit un garçon : « C'est juste un chien, Paige ! Allons ! »

« Paige ! Jimmy ! » dit Natalie à bout de souffle.

« Oh, non ! » entendit Natalie dire Paige. « C'est Natalie », souffla-t-elle.

Blaine courut vers elle, puis vers les enfants qui étaient à cinq, six mètres. « Vous allez bien ? »

« Natalie ? » hésita Paige. « Est-ce que mon père est avec vous ? »

« Non. » Natalie s'arrêta devant eux. « Je suis passée chez toi et tu n'y étais pas. Je suis venue vous chercher toute seule. Mais que faites-vous ici ? »

« Le tueur est dans la maison des Saunders ! » lâcha Jimmy. « On l'a vu l'autre jour. C'est une super-cachette. On est revenu cette nuit pour le photographier. Et on a réussi ! » Il montra un rectangle de papier à Natalie. « Regardez ! »

« Le tueur ? Une photo ? » Natalie prit le cliché et le mit sous sa lampe torche. Elle vit l'image floue d'une personne portant une longue robe blanche. « Qu'est-ce qu'il fait ? »

« Il danse avec la musique ! Et c'est une femme. Avec des cheveux longs blonds. »

« De longs cheveux blonds ? » répéta Natalie. « Est-elle jeune… »

La musique s'arrêta si soudainement qu'ils sursautèrent tous les trois. Les bois parurent étrangement silencieux. Paige se raidit. « Elle vient vers nous ! Elle va nous tuer ! »

Un cri traversa la nuit. Pas le petit cri qu'avait émis Paige quand Blaine avait bondi sur elle dans la nuit. Ce cri portait toute la pureté et la profondeur de l'horreur. Un autre suivit, puis un autre, le dernier toujours plus dévastateur que le précédent.

Blaine aboya. Paige agrippa le bras de Natalie. Même l'indomptable Jimmy recula, anxieux.

« Qu'est-ce que c'est ? » pleurnicha Paige.

« Quelqu'un qui a un sacré problème. » Natalie regarda Jimmy.

« Monte en selle, rentre chez toi et appelle la police. Emmène Paige avec toi. »

« Et vous ? » s'inquiéta Jimmy.

Un autre cri traversa la nuit. « Ne t'occupe pas. Vas-y. Maintenant ! »

Les deux enfants s'élancèrent à ses côtés et coururent jusqu'à leurs vélos. Natalie hésitait. Devait-elle rentrer avec les enfants ? Ou rester ici ? Dieu seul savait ce qui se passait dans cette maison.

Un autre cri d'agonie. Blaine aboya frénétiquement et bondit en avant. Sans réfléchir, Natalie la suivit.

Elle n'avait pas réalisé à quel point la maison était proche et, en quelques secondes, elle se retrouva devant. De petites lueurs se répandaient de la fenêtre sur les herbes folles qui avaient un jour dû être de la pelouse. Des bougies. Non. Les lueurs ne scintillaient pas, elles jaillissaient. Les flammes étaient plus grandes que celle d'une bougie.

Blaine était devant elle, et courait d'avant en arrière devant la maison en aboyant sauvagement. Natalie hésita à nouveau alors que l'ombre de la maison s'abattait sur elle. Puis elle repensa à ce que les enfants avaient dit. Le tueur était une femme avec de longs cheveux blonds. Alison. Elle le savait. Mais il y avait eu ces cris et maintenant le feu. Et si Alison n'était pas le tueur mais la victime ?

La porte de la maison était ouverte. Natalie entra prudemment dans le vieux hall. À sa gauche, une pièce sombre. À sa droite, de la lumière scintillait sous la porte d'une autre pièce. Elle s'en approcha, le cœur serré. Un voile fin de fumée flottait dans l'air, suffisamment épais pour lui piquer les yeux et le nez mais pas pour la faire tousser. Elle mit sa main devant son nez et prit une longue inspiration qu'elle garda dans ses poumons. Elle entra ensuite dans la pièce.

Il y avait des bougies partout. Un corps gisait la tête contre le sol, des cheveux blonds entourant la tête et les flammes commençaient à s'attaquer à la longue robe blanche.

Natalie se précipita et prit un petit tapis en évaluant l'étendue du feu. Pas trop important. Elle frappa le tapis sur le bas de la robe enflammée. Une fois, puis deux, puis trois. Puis elle éteignit les bougies autour du corps et le petit coussin dont sortait la plupart de la fumée. Le sol en bois, humidifié par l'air du lac pendant toutes ces années sans chauffage, ne brûlait pratiquement pas.

Natalie frappa le tapis au sol et sauta dessus plusieurs fois. Satisfaite d'avoir éteint le feu, elle tira le corps loin du sol roussi, le retourna et balaya les cheveux vers l'arrière. Les yeux d'Alison Cosgrove étaient fermés, son visage était blanc comme la mort, alors que le sang dégoulinait de l'horrible entaille de sa gorge si fine.

17

I

Les sirènes. Les gyrophares. Les voitures de police. Une ambulance. Des secouristes. Les flics. Nick Meredith déchaîné et hurlant.

« Où est ma fille ? Elle va bien ? Mais que faites-vous ici, Natalie ? Vous avez des envies de mort ou quoi ? »

« Allez-vous vous calmer ? » implora Natalie. « Personne ne peut parvenir à vous expliquer quoi que ce soit si vous continuer à beugler comme vous le faites. »

« Désolé de crier, mais je veux savoir CE QUI SE PASSE ICI ! »

Natalie eut peur. « Je vous dirai ce qui se passe ici si vous me promettez de vous taire jusqu'à ce que j'aie fini de vous expliquer. » Nick lui lança un regard sombre. « Et je suis sérieuse. »

« D'accord », lâcha-t-il.

Natalie respira un bon coup. « Je me suis arrêtée chez vous. Paige était partie. Je suis allée à sa recherche… »

« Je sais tout cela. Ce que je veux savoir, c'est… »

« Nick taisez-vous. Vous m'avez promis. » Il la regarda durement pendant un moment, puis acquiesça. « Paige m'avait dit quelque chose qui m'a fait penser qu'elle était à la maison des Saunders. Quand on est arrivé sur Hyacinth Lane, Blaine a commencé à la chercher. Et on est tombé sur elle et Jimmy. Ils parlaient d'un tueur qui se trouvait dans la maison et m'ont montré une photo. Puis on a entendu des hurlements. J'ai renvoyé les enfants chez Jimmy et je suis entrée dans la maison. »

« Paige est chez Jimmy alors ? »

« Je suis persuadée que Beth Jenkins ne l'aura pas laissée partir. »

Les médecins urgentistes sortaient Alison de la maison. Elle était allongée inerte, attachée sur le brancard et recouverte d'une couverture. Un masque à oxygène cachait son visage et une poche à perfusion se balançait au-dessus de sa tête. « Est-elle en vie ? »

« Oui. Tout juste. Elle est en état de choc. Des brûlures au premier degré sur les jambes », répondit un médecin. « Pour sa gorge, c'est une autre histoire. Si elle avait été retrouvée cinq minutes plus tard par quelqu'un qui n'ait pas su faire une CMD, elle serait morte. »

Nick regarda Natalie. « Vous lui avez sauvé la vie. »

« Vous dites ça comme si c'était une accusation. »

« Non. Je me sens juste furieux après vous, mais comment pourrais-je vous en vouloir puisque vous venez de la sauver ? »

« Vous ne pouvez pas et je commence à avoir froid, alors pourquoi n'irions-nous pas chez les Jenkins nous assurer que Paige va bien, et découvrir ce que ces enfants ont vu. »

« Il ne fait pas froid. Vous êtes juste sous le choc. » Nick retira son blouson et le lui tendit. « Hysell, vous savez quoi faire ici », cria-t-il. Hysell parut surpris, mais commença à brailler des ordres, même à ceux qui se trouvaient tout près de lui.

Dix minutes plus tard, deux enfants aux yeux écarquillés se tenaient debout devant le shérif. Les taches de rousseur de Paige ressortaient sur sa peau blanche. Jimmy avait pratiquement perdu toute son arrogance. Nick se tenait bien droit du haut de son mètre quatre-vingt-dix et même Beth Jenkins et son mari chauve n'étaient pas rassurés. Natalie s'était laissée tomber dans un fauteuil trop rembourré, Blaine à ses pieds. Elle portait encore le blouson de Nick et tenait à pleines mains une tasse de café chaud que Beth lui avait proposée dès son arrivée. Natalie se sentait ailleurs, comme si elle flottait au-dessus de la scène. Elle ne voulait pas repenser à Alison.

Nick fixa les enfants de son regard bleu sombre. « Je veux savoir ce que vous faisiez à la maison de Saunders », dit-il délibérément d'une voix forte. « Sans mensonges. Sans faux-fuyants. »

« Je vais tout le temps à la maison des Saunders », dit spontanément Jimmy. « J'en ai la permission. »

« Pas la nuit. Et pas en compagnie d'une fille », gronda son père. « Mais à quoi pensais-tu ? Es-tu devenu fou ? »

Nick leva la main pour demander le silence. « Paige ? »

« Je... Eh bien... Je voulais voir la maison. »

« Et tu fais le mur pour y aller », dit Nick sévèrement. « Et ce n'est pas la première fois. »

« Eh bien... non. J'y étais déjà allée une fois. »

« Tu avais fait le mur et tu y étais allée avec Jimmy. »

« Oui », dit piètrement Paige.

« Mais Jimmy ne l'y a pas forcée, n'est-ce pas, Jimmy ? » interrompit Beth anxieuse.

Nick la regarda. « Je suis persuadé qu'il ne l'y a pas forcée. Il l'en a persuadée. Mais je ne rejette pas toute la faute sur Jimmy. Paige est assez grande pour faire ce genre de coup toute seule. »

Le visage de Paige passa du blanc au rouge cramoisi. La tristesse se lisait dans ses yeux. Natalie savait bien que la fillette avait mal agi mais elle compatissait. Elle aurait fait la même chose à l'âge de Paige. Sans doute n'avait-elle aucune influence sur Nick Meredith, mais elle essayerait de lui faire voir que ce que Paige avait fait n'était pas la fin du monde, dans des circonstances normales. Mais bien sûr avec un meurtrier à Port Ariel, les circonstances n'étaient pas tout à fait normales, et Paige le savait. Ce ne sera pas facile de calmer Nick.

« On s'occupera des sermons et des punitions plus tard », poursuivit Nick, alors que Natalie s'attendait à voir fumer ses oreilles à chaque minute. « Pour le moment je veux savoir exactement tout ce que vous avez vu. Jimmy, toi d'abord. »

« Oui, monsieur. » Jimmy avança, presque militairement. « On est arrivé à la maison des Saunders à 8 h 25. J'ai regardé ma montre parce qu'on était en train de faire quelque chose de vraiment important et je savais que vous voudriez que je fasse les choses correctement. »

« Tu avais l'intention de me parler de cela ? » demanda Nick surpris.

« Oh, oui, monsieur. Euh… Peut-être pas tout. Je ne vous aurais pas dit que Paige était avec moi. Vous voyez, c'est un peu à cause de moi qu'elle est venue. »

« Jimmy ! » aboyèrent les parents Jenkins en même temps alors que Paige le regardait reconnaissante.

« Comment l'y as-tu poussée ? »

« Je l'ai un peu embarrassée, vous voyez. Je lui ai dit qu'en fait elle avait peur, que c'était une petite fille. Elle déteste ça. »

« Jimmy, tu ne remettras plus jamais un pied en dehors de cette maison ! » Beth se mit à crier avant d'apercevoir un autre de ses enfants qui regardait la scène de l'encoignure de la porte. Elle se dirigea vers lui en criant.

« Continue, Jimmy », dit Nick. « Il était 8 h 25, et… »

« Et il ne s'est rien passé pendant quelques minutes. Mais je savais que cela allait venir. J'avais une intuition. Puis quelqu'un a commencé à allumer des bougies, et là il y a eu cette musique vraiment forte. Je me suis approché de la fenêtre parce que Paige et moi voulions faire une photo du tueur que nous avions vu la fois d'avant dans cette maison. » Nick fronça les sourcils férocement. Paige trembla. Jimmy hésita, puis continua. « Il y avait quelqu'un qui portait une longue robe blanche et qui dansait. J'ai été surpris. Je pensais voir un sale type horrible, mais c'était une fille blonde. J'ai pris la photo. Elle m'a vu. Elle est sortie de la pièce en courant, et Paige et moi avons décampé. Après, Blaine et Natalie nous sont tombés dessus et le reste vous le savez. »

« La fille était-elle seule ? »

« Ouais. Elle dansait. »

« Tu n'as vu personne dans la pièce avec elle ? »

Jimmy secoua la tête. « Juste une bonne centaine de bougies. »

Plutôt dix, pensa Natalie, mais Jimmy était excité. Il regardait le shérif en clignant des paupières, attendant plus de questions, mais Nick se retourna vers Paige.

« C'est ce que tu as vu ? »

« Je... Je ne suis pas allée jusqu'à la fenêtre. J'étais plus près de la porte d'entrée. Et j'ai vu autre chose. Quelqu'un est sorti d'une pièce et a traversé le hall pour rejoindre la fille en robe blanche. »

Nick se pencha. « À quoi ressemblait cette personne ? »

« Il faisait nuit et je ne voyais pas très bien. Il portait ce truc comme un... » Elle cherchait le mot. « Je crois que ça s'appelle un poncho. Avec une capuche. Je n'ai pas pu voir son visage. Je suis désolée », dit Paige humblement pour finir.

Natalie savait que ses excuses valaient pour deux choses. Elle était désolée de ne pas avoir vu qui était sous le poncho et elle était désolée d'avoir fait le mur. Elle paraissait si pitoyable qu'elle se demandait comment Nick pouvait encore être en colère après elle, et il n'avait pas l'air de s'adoucir.

« Alors, comme ça, vous aviez déjà vu quelqu'un dans cette maison avant, quelqu'un qui faisait brûler des bougies en dansant sur de la musique à plein volume, et vous n'en avez jamais rien dit à personne », les accusa Nick.

« On pensait que vous ne nous croiriez pas », expliqua Jimmy. « C'était trop bizarre — les bougies et la musique et cette personne en robe. »

« Une fille qui s'appelle Alison Cosgrove qui est l'ancêtre d'Ariel », dit Natalie. « Je crois qu'elle se déguisait et qu'elle venait dans cette maison la nuit pour jouer à être Ariel. »

Paige ouvrit de grands yeux. « Vous voulez dire que cette fille qu'on a vue est le meurtrier ? »

Nick répondit durement. « Je ne crois pas. La personne qui portait le poncho est le tueur. Il a égorgé Alison. »

Jimmy devint blême et Paige se fit toute petite. « Est-ce qu'elle est morte ? » demanda-t-elle timidement.

« Non, mais elle aurait pu. Tout comme vous. Vous n'avez aucune idée du danger que vous avez couru. » Nick élevait la voix. « Si vous n'étiez pas partis au bon moment et... si Natalie n'était pas arrivée, je ne sais pas ce qui aurait pu se passer ! »

En entendant sa voix agitée, Blaine se redressa et se mit à aboyer. « Je crois que chacun a son point de vue, shérif », dit Natalie calmement. « Paige a besoin de rentrer, maintenant... »

« *Je* décide ce dont *ma* fille a besoin », se fâcha Nick.

« OK. Et de quoi a-t-elle besoin selon vous ? »

Nick hésita. « De rentrer. Vous pouvez la ramener ? Il faut que je retourne à la maison des Saunders. »

« Avec plaisir. » Natalie se releva et se rendit tout d'un coup compte de la faiblesse de ses jambes.

Sur le chemin du retour, Paige se mit à pleurer doucement. Blaine la secoua un peu et elle mit ses bras autour de son cou. « Ça va ? » demanda Natalie.

« Ouais, je suppose », renifla-t-elle. « Je n'ai jamais eu si peur de ma vie. »

« Moi non plus. »

« Vraiment ? On ne dirait pas que vous avez eu peur ? »

« Parfois le corps a besoin de temps pour enregistrer la peur que l'on ressent. On a l'air bien et puis on s'effondre. »

Paige renifla encore. « Vous pensez que mon père m'aime toujours ? »

« Bien sûr que oui ! Il est en colère parce que tu as fait le mur et il est terrifié en pensant à ce qui aurait pu t'arriver, mais il t'aime toujours. »

« Peut-être », dit Paige incertaine. « Pensez-vous qu'il déteste Jimmy ? »

« Non. Il est fou furieux après lui parce qu'il t'a poussée à sortir, mais il ne le déteste pas. »

« Comment le savez-vous ? »

Comment le savait-elle ? De nombreux parents accuseraient Jimmy d'être un vaurien manipulateur et lui interdiraient d'approcher leur fille à moins de cinq cents mètres. « Cela ne fait pas longtemps que je connais ton père, mais j'ai le sentiment qu'il est juste », dit-elle prudemment. « Il se rendra compte que

Jimmy n'est qu'un enfant. C'est un enfant impulsif qui a sans doute reçu une bonne leçon ce soir. »

Et j'espère avoir raison, pensa Natalie. Sinon Paige sera déçue par son père. Et moi aussi.

« Vous connaissez la personne qui s'est fait égorger... » Paige frémit.

« Oui, un peu. »

« Vous avez dit qu'elle s'appelait Alison. C'est elle la folle dont parlait Mme Collins au téléphone aujourd'hui ? »

Cette Mme Collins qui n'arrêtait pas de commérer devant Paige. Nick devait la renvoyer. « Il est arrivé quelque chose de terrible à Alison alors qu'elle n'était encore qu'une enfant plus jeune que toi. Elle est, comme on dit, instable. » Et tu l'as toi-même traitée de folle, pensa Natalie avec honte. « Elle avait disparu depuis la nuit dernière et tout le monde s'inquiétait beaucoup pour elle. »

« Si j'avais su que c'était elle qu'on avait vue chez les Saunders, j'aurais prévenu quelqu'un », dit Paige en toute sincérité.

« Je ne suis pas absolument sûre que c'était elle. Je le suppose parce que je sais qu'elle adore l'histoire d'Ariel et qu'elle aime le rock. Je sais bien que tu en aurais parlé à quelqu'un si tu n'avais pas eu si peur. »

Paige resta silencieuse quelques minutes. Puis d'une toute petite voix elle dit : « Natalie, je n'ai pas dit toute la vérité à Papa. »

Natalie sentit sa nuque se glacer. « Toute la vérité à propos de quoi, poussin ? »

« À propos de la personne en poncho. La personne qui a égorgé Alison et peut-être tous ces gens. »

Natalie s'empressa de demander : « Et qu'est-ce que tu n'as pas dit à ton père ? »

« J'ai dit à Papa que je n'avais pas bien vu son visage à cause de la capuche et c'est vrai. Je n'en ai même pas parlé à Jimmy. Mais cette personne en poncho m'a regardée dans les yeux et moi je n'avais pas de capuche. Elle m'a vue, Natalie, et elle va sans doute penser que je l'ai vue aussi ! » se lamenta Paige. « Maintenant, il va me traquer et il va me couper la gorge ! »

II

Natalie était allongée et regardait le plafond. Il était 1 heure du matin, elle savait qu'elle ne pourrait pas dormir mais elle voulait au moins se reposer. Elle pouvait essayer de calmer le rythme de son cœur. Elle pouvait se forcer à respirer calmement et profondément. Elle pouvait chasser l'image d'Alison égorgée et en flammes.

Quand le téléphone près de son lit se mit à sonner, elle en cria presque. À tâtons dans la nuit, elle décrocha avant la seconde sonnerie. « Quoi ? »

« Nat… est-ce que c'est Natalie ? »

« Oui, Viveca. Comment va Alison ? »

« Toujours en salle d'opération. Cela ne s'annonce pas bien. C'est ce que le médecin m'a dit. Vous y croyez, vous ? Quel manque de sensibilité de me dire ça juste avant qu'elle ne rentre au bloc. »

« Il n'est pas insensible. Il essaie juste d'être honnête avec vous au cas où elle ne survivrait pas. »

« Je ne l'aime pas. J'aurais voulu que ce soit Andrew qui l'opère. Je veux qu'il vienne. »

« Il est rentré il y a à peine deux heures, exténué après une longue opération, dit Natalie. Je ne lui ai pas parlé d'Alison. Il a besoin de repos. »

« Mais j'ai besoin de lui. Alison est peut-être en train de mourir. »

« Si c'est le cas, la présence de mon père n'y changera rien. Où est Oliver ? »

Un moment de silence. « Chez lui. » La voix de Viveca tremblait. « Il m'a dit qu'il ne supporterait pas de voir une autre jeune fille morte. »

« Le salaud ! »

« Oh ! » Viveca parut choquée par la véhémence de Natalie. Puis elle ajouta sans conviction : « Il a traversé pas mal d'épreuves. »

« Vous aussi. »

« Oui. C'est très dur », dit Viveca doucement. « Natalie, ça vous dérange que l'on discute un peu ? Je ne supporte pas de rester assise ici à regarder les murs, je sens que je vais hurler. »

« Personne n'est avec vous ? »

« Non. Je n'ai personne à part Oliver à qui demander de passer la moitié de la nuit avec moi. »

Je n'arrive même pas à croire que je vais lui demander ça, pensa Natalie. « Voulez-vous que je vienne à l'hôpital pour rester avec vous ? »

« Ce n'est pas nécessaire. D'après ce que m'a dit le shérif, vous avez eu votre dose pour ce soir. »

« C'est une soirée que je n'oublierai jamais. »

« Il m'a dit que vous aviez sauvé la vie d'Alison. Merci, Natalie. Merci beaucoup. »

« Je suis heureuse d'être arrivée à temps. »

« Vous voulez bien me raconter ce qui s'est passé ? J'ai la version du shérif, mais il ne m'a pas raconté comment vous êtes arrivée à la maison des Saunders. »

Natalie se mit un oreiller derrière la tête et s'installa pour une longue conversation. Après tout, cela n'allait pas la tuer de tenir compagnie à Viveca, même si ce n'était qu'au téléphone, alors que cette femme attendait de savoir si sa fille allait survivre ou mourir. Elle raconta comment elle s'était aperçue que Paige avait disparu et finit par le médecin urgentiste transportant Alison.

« Je ne sais pas si c'est le destin ou la chance qui vous a amenée à temps pour sauver Alison », dit Viveca. « Mon mari disait toujours que le monde était chaotique. J'aime à croire que les choses n'arrivent pas sans raison. »

« Je ne sais pas trop que penser en la matière. Viveca, pourquoi pensez-vous qu'Alison allait à la maison des Saunders ? »

« Alison avait l'habitude de fantasmer qu'elle était Ariel. Je pensais qu'en grandissant cela lui passerait, mais récemment elle s'était remise à parler d'elle. Elle lisait des livres sur la réincarnation. Je crois qu'elle pense être la réincarnation d'Ariel. Je la suspectais de sortir la nuit. » Natalie le savait déjà. « Je crois qu'elle allait à la maison des Saunders prétendant ou croyant être Ariel. »

« C'est plausible », dit Natalie lentement. « Le shérif vous a-t-il dit que Paige et Jimmy l'y avaient vue quelques nuits auparavant ? »

« Non, mais cela ne me surprend pas. J'aurais dû mieux la surveiller, mais elle avait sa dose de surveillance. Mme Krebbs le jour, moi la nuit. Mais je ne pouvais pas rester éveillée toutes les nuits. Je travaille. J'aurais dû engager une infirmière comme me l'avait suggéré votre père. Et j'y pensais justement quand soudain son état s'est amélioré pendant que je fréquentais Eugène. »

Natalie ne pouvait pas résister à la tentation. « Viveca, pourquoi avez-vous cessé de voir Eugène ? »

Natalie ressentait l'hésitation de Viveca. « À cause d'Alison. »

« Mais vous venez de dire que son état s'améliorait grâce à lui. »

« Oui, mais… il y a eu des complications. Elle appréciait un peu trop Eugène. » Viveca paraissait affligée. Alison avait-elle essayé de séduire Eugène ? se demandait Natalie. « Je crois qu'Alison ne sortait la nuit que depuis quelques semaines », s'empressa de dire Viveca. « Son état avait tellement empiré ces derniers temps. »

« Mon père dit qu'elle avait besoin d'un traitement, mais que Warren ne pouvait pas le lui prescrire. Pourquoi l'avez-vous laissé s'occuper d'Alison ? »

« Elle a refusé de voir qui que ce soit d'autre après l'avoir rencontré. »

« Elle était amoureuse de lui, n'est-ce pas ? »

Viveca soupira. « Je suppose que oui. Mais c'était sans importance. Un truc de petite fille. Rien de sérieux. »

Je n'en suis pas si sûre, pensa Natalie. « Que cela ait été sérieux ou pas, ce n'est plus un problème aujourd'hui. Maintenant que Warren n'est plus là, Alison devra voir quelqu'un d'autre et ce serait bien que ce soit un vrai psychiatre cette fois. »

« Ce sera fait. Si elle survit. »

Natalie n'était pas du genre à donner de faux espoirs mais Viveca avait l'air complètement désemparée. « Alison est jeune et en bonne santé physique. Cela va sûrement jouer en sa faveur. »

« Oui, elle est en très bonne santé », dit Viveca pleine d'espoir. « La grippe et quelques rhumes sont les seules maladies qu'elle ait eues. Même pas la rougeole. »

« Elle doit avoir un système immunitaire très développé. » C'était plutôt parce qu'elle n'était jamais allée à l'école comme les autres enfants, pensa Natalie. Elle n'avait jamais été exposée aux maladies contagieuses. « Les brûlures sont légères. »

« C'est sa gorge qui m'inquiète ! » Viveca se mit à rire. « Je suis désolée. »

« Vous êtes tout excusée. »

« Natalie, vous ne savez pas qui a fait cela à Alison ? »

« Si je le savais, je l'aurais dit à la police. Je suis arrivée après l'agression. »

« Si vous étiez arrivée quelques minutes plus tôt. »

« Je sais, j'aurais pu tout éviter, mais il y avait les enfants sur place. J'ai le sentiment que l'assassin était agité, pressé, et qu'il a bâclé ce qui aurait dû être un meurtre. »

« J'en remercie le ciel. Êtes-vous sûre que ces enfants n'ont vu personne ? »

« Non. Ils ne pourraient pas l'identifier », dit Natalie énergiquement. Quand elle avait appris à Nick que le tueur présumé avait regardé Paige droit dans les yeux, il était devenu blanc comme un linge et avait ordonné une protection permanente pour elle et Jimmy. Mais il avait demandé à Natalie de répandre l'information qu'ils n'avaient rien vu. Il fallait que les gens le croient. Tout circulait très vite à Port Ariel. Il fallait que le tueur se sente en sécurité.

Sinon, Paige et Jimmy pourraient être les prochaines victimes.

III

Il avait mal au crâne et désespérément soif. Jeff Lindstrom était en plus désespérément effrayé.

Il n'avait aucune idée du temps qu'il était resté là dans le noir. Depuis ce qu'il supposait être une heure, il était inconscient à cause de la piqûre. Hier, ou était-ce le jour d'avant ?, il regardait par la fenêtre, ravi de voir passer devant lui un rouge-gorge d'un rouge éclatant, quand soudain il ressentit une douleur terrible à la tête qui descendit dans sa nuque. Elle atteignait son dos quand sa vision se troubla et qu'il tomba sur les genoux avant de perdre connaissance. Et maintenant il se retrouvait là.

Mais où était-il ? Il était assis sur le béton dont la froideur traversait son pantalon et il souffrait d'être resté assis si longtemps sur cette surface dure. Une légère odeur de moisi et d'humidité parvenait à ses narines. Il avait froid dans son pantalon dc costume et sa chemise en coton à manches longues. Sa veste et l'une de ses chaussures avaient disparu. Du sang séché était collé sur le talon déchiqueté de l'une de ses chaussettes grises. Ses yeux étaient bandés. Il avait un vêtement déchiré entre les dents, noué derrière la tête. Sa bouche était complètement asséchée, ses lèvres étaient craquelées. Ses mains étaient attachées à un pilier par des menottes. Il plia les chevilles malgré les liens qu'il avait aux pieds, plia les genoux pour que ses pieds soient bien à plat sur le sol, et poussa vers le haut en s'aidant du pilier pour se redresser difficilement. Il avait l'impression d'avoir été roué de coups. Il était certain d'avoir au moins une côte de cassée. Ses jambes tremblaient.

Il paniqua en entendant soudain un long sanglot et s'aperçut qu'il venait de lui. Il aurait pu être embarrassé mais il était seul. Du moins, personne n'avait l'air d'être dans les environs. Il ne voyait rien. Il resta parfaitement calme, en se forçant à respirer par le nez plutôt que par la bouche. Aucun bruit.

Il ferma les yeux derrière son bandeau. Ce matin même, il pensait avoir réussi. Personne dans sa famille n'avait beaucoup d'affection pour lui. La plupart ne voulaient pas le fréquenter parce qu'ils pensaient qu'il allait leur demander de l'argent. C'était son habitude. Il avait toujours agi comme si rien n'avait d'importance. Après tout, qui se souciait de ce que pensait sa famille, se demandait-il chaque matin devant la glace. Qui se souciait de ce que sa stupide ex-femme pensait de lui ?

Mais en fait il s'en souciait et cela le désespérait. Jusqu'à récemment. Finalement tous ses échecs, le mépris de sa famille, la perte de sa jolie femme écervelée qu'il aimait malgré tout — tout cela n'avait plus d'importance parce qu'il allait se rattraper. Même la poursuite de Meredith ne l'avait pas dérangé. Ce grand homme agressif. Le shérif n'avait pas la moindre idée de ce qui se passait vraiment. C'était drôle.

Mais plus maintenant.

Jeff ne pouvait pas croire que cela lui arrivait à lui. La vie n'avait jamais été une partie de plaisir pour lui. Il n'avait jamais eu de chance, tout avait toujours tourné mal pour lui, mais jamais aussi mal. Jamais.

Un bruit. Il redressa la tête. Une porte s'ouvrait tout près. Il respirait rapidement, soufflant par une brèche du bâillon serré. Des pas. Il tenta de parler mais rien ne sortait à part des grognements incompréhensibles.

« Reste tranquille. Je ne comprends pas un mot de ce que tu dis et je n'en ai de toute façon aucune envie. »

Jeff replongea dans le silence quelques minutes. Puis une vague de rage mêlée à la peur s'empara de lui et il recommença à grogner de façon saccadée. Une main s'abattit sur son visage. Le coup fit pleurer ses yeux bandés.

« Je t'ai dit de la fermer. » Un soupir. « Mais je suppose que cela n'a plus aucune importance maintenant. »

« Et pourquoi ? » cria Jeff intérieurement. Il se jeta en avant. Les menottes résonnèrent contre le métal du pilier et la douleur s'empara de ses épaules.

« Alors ça, c'était idiot. Inutile. »

Jeff essaya de donner des coups de pied. Son pied droit entraîna le gauche. Il tomba si violemment à terre que ses dents vinrent heurter le bâillon. Il resta assis silencieux un moment, le temps que la douleur cesse. Il lâcha un léger gémissement.

« Arrête de gesticuler. Tu ne fais que te blesser et la douleur est inutile. »

La douleur est inutile ? pensa Jeff avec espoir. On ne lui ferait pas de mal. Mais dans ce cas, qu'allait-on faire de lui ?

« T'as mouillé ton pantalon. » La voix était à la fois amusée et dégoûtée. Il imaginait le sourire affreux qu'il avait vu juste avant de tomber dans les pommes. « Tu n'es pas attirant. Pas de quoi donner des ailes à une femme. Tu ne servirais même pas de serpillière à Natalie St. John. » Une pause. « Et pourtant tu la veux, n'est-ce pas ? »

Une seringue pénétra dans son bras. Quelque chose parcourait son corps. Quelque chose qui lui fit d'abord perdre le contrôle de ses muscles, puis la conscience.

Ses yeux se fermaient alors qu'une voix douce et insidieuse murmurait à son oreille : « Je te promets, Jeff, que Natalie St. John ne t'oubliera jamais. »

IV

SAMEDI MATIN

Natalie se réveilla avec un sentiment étrange. Quelque chose ne va pas, se disait-elle avant même d'être complètement sortie du sommeil. Qu'est-ce qui la poussait à vouloir garder les yeux fermés, prendre Blaine dans ses bras, et remonter la couverture sur elles deux pour le restant de la journée ?

Viveca avait rappelé à 4 heures pour annoncer qu'Alison avait survécu à l'opération et qu'elle oscillait maintenant entre conscience et inconscience, murmurant « minuit magique, rêves dorés ». « Son père disait toujours "minuit magique" », expliqua Viveca. « Et Eugène Farley lui avait dit un jour de faire de beaux "rêves dorés". Des mauvais souvenirs, mais je trouve encourageant qu'elle se souvienne de ces mots, n'est-ce pas ? »

Natalie convint chaleureusement que c'était encourageant. Elle avait passé l'appel à son père pour qu'il discute plus en détails de l'état d'Alison. Cette fois, le tueur n'avait pas réussi. Mais la prochaine fois ? Et qui était la prochaine victime ? Jusque-là Ted Hysell avait raison — toutes les victimes étaient des enfants de personnes impliquées dans la tragédie d'Eugène Farley. Tamara, Warren, Charlotte, et maintenant Alison. Il ne restait plus qu'elle et Lily.

Andrew avait été furieux que Natalie ne lui ait pas dit tout de suite pour Alison. Il ne savait rien jusqu'à ce que Viveca lui dise qu'elle avait survécu à l'opération. Il voulait se rendre immédiatement à l'hôpital et pressa Natalie pour qu'elle l'accompagne. « Papa, je suis trop exténuée pour pouvoir bouger », avait-elle protesté. « Vas-y. Il fera jour dans quelques heures et tout ira très bien. »

Il partit donc et elle s'était rallongée sur son lit jusqu'à l'aube, puis était tombée dans un court mais profond sommeil. La pendule marquait 8 heures maintenant. À 9 heures, le serrurier serait là. Il était temps de se lever même si son corps fatigué protestait.

Le café qui coulait sentait particulièrement bon. Natalie se servit une tasse avant même qu'il ait fini de passer, prit une brioche du toaster, la tartina de crème de fromage et s'assit à la table de la cuisine. Hier, le temps était maussade et sombre. Aujourd'hui, un ciel bleu s'étendait au-dessus du lac et le soleil de ce début d'été réchauffait l'herbe verte. Une fois de plus, Harvey Coombs était assis dans sa barque, son vieux chapeau sur la tête à pêcher les fameuses perches du lac Érié. On aurait dit une peinture. Le crime n'avait pas sa place ici.

Mais il y était.

« Je ne penserai pas à cela ce matin », dit Natalie à Blaine qui finissait son petit déjeuner et Natalie se dirigea vers la porte d'entrée. Le journal était sur la pelouse. Elle soupira. Le livreur de journaux était un lanceur vedette de l'équipe de base-ball du lycée, mais il n'arrivait jamais à lancer le journal plus près du porche. Jamais. Natalie attacha son peignoir et descendit pieds nus dans l'allée. Une voiture blanche était garée de l'autre côté de la rue. Un homme était assis au volant. Il ne prêtait pas attention à elle, mais embarrassée de n'être qu'en peignoir, elle fit demi-tour et se dépêcha de rentrer.

Elle se rassit à la table avec une deuxième tasse de café et déplia le journal. Les gros titres annonçaient l'agression d'Alison. L'histoire était maigre — les reporters n'avaient pas eu le temps de récolter beaucoup de détails avant le bouclage de 22 heures. À l'heure qu'il était, ils assiégeaient l'hôpital. Natalie pouvait imaginer la détresse de Viveca alors que ces journalistes creusaient pour avoir les détails du passé d'Alison et de son déséquilibre mental, et elle était plutôt soulagée de savoir que son père était présent pour aider Viveca, puisque Oliver avait disparu du paysage.

Elle jeta un œil à la pendule de la cuisine. 8 h 45. Elle attendait le serrurier à 9 heures. Natalie se rua sous la douche et enfila un jean avec un haut léger sans manche. Ses cheveux encore mouillés pendaient alors qu'elle se précipita pour ouvrir. Un homme entre deux âges aux cheveux roux grisonnants et une dent en or était à la porte. « Gary de la serrurerie Gary ! » annonça-t-il en souriant presque férocement. Un serrurier pressé, pensa Nathalie. Ou peut-être adorait-il tout simplement son travail. Ou peut-être voulait-il montrer sa dent brillante. Peu importe, Andrew lui avait décrit Gary, alors elle n'avait pas à s'inquiéter que ce soit le tueur qui ait pris sa place. « Entrez, entrez », dit-elle. « Il nous faut de nouvelles serrures pour la porte d'entrée, la porte arrière du garage, et les portes-fenêtres coulissantes autour du patio. »

« Ouais. Doc m'a déjà expliqué. Je vais mettre un verrou sur les portes coulissantes. Le truc le plus ingénieux que vous ayez jamais vu. » Gary sourit à nouveau, la regardant en attendant une réaction concernant ce fabuleux verrou. « J'ai hâte de voir ça ! »

Mon Dieu, pensa Natalie. Elle le dirigea tout en regardant l'homme assis dans la voiture blanche. Il était assis parfaitement tranquille, regardant droit devant lui, la tête légèrement tournée vers la gauche. Peut-être attendait-il le couple qui venait d'emménager dans la maison grise d'en face. Mais cela faisait maintenant vingt minutes qu'il était là.

Et il n'avait pas bougé d'un iota.

Natalie suivit Gary dans l'allée. Elle regarda l'homme, hypnotisée quand elle sentit son estomac se serrer et le froid l'envahir. Elle aurait pu soudain rester des heures sous le soleil du désert sans en ressentir la chaleur.

Elle s'approcha lentement de la voiture. Elle entendait Gary parler de remplacement de cylindres et d'axes. Natalie ne fit pas attention. Et même s'il s'était mis à crier, elle ne se serait pas retournée. Quelque chose l'attendait dans cette voiture. Quelque chose d'aussi attirant que terrible.

Natalie s'arrêta et regarda par la vitre. Pas un mouvement. La tête avait un port pas du tout naturel. La chemise blanche était tachée de sang.

Impossible pour elle de s'arrêter, elle agrippa la poignée de la portière. Elle prit le temps de prendre son souffle, puis ouvrit la porte.

Le corps de Jeff Lindstrom tomba de la voiture, à ses pieds. Ses yeux marron vitreux regardaient le magnifique ciel bleu.

18

I

« Grand Dieu tout-puissant ! Que se passe-t-il ? Il est saoul ? » cria Gary depuis l'entrée. La femme de Harvey Coombs venait d'arriver dans la rue. Elle jeta un œil sur la gorge béante et courut chez elle, dégoûtée. Natalie s'agenouilla et saisit un poignet pour prendre son pouls. Le bras était raide. Étant donnée la température, elle dirait que Jeff était mort depuis trois ou quatre heures. Elle observa l'intérieur de la voiture et le sang coagulé sur les sièges recouverts de tissu capitonné. Il y avait tellement de sang. On avait dû l'égorger dans la voiture et le laisser là, perdre tout son sang.

Tout cela avait traversé l'esprit de Natalie alors qu'elle appuyait légèrement sur ses paupières pour lui fermer les yeux. Elle savait qu'elle ne devait pas toucher le corps, mais elle ne pouvait pas laisser ces yeux sans vie ouverts, aussi vulnérables que ceux de Tam.

Elle releva les yeux. Gary était toujours bouche bée devant la porte d'entrée. « Appelez la police », lui cria-t-elle. Mais il ne bougeait pas. « Gary, appelez la police et demandez le shérif Meredith ou Ted Hysell. Demandez-leur de venir immédiatement. » Gary était pétrifié. « Gary, maintenant ! »

Gary remua comme secoué par une décharge électrique. Le jeune couple de la maison d'à côté apparut sur le perron. Ils portaient tous les deux la même tenue de jogging rouge, blanc et bleu. Ils étaient tous les deux grands et blonds et ressemblaient à des frères et sœurs. Le jeune homme avança vers Natalie. « Que se passe-t-il ? » Il tourna devant la voiture, regarda le corps ensanglanté et recula de frayeur. « C'est vous qui avez fait cela ? »

La bêtise de cette question fit sortir Natalie de ses gonds. « Vous croyez vraiment que j'aurais égorgé ce type, puis que je l'aurais laissé devant chez moi pour pouvoir contempler mon œuvre ? » demanda-t-elle froidement.

Le jeune homme se ravisa, en réfléchissant apparemment un peu plus sérieusement sur la possibilité que cette femme toquée ait pu tuer cet homme. « Je voulais juste être utile. »

« Je n'ai rien entendu qui y ressemble. » Les larmes montèrent d'un seul coup aux yeux de Natalie et elle se mit à trembler. « Auriez-vous une couverture pour le couvrir ? »

Il se retourna et courut jusqu'à sa femme. Après quelques murmures, elle s'écria : « Je ne vais pas bousiller une de mes couvertures ! » À pas mesurés, ils rentrèrent chez eux et fermèrent bruyamment la porte. Une minute plus tard, leurs visages apparaissaient derrière une fenêtre.

« Tes voisins tu aimeras », murmura Natalie avant de s'effondrer près du corps de Jeff, prise d'un vertige. C'était la troisième fois en une semaine qu'elle faisait le guet auprès de victimes de violence démesurée. C'était absurde. C'était horrible. Elle avait l'impression de perdre pied.

Mary Coombs sortit de chez elle avec une couverture qu'elle étendit sur le corps de Jeff Lindstrom. Puis elle s'assit sur le trottoir à côté de Natalie et versa une tasse de café d'un thermos. « Buvez cela, poussin. Vous tremblez comme s'il faisait zéro degré. »

Le café était sucré avec de la crème. Natalie aimait le café noir mais elle le but quand même, obéissante. Mary mit un bras autour des épaules de Natalie et elle finit par ne plus trembler. « Vous le connaissez ? » demanda Mary.

« Un peu. Ce n'était pas un ami », frissonna-t-elle. « On l'a laissé ici pour que je le trouve. »

« La peur vous fait divaguer, Natalie. »

« Je sais ce que je dis. » Elle regarda le visage de la femme qui ne lui avait offert que sympathie et amour depuis le départ de Kira. « Mary, vous avez vu sa gorge ? »

« Oui, c'est horrible. C'est répugnant, Natalie. Mais cela n'a rien à voir avec vous. Absolument rien. »

Mais en fait, si. Natalie savait pertinemment que cela avait un lien.

Elle ne savait plus depuis combien de temps elle et Mary étaient restées assises avant que la police n'arrive. Nick Meredith apparut, la face lugubre, les yeux cernés. Natalie se demandait s'il était parvenu à dormir depuis le meurtre de Tamara. Il regarda la couverture puis Natalie. « Vous savez qui c'est ? »

« Jeff Lindstrom. »

Il inspira rapidement. « OK, à part Natalie, qui a piétiné l'endroit du meurtre ? », demanda-t-il.

« Juste moi », répondit Mary indignée. « Et je n'ai rien piétiné du tout. »

« Le type qui habite la maison d'en face est venu », lui dit Natalie. « Mais il ne s'est pas approché à moins de deux mètres du corps et je ne l'ai vu toucher à rien. »

Nick regarda autour de lui. « Et l'homme qui se trouve près de sa fenêtre et agrippe une femme ? »

« Oui. Gary, il n'est pas venu jusqu'ici. »

« Qui est Gary ? »

« Le serrurier qui vous regarde hébété depuis l'allée de ma maison. C'est lui qui vous a appelé après que j'ai découvert le corps. »

Nick se retourna vers celui de ses agents qui était le plus proche. « Faites venir l'équipe technique. »

« Ce n'est pas le boulot qui leur manque en ce moment », murmura l'agent en se dirigeant vers la voiture de service.

« Et assurez-vous que personne d'autre n'approche de cette zone », ajouta Nick. Il enfila un gant en latex et descendit la couverture. Après un regard à la blessure, il prit le portefeuille qui se trouvait dans une des poches du pantalon de Jeff. Il l'ouvrit et parcourut son permis de conduire. « Jefferson R. Lindstrom. 2020 Madison Street, Cincinnati, Ohio. »

Mary le regardait sévèrement. « Vous n'avez certainement pas besoin que Natalie reste là à observer ce que vous faites de ce corps. Elle doit rentrer. »

« C'est vrai en effet. » Nick se pencha et prit le bras de Natalie. « Rentrons et vous me raconterez ce qui s'est passé. »

Mary insista pour les suivre, lançant à Nick des regards suspicieux. Il dit à Gary de poursuivre ses travaux, mais Gary ne battit aucun record. Il travailla lentement et en silence en écoutant le récit de Natalie depuis son réveil jusqu'à ce qu'elle ouvre la portière de la voiture de Jeff Lindstrom.

Dès qu'elle eut fini, quelqu'un se mit à frapper et à hurler à la porte d'entrée. « Que se passe-t-il ici ? Encore des intrus qui reviennent ? »

« Oh, mon Dieu, c'est Harvey », soupira Mary. « Il était bien en partant pêcher, mais il semble qu'il ait bu avant de revenir. »

« Cela vous dérangerait-il de le ramener à la maison, madame ? » demanda poliment Nick. « Il y a déjà assez de confusion comme cela. »

« Oui, je le ramène », dit Mary en réprimant sa colère. « Si nous n'étions pas mariés depuis l'âge de dix-neuf ans, je divorcerais de ce vieil idiot. »

Elle sortit et après une brève mais violente altercation sur le porche, Natalie put entendre qu'elle emmenait Harvey au loin. « Pauvre homme », dit-elle. « Il était si brillant et si charmant. »

« La semaine dernière, il a passé la nuit en prison », lui raconta Nick. « Je croyais qu'Hysell allait se mettre à pleurer quand je l'ai enfermé, mais je ne peux pas le laisser là assis dans son bateau à crier à la foule qu'il a caché une bombe sur la plage. »

Natalie sourit timidement. « J'apprécie vos efforts mais ce n'est pas la peine de continuer à papoter de Harvey. Cela n'enlèvera pas Jeff de mon esprit. »

« Je sais mais vous êtes si blanche, je voulais vous laisser le temps de récupérer. » Nick s'assit et, à sa grande surprise, il prit sa main froide dans la sienne. « Où est votre père ? »

« À l'hôpital. Il y a toujours passé plus de temps qu'à la maison. »

« Même quand vous étiez petite ? »

« Oui. » Elle le regardait. « Il n'y pouvait rien. On avait besoin de lui. »

« Ce n'était pas un reproche. Quand je pense au peu de temps que j'ai passé avec Paige ces derniers temps… enfin, peu importe. Ça va ? »

« Honnêtement, je n'en sais rien. Je n'arrête pas de trouver des cadavres. Ça en devient presque drôle. J'ai l'impression d'être un chien policier. » Elle se mit soudain à rire. Cela prit trente secondes avant que ce rire ne se transforme en sanglots. « Je ne comprends plus rien, Nick. Je pensais que Jeff avait tué Tam, mais il s'est fait tuer à son tour. Je suppose que cela enterre la théorie de Ted. Lindstrom n'avait rien à voir avec Eugène Farley. »

« Mais si », dit Nick doucement. « Sa mère est la sœur de Constance Farley. Eugène était le cousin de Jeff. »

Natalie le regarda incrédule. « Son cousin ! Comment le savez-vous ? »

« J'ai discuté avec Mme Farley. Elle était très énervée quand elle a su qu'il était là. Elle a dit qu'il était, et je cite : "un horrible garçon" et "dingue". »

« Comment ça dingue ? »

« Elle ne s'est pas étendue sur le sujet, mais elle était résolue sur le fait que je ne devais pas coopérer avec lui. Elle était particulièrement soucieuse par le fait que je puisse parler d'elle ou d'Eugène avec Jeff. » Il sourit. « Elle voulait que je le chasse de la ville. »

« Couvert de goudron et de plumes ? »

« Je ne l'ai pas suggéré, mais elle aurait sauté sur cette idée si je l'avais fait. »

Natalie essuya les larmes de son visage. « Et pourquoi était-il vraiment venu ici selon vous ? »

« Je ne sais pas. J'ai pensé que Mme Farley l'avait envoyé pour exécuter tous ces meurtres à sa place, mais cela ne semble pas être le cas. Et puis il y a la possibilité qu'il ait vraiment été intéressé par l'écriture d'un livre et qu'il en ait découvert plus que moi en enquêtant. Peut-être pensait-il savoir qui était le tueur. »

« Et ? »

« Et il a fait l'erreur de rencontrer cette personne. Il avait peut-être l'intention de ramener fièrement cette personne au poste de police. Ou alors de la faire chanter. Lindstrom était vicieux comme l'enfer, Natalie. Il était le genre de gars qui se croyait plus intelligent et plus rusé que tout le monde. » Nick la regarda dans les yeux. « Il a peut-être trouvé plus fort que lui. »

II

La porte s'ouvrit violemment et Mme Fisher regarda Nick avec hostilité. « Quoi encore ? »

« Je dois parler à Dee. »

« Je dois lui parler aussi, mais elle n'est pas là. » La femme ferma sa robe de chambre en flanelle. Elle avait coiffé ses bouclettes et ses cheveux blancs formaient un fin halo autour de son visage ridé. « Je ne l'ai pas vue depuis hier après-midi. Personne n'était là pour me préparer mon dîner ! Personne pour le petit déjeuner ! J'aurais pu mourir dans la nuit et rester dans mon lit à pourrir ! »

Son visage rougit et Nick appréhendait qu'elle n'ait une nouvelle quinte de toux. « Y a-t-il quelque chose que je puisse faire pour vous ? »

Son regard s'adoucit. « Vous essayez encore de pénétrer dans cette maison, n'est-ce pas ? »

Oh, mon Dieu, ça n'allait pas recommencer, pensa Nick. « Madame Fisher, vous avez une idée de l'endroit où Dee a pu aller ? »

« Si je le savais, je vous le dirais pour que vous puissiez la ramener pour qu'elle s'occupe de moi comme elle le devrait. Je la loge et je la nourris pour cela ! Et pour quoi ? » Ses yeux clairs se figèrent. « Et pourquoi la cherchez-vous ? Elle a fait quelque chose ? N'essayez pas de me mentir. C'est quoi ? »

« Je ne sais pas si elle a fait quoi que ce soit. Je veux juste lui parler. »

« À quel propos ? »

« Je ne peux pas vous le dire. »

« Alors, allez au diable ! » Mme Fisher claqua la porte.

Nick resta un moment à réfléchir sur le porche. Dee Fisher agissait bizarrement depuis plus d'une semaine. Selon sa mère, elle sortait souvent la nuit et avait reçu de nombreux appels secrets. Wade, à l'hôtel Lakeview, l'avait vue sortir de la chambre de Lindstrom après l'enterrement de Tamara. Elle était agitée. On n'avait plus jamais revu Lindstrom. Et maintenant, il était mort.

Et Alison Cosgrove ? Elle a été attaquée vers 10 heures, la veille. Mme Fisher a dit qu'elle n'avait pas vu sa fille depuis hier après-midi. Ce qui laisse un trou de presque vingt-quatre heures. Vingt-quatre heures de la vie d'une femme qui était amoureuse d'Eugène Farley et ne s'était jamais remise de sa mort.

Même s'il détestait cette idée, Nick savait qu'il devait parler à Ted Hysell de la possibilité que sa petite amie soit l'assassin.

III

Il y avait plus d'une heure que les infirmiers avaient emmené Jeff Lindstrom. Quelques journalistes erraient dans la rue, mais tout le monde s'était calfeutré chez soi, refusant tout commentaire. Il y avait à peine vingt minutes, Natalie avait repéré une femme reporter du journal local qui la regardait par la porte-fenêtre du patio. Natalie avait violemment tiré les stores en l'insultant assez fort pour qu'elle l'ait entendue derrière le carreau.

À présent, anesthésiée par le choc de la découverte du corps, elle était assise par terre avec sa guitare qu'elle grattait dans le vague, Blaine à ses côtés. Ses accords étaient mauvais. Sa voix tremblait. Elle cassa une corde.

Le téléphone sonna. Le son de la voix de Kenny se mit à flotter en provenance du répondeur. « Natalie, je sais que tu es là, alors décroche. Il faut que nous réglions ça. Natalie ? » Une pause. « Eh bien, je t'aime, mon cœur. »

Rien sur le fait qu'il ait lu quoi que ce soit sur les autres meurtres de Port Ariel et qu'il se faisait du souci pour elle. Rien de réconfortant concernant les funérailles de Tamara. « Il faut que nous réglions ça. » Il s'ennuyait, temporairement désemparé sans elle. Et ce « Je t'aime, mon cœur. » Il y a deux semaines, son cœur aurait battu la chamade en entendant ces mots. Maintenant, ils lui paraissaient vides. Aucun sentiment n'en ressortait. Est-ce qu'il y en avait jamais eu ? Ou n'avait-elle été pour Kenny que la femme du moment, quelqu'un de passionné et de facile à contenter ?

Elle se mit à jouer et à chanter *I Can't Make You Love Me* de Bonnie Raitt. Elle avait les larmes aux yeux quand le téléphone retentit de nouveau. « Natalie, c'est Lily. » Natalie posa sa guitare, avala sa salive pour maîtriser sa voix puis décrocha le combiné. « Que se passe-t-il ? » demanda Lily. « Il paraît que tu as trouvé un corps. »

« Tu connais un crieur public ? » demanda Natalie. « Comment es-tu au courant ? »

« Tes voisins d'en face ont appelé mon père. Ils ont peur d'être traînés dans une histoire lugubre. Ils voulaient savoir s'ils avaient besoin d'être représentés et ils voulaient le meilleur avocat. »

« Ce ne sont que deux sombres idiots égocentriques. »

« Pourquoi ne m'as-tu pas appelée pour me raconter ? »

« Je ne voulais pas t'embêter. Je pensais que tu devais déjà vivre l'enfer surtout après l'agression d'Alison. »

« Je n'en savais rien avant ce matin quand j'ai appelé Papa. Il partait pour l'hôpital. »

« Il n'y est pas allé avant ce matin ? »

« Apparemment non. »

« Viveca a appelé cette nuit à 1 heure, elle voulait que mon père se déplace. Je n'ai pas voulu le déranger parce qu'il était vanné et qu'en plus il dormait, mais j'ai discuté avec elle un bon moment. Elle m'a dit qu'elle avait demandé à ton père de venir, mais il lui a répondu qu'il avait déjà ses propres problèmes à surmonter. »

« Tu trouves cela cruel. »

« Pour le moins. Il est supposé être amoureux de Viveca. »

« Eh bien, peut-être n'est-il pas aussi dingue d'elle qu'il ne le pensait. »

« La nuit dernière n'était peut-être pas le meilleur moment pour décider de cela. »

« Mais qu'est-ce qui t'arrive ? » demanda Lily amère. « Je ne savais pas que tu étais devenue une fan de Viveca. Et mon père a déjà traversé beaucoup d'épreuves. Il est presque au bout du rouleau. »

« Je ne voulais pas t'offenser. C'est juste que la matinée a été plutôt mouvementée. »

« Peu importe. » La voix de Lily devint bizarrement monocorde. « À propos, ce corps que tu as trouvé. Qui c'était ? »

Natalie se raidit. *« À propos, ce corps que tu as trouvé. Qui c'était ? »* Lily parlait comme si Natalie avait trouvé un chat sur son perron. Elle avait parlé de son père et de Viveca avant même de demander l'identité de la victime. « C'était Jeff Lindstrom, Lily », répondit lentement Natalie. « On l'a égorgé. »

« Comme Tam », dit Lily platement.

« Et Warren, et Charlotte, et Alison. » Natalie s'attendait à ce que Lily rajoute quelque chose mais cela ne vint pas.

« Tu crois que j'en sais plus que toi à ce sujet ? »

« Non, j'allais te demander si tu avais des idées », dit Natalie avec prudence. « Je ne t'ai pas reparlé depuis que Nick a découvert que Lindstrom était le cousin d'Eugène Farley. »

« Son cousin ! » Cette fois Lily parut véritablement choquée. « Mais que pouvait-il bien faire dans le coin ? »

« Il a dit à Nick qu'il récoltait des informations pour écrire un livre sur les meurtres. Puis Nick a découvert qu'il était le neveu de Constance Farley. Quand il a appelé Constance, elle lui a dit qu'elle ne savait rien à propos de ce livre et qu'elle était vraiment contrariée qu'il soit à Port Ariel. Et puis jeudi, il a disparu. »

« Le jour de l'enterrement de Tam. »

« Lily, est-ce que Jeff avait essayé d'aborder le sujet de Warren et de Tam avec toi ou ton père ? »

« La seule fois que je l'ai vu, c'était l'autre jour à la boutique. Tu as entendu la conversation. Et je sais que s'il avait essayé de parler de Tam à Papa, il me l'aurait dit. Il n'avait rien à voir avec ce Jeff Lindstrom. » Elle parla plus fort. « Rien. »

« Lily, qu'est-ce qui ne va pas ? »

« Qu'est-ce qui ne va pas avec toi ? Tu me poses toutes ces questions sur une personne qui vient de se faire assassiner. On dirait que tu crois que moi ou mon père avons quelque chose à voir avec ça. Et puis, qu'est-ce que tu fabriques avec le shérif ? Tu l'appelles Nick maintenant ? C'est le retour de balle pour Kenny ? Tu essaies de marquer des points auprès du jeune et beau shérif en faisant le sale boulot à sa place, en accusant ta plus vieille et sans doute ta plus chère amie de meurtre ? »

« Lily, pour l'amour de Dieu, calme-toi ! » Natalie était abasourdie de la façon dont Lily avait explosé. « Je ne prétends rien du tout… »

« Bien sûr que si ! Mais garde tes soupçons pour toi, Natalie, avant de provoquer d'énormes dégâts ! »

Pour la première dans l'histoire de leur amitié, Lily lui raccrocha au nez. Natalie resta assise consternée, le combiné en main, pendant plus d'une minute alors que les mots de Lily passaient et repassaient dans sa tête : *Garde tes soupçons pour toi,*

Natalie, avant de provoquer d'énormes dégâts ! Mais elle ne pouvait pas garder ses soupçons pour elle, pas si Lily était si nerveuse, si effrayée…

Elle appela le bureau de police. Nick venait d'arriver. « Quoi encore ? » demanda-t-il d'une voix dévastée.

« Bonjour à vous également. »

« Natalie, si vous me dites que vous venez de trouver un autre cadavre… »

« Ne vous inquiétez pas. Je ne sors plus un pied de cette maison sans qu'il n'y ait d'urgence. Je vous appelle pour vous parler de la conversation que je viens d'avoir avec Lily au téléphone. Elle a entendu parler de la découverte du corps ce matin. » Natalie s'arrêta, essayant d'enrailler son sentiment de trahison. « Elle ne savait pas de qui il s'agissait et ne me l'a pas demandé tout de suite, ce qui est étrange. Quand j'ai fini par lui dire que c'était Jeff Lindstrom, elle n'a pas paru surprise. Je lui ai demandé s'il l'avait déjà questionnée au sujet de Tam. Elle m'a répondu que non et qu'elle ne l'avait vu qu'une seule fois, l'autre jour à la boutique. Mais quand je lui ai demandé s'il avait parlé à son père, elle était à vif. Elle a nié avec ferveur. Elle est devenue nerveuse et agressive. » Natalie reprit sa respiration. « Elle n'a pas l'air d'aller bien, Nick. Elle est suspicieuse et effrayée. Vraiment effrayée. »

IV

SAMEDI, 13 HEURES

« M. Peyton n'est pas chez lui. Je ne sais pas quand il rentrera. »

Une femme mince aux cheveux poivre et sel et le visage légèrement ridé regardait Nick de ses magnifiques yeux violets. « Est-ce que je peux entrer pour l'attendre, madame… »

« Ebert. Je suis la femme de ménage de M. Peyton. » Elle hésita. « Je ne sais pas. M. Peyton n'aime pas beaucoup les visiteurs. Il vit une période vraiment difficile. »

« Oui, à cause du meurtre de sa fille. Mais je suis le shérif, madame Ebert. J'enquête sur le meurtre de Tamara. Il faut que je lui parle. »

Elle porta sa main sur sa poitrine. « Oh, non, est-il encore arrivé quelque chose ? Est-ce que Lily va bien ? »

« Lily va très bien. Ceci concerne d'autres événements, mais c'est vraiment très important. S'il vous plaît, madame Ebert. »

Il lui adressa son sourire le plus gracieux mais son sourire à elle était plutôt nerveux. « D'accord. Après tout, vous êtes le shérif et c'est très important. Entrez, s'il vous plaît. Je peux peut-être vous proposer quelque chose à boire ? Thé ? Café ? Une boisson sans alcool ?

« Un Coca ou un Pepsi si vous avez. Il commence à faire chaud. »

« Oh oui ! Une si belle journée. Il faisait si moche hier. Mettez-vous à votre aise dans le salon, je reviens tout de suite. »

Nick n'avait pas eu l'occasion d'étudier la pièce après l'enterrement de Tamara. Il ne connaissait pas grand-chose aux antiquités, mais il savait qu'elles étaient chères. Cette pièce était magnifique, quoique un peu trop chargée et conventionnelle à son goût. Au-dessus de la cheminée trônait un portrait à l'huile de Tamara et de Lily, peint quand elles devaient avoir seize ans. Leurs cheveux blond or recouvraient leurs épaules et elles portaient toutes les deux des robes vert pâle qui illuminaient leurs regards noisette. Elles avaient la même structure osseuse, mais il était impossible de les confondre si on les regardait droit dans les yeux. Tamara avait le regard noble et timide. Les yeux de Lily le regardaient avec audace, étincelant de gaieté. Toutes les deux si belles et si différentes.

Mme Ebert revint avec un plateau en argent contenant un verre de Coca et une assiette de crackers surmontés de cheddar et de fromage suisse. « Vous avez l'air d'un homme qui n'a pas déjeuné. » Elle sourit. « Je peux vous préparer de la soupe si vous voulez. »

« Non, merci. Les crackers sont parfaits. Vous avez raison — je n'ai rien avalé depuis ce matin. » Il prit place dans un canapé vert, but une gorgée de Coca glacé puis attrapa un cracker.

« Je retourne à la cuisine pendant que vous attendez… »

« Si vous n'êtes pas trop occupée, pouvez-vous me tenir compagnie ? » Nick s'efforça de paraître le plus innocent possible.

La femme hésita. « Non, je n'ai rien à faire. M. Peyton n'a même pas pris son petit déjeuner et il m'a dit qu'il dînerait sans doute dehors. »

« Il revient dans notre monde. »

Mme Ebert s'assit sur une chaise pliante en face de Nick. « Non, je ne crois pas qu'il ait prévu quelque chose pour le dîner. Il ne veut pas manger, c'est tout. »

Elle croisa ses longues jambes bien faites et rabaissa sa jupe bleu marine sur ses genoux. « Il est anéanti, shérif Meredith. Ses filles représentent toute sa vie. »

« Il lui reste au moins Lily. » Elle sourit. « Et Viveca Cosgrove. » Le sourire disparut. « Vous ne l'aimez pas ? »

« Je ne la connais pas bien », dit brièvement Mme Ebert.

« Pas plus que vous ne le souhaitez, j'imagine. Je sais que Lily ne l'aime pas et pour ce que j'en ai vu, je ne m'y attacherais pas non plus. Il y a quelque chose chez cette femme… »

« Elle est despotique », dit soudain Mme Ebert. « Elle agit comme si cette maison était déjà la sienne, en refaisant la décoration et en se débarrassant des affaires de Mme Peyton. »

« Vous étiez dévouée à Mme Peyton. »

« C'était un ange réincarné. Une femme si simple et si modeste. Pour elle, avoir une femme de ménage était un vrai miracle, sans avoir l'air prétentieuse, mais elle n'a pas eu le choix quand sa sclérose en plaques l'a clouée dans un fauteuil roulant pour les quelques dernières années de sa vie. Mes premiers mois ici ont été tendus. » Elle sourit à nouveau. « J'étais veuve depuis peu et je me sentais seule. Quand elle s'en est aperçue, nous sommes devenues comme des sœurs. Elle a sauvé ma vie affective. »

Mme Ebert soupira et regarda le portrait des jumelles. « Je crois qu'elle aurait été horrifiée à l'idée que Viveca Cosgrove devienne la belle-mère de ses filles. Bien sûr il ne reste que Lily maintenant… » Ses jolis yeux s'emplirent de larmes. « Je n'aurais jamais dû vous parler de toutes ces choses très privées. Je n'en avais pas le droit. »

« Vous avez le droit de vos opinions », dit Nick gentiment. « Bien sûr, après ce qui est arrivé à sa fille, Mme Cosgrove ne sera plus souvent dans les environs. »

« Maintenant, je me sens encore moins bien. Cette fille est très… perturbée, mais elle n'a pas mérité ce qui lui est arrivé. C'est horrible ! »

Nick prit un autre cracker. « Mais elle est toujours en vie. Pas comme Jeff Lindstrom. »

« Jeff Lindstrom ? » demanda-t-elle interrogative.

« On a retrouvé son corps ce matin. Il a été assassiné comme Tamara et Warren. »

Ses yeux s'agrandirent. « Mon Dieu ! Il était si jeune ! »

Nick avait mentionné Lindstrom sans intentions particulières. Il tenta de cacher sa surprise et son excitation. « Vous connaissiez Jeff Lindstrom ? » demanda-t-il fortuitement.

« Je ne le connaissais pas vraiment. » Mme Ebert passa une mèche de ses cheveux derrière ses oreilles. « Il est venu une fois ici. Il voulait parler à M. Peyton et je lui ai dit que M. Peyton ne recevait personne. Puis il s'est mis à parler de plus en plus fort et M. Peyton est sorti. »

« Et c'était quand ? »

« Jeudi soir, après les funérailles de Tamara. Vous pouvez imaginer la tension. Lily était encore là. Elle a dit à son père de ne pas lui parler. Mais M. Peyton l'a quand même fait. »

Lily avait dit à Natalie qu'elle n'avait vu Lindstrom qu'une seule fois. Elle avait menti. « Il devait avoir quelque chose de très important à dire pour avoir insisté pour parler à M. Peyton en un moment si difficile. »

« Il s'est excusé, bien sûr. Ensuite M. Peyton a demandé à Lily de monter dans sa chambre. La chambre des filles n'a pas bougé depuis leur adolescence. Elle s'est disputée avec son père mais il était inflexible. C'était très embarrassant ! »

« Je vous crois. Je me demande ce que Lindstrom voulait ? »

« Je n'en sais rien. » Nick la regarda de façon déterminée et elle baissa les yeux. Il savait qu'il avait affaire à une femme discrète mais scrupuleusement honnête. « En fait, ça n'est pas tout à fait vrai. J'ai entendu un peu de leur conversation. Sans le vouloir, j'étais dans la cuisine et de là on peut tout entendre… »

« Je comprends. » Il prit une gorgée de son Coca. « J'ai parlé à Lindstrom une fois. Il était plutôt arrogant. »

« Il était odieux ! Bruyant et grossier. Je ne comprenais pas tous les mots, mais il n'arrêtait pas de poser des questions sur Warren. M. Peyton savait-il que Warren avait une liaison avec Charlotte Bishop ? M. Peyton pensait-il que Warren avait tué Tamara ? M. Peyton devenait extrêmement agité quand tout d'un coup Lindstrom dit… »

Elle respira profondément, fronça les sourcils et baissa les yeux sur ses mains tremblantes. Faites qu'elle ne s'arrête pas maintenant, implora Nick intérieurement. Il savait que cette femme ne répondrait pas sous la pression. Il continua à la regarder avec intérêt mais sans insistance.

« Eh bien, cela m'a dérangée », résuma doucement Mme Ebert. « Lindstrom a parlé de dénonciation à M. Peyton. »

« Dénonciation ? » répéta Nick doucement alors que ces mots frappaient sa tête. « Je me demande ce qu'il voulait dire par là ? »

« Je n'en ai pas la moindre idée. Je ne pense pas que M. Peyton ait des secrets. C'est un homme adorable. Il était très dévoué à Mme Peyton. C'est pour cela que je suis surprise qu'il fréquente Mme Cosgrove. Elle était tellement différente… » Elle se posait des questions et Nick avait envie de crier « Retournons à nos moutons ! » mais sa volonté de fer l'en empêcha. « J'ai réfléchi et réfléchi à ce que ce Lindstrom avait bien pu vouloir dire par dénonciation », continua Mme Ebert. « Et j'ai eu une idée. »

Nick était tellement penché en avant qu'il faillit tomber du canapé. Il attrapa rapidement son verre de Coca et le vida pour cacher son agitation.

« Voulez-vous un autre verre, shérif ? »

« Non, merci. Vous disiez avoir une idée de ce que Lindstrom voulait dire par dénonciation ? »

« Je me demandais si cela avait à voir avec Alison. Elle était dans une mauvaise passe et M. Peyton voulait la protéger pour le salut de Mme Cosgrove. »

« Alison ? Dans une mauvaise passe ? »

« Je n'ai pas trouvé autre chose, surtout après avoir appris qu'elle allait la nuit à la maison des Saunders, déguisée pour écouter de la musique. Il est difficile de dire ce qu'elle pouvait bien y faire d'autre. »

« Je vois ce que vous voulez dire concernant Alison », dit Nick. « Que s'est-il passé après que Lindstrom eut menacé M. Peyton ? »

« M. Peyton lui a ordonné de sortir ou il allait appeler la police. Et Lindstrom est parti. Un peu après, je suis entrée pour voir si M. Peyton avait besoin de quelque chose, mais il a été plutôt froid avec moi. C'était la première fois en dix ans. Il était très troublé. Il a bu deux brandies cul sec. C'est la première fois que je le voyais faire cela. »

« Et ensuite. »

« Puis il a quitté la maison et est parti en voiture. Lily est sortie de sa chambre et elle était terriblement inquiète. Elle est sortie aussi. Monsieur n'est rentré qu'à l'aube. Je le sais parce que j'étais trop perturbée pour dormir et je l'ai entendu revenir. »

« Où croyez-vous qu'il soit allé ? »

« Je ne sais pas. » Elle rougit légèrement. « Peut-être chez Mme Cosgrove. Il reste souvent très tard là-bas. »

« Et vous n'avez pas revu Lily non plus ? »

« Pas cette nuit. » Mme Ebert massa la ride entre ses sourcils. « J'ai l'impression d'en avoir beaucoup trop dit, mais M. Lindstrom était un garçon terrible. Quelle idée d'agresser verbalement M. Peyton le jour de l'enterrement de sa fille ! Et de le menacer de dénonciation et tout cela. C'était effrayant et absurde ! »

Nick était presque sûr qu'Oliver Peyton avait trouvé la menace de dénonciation effrayante. Il n'était pas sûr du tout qu'il l'avait trouvée absurde.

V

Après avoir vidé un deuxième verre de Coca et une seconde assiette de crackers au fromage, Nick renonça à attendre Oliver Peyton. « Lui direz-vous que j'ai besoin de lui parler quand il rentrera ? » demanda-t-il à Mme Ebert.

« Certainement. Mais je ne peux pas vous garantir qu'il prendra contact avec vous. » Elle le regarda avec regret. « Il semble qu'il rejette tout le monde en ce moment. Avec tout ce stress. »

« Je comprends. Mais c'est vraiment très important, madame Ebert. M'appellerez-vous s'il ne le fait pas ? Je ne mentionnerai pas votre nom. » On aurait dit que la femme allait refuser. « Madame Ebert, j'enquête sur le meurtre de Tamara. »

« D'accord », dit-elle mécontente. « Je vous appellerai. »

Il se sentait un peu coupable en retournant à sa voiture. Il avait demandé l'aide de cette femme en lui disant qu'il cherchait le meurtrier de Tamara. Il savait que Oliver Peyton n'avait pas tué sa fille. Par contre, il n'était pas si sûr qu'il n'ait pas tué Jeff Lindstrom.

Il resta assis dans sa voiture à se demander ce qu'il allait faire maintenant. Il voulait parler à Hysell à propos de Dee, mais Hysell n'était de service qu'à partir de 16 heures parce qu'il était resté toute la nuit sur l'agression d'Alison Cosgrove, permettant ainsi à Nick de rentrer chez lui pour dormir quelques heures et passer du temps avec Paige. Il parlerait à Ted ce soir. Pour le moment, il allait réessayer de voir Dee.

Nick se ressaisit en conduisant jusqu'à la maison des Fisher. Ses deux premières visites avaient été plutôt déplaisantes. Il avait le sentiment que la troisième pourrait déclencher une agression physique de la part de la fragile Mme Fisher. Il remarqua une vieille Volkswagen dans l'allée qui n'était pas là les deux premières fois. Peut-être était-ce Dee.

Il eut une réponse dès que la porte d'entrée s'ouvrit. Une femme d'environ trente ans aux cheveux châtains frisés se tenait devant lui. Elle était robuste et portait un jean. Pour seul maquillage, elle avait un trait de rouge à lèvres rose vif. Elle paraissait exténuée.

« Dee Fisher ? » demanda-t-il.

« Le fameux shérif Meredith. Ted parle beaucoup de vous. »

D'après son ton, Nick supposa que Ted n'avait pas parlé de lui en bien. « Ma mère a beaucoup de choses à dire sur vous, également. »

« On s'est parlé deux fois. Je peux entrer ? »

« Pourquoi ? »

« Parce qu'il faut que je vous parle. » Dee le fixait toujours. « Si vous ne souhaitez pas déranger votre mère, on peut parler sur la pelouse. » Il s'arrêta. « Ou au poste. »

« Au poste ! » Mme Fisher venait d'apparaître derrière Dee piaillant comme un petit oiseau. « Je savais que tu étais partie pour créer des problèmes, Dee. Tu ne peux pas rester en dehors des ennuis. Comme ton père ! »

Sa voix commença à dérailler puis elle se mit à tousser. Elle s'écarta de la porte, toussant violemment dans l'une de ses mains et frappant Dee de l'autre alors qu'elle s'était rapprochée d'elle. « Va-t'en ! Tu ne fais qu'empirer les choses ! » Bafouillages. Étranglements. Grognements. Dee se retourna vers Nick, complètement désarmé et las. « Vous devriez entrer. Comme vous pouvez le voir, je ne peux pas la quitter. »

Nick pénétra à l'intérieur. Il ne demanderait pas à appeler les urgences cette fois. Dee resta près de sa mère pliée en deux, qui toussait et jurait alternativement, jusqu'à ce que la crise commence à se calmer. « Je vais te chercher de la limonade », dit Dee.

« Une bière ! »

« Maman… »

« J'ai dit une bière ! » Mme Fisher parlait d'une voix tremblante. « Et ramène-lui-en une. C'est un homme qui boit de la bière. Il sera peut-être de meilleure humeur. »

« De la limonade pour moi », dit Nick à Dee. « Je suis en service. »

Mme Fisher le regarda. « Lâcheur. »

Elle est repartie sur les chapeaux de roue, pensa Nick en entrant dans le petit salon. Au moins, il avait réussi à épingler Dee.

Elle revint dans la pièce avec un verre de limonade et une bière. Mme Fisher se dirigea vers le canapé en skaï où s'était assis Nick la dernière fois et elle se planta dans le fauteuil juste en face de lui. « Madame Fisher, ce serait mieux que je parle à Dee en privé », dit-il.

Un éclair furieux traversa ses yeux. « Ceci est ma maison ! Rien ne s'y passe sans que je ne sois au courant. Pas même une conversation ! »

Qu'est-ce que cela doit être de grandir avec une femme si méchante et suspicieuse ? se demanda Nick. Il voulait lui demander de quitter la pièce mais il savait que ce serait en vain. Dee le regardait avec soin et elle s'approcha du fauteuil de sa mère.

« J'ai parlé à votre mère ce matin », dit Nick. « Elle m'a dit qu'elle ne vous avait pas vue depuis hier après-midi. »

« J'étais sortie. »

« Ça, il le sait ! » lança Mme Fisher. « Sortie à faire quoi, voilà ce qu'il veut savoir, et moi aussi. Je suis restée seule ici mourante et toi, tu ne te préoccupais même pas de rentrer de la nuit. » Elle but une gorgée de sa canette de bière. « Et n'essaie pas de me raconter que tu étais avec cet agent de police parce qu'il a appelé ce matin. Je lui ai dit que tu étais à l'église. Ah ! Tu crois qu'il l'a crue celle-là ? »

« Maman, s'il te plaît », dit Dee fatiguée.

Nick regarda Dee. « Je voudrais savoir où vous étiez ? »

« Quelle importance ça a ? Je n'ai pas à vous répondre. »

« C'est quoi votre secret ? »

« Je n'ai pas de secret. » Dee tenta de rire en vain. « Je pense seulement que l'endroit où je vais me regarde. »

Nick la fixa longuement. « En temps normal, je serais d'accord avec vous. Mais avez-vous entendu parler de ce qui est arrivé à Alison Cosgrove la nuit dernière ? »

« J'ai lu les journaux ce matin. Elle s'est fait agresser. Qu'est-ce que ça a à voir avec moi ? »

« Êtes-vous au courant de ce qui est arrivé à Jeff Lindstrom ? »

Dee se raidit. « Qui est Jeff Lindstrom ? »

« L'homme que Natalie St. John a retrouvé assassiné devant sa maison ce matin. » Il s'arrêta. « L'homme qui possédait une chambre d'hôtel dont on vous a vue sortir, jeudi soir. »

« Je le savais ! » explosa Mme Fisher. « Je le savais, je le savais, je le savais ! Tu fais la pute. C'était avec lui ! »

« Je ne connais aucun Jeff Lindstrom ! » Dee serrait les poings. « Qu'êtes-vous en train d'insinuer ? Que j'ai tué cet homme ? »

« Je dis qu'il a disparu jeudi et qu'il a été retrouvé mort ce matin. Je dis que vous avez été clairement identifiée comme étant la femme qui est sortie de sa chambre à l'hôtel Lakeview, jeudi soir en pleurant. »

« L'hôtel Lakeview ? » Le visage de Dee avait perdu ses couleurs. « Qui dit m'avoir vue à l'hôtel Lakeview ? »

« Le réceptionniste. Wade Hanley. »

« Je ne connais aucun Wade Hanley. »

« Lui et son père ont eu un accident de voiture il y a deux ans. Son père est mort. Wade a été transporté à l'hôpital et vous y a rencontrée. Il se souvient de vous. »

« Il s'est trompé. »

« Alors vous niez avoir été à l'hôtel Lakeview jeudi soir ? » Dee le fixait provocante. « Mademoiselle Fisher, je dois vous avertir que vous risquez de gros ennuis. » Nick exagérait les choses. Il n'avait pas de preuves reliant Dee à aucun des meurtres, à part les paroles de Wade disant que c'était elle qui était sortie de la chambre de Lindstrom, mais il savait qu'elle hésitait.

« Dee, que se passe-t-il ? »

Tout le monde leva les yeux vers Ted Hysell qui se tenait sur le pas de la porte. « Que faites-vous ici ? » demanda Mme Fisher. « Personne ne vous a demandé d'entrer ! »

« La porte était ouverte », dit Hysell. Nick savait que c'était faux mais le policier soutenait le regard de Dee. « Dee, je répète. Que se passe-t-il ? Est-ce que tu voyais Jeff Lindstrom ? »

La bouche de Dee se mit à trembler. Finalement une larme coula le long de sa joue. « Devant Dieu, je jure que je ne sais pas qui est Jeff Lindstrom, mais j'étais bien au Lakeview. Pas seulement jeudi — plusieurs nuits. Mais ce n'est pas ce que tu crois, Ted. »

« Quoi alors ? » demanda Nick.

Dee s'assit sur le canapé, les épaules baissées et ses larmes coulaient librement. « Ted, tu te souviens que je t'ai parlé de ma nièce Maggie qui s'est enfuie de chez elle ? Celle qui a seize ans ? »

« La fille de Lou ? » demanda Mme Fisher. « Je n'en savais rien. »

« Je ne te l'ai pas dit. Mais j'en ai parlé à Ted. »

« Je me souviens », dit Ted.

« Elle était avec ce gars plus âgé. Il était supposé être son petit ami, mais au bout de quelques mois, il a essayé de la mettre sur le trottoir. Et comme elle ne faisait pas ce qu'il voulait, il a commencé à la battre. Alors elle est venue ici. »

« Pour de l'argent, j'en suis sûre ! » dit Mme Fisher.

« Elle cherchait la sécurité », dit Dee. « Sa mère s'est remariée après avoir divorcé de Lou et son nouveau mari n'aime pas Maggie. C'est un gros bonnet qui travaille dans une banque et qui pense que parce qu'elle a déjà eu quelques problèmes, elle pourrait ruiner sa réputation. Sa mère l'a laissée avec Lou. Lou est mon frère mais c'est une crapule. »

« Je n'avale pas ça », dit Mme Fisher.

« C'est pour ça qu'elle était partie la première fois. Elle ne pouvait plus vivre avec Lou. » Dee poursuivit. « Elle n'avait pas d'autre endroit où aller qu'avec ce type, ce salaud. Quand il a essayé de la prostituer, elle a dû partir. Je suppose que j'étais son dernier espoir, mais elle lui a parlé de moi. Elle avait peur qu'il vienne ici pour la chercher, alors je l'ai logée au Lakeview. Tu sais, pour la cacher. »

« Quelle chambre ? » demanda Nick.

« Numéro de chambre ? La 10. Pourquoi ? »

« Parce que Lindstrom était dans la chambre 11. »

Dee fronça les sourcils. « Est-ce qu'il faisait environ un mètre quatre-vingt-trois, avec les cheveux blonds ? » Nick acquiesça de la tête. « Je me souviens l'avoir vu. Il matait Maggie. Je lui ai demandé de ne pas lui adresser la parole. »

Si Dee disait la vérité, la surveillance de Wade n'était pas aussi bonne qu'il le prétendait, pensa Nick. Il avait en fait vu Dee sortir de la chambre voisine de celle de Lindstrom.

« Alors, tu allais au Lakeview pour voir Maggie ? » demanda Ted avec une pointe de doute dans la voix.

« Ouais. Je l'ai emmenée là-bas il y a quelques jours. Ça n'est pas donné, même si c'est l'hôtel le moins cher de la ville. Je devais la garder en sécurité avant de trouver une solution. Mais je n'ai pas beaucoup de chance. Jeudi soir elle m'a dit qu'elle voulait retourner avec le salaud. Je lui ai demandé de me laisser encore quelques jours, mais j'étais si désemparée. J'ai toujours aimé cette gamine et je ne peux pas supporter l'idée qu'elle se prostitue et qu'elle attrape peut-être le sida. Je suppose que je pleurais quand je suis retournée à ma voiture. »

« Où étiez-vous ces dernières vingt-quatre heures ? » demanda Nick.

Mme Fisher se pencha. « C'est ce que je voudrais savoir, moi seule mourante ici et toi en vadrouille à sauver des gamins que tu ne connais presque pas et qui n'ont jamais rien fait pour toi, pas comme moi, ta propre mère… »

Dee dit d'une voix lente et distincte : « Maman. Ferme-la. »

Mme Fisher se redressa, bredouillant : « Eh bien, eh bien, je n'ai jamais… »

Dee regarda Ted. « J'essayais d'arranger les choses avec la mère de Maggie. Elle vit à Brantford au Canada. J'y suis allée pour la voir. Ce n'est pas très loin, mais suffisamment pour que j'aie dû y passer la nuit. Peu importe, le mari a finalement cédé et la mère de Maggie est arrivée aujourd'hui. Elles sont en route pour Brantford maintenant. »

« Vous comprenez que nous allons devoir vérifier tout cela », dit Nick.

« Ouais. Je vous donnerai l'adresse et le numéro de téléphone. Cependant, pourriez-vous attendre que la mère de Maggie soit rentrée ? Si son mari reçoit un appel de la police, il pourrait changer d'avis pour Maggie. Elles devraient être arrivées dans trois ou quatre heures. »

En temps normal, Nick n'aurait pas accepté d'attendre aussi longtemps pour vérifier une histoire, mais il pensait que Dee n'avait pas une imagination débordante et son histoire était trop détaillée pour avoir été inventée sur le moment.

« Je crois que vous avez répondu à toutes mes questions pour l'instant », dit Nick en se relevant. « Mais il se peut que j'aie à nouveau à vous parler. Peut-être demain. »

« Lui parler de quoi ? » demanda Mme Fisher mécontente.

Le regard de Nick croisa celui de Ted et la réponse plana dans les airs. Peut-être n'avait-elle pas tué Jeff Lindstrom, mais il restait quatre autres victimes, toutes enfants de personnes ayant joué un rôle dans la destruction d'un homme que Dee aimait par-dessus tout.

19

I

SAMEDI, 20 H 45

« C’est l’heure d’aller au lit. »

« Je n’ai pas d’heure pour aller au lit », répondit Paige.

Mme Collins posa ses mains sur ses hanches et son regard se mit à briller méchamment. « Maintenant si, jeune fille. Après tous les ennuis que tu m’as causés, tu devrais être contente que je ne t’envoie pas au lit à 6 heures. Et ne crois pas que je ne suis pas au courant que ton père ne me garde que parce qu’il n’a encore trouvé personne pour me remplacer ! » Elle reprit sa respiration. « Eh bien, j’ai dit à mes amies que je démissionnais parce que je ne voulais pas perdre mon temps à m’occuper d’une petite fille désobéissante. C’en est fini de tes mauvais tours. On n’est pas à New York ici ! »

Paige soupira. Mme Collins n’avait pas arrêté depuis ce que Paige appelait « le fameux incident de la maison des Saunders ». C’était déjà assez pénible comme ça que le tueur l’ait vue et qu’elle n’ait plus le droit de même parler à Jimmy pendant tout un mois. Il fallait en plus qu’elle écoute les réflexions de Mme Collins à longueur de journée ! Elle était presque contente d’aller au lit.

« Viens, Ripley », dit-elle, résignée. « On va lire dans mon lit. »

« Il n’en est pas question ! Tu vas éteindre la lumière et dormir immédiatement. Ton père t’a pourrie, gâtée, en te laissant faire ce que tu voulais trop longtemps », Mme Collins chantait son couplet, tout indignée. « J'ai appris à ma fille à se comporter correctement. Elle n'aurait jamais fait le mur en pleine nuit avec un garçon. Mais, bien sûr, elle avait une mère dévouée et attentionnée, elle ! »

Cette dernière affirmation était tombée comme un reproche. Quand Paige la regarda perdue, Mme Collins réalisa la gaffe qu'elle venait de faire. « Non pas que ce soit de ta faute si ta mère n'est plus là. C'est une vraie tragédie. Je pourrais pleurer en pensant à ce qui est arrivé à ta mère. Assassinée par ces voyous ! Elle est sûrement assise tous les jours, là-haut au Paradis, à pleurer sur la petite fille qu'elle a dû abandonner et qu'elle ne reverra qu'après ta mort ! »

Le visage de Paige était décomposé. Tout le monde lui avait dit que sa maman jouait de la harpe dans un endroit merveilleusement beau (elle se demandait d'ailleurs bien comment elle pouvait faire), qu'elle chantait et qu'à ses moments perdus, elle regardait des lions jouer avec des agneaux. Voilà maintenant que Mme Collins prétendait que sa maman était malheureuse dans le ciel, qu'elle pleurait toute la journée et qu'elle continuerait de pleurer jusqu'à ce que Paige la rejoigne. C'était horrible. Elle se sentait soudain coupable d'être vivante. Peut-être devrait-elle mourir le plus vite possible pour que Maman arrête de pleurer, mais alors ce serait Papa qui serait triste et Ripley et Jimmy lui manqueraient terriblement...

Dépassée, Paige fondit bruyamment en larmes. Mme Collins arriva en trombe, les yeux inquiets. « Arrête ça tout de suite ! Et si ton père rentrait maintenant ? » Elle était choquée par l'ampleur de la tristesse qu'elle venait de causer, et parlait plus fort. « Qu'est-ce qui ne va pas ? Tu ne veux pas aller au lit ? D'accord, tu peux rester jusqu'à minuit, mais arrête de brailler. Seigneur, ayez pitié, tu es vraiment l'enfant la plus terrible que j'aie jamais rencontrée ! »

Mme Collins retourna à la cuisine, en bougonnant. Paige eut encore quelques sanglots, qui finirent par se transformer en hoquets et reniflements. Elle alluma la télévision et s'installa par terre à moins d'un mètre de l'écran. Mme Collins l'avait prévenue qu'à regarder la télé de trop près, elle risquait d'être aveuglée par les radiations, mais pour l'instant, elle s'en fichait. Elle était très malheureuse. Ripley, d'habitude pas très câlin, la bouscula de sa tête plusieurs fois avant de se mettre en boule sur ses genoux et de s'abandonner complètement à ses caresses.

Paige se remettait à peine de ses émotions quand la sonnette de la porte retentit. C'était peut-être Natalie, pensa-t-elle avec espoir. Peut-être Natalie savait-elle qu'elle était effondrée et que le monde s'écroulait à ses pieds et qu'elle revenait pour lui donner son cours de guitare. Ce serait génial !

Elle retira doucement Ripley de ses genoux et courut jusqu'à la porte. Elle l'ouvrit. Un visage lui souriait. « Bonjour, Paige. »

Il faisait nuit. Il commençait à pleuvoir. Le visiteur avait remonté la capuche de son poncho.

« Salut », parvint à dire Paige, les yeux étincelants. Elle était submergée par la surprise et la terreur, mais elle sourit naïvement. « Je vais chercher mon père », improvisa-t-elle. « Il est dans la cuisine. Avec son arme. »

« Oh, je ne te crois pas. » Un soupir. « Pourquoi a-t-il fallu que tu me reconnaisses ? »

II

Jimmy Jenkins était assis derrière le chêne de la pelouse des Meredith. Il avait escaladé les cours et les palissades pour arriver jusqu'ici en évitant les flics qui étaient postés devant chez lui et chez Paige depuis que Natalie St. John avait dit au shérif que le tueur avait vu Paige chez les Saunders. Il tentait sa chance, mais il n'avait pas vu Paige depuis jeudi soir. Il n'était pas supposé la voir avant un mois, et c'était nul. Pas parce qu'elle était sa petite amie ou qu'elle lui manquait. Mais parce qu'ils n'avaient même pas eu l'occasion de discuter de leur téméraire aventure.

Ses parents étaient toujours furieux. Il n'était pas autorisé à quitter la propriété des Jenkins, mais ils étaient très accaparés par sa petite sœur Ivy et ses petits frères Jason et Joël, qui avaient pris froid. Alors, il avait tiré parti de la situation pour venir voir Paige. Il avait tout planifié. Dès qu'il verrait la lumière de sa chambre allumée, il lancerait des petits cailloux contre la fenêtre comme d'habitude. Elle descendrait par l'arbre et ils auraient une longue conversation à propos d'Alison Cosgrove et de la façon dont il lui avait sauvé la vie, même si personne ne le reconnaissait.

Il avait quitté sa maison par-derrière et avait emprunté un chemin détourné pour arriver jusque chez les Meredith, évitant ainsi le chien de garde, le flic posté devant. Pour s'occuper le temps que la lumière s'allume, il avait apporté un livre, *L'Île au trésor*. Paige lui avait dit qu'il l'aimerait mais il ne lui avait jamais dit qu'il avait commencé à le lire. Il atteignait la dixième page quand il se mit à tomber une bruine glacée. Il s'était recroquevillé près du tronc pour être à l'abri sous les grosses branches.

Quelques minutes plus tard, une voiture bleue arrivait à la maison de Meredith. Il posa le livre et regarda qui en sortait, mais la capuche du poncho vert l'empêchait de voir le visage. La personne se dirigea vers la voiture de police, elle bredouilla quelques mots, et le flic acquiesça de la tête, comme s'il autorisait la personne à aller jusqu'à la porte. Au moins, ce n'était pas le shérif qui rentrait chez lui, pensa Jimmy. Il aurait dû partir à toute vitesse. Et ce n'était pas Natalie. Ce n'était pas sa voiture. Cela devait être une amie de Mme Collins.

III

« Paige, qui est-ce ? » demanda Mme Collins en passant de la salle à manger au salon. Paige ne pouvait pas répondre. La silhouette se tenait dans l'ombre à côté des escaliers, avec une main sur la bouche de Paige et de son bras musclé elle tenait le reste de son corps comme un étau. « Si c'est le fils Jenkins, ton père va t'étriper ! Tu n'es pas autorisée à… »

Mme Collins avait passé le pas de la porte qui menait au hall d'entrée. La silhouette s'approcha. Mme Collins écarquilla les yeux juste avant qu'un pot de fleur en cuivre vienne s'abattre sur sa tête. Elle resta immobile un moment, la bouche en forme de minuscule « o » de surprise puis elle s'écrasa par terre la tête la première.

« Une femme si ennuyante. Au moins elle va la fermer pour un moment. Peut-être pour de bon. À toi, maintenant. »

Les battements rapides du cœur de Paige faisaient trembler tout son corps. C'était ce qu'elle redoutait depuis la nuit où le visage capuché l'avait regardée droit dans les yeux à la maison des Saunders. Il allait maintenant sortir un couteau et l'égorger ! Elle qui s'inquiétait que sa mère se sente seule. Elle n'allait plus être seule très longtemps.

La silhouette s'écarta de la rambarde en traînant Paige. Paige entendit soudain un miaulement et vit un projectile noir voler du poteau central des escaliers jusqu'à son agresseur. Un cri de rage emplit l'entrée. Le bras relâcha Paige mais elle ne pouvait plus bouger en voyant Ripley voler jusqu'au mur.

« Ripley ! » hurla-t-elle. Le chat était étendu, inerte alors que le bras l'agrippait de nouveau. « Vous l'avez tué ! »

« Je ne voulais pas. » Les regrets étaient sincères. « Il est peut-être encore en vie, mais si c'est le cas, il faudra qu'un de nos vétérinaires du coin s'en occupe. »

Dans un long et sinistre éclat de rire. « Je suis désolée mais Natalie St. John ne sera pas dans les environs, Paige, parce que tu vas m'aider à lui tendre un piège mortel. »

IV

« Ripley ! »

Jimmy avait entendu le hurlement et s'était relevé. Que se passait-il ? Qu'était-il arrivé au chat ?

Il voulait aller jusqu'à la porte, mais il ne pouvait pas. Peut-être n'était-ce rien. Peut-être que Mme Collins avait marché sur sa queue ou l'avait tapé et que Paige s'était mise en colère…

Mais il avait entendu la terreur de sa voix.

Jimmy sortit de sa cachette et se faufila le long de la maison. Il ne pouvait pas monter sur le porche pour regarder par la vitre judas de la porte d'entrée, mais s'il se souvenait bien des deux fois où il était entré, il y avait une petite fenêtre qui donnait du jour dans le hall.

Une petite fenêtre qui devait se trouver à deux mètres au-dessus de sa tête. « Et merde », jura-t-il en imitant son père. Il regarda autour de lui. Où était passée la cagette en bois pour le lait qu'on voyait dans tous les films ? Alors qu'il se posait cette question, la porte d'entrée s'ouvrit. Il se tapit contre le mur de la maison, en regardant la personne en poncho emmener Paige jusqu'à la voiture de police. La vitre descendit. La personne au poncho tira et la tête du flic tomba en avant. Puis Paige fut emmenée dans la voiture bleue.

La mâchoire de Jimmy pendait alors que la voiture s'en allait. Il resta immobile, un moment. Puis il se précipita sur le devant de la maison, gravit les marches du porche et entra. Mme Collins gisait dans le hall, du sang coulait de sa tête. Ripley n'était plus qu'une masse noire aplatie près du mur. Jimmy courut jusqu'au téléphone.

« Il faut que je parle au shérif », hurlait-il trente secondes plus tard. « C'est une urgence, je vous dis. Quelqu'un a enlevé sa fille et est parti en voiture avec elle. » Il s'arrêta. « Ce n'est pas une blague. Je vous dis la vérité, je le jure. C'était une voiture bleue et la plaque minéralogique commence par 3 R. » Le son de sa voix était de plus en plus fort et de plus en plus agité. « Écoutez, vous devez en parler au shérif Meredith, parce que cette personne avait une arme pointée sur la tête de Paige ! »

V

Fidèle à sa parole, Natalie était restée à la maison depuis qu'elle avait retrouvé Jeff Lindstrom. Elle n'avait sorti Blaine qu'une fois, après que les reporters eurent disparu pour monter leurs articles. Andrew avait appelé à 17 heures. « Il y a eu un carambolage entre trois voitures. J'ai encore deux autres interventions à faire. »

« Es-tu le seul chirurgien de Port Ariel ? » avait demandé Natalie en ne plaisantant qu'à moitié. Il avait appelé des centaines de fois pour dire qu'il ne rentrerait pas avant des heures.

« Pour le moment, j'ai l'impression d'être le seul chirurgien dans un rayon de mille cinq cents kilomètres. Verrouille bien les portes, poussin. Je dois y aller. » À 21 h 30, elle avait relu un tiers de *La Plainte des hauteurs*, Paige lui ayant redonné le goût de la famille Bruneta, mis en route une machine et était maintenant en train de regarder son programme préféré du samedi soir quand le téléphone se mit à sonner. Elle coupa le son de la télévision et écouta le répondeur.

« Natalie ? Tu es là ? C'est Paige. » La petite voix tremblait de peur. « Natalie, si tu es là, s'il te plaît, réponds. »

Natalie prit le combiné, en coupant le répondeur. « Paige, qu'est-ce qui ne va pas ? »

« Tu... Tu dois venir me chercher. »

« Te chercher ? Où ? Qu'est-ce qui ne va pas ? »

Un léger sanglot dans la voix, elle dit : « J'ai vraiment peur. Je crois que Mme Collins est morte. » Elle sanglota plus fort. « Et Ripley aussi. »

« Morts ! Paige, es-tu chez toi ? »

« N… non. Je suis dans cet endroit étrange. C'est vieux et vide et… Quoi ? » Natalie entendit une autre voix. « Cela s'appelle le Blue Lady. »

« Le Blue Lady ! Mais pour l'amour du ciel, que fais-tu là-bas ? »

« Viens, s'il te plaît. Tu dois venir et tu ne dois pas appeler la police et tu dois venir seule sinon… sinon… »

« Sinon je la tue », dit une voix rauque. Puis la ligne fut coupée.

Natalie resta assise pétrifiée quelques instants. Ce n'était pas possible. C'était une mauvaise blague que Jimmy avait montée.

Mais Jimmy n'était pas cruel. Arrogant et insouciant, mais pas cruel. Il voulait ressembler à Nick quand il serait grand. Il ne manigancerait pas de blague si méchante.

Elle regarda sur le bloc-notes de la table près du téléphone et griffonna le numéro de téléphone de Nick. Elle composa le numéro. Le téléphone sonna dix fois. « Je crois que Mme Collins est morte », elle entendait encore les mots de Paige. À 9 heures et demie, Mme Collins ou Nick devrait être avec Paige, mais personne ne répondait.

Elle composa le 911, envoya une ambulance à l'adresse de Meredith, donna son nom et raccrocha alors qu'on lui demandait de répéter. Elle n'avait pas de temps à perdre. Puis elle appela le poste de police. La voix charmante d'une femme répondit. Non, le shérif n'était pas là. Non, Ted Hysell n'était pas là. Voulait-elle parler à un autre agent ?

Natalie hésita. C'était dangereux d'aller au Blue Lady toute seule, mais de prévenir un agent qui arriverait avec sirène et gyrophare provoquerait la mort de Paige. Elle dit qu'elle n'avait finalement pas besoin d'aide et raccrocha en se demandant qui d'autre elle pouvait bien appeler. Lily ? Non. Même si elle détestait cette idée, elle avait des doutes à propos de Lily. Son père ? Il était en pleine opération. Harvey Coombs ? Ridicule.

En prenant ses clés de voiture dans son sac, elle s'aperçut qu'il n'y avait personne pour l'aider. Blaine la suivit jusqu'à la porte. « Je ne peux même pas t'emmener, cette fois », dit Natalie. « Un gros chien comme toi pourrait effrayer la personne qui retient Paige. »

Mais qu'allait-elle pouvoir faire ? se demanda-t-elle en quittant l'allée et parcourant la petite distance qui la séparait du Blue Lady. Elle n'avait aucune idée de la personne à qui elle avait affaire. Et le revolver ! Elle était si agitée qu'elle n'avait même pas pris son arme dans la valise. Elle eut envie de faire demi-tour pour aller la chercher, mais elle n'avait pas le temps. Et puis que se passerait-il si le tueur la fouillait à son arrivée ? Le fait de trouver l'arme pourrait provoquer une réaction violente et la vie de Paige était en jeu. Non, elle devait affronter cela sans la police, et sans armes. Elle n'avait pas le choix.

L'obscurité entourait le pavillon de danse du Blue Lady. Les propriétaires de l'hôtel avaient toujours fait amener des camions de sable pour recréer une plage au bord du lac. Mais depuis l'incendie des années soixante-dix personne ne s'en était plus soucié. Et maintenant la couche fine et érodée de sable n'avait plus aucun charme sous le faible rayon de lune et la bruine. Il était presque impossible d'imaginer cet endroit lugubre en un lieu de divertissement et de bonheur. Natalie eut soudain la sensation effrayante qu'il était resté debout toutes ces années en attendant que quelque chose de terrible se produise entre ces murs moisis.

Elle sortit de sa voiture et jeta un œil autour d'elle. Des bouts de nuages flottaient devant la lune. Sur le côté du bâtiment se trouvait une voiture à moitié cachée dans l'ombre. Elle pouvait dire qu'elle était bleue, mais ne fit aucun effort pour essayer de la reconnaître. Quelle importance ? La lumière jaune de la boutique la plus proche arrivait faiblement jusqu'à l'entrée du pavillon. Les affaires ne marchaient pas très bien au 7-Onze ce soir. Deux voitures et personne qui n'entrait ou ne sortait. Personne pour la voir pénétrer à l'intérieur du Blue Lady. Personne pour appeler la police. Peut-être n'était-ce pas plus mal.

Natalie avait oublié de mettre un sweat-shirt ou un coupe-vent. L'air frais et humide restait collé à ses bras nus ; le brouillard recouvrait son visage. Elle tremblait, mais elle ne savait pas si c'était à cause des 15 °C ou de la peur.

Elle n'avait aucune idée de ce qu'elle ferait une fois entrée dans le pavillon. Peut-être que sa simple présence suffirait au tueur pour libérer Paige parce qu'elle avait correctement mordu à l'hameçon.

Mais Paige pouvait identifier son kidnappeur. La chance que le tueur la laisse partir était nulle. Et que pouvait bien y faire Natalie ? Elle était désarmée et personne ne s'apprêtait à venir les aider. Le tueur jouait avec elle depuis des jours. Et Paige était malheureusement entrée dans le jeu.

La serrure était fracturée. Natalie prit sa respiration et poussa la porte. « Paige ? » Pas de réponse. À quoi s'attendait-elle ? À ce que l'enfant coure dans ses bras pour qu'elles puissent retourner en sécurité dans la voiture ? Elle fit deux pas de plus à l'intérieur du bâtiment. Trois bougies brûlaient sur l'estrade. Une voix s'éleva dans la pénombre. « Fermez la porte derrière vous. »

Natalie recula sans perdre des yeux les bougies et poussa la porte pour la fermer. « Et maintenant ? »

« Venez jusqu'à l'estrade. »

L'estrade et ses trois bougies paraissaient très éloignées. Elle marchait lentement, en regardant la boule à facettes qui reflétait la lueur des bougies sur les tables et les murs. Un parfum léger de rose s'échappait des bougies. Comme le soir où elle avait suivi Blaine jusqu'ici et qu'elle avait entendu la voix de Tamara la menacer de mort. Mais ce soir, pas même le parfum de ces fleurs ne pouvait supplanter l'odeur de moisissure et de pourriture qui s'élevait de ce pavillon abandonné.

Natalie atteignit l'estrade. « Très bien. J'y suis. Pourquoi ne vous montrez-vous pas ? »

Un long rire étouffé. « Avec plaisir. » Une silhouette sortit de l'ombre, traînant Paige qui pleurnichait terrifiée. « Bonsoir, Natalie », dit Ruth Meadows

20

Natalie était là debout, complètement abasourdie, sa bouche était si sèche qu'elle ne pouvait pas avaler sa salive. Elle pensait avoir été assommée quand elle était rentrée de l'école et que sa mère était partie. Elle pensait avoir été sidérée en voyant Kenny faire l'amour avec une autre femme. Mais ce n'était rien comparé à la découverte des corps de Tamara et de Jeff. Et même ces deux effroyables découvertes n'avaient pas provoqué ce sentiment immédiat et profond d'effroi que ressentait Natalie en s'apercevant que Ruth Meadows était l'assassin.

« Je ne comprends pas », dit Natalie bêtement.

Ruth sourit. « Alors, c'est que j'ai bien fait mon boulot. » Elle portait un poncho sombre avec une capuche. Ses cheveux argent courts brillaient dans la lueur des bougies. Elle tenait Paige serrée. Les bras de l'enfant disparurent derrière son dos. Ses poignets étaient liés ou peut-être menottés. « Tu n'as jamais deviné qui j'étais réellement », dit Ruth.

Natalie la regardait, des images et des paroles lui traversaient l'esprit. Leurs regards se croisèrent, l'un clair et brillant, l'autre noir et solide. « Vous m'avez dit de faire des rêves dorés », dit Natalie lentement. « Viveca m'a dit qu'Eugène disait la même chose à Alison. Vous êtes Constance Farley. »

La femme aux cheveux argent approuva. « Tu as raison, chérie. Dommage que tu ne t'en sois pas aperçue avant. »

« Mais vous ne pouvez pas être Constance Farley. Nick lui a parlé à Knoxville. »

« Le shérif a parlé à une femme qui prétendait être Constance Farley. »

« Mais les policiers ont interrogé ses voisins. »

« Natalie, tu es une fille intelligente. Utilise ta tête. Depuis combien de temps cette femme habite-t-elle à Knoxville ? Six mois. Elle s'est présentée à ses voisins comme étant Constance Farley. Ils n'avaient aucune raison de douter d'elle. »

Sa voix était si froide, et son étreinte si forte. « Pourquoi ne relâchez-vous pas Paige, Constance ? C'est moi que vous voulez, non ? »

« Tu sais que je ne peux plus la laisser partir maintenant », dit Constance Farley d'une voix orgueilleuse. « En plus, je voudrais que tu fasses quelque chose pour moi. » Elle montra de la tête un objet qui se trouvait au sol près de Natalie. « Mon portable. Je veux que tu appelles ton père pour lui dire de venir ici. »

« Ici ? Pourquoi ? »

« Parce qu'il va me regarder te tuer. »

Paige se remit à pleurer. Natalie se durcit. « Je n'appellerai pas mon père. »

La main de Constance s'éleva au niveau de la tête de Paige. Elle portait une arme « Tu l'appelleras ou je la descends. »

« Vous ne le ferez pas », dit Natalie désespérément.

« Et pourquoi ? N'oublie pas Warren et Charlotte et Alison et Jeff. Ni bien sûr ta tendre amie Tamara. » Constance s'arrêta. « Tu sais, j'aimais beaucoup Tamara, mais cela ne m'a pas empêchée de l'égorger et de la laisser se vider de son sang sur ce chemin de terre. Alors, ne me parle pas de ce que je suis capable de faire. »

Natalie fixa les yeux bleu-vert inflexibles. Avait-elle toujours eu ce regard sans qu'elle ne le remarque ? Ou est-ce qu'elle le dissimulait derrière le masque de la charmante Ruth Meadows ?

Natalie ramassa le téléphone et composa le numéro de chez elle. Et si son père était toujours à l'hôpital, en cours d'intervention ? Est-ce que Constance allait attendre qu'il ait fini ? Si c'était le cas, Natalie aurait peut-être l'occasion de prendre le dessus ? Peu probable. Constance tenait un revolver braqué sur la tempe de Paige. Natalie n'avait que sa tête qui était pour le moins paralysée pour le moment.

Son père décrocha à la huitième sonnerie, il paraissait à bout de souffle. « Papa. »

« Je rentrais juste. » Il s'interrompit. « Qu'est-ce qui ne va pas ? Tu as l'air bizarre ? »

Elle avala sa salive. « J'ai des ennuis. En fait, Paige et moi avons des ennuis. »

« Des ennuis ? » répéta Andrew. Elle entendit la crainte dans sa voix. « Raconte-moi. »

« Tout d'abord, tu dois me promettre de ne pas appeler la police. Sinon, Paige et moi mourrons. »

« Mourir ? Mourir ? Mais de quoi me parles-tu ? »

« Papa, ne crie pas. Écoute-moi. N'appelle, en aucun cas, la police. »

Il prit une grande inspiration chaotique. « D'accord. Pas de police. Je le jure. Maintenant, dis-moi ce qui se passe ? »

« L'assassin a enlevé Paige. Elle l'a utilisée comme appât pour me faire venir au Blue Lady. »

« Le Blue Lady ! »

« Oui. Elle veut que tu viennes aussi. »

« Elle ? »

Les yeux de Natalie se tournèrent vers Constance. « Papa, c'est Ruth. »

« Ruth ? » demanda-t-il platement. « Ruth Meadows ? »

« Oui. »

« Natalie, ce n'est pas drôle. »

« Ce n'est pas vraiment Ruth Meadows, Papa, c'est Constance Farley. »

« Constance Farley ? La mère d'Eugène Farley ? Quelqu'un est en train de se moquer de toi, Natalie. J'ai rencontré Constance Farley. »

Natalie baissa le combiné et se retourna vers la femme qui tenait Paige. « Mon père dit qu'il a déjà rencontré Constance Farley. »

« Il y a deux ans. Je pesais trente-cinq kilos de plus. J'avais de longs cheveux bruns coiffés en chignon et je portais des lunettes. Et il m'a vue exactement trois minutes quand il est venu nous dire, à mon mari et à moi, qu'il était vraiment désolé mais que mon fils n'avait pas survécu à l'opération. »

Natalie reprit le téléphone. « Papa… »

« Je l'ai entendue », dit-il faiblement.

« Elle est devant moi et pointe une arme sur la tempe de Paige Meredith. S'il te plaît, viens aussi vite que tu peux. Et je te le répète, n'appelle pas la police. » Elle reprit sa respiration. « Et ne viens pas armé… »

« Armé ! Je n'ai même pas d'arme ! »

« Je sais que *tu* n'en as pas. » S'il te plaît, saisis l'accent que j'ai mis sur le *tu*, implora-t-elle en silence.

« Ça suffit », dit Constance. « Raccroche. »

« Papa… »

« Raccroche ! » cria Constance. Andrew devait avoir entendu. Natalie referma l'appareil. « Repose-le. » Natalie replaça l'appareil sur le sol. « Maintenant, on attend. »

Natalie regardait le visage cadavéreux de Paige. « S'il vous plaît, retirez cette arme de la tête de Paige. » Natalie prit une voix gentille et respectueuse. « Vous l'effrayez énormément, et je suis sûre qu'elle ne va pas s'enfuir, n'est-ce pas, Paige ? »

« Je ne bougerai pas. Je le jure », dit Paige avec ferveur.

Constance hésita. « Si je range ce revolver, je sais que tu ne tenteras rien non plus », dit-elle à Natalie. « Tu es bien trop noble. »

« Je n'arriverais jamais jusqu'à la porte. »

Constance sourit. « Exact. Je savais que tu étais une fille intelligente. »

La bruine fraîche s'était transformée en pluie, elle éclaboussait les vitres sales du Blue Lady. L'odeur de roses flottait en provenance des bougies sur l'estrade. Les flammes dansaient et scintillaient dans l'obscurité moite. « Pendant que nous attendons que mon père arrive pour assister à mon exécution, pourquoi ne me racontez-vous pas toute l'histoire ? » dit Natalie.

« Tu sais qu'il s'agit d'Eugène. »

« Vaguement. Mais je ne connaissais même pas Eugène. Il devait être un fils idéal pour susciter tout ce carnage arbitraire. »

Natalie avait cherché à se moquer et cela avait marché. Les yeux de Constance se rétrécirent. « Mon fils valait plus que tout au monde. Et ce que j'ai fait n'est pas un carnage arbitraire. Cela s'appelle la justice. »

« Pardonnez-moi si je ne comprends pas bien ce que Tamara et Alison ont à voir avec la mort de votre fils. »

« Rien directement. Mais leurs parents, si. »

« Des enfants innocents qui payent pour les péchés de leurs pères et pour toutes ces absurdités ? »

« Ce ne sont pas des absurdité ! » gronda Constance.

« Alors expliquez-moi. Papa ne sera pas là avant au moins dix minutes. Cela vous laisse le temps de m'expliquer votre si brillant projet. Comment avez-vous réussi tout cela, Constance ? »

« Tu essaies de me distraire. Cela ne marchera pas. »

« De vous distraire de quoi ? De votre envie de me tuer dès que mon père sera arrivé. Je ne pense pas cela marche. » Elle haussa les épaules nonchalamment alors que tout son corps vacillait. « Vous pouvez parler ou on peut rester là à se regarder, moi pensant que vous êtes complètement folle d'essayer de venger votre fils criminel qui s'est suicidé. C'est comme vous voulez. »

« Mon fils n'était pas responsable de ce qui lui est arrivé », dit Constance amère. « Son problème avait débuté il y a bien longtemps. Avec son père. »

« Je pensais que ses problèmes avaient démarré à Port Ariel. »

« Ils ont atteint le summum à Port Ariel. Mais ils ont commencé avec Hugh. »

« Je pensais que votre mari s'appelait Walter et qu'il était fonctionnaire à Washington. »

« C'était un mensonge, la couverture de Ruth Meadows. »

« Ruth Meadows est-elle une complète invention ? »

« Bien sûr que non. Rien n'aurait pu marcher si cela avait été le cas. » Constance soupira et regarda par-dessus Natalie comme si elle était dans un autre monde. « Mon père était professeur d'anatomie à l'Université de l'Ohio », dit-elle. « Si vous vous demandiez d'où venait le crâne sur votre lit, c'était celui du squelette qu'il utilisait en classe. Je l'avais gardé après sa mort. »

« À part que maintenant il n'a plus de tête. »

« C'est sans importance. » Constance retira lentement son arme de la tempe de Paige. On pouvait lire le soulagement dans les yeux bleu foncé de l'enfant qui ne fit pas un geste. Pour une enfant de onze ans, Paige avait beaucoup de présence d'esprit.

« Alors votre père était professeur d'anatomie », répéta Natalie pour la stimuler.

« Oui. C'était un homme brillant et tout le monde disait de lui qu'il était très gentil et raffiné. » Elle ricana. « En réalité, il était brutal. Il nous battait, ma mère et moi. Et il nous obligeait à faire d'horribles choses. La pire, pour moi, c'était les cochons. » Les cochons ? Natalie s'interrogeait en gardant les yeux fixés sur Constance qui fouillait dans sa mémoire. « On avait une ferme à la sortie de Columbus. Mon père savait que j'adorais les animaux, alors il me faisait abattre les cochons. Les mettre par terre et les égorger. Les cochons peuvent être très vicieux, tu sais. Cela demande beaucoup d'habileté et de rigueur pour parvenir à les tuer rapidement et proprement, et il m'a forcée à le faire, encore et encore, jusqu'à ce que je devienne maître en la matière. Ce qui m'a été très utile par la suite. »

Cela vous a aussi traumatisée, pensa Natalie horrifiée. Quelle horreur — obliger une jeune fille qui adore les animaux à combattre un cochon qui pousse des cris stridents alors qu'il lutte pour sa vie. Avait-elle ressenti les choses différemment en tuant des êtres humains plusieurs années plus tard ?

« J'ai épousé Hugh quand j'avais vingt ans », continua-t-elle. « Il était comptable, de dix ans plus âgé que moi, très conservateur, tout particulièrement en ce qui concernait l'argent. Il voulait vivre avec un budget dérisoire. Cependant, on a eu une magnifique lune de miel. On l'a passée ici, au Blue Lady. C'était avant l'incendie. Je trouvais l'hôtel magnifique — mon père ne nous avait jamais emmenées nulle part. Je n'avais pas remarqué comment le Blue Lady s'était dégradé à la fin des années soixante. Je ne savais pas que Hugh l'avait choisi parce que ce n'était pas cher. » Elle jeta un œil à la pièce moisie et caverneuse. « On a dansé dans ce pavillon. Il y avait un bouquet de roses sublime à notre table. Et la boule à facettes étincelait si joliment. »

« Vous êtes venue ici pour la nettoyer », dit Natalie.

« Oh, oui. Et c'était du boulot. J'ai d'abord pensé qu'elle était cassée mais j'étais résolue à la restaurer du mieux que je pouvais. »

« Était-ce si important ? »

Constance la regarda droit dans les yeux et lui sourit béatement. « Je t'ai dit que j'avais dansé ici. Je portais de la soie rose. Des lanternes bleues étaient accrochées à l'extérieur, donnant à cet endroit un air de conte de fée. La lumière des lanternes et la lueur des bougies sur les tables reflétaient encore et encore dans ces centaines de petits miroirs. C'était magique. Après avoir dansé sous cette boule rayonnante, Hugh et moi sommes retournés à notre chambre et nous avons fait l'amour. » Elle soupira. « C'est la nuit où Eugène a été conçu. »

Oh, mon Dieu, pensa Natalie. Pas étonnant que le Blue Lady occupe une telle place chez Constance. Combien de nuits avait-elle passées ici, à astiquer cette foutue boule, se remémorant la nuit, sans doute romantique, où elle croyait avoir conçu son si précieux Eugène ?

« Vous m'aviez dit que vous étiez déjà venue », dit Natalie. « Cette partie était vraie. »

« Oui. Malheureusement j'ai tellement parlé à Eugène du Blue Lady et de Port Ariel qu'il a décidé de postuler à la société Bishop. Il a été embauché et a rencontré cette pute. »

« Viveca Cosgrove. »

« Oui. Tu aurais dû lire ses lettres à son sujet. J'ai su dès le début qu'elle lui attirerait des ennuis. Plus vieille que lui. Et cadre. Prospère. Il n'arrêtait pas de dire qu'elle avait fait le tour du monde, qu'elle était habituée à ce qu'il y a de mieux. Je l'ai encouragé à trouver quelqu'un de plus jeune, quelqu'un qui n'aurait pas de fille adulte déséquilibrée. J'étais inquiète. Hugh se moquait de lui. Ce garçon était bien plus intelligent que son père, et tellement plus beau, et Hugh était jaloux. Il n'arrêtait pas de rabaisser Eugène. Il lui disait qu'une femme comme Viveca ne faisait que jouer avec lui, que seuls l'intéressaient les hommes avec de l'argent. Hugh avait une très grande influence sur Eugène. » Elle regarda Natalie sûre d'elle. « Il venait de semer une graine. »

« Quelle graine ? »

« La raison du détournement de fonds, bien sûr. »

« Vous n'êtes pas en train de me dire qu'il a encouragé Eugène à escroquer la société Bishop ! » s'exclama Natalie.

« Non. Son influence était beaucoup plus sournoise que cela. Il n'arrêtait pas de dire qu'il avait entendu des rumeurs sur la négligence de Bishop, sur la façon peu rigide dont les choses étaient gérées, surtout au département comptable. Puis il parlait de Viveca et de son besoin d'argent. »

Natalie la regardait sans expression. « Et c'est tout ? Vous croyez que ces encouragements ont suffi à convaincre Eugène de détourner des fonds ? »

« Hugh avait semé la graine », dit Constance obstinée. « Il savait combien Eugène était influençable. »

Aucun homme normal adulte ne peut être à ce point influençable, pensa Natalie. Viveca se faisait beaucoup d'argent en tant que cadre chez Bishop, et personne ne sait mieux qu'elle pourquoi elle a rompu avec Eugène. Il avait volé, purement et simplement, et Constance ne voulait pas le blâmer. « Avez-vous tué votre mari ? » demanda-t-elle doucement.

Le regard de Constance s'évadait à nouveau. « Je ne l'ai pas égorgé. Je ne l'ai pas empoisonné. Je n'ai fait que lui rappeler, jour après jour, que son fils était mort. Que son fils s'était tiré une balle de 38 mm dans la tête. Que son fils était toujours vivant après avoir perdu la moitié de son cerveau et qu'il était conscient de ce qui lui arrivait quand ton père l'a charcuté sur cette table d'opération. »

Des larmes coulaient le long des joues de Paige. La gamine avait peur de Constance et elle était horrifiée par ce qu'elle entendait. Natalie ne savait pas combien de temps elle pourrait garder le fabuleux sang-froid dont elle faisait preuve. Assez des détails horribles. « Qu'avez-vous fait après la mort de votre mari ? » demanda rapidement Natalie.

« Hugh a eu une crise cardiaque. J'aurais pu appeler les urgences et sans doute le sauver, mais je ne l'ai pas fait. Je l'ai regardé agoniser et râler jusqu'à la fin. » Elle secoua la tête. « Après j'ai fait une dépression. Je suis restée presque un an en hôpital psychiatrique. Au début, ma sœur et son fils Jeff venaient me voir, mais c'était seulement par curiosité. Ils pensaient qu'il ne s'agissait que d'une petite "crise" passagère. C'est comme cela que ma sœur disait. Quand elle s'est aperçue que c'était plus sérieux que cela, les visites se sont arrêtées. Une folle dans la famille, c'était gênant.

« Quand ils m'ont lâchée, ma famille ne voulait plus rien à voir avec moi. J'ai dû embaucher une femme pour rester à mes côtés parce que je ne pouvais pas rester seule. Cette femme, c'était Ruth Meadows. C'était une aide-soignante de l'hôpital. Son mari était décédé en lui laissant un tas de dettes. Mon avare de Hugh, lui, nous avait fait vivre une vie de pauvres pendant qu'il engrangeait l'argent. Tellement d'argent qui aurait pu rendre cette vie plus gaie pour Eugène et moi. Et il avait en plus une assurance vie. » Elle rit fragilement. « Et voilà, j'étais là, toute seule, folle et riche. Au moins assez riche à mon goût et à celui de Ruth. Elle était désespérée et n'était liée à aucun sens moral. Alors je lui ai proposé un marché. »

« D'échanger vos identités. »

« Oui. Quand j'ai élaboré ce plan au début, je pensais que cela ne marcherait jamais. Mais plus j'y pensais, travaillant sur les détails, planifiant toutes les éventualités, plus j'étais convaincue que cela pouvait marcher. » Elle fronça les sourcils. « Où est ton père, Natalie ? Tu ne penses pas qu'il est allé à la police, n'est-ce pas ? »

« Non. Il sait que vous nous tuerez si la police arrive. Il est probablement déconcerté. Il cherche ses clés de voiture partout, mais il sera là bientôt. Racontez-moi comment vous avez fait pour échanger vos identités, comment vous êtes devenue Ruth Meadows. »

Constance souriait. « Il ne fallait pas être un génie pour y parvenir. Je n'avais pas de permis de conduire, mais Ruth si. C'était la seule photo d'identité qui nous séparait. J'avais déjà perdu trente-cinq kilos pendant ma maladie. Je me suis fait couper les cheveux courts, les ai fait colorer en argent et j'ai acheté des lentilles de contact vert-bleu pour ressembler le plus possible à Ruth. Vous savez comme ces photos de permis sont mauvaises, de toute façon. Cela collait parfaitement. »

Oui, Natalie avait toujours été intriguée par les yeux de Ruth. Ils étaient bleu-vert, une teinte qu'elle n'avait encore jamais rencontrée dans la nature mais qu'elle avait déjà vue grâce aux lentilles de contact.

« Les maisons de Port Ariel et de Knoxville sont louées », continua Constance. « De cette manière, on a évité les contrôles poussés pour obtenir les hypothèques. On n'utilise pas de carte de crédit. On est toujours resté en contact pour que toute la correspondance qui avait à voir avec les biens de mon mari, ou toute autre correspondance importante, puisse m'être transmise, puis retournée avec une signature originale, sans contrefaçon. J'ai écrit des lettres à quelques relations que j'avais encore et les ai envoyées à Ruth, qui les a fait suivre pour qu'elles aient le tampon de la poste de Knoxville. Ruth a bien fait en sorte que ses voisins la voient tous les jours. Elle promenait son chien. Je n'ai jamais mis les pieds à Knoxville. Ruth est la seule personne que les voisins ou les commerçants aient jamais vue là-bas. » Elle haussa les épaules. « Il y a des rapports sur le même genre de cas qui ont duré des années, mais je ne l'aurais pas risqué. J'avais juste besoin de quelques mois, suffisamment pour emménager ici et m'implanter correctement avant de me mettre au travail. »

« Votre travail étant les meurtres », dit Natalie platement.

« Oui, bien sûr. Je me suis fait quelques amis, dont la baby-sitter de Paige, Mme Collins. On allait à la même église, et nous faisions partie du même comité. J'étais juste venue lui déposer des prospectus ce soir, quand Paige m'a malheureusement reconnue. Elle a tenté de le cacher mais ses yeux expressifs l'ont trahie. »

« Vous n'êtes pas allée là-bas pour la kidnapper pour vous en servir comme appât avec moi ? »

Constance la fixa d'un regard sincèrement innocent. « Non. Je pensais qu'elle n'avait pas pu reconnaître la personne qu'elle avait vue à la maison des Saunders. En plus, je croyais qu'elle serait au lit et j'avais juste en vue de déposer ses prospectus à Mme Collins et de repartir aussitôt. Je ne voulais même pas entrer. »

« Mais vous aviez une arme. »

« J'en porte toujours une en ce moment », dit Constance désinvolte. « Ce n'est vraiment pas comme cela que j'avais planifié les choses, Natalie. Je ne prévoyais pas de te tirer dessus. Je voulais t'égorger, comme les autres. Mais quand j'ai vu que Paige m'avait reconnue, je n'avais pas d'autre choix que d'agir. »

« Alors, laissez partir Paige », pria Natalie.

« Je ne peux pas. Pas maintenant. Tu sembles ne pas comprendre, Natalie, que je suis obligée de faire des choses qui ne me plaisent pas toujours. »

« Comme tuer Tamara. Vous avez dit que vous l'aimiez bien. »

« Et c'est vrai. Mais Oliver Peyton a bâclé la défense de mon fils. N'importe quel abruti se serait rendu compte qu'un élève en première année de droit aurait pu faire mieux. Alors il devait payer en perdant l'une de ses enfants, tout comme j'ai perdu le mien. Je connaissais Tamara de la ligne SOS Suicide. Elle m'avait même parlé de ses balades le soir. Le fait que je l'ai choisie elle plutôt que Lily était une simple question de commodité. »

La rage, la chaleur et l'amertume envahissaient Natalie. La si gentille et si adorable Tamara avait été tuée parce qu'elle était une cible pratique pour cette folle. Natalie voulait bondir sur cette femme, en hurlant pour la massacrer mais cela ne ferait que provoquer la mort de Paige. Au lieu de cela, elle serra les poings et tenta de calmer sa rage et son dégoût. « Puis il y a eu Charlotte et Warren. »

« Oh, je n'ai eu aucun regret à les tuer. Des gens horribles. Les enfants de gens horribles. Max Bishop a traqué mon fils pour deux malheureux milliers de dollars, comme s'ils allaient lui manquer ! Et ce rustre de Richard Hunt. Mon mari le connaissait ! Mais cela ne l'a pas empêché de montrer Eugène du doigt. Il aurait pu si facilement couvrir ce détournement de fonds ! Mais non, il a fallu qu'il témoigne. »

Constance prenait tout pour elle. Son fils n'avait pas été amené devant la justice — il avait été harcelé. « Je comprends pourquoi vous vous en êtes prise à Alison », dit Natalie. « Elle est la fille de Viveca. Mais pour Jeff ? Il était votre neveu. »

Constance sourit « Exactement. Mon vilain neveu. Il a été viré de son journal, tu sais, alors il avait pensé venir taper sa bonne vieille tante. Il est allé à Knoxville et y a découvert Ruth à ma place. » Elle secoua la tête. « Je crains que Ruth n'ait pas très bien su gérer cela. Elle aurait dû l'arrêter, mais elle n'a aucun cran pour tuer. Elle m'a au moins prévenue à son sujet.

« Apparemment, les premiers jours où j'étais à l'hôpital, j'ai déliré en disant que je voulais m'en prendre aux personnes qui avaient fait du mal à Eugène en m'attaquant à leurs enfants », poursuivit Constance. « Et, bien sûr, le meurtre de Tamara a fait la une de tous les journaux de l'Ohio. Jeff était intelligent. Il a tout deviné et il a décidé de me retrouver en traquant tous les habitants de Port Ariel qu'il croyait que je traquais. »

Elle plissa les yeux et sa voix devint cruelle. « Il m'a trouvée par ta faute, Natalie. Il épiait votre maison le soir de la veillée funèbre de Tamara et il a suivi ton père quand il me raccompagnait. Il n'a rien fait à ce moment-là. Je ne l'ai même pas vu avant le jour de l'enterrement. Quand j'ai lâché mon sac. Andrew m'a vite ramenée chez moi. Il a attendu que ton père parte, puis il est venu à ma porte, insolent comme l'enfer. Il voulait me faire chanter. » Elle rit sèchement. « Il a eu une sacrée surprise. Je l'ai conduit au sous-sol et l'y ai gardé prisonnier jusqu'au moment propice pour le tuer. »

« Le moment où vous pouviez le laisser devant ma maison pour que je retrouve son corps. Pourquoi ? »

« Pourquoi toi ? » La main qui tenait le revolver se mit à trembler légèrement. Même sa voix vacillait. « De toutes les personnes qui ont fait du mal à Eugène, je tiens ton père pour le plus responsable. Mon fils aurait pu sortir vivant de cette opération. C'est ce qu'a dit l'infirmière, Dee Fisher. Mais Andrew l'a charcuté. Il le détestait parce qu'il lui avait volé cette traînée de Viveca. Et, après avoir assassiné mon fils, il est venu dans la salle d'attente avec son visage de circonstance et m'a dit qu'Eugène n'avait pas survécu. "Désolé. Nous avons fait tout ce que nous pouvions." Il avait l'air tellement blasé. » Elle haussa le ton, stridente. « Il n'y avait pas une pointe d'émotion, de compassion, dans ses yeux. »

Natalie savait que c'était faux. Son père se souciait de ses patients, et la mort d'Eugène avait tout particulièrement dérangé Andrew. « S'il avait vécu, il serait devenu un légume sans cerveau. » Andrew avait alors dit à Natalie : « Il aurait au moins pu donner ses organes, comme il le voulait, mais sa mère l'a défendu. Maintenant il n'y a plus rien qui subsiste du jeune homme, à part le souvenir d'une stupide erreur et d'une mort tragique. »

Natalie entendit les graviers crisser à l'extérieur. Paige cligna des yeux et Natalie sut qu'elle les avait aussi entendus, mais Constance ne semblait avoir rien remarqué. Andrew avait pris beaucoup de temps pour arriver jusqu'ici. Pourquoi ? Avait-il prévenu la police finalement ? Soudain elle sentit qu'elle devait continuer à distraire Constance.

« Vous dites que vous tenez mon père responsable de la mort de votre fils », dit-elle. « Vous deviez le détester, alors pourquoi l'avoir fréquenté ? »

« Fréquenter ! » Constance explosa. « J'enquêtais ! Tu n'habitais pas ici. Tu n'avais même pas d'appartement à ton nom. Je ne pouvais pas poser à Tamara trop de questions sur quelqu'un que je n'avais jamais rencontré. Mais ton père m'a fourni les réponses, et je serais venue jusqu'à toi, mais tu es arrivée la première ! » Elle rit. « À vrai dire, c'est ton arrivée à Port Ariel qui a tout déclenché. C'était un signe, tu vois. Tous les enfants étaient réunis, prêts à être cueillis. »

« Pourquoi n'avez-vous pas provoqué les autres comme vous l'avez fait avec moi ? »

« Cela aurait rendu tout le monde trop prudent. En plus, c'est à toi que je voulais le plus de mal. »

Le craquement d'une porte. Un léger souffle d'air. Quelqu'un entrait dans le bâtiment. « Mais comment avez-vous manigancé toutes ces choses que vous m'avez fait subir ? » demanda Natalie plus fort. « Les appels anonymes, par exemple. »

« Je te l'ai dit, Natalie, je connaissais Tamara. J'ai toujours été une très bonne imitatrice. Je pouvais imiter sa voix. Je t'ai appelée l'après-midi où tu as découvert son corps. Je suis sur liste rouge, je savais que tu ne pourrais pas me retrouver. Puis il y a eu ce jour où tu étais supposée avoir reçu cet appel de Lily qui te demandait de venir chez Tamara. J'ai tout simplement utilisé mon portable alors que tu étais sous la douche. »

« Vous avez essayé de me dissuader d'y aller ! »

« Natalie, j'avais beaucoup entendu parler de toi par ton père. Je savais que le fait d'argumenter te déterminerait encore plus à n'en faire qu'à ta tête ! » Elle fronça les sourcils. « Bien sûr, quand je t'ai envoyée chez Tamara, je ne m'attendais pas à ce que Jeff soit dans le coin, mais cela a vraiment été un petit plus, puisqu'il t'a effrayée. »

« Et la nuit où je suis venue dans ce pavillon et que vous vous êtes cachée, en disant que vous étiez Tamara et en me menaçant de me tuer ? Vous ne pouviez pas savoir que je viendrais marcher sur la plage ce soir-là. »

« Ce n'était pas prévu. Je travaillais ici. J'en avais fini avec la boule à facettes » — elle regarda avec satisfaction la boule étincelante — « mais il y avait encore tellement à faire pour restaurer cet endroit. J'y suis restée des heures, travaillant à la bougie, mais j'avais besoin de prendre l'air, alors je suis allée au bord du lac. Tu sais que j'avais fait amie-amie avec Blaine un peu plus tôt. Elle m'a vue et est venue vers moi. Je n'avais aucune excuse pour être sur la plage si près de ta maison à cette heure tardive, alors j'ai couru jusqu'au pavillon. La chienne m'a suivie. Je suppose qu'elle pensait que c'était un jeu. Et puis tu es arrivée à ton tour. J'ai d'abord été troublée. J'essayais de me cacher quand j'ai trébuché et crié. Et toi, tu t'es précipitée pour m'aider, Natalie à la rescousse ! Alors j'ai décidé de tirer profit de la situation. » Elle rit à nouveau, de ce son aigu si affreux qui avait quelque chose d'hystérique. « Je ne m'attendais pas à être prise pour cible ! »

« Et vous avez pénétré chez nous. »

« Je suis entrée avec la clé. Je m'étais un jour arrêtée au bureau de ton père. L'endroit fourmillait tellement que personne ne m'a remarquée fouillant dans les tiroirs. J'ai fait reproduire les clés, et je vous ai rendu une petite visite surprise avant de remettre les clés en place. Je suis venue plusieurs fois chez vous avant ce soir-là. »

Andrew lui avait dit que Ruth n'était venue qu'une seule fois à la maison, mais le jour où elle l'avait rencontrée, Constance avait fait allusion à la photo encadrée d'elle et de Clytemnestre dans le bureau de son père. Et le jour où elle était venue apporter la tarte aux cerises, elle savait dans quel tiroir trouver les torchons. Pourquoi n'ai-je pas remarqué tout cela ? se demandait Natalie.

« Peu importe, tu ne devrais pas être en colère après moi pour la nuit où j'ai déchiré tes vêtements et la photo et laissé du sang dans le hall et le crâne sur ton lit », continua Constance. « J'aurais pu faire du mal à Blaine et je ne l'ai pas fait. Je t'ai dit que j'aimais les animaux. Mais je lui ai fait peur. Je voulais qu'elle ne soit plus jamais dans mes pattes. »

« C'était très rusé de votre part… n'est-ce pas, Constance ? » dit Andrew.

Natalie leva les yeux mais elle ne voulait pas faire de mouvement brusque, Constance tenait le revolver si près de Paige.

« Andrew », dit Constance calmement. « Tu ne conduis pas si lentement d'habitude. Tu n'as pas amené la police, n'est-ce pas ? Ou étais-tu en train de te demander si tu allais ou non risquer ta vie à la place de celle de ta fille ? »

« Je ne répondrai même pas à la deuxième question. » Sa voix profonde résonnait dans l'immense pièce vide. « Et je n'ai pas amené la police. Pourquoi fais-tu cela ? »

« Je l'ai déjà raconté à Natalie. Tu vas me regarder la tuer. »

« Tu vas assassiner ma fille parce que ton fils s'est suicidé ? »

« Tu as tué mon fils ! » lança Constance. « Tu l'as tué sur la table d'opération. »

« Ce n'est pas vrai. Je savais qu'il était perdu dès que je l'ai vu, mais j'ai essayé. »

« Cette infirmière a dit… »

« Cette infirmière était furieuse après moi pour de tout autres raisons. Elle était, elle aussi, folle de rage après la mort d'Eugène. »

« Tu as tué mon fils, Andrew. Mon fils unique. Et maintenant tu vas connaître la douleur de perdre ta fille unique. Œil pour œil. »

« Vous êtes très douée pour citer la Bible », lança Natalie. « Jolie citation que vous avez laissée sur les lieux des crimes à propos de gosiers qui seraient des sépulcres ouverts. »

« Cette citation était très bien adaptée. Max Bishop, Oliver Peyton, Viveca — aucun d'entre eux n'avait jamais fait rien de bon. »

« Et mon père, n'a-t-il jamais rien fait de bon ? » demanda Natalie.

« “Agiles sont leurs pieds à verser le sang.” Ton père a couru à l’hôpital pour répandre le sang de mon fils sur sa table d’opération. »

« Mais c’est complètement faux ! » cria Natalie en perdant tout à coup le contrôle. « Vous déformez les mots de la Bible pour leur faire dire ce qui vous arrange. »

« Ferme-la ! » enragea Constance. Elle passa son bras autour de Paige et elle secoua la petite fille avec tellement de violence que sa tête partait en arrière. Sa nuque, pensa Natalie avec horreur. Elle va lui briser la nuque.

Natalie n’avait pas remarqué que son père s’était déplacé vers la droite avant de l’entendre crier : « Constance ! »

La femme tournoya. Paige se mit de côté pour ne plus faire barrage. Quelque chose passa près de l’oreille de Natalie et elle perçut l’étincelle sortant du canon du revolver. Constance vacillait, les yeux écarquillés, un liquide coulait de son épaule droite.

Papa a mon revolver ! pensa Natalie alors que Paige se libérait de l’emprise de Constance et s’éloignait d’elle. Constance parvint à faire deux pas avant de s’emmêler les pieds et elle tomba à terre, sur l’estrade. Elle luttait pour reprendre son équilibre, agitant son arme avant que son bras meurtri ne la lâche. Elle s’agenouilla et empoigna le revolver, les doigts repliés sur la détente.

« Papa, tire ! » supplia Natalie. Il fit feu mais le tir dévia. Constance riait. Natalie frissonna en entendant le rire de cette maniaque.

Il y eut un bruit quelque part au loin. Une voix d’homme cria « Police ! Pas un geste ! » une seconde avant qu’un coup de feu ne traverse la pièce. Constance tournoya à nouveau, l’arme au poing, tirant aveuglément avant d’être touchée par deux autres balles. Elle tomba d’un bloc, un rire sourd au fond de la gorge.

Épilogue

Natalie et Paige étaient assises au piano dans le salon des Meredith. Natalie venait de finir *I Will Remember You* de Sarah McLachlan un petit pincement dans la voix. Paige leva les yeux vers elle. « Tu pensais à quelqu'un en particulier, quelqu'un que tu ne reverras plus. » Natalie acquiesça, imaginant le beau visage de Kenny. « Comme moi qui ne reverrai pas ma maman. »

La peine que ressentait Natalie en sachant qu'elle ne retournerait jamais chez Kenny n'était pas comparable à la peine de Paige concernant la mort de sa mère. Natalie passa ses bras autour des épaules de l'enfant. « Paige, la vie est remplie d'au-revoir. Ils font mal. Mais la vie est aussi remplie de bonjours. » Elle sourit. « Si je n'avais pas dit au revoir à quelqu'un il y a une semaine, je ne t'aurais jamais rencontrée. »

« Et tu es heureuse de m'avoir rencontrée ? »

« Un peu oui ! »

« Et Papa, et Ripley ? »

« Eux aussi. »

« C'est bon à savoir », dit Nick.

Natalie ne l'avait pas entendu rentrer. Il était fatigué par les récents événements, mais aussi soulagé. « Papa, devine ? » demanda Paige excitée. « On revient de chez le docteur Cavanaugh et il nous a dit que Ripley pourrait rentrer demain ! »

Natalie sourit. « Ripley a très bien supporté l'opération. Il souffre, et il faudra qu'il reste dans une cage pendant au moins une semaine. Mais avant que tu t'en aperçoives, il sautera à nouveau du poteau d'escalier. »

« Oh, super ! », marmonna Nick. « Je me passerais très bien de cette habitude. »

Paige rayonnait de bonheur. « Je vais appeler... quelques amies pour leur raconter pour Ripley. »

Quand elle eut quitté la pièce, Nick se dirigea vers le canapé. Il s'assit à ses côtés. « Difficile de croire qu'il y a quarante huit-heures Paige était entre les mains d'une maniaque. On dirait qu'il ne lui est rien arrivé. »

« Elle est résistante mais pas indestructible. Il y aura peut-être des répercussions. »

« C'est pour cela que j'ai pris une semaine de vacances. On a besoin d'être ensemble. Et puis, ma super baby-sitter est à l'hôpital. »

« J'espère qu'elle ne reviendra pas travailler ici quand elle ira mieux. »

Nick leva les yeux au ciel. « Jamais de la vie. J'ai déjà parlé à quelques femmes qui pourraient convenir. Mais, avant d'en engager une, je me renseignerai un peu plus sur elle que je ne l'ai fait pour Mme Collins. En fait, je recherche quelqu'un qui puisse s'occuper de ma fille et pas utiliser ma ligne téléphonique à longueur de journée. Je ne pourrai plus m'empêcher de me faire du souci pour elle, spécialement après ce qui s'est passé. Mais je ne veux pas devenir un geôlier. Elle me détesterait. »

Natalie sourit. « Et c'est pour cela que vous l'avez autorisée à reparler à Jimmy. Vous savez que c'est lui qu'elle est en train d'appeler. »

« Sans blague ? » dit-il en grimaçant. « Je pense que Jimmy n'est pas si mauvais. Et puis, sans lui, je n'aurais jamais su où se trouvait Paige cette nuit-là. » Il devint sérieux. « Après qu'on m'eut averti qu'elle avait disparu, je suis allé à la maison des Saunders. J'aurais ignoré le message du commerçant qui parlait de bagarre au Blue Lady s'il n'avait pas parlé d'une voiture bleue garée devant le pavillon. Jimmy avait décrit la voiture qui avait emmené Paige. »

« Cet officier de police dehors aurait aussi perdu tout son sang si les secours n'étaient pas arrivés si rapidement. »

« Oui, et il a une femme et deux enfants. Je ne sais pas ce qu'ils seraient devenus sans lui. »

« Alors Jimmy s'est racheté. »

« En partie. Paige n'aurait jamais été en danger s'il ne lui avait pas monté la tête pour qu'elle fasse le mur… »

« Une des raisons du problème de Jimmy, c'était que ses parents étaient si pris avec les petits, qu'ils ne pouvaient pas faire correctement attention à lui », l'interrompit Natalie. « Je crois que la situation va changer maintenant. Et je pense aussi que Jimmy et Paige ont reçu une bonne leçon. »

« Alors ils sont les seuls à avoir ressorti quelque chose de positif de cette tragédie », dit Nick. « Richard Hunt a perdu un fils et les Bishop et Oliver Peyton ont chacun perdu une fille. »

« Oliver en a sans doute perdu deux. Quand Alison a repris conscience et qu'elle a raconté à sa mère qu'elle avait entendu Oliver et Max Bishop au téléphone… »

« Max Bishop aurait payé Peyton pour qu'il sabote la défense d'Eugène Farley ? » Natalie acquiesça. « Je ne comprends pas. Oliver a de l'argent. »

« Pas tant qu'il le prétend. Il a des dettes et il avait besoin de l'argent sale que lui proposait Bishop. C'est de cela qu'Alison parlait le jour de l'enterrement de Tam. Je me souviens que j'ai cru qu'Oliver allait faire une crise cardiaque. Il savait qu'elle savait ce qu'il avait fait. Je me demande pourquoi elle a gardé cette information pour elle — mais Alison a ses raisons bien à elle. »

« Vous croyez que Viveca va rester avec lui ? »

« Lily m'a dit qu'elle lui avait déjà fait ses adieux. Viveca a finalement plus de crédit que je ne lui en apportais. Lily est elle aussi très déçue. Elle ne parle plus à son père. Je crois qu'elle lui pardonnera, mais pas avant longtemps. » Natalie soupira. « Et puis il y a mon père. Il s'est juré de ne plus approcher une femme de près. D'abord Kira, puis Viveca, puis Ruth… enfin je veux dire Constance. »

« Mon Dieu — quel choc ! Elle a berné tout le monde. »

« Sauf Jeff, et regardez ce qui lui est arrivé. »

« Oui », dit Nick lentement. « J'ai pensé à quelque chose mais quelques heures trop tard. Le permis de conduire de Lindstrom disait qu'il s'appelait Jefferson. La femme de Knoxville l'appelait Jeffrey. J'aurais dû remarquer cela. »

« C'est un détail très mince et il se passait beaucoup de choses. Que va-t-il arriver à la vraie Ruth Meadows ? »

« Elle a disparu. Je crois que mes appels l'ont effrayée. Quand la police de Knoxville est allée chez elle dimanche matin, tous ses effets personnels avaient disparu. Elle avait laissé le chien qu'elle promenait tous les jours. C'est un de ses voisins qui l'a recueilli. »

Natalie sourit. « De la même manière que vous avez recueilli Callie, le chat de Constance. »

Nick tenta de maugréer. « Ce n'était pas mon idée. Quand Paige a entendu parler d'un chat sans foyer, elle a décidé que Ripley avait besoin d'une petite amie. »

« Vous auriez pu dire non », dit Natalie innocemment.

« Je ne pouvais pas et vous le savez très bien. Alors maintenant, on a deux chats. »

« Et j'ai un chien. Personne n'a répondu à l'annonce pour Blaine. »

« À votre grand désarroi. » Nick se mit à rire, puis il se reprit. « Et qu'allez-vous faire d'elle à Columbus ? » demanda-t-il doucement.

Natalie baissa les yeux vers sa bague. « Avez-vous vu ce bâtiment vide sur Dawn Street ? »

« Le petit immeuble en brique à côté du parc ? »

Elle acquiesça. « Je crois que ce serait l'endroit idéal pour une clinique très bien équipée. Les chiens pourraient se promener dans le parc tous les jours. »

« Natalie, qu'essayez-vous de me dire ? »

« Je vais l'acheter. » Elle leva les yeux. « Je crois qu'il y a suffisamment de place pour un autre véto dans cette ville. »

Nick ouvrit de grands yeux. « Vous plaisantez ? Vous voulez rester ici et ouvrir une clinique ? »

« Oui. Ma vie à Columbus est finie. »

« Je croyais que vous aviez quelqu'un là-bas. Quelqu'un qui comptait pour vous. »

« Je ne vous ai jamais dit cela. »

« J'ai un peu enquêté. » Natalie releva les sourcils. « Pas pour des raisons personnelles. Il y avait une enquête de meurtre en cours et… »

Elle leva les mains au ciel. « Ce n'est pas grave. Il y avait quelqu'un mais il n'y a plus personne. Je le lui ai déjà dit. Et le plus drôle c'est que je ne me sens même pas bouleversée. J'ai soudain réalisé que je n'étais pas heureuse depuis un moment et pas seulement dans ma vie affective. Avec ma propre clinique, je pourrai m'investir encore plus et mener les choses comme je l'entends. Et à Port Ariel, il y a mon père, et Lily, et… » Elle sourit. « Je crois qu'il est temps que je rentre à la maison. » Elle s'arrêta. « Je pourrais faire une bêtise… »

Nick se rapprocha et laissa courir ses doigts sur ses pommettes. « Ou peut-être que cela n'en serait pas une », dit-il tendrement. « Il n'y a qu'un seul moyen de le savoir. »

Cet ouvrage a été réalisé par la
SOCIÉTÉ NOUVELLE FIRMIN-DIDOT
Mesnil-sur-l'Estrée
en septembre 2002

Édition exclusivement réservée aux adhérents du Club
Le Grand Livre du Mois
15, rue des Sablons
75116 Paris
réalisée avec l'aimable autorisation des éditions de la Table Ronde

Dépôt légal : septembre 2002
N° d'édition : 3561
N° d'impression : 60804
ISBN : 2-7028-7946-2

Imprimé en France.